Joachim Lottmann

ALLES LÜGE

ROMAN

Kiepenheuer
& Witsch

Verlag Kiepenheuer & Witsch, FSC® N001512

1. Auflage 2017

© 2017, Verlag Kiepenheuer & Witsch, Köln
Alle Rechte vorbehalten. Kein Teil des Werkes darf in irgendeiner
Form (durch Fotografie, Mikrofilm oder ein anderes Verfahren)
ohne schriftliche Genehmigung des Verlages reproduziert oder
unter Verwendung elektronischer Systeme verarbeitet, vervielfältigt
oder verbreitet werden.
Umschlaggestaltung: Barbara Thoben, Köln
Umschlagmotiv: © plainpicture/Oliver Brenneisen
Autorenfoto: © Ingo Pertramer
Gesetzt aus der Aldus
Satz: Buch-Werkstatt GmbH, Bad Aibling
Druck und Bindung: CPI books GmbH, Leck
ISBN 978-3-462-04964-0

für Michel Houellebecq

1.

EUROKRISE

Der erste Faschismus ereignete sich in Griechenland bekanntlich in den Jahren 1941 bis 1945. Wer im nächsten Satz nun das Wort ›Der zweite Faschismus‹ erwartet, liegt falsch. Ich habe nämlich nicht die geringste Lust, diesen Begriff jetzt schon zu verwenden oder gar zu definieren – man wird noch sehen, warum. Stattdessen sehen wir zunächst eine Ankunft in Athen. Es ist das Jahr 2015, und das Land hat eine kommunistische Regierung, oder so etwas Ähnliches. Ich fand das außerordentlich interessant, deswegen war ich da.

Mit mir reiste meine Frau Harriet, eine körperlich überaus attraktive, seelisch aber kapriziöse, um nicht zu sagen problematische Person. Wir verstanden uns gut, sogar in diesen Tagen, obwohl wir doch gerade reisten. Wohl jeder Leser wird wissen, was für eine Tortur eine Reise in ein fremdes Land ist, wie hundeanstrengend und zum Weinen schrecklich. Es ist schon oft darüber geschrieben worden, zum Beispiel von Sibylle Berg oder auch von mir. Ständig fragt man sich, warum man jetzt in dem fremden, unbekannten, abweisenden und nichtssagenden Land ist, in dem einen keiner kennt. In unserem Fall konnten wir uns damit trösten, ein Mitglied der neuen linkssozialistischen Regierung zu kennen, einen Mann gehobenen Alters, viel älter als wir, der uns treffen wollte.

Den Namen konnte ich mir nie merken, wie alle griechischen Namen oder Begriffe außer ›Sirtaki‹ und ›Akropolis‹. Nennen wir ihn erst einmal Chordokowski, ersatzweise. Ich weiß, das ist der Name eines russischen Oligarchen, der einmal im Gefängnis saß, also ganz unpassend für einen Griechen, aber für mich funktioniert er. Denke ich das Wort Chordokowski, erscheint sein Bild vor mir. Er hieß ja auch wirklich so ähnlich, mit C am Anfang und vielen Zischlauten. Varoufakis kannten wir übrigens auch, aber der hatte natürlich keine Zeit. Sehr unwahrscheinlich, daß er auch *uns* kannte, der umtriebige und brillante Finanzminister. Chordokowski dagegen war einmal in der kommunistischen Partei Österreichs gewesen, der auch meine Frau Harriet angehört hatte – damals noch schöner und noch kapriziöser als heute – und die, anders als solche Gruppierungen in Deutschland, eine ernstzunehmende Partei gewesen war. Egal. Wir waren also in Athen und guckten ratlos in die Gegend, während wir in einem Vorortzug saßen. Um nicht wie reiche Deutsche zu wirken, hatten wir ein billiges Zimmer bei ›airbnb‹ gebucht. Das war so eine private Zimmervermittlung aus Amerika. Man bezahlte sehr wenig Geld und sparte ein Vermögen an Hotelkosten. Harriet hatte darauf bestanden. Sie wollte das Geld lieber den armen Griechen geben, die unmittelbar vor der Pleite standen.

Die Stadt wirkte nicht einladend. Nicht einmal die Sonne schien, mitten im beginnenden Sommer. Es war so eine Stadt, wie man sie aus dem »Kulturjournal« oder »Weltspiegel« kannte, wenn über *ferne Länder,* also Nigeria, Kuba oder Pakistan, berichtet wurde, dann knattern viele Motorräder durch enge Gassen, und alle Materialien haben dieses Secondhandhafte und Muffige, irgendwie ›DDR‹-*artige.*

Der Zug fuhr in die falsche Richtung und erreichte zum Glück bald seine Endstation. Wir stiegen in ein Taxi um, das uns zur angemieteten Wohnung brachte. Dort angekommen, kletterten wir auf das Dach des Hauses und sahen die ziemlich nahe Akropolis. Die Zimmerwirtin machte einen verwirrten Eindruck. Eine ältere Frau, Alkoholikerin, angeblich eine Künstlerin. Kurze graue Haare, glasige Augen, Unterrock – sie hätte auch gut nach Havanna gepaßt. Oder in einen »Polizeiruf 110« von 1988.

Sie erzählte meiner Frau, das Zimmer sei nur für sie und nicht für uns beide gebucht, denn sie hätte nur eine Person angegeben. Die akkurate Harriet holte sofort ein Mail hervor, das das Gegenteil bewies. Offenbar wollte das Puffmutterl mehr Geld, und Harriet griff beherzt, ja fast freudig zur Geldbörse, um mit der Unterstützung der armen Pleitegriechen zu beginnen. Doch nun wurde es widersprüchlich. Die Alte wies das Geld empört von sich. Es war wie in der großen Politik, wo die Tsipras-Regierung pathetisch erklärte, kein Geld mehr von der EU zu wollen. Das viele geliehene Geld sei das Verhängnis des Landes, man wolle es nicht mehr länger. Wohl aber wolle man jenes (andere) Geld zurückhaben, das dem Land von den Deutschen in der Zeit des (ersten) Faschismus gestohlen worden sei. Ja, und was bedeutete das nun? Geld geben oder nicht geben? Eine Viertelstunde kam man nicht weiter. Ich saß solange auf der Dachterrasse und blickte mit leeren Augen weiter auf die Akropolis.

Harriet, die wie gesagt etwas zart ist, brach schließlich in Tränen aus. Was wollte die Vermieterin? Harriet rief es beschwörend, immer wieder:

»What do you want? What shall we do?«

Dann holte sie mich. Es ist eine Rolle, die ich gern spiele und gut – seien wir ehrlich: perfekt – kann, nämlich Dinge einrenken, die bei Harriet schiefgelaufen sind. Lächelnd näherte ich mich der alten Griechin. Sie hatte in ihrer Jugend sicher bessere Tage gesehen. Ihr Gesicht war eigentlich von dieser eckigen Schönheit, mit der geraden Nase und dem geraden Kinn, das viele schon seit dem Geschichtsunterricht für hellenistisch halten. Intellektuelle und Touristen mochten sich leicht in sie verliebt haben, früher. Zumal sie ja ›Künstlerin‹ war, wie alle kurzhaarigen Frauen in der ›DDR‹ lange vor unserer Zeitrechnung. Vielleicht war sogar heute noch der eine oder andere Alt-68er Graubart von ihr angetan, wenn er sie auf den Rücksitz seiner fabrikneuen Harley Davidson packte. Diese ekeligen Fettarsch-Motorräder waren überhaupt das Markenzeichen Athens, wie wir bald merkten. Während in Lima, Bogota, Kabul oder sogar Paris Heerscharen junger Männer auf pfeilschnellen, schlanken und hochbockigen Motocross-Maschinen den Stau überwanden, bollerten hier in tiefen Furztönen die tonnenschweren Harleys und Honda Gold Wings langsam durch den zähen Verkehr.

Ich sah die Zimmerwirtin also freundlich wie ein neugieriger Dreijähriger an. Normalerweise faßt jeder, den ich so ansehe, sofort Vertrauen und beginnt zu reden. Das tat sie auch, aber ihr Englisch war so schlecht, daß ich sie nicht verstand. Es ging auch um abstruse Sachen, anscheinend. Die Mafia wolle ihr das Haus wegnehmen. Die Zimmer würden gerade renoviert. Sieben Gäste kämen in ein Zimmer. Also wohl meine Frau und sechs andere, während ich draußen bleiben müsse. Das war blöd, denn wir hatten das Geld bereits an die Vermittlungsagentur ›airbnb‹ überwiesen. Besser gesagt, sie hatten es bereits eingezogen. Ich tat daher so, als hätte ich nichts gehört, gab ihr übertrieben gutgelaunt die Hand und ging ins Zimmer. Unsere Koffer standen bereits dort. Auch Harriet lag schon erschöpft auf dem Bett. Sie ermattet sehr rasch, muß man wissen. Ich machte die Tür hinter uns zu. Harriet schlief ein bißchen, ich auch, die Reise war ja ermüdend langweilig gewesen.

So weit, so schlecht. In den nächsten drei Tagen folgte eine Version des Films »Die Vögel« von Alfred Hitchcock. Immerzu klopfte es an unserer Tür, kamen Leute ins Zimmer, schimpften, diskutierten, sprachen schlechtes Englisch oder Griechisch oder sogar Deutsch. Immer wieder drängten wir sie mit letzter Kraft aus dem Raum. Eine junge Frau, die angeblich bei der »BILD-Zeitung« arbeitete – was auch stimmte, ich prüfte es sofort mit Fangfragen nach –, tat sich besonders hervor. Sie meinte, wir hätten nur für eine Nacht gebucht und nur für eine Person, und wir müßten auf der Stelle verschwinden, sonst würde uns die Polizei einsperren. Ich sagte also zu Harriet:

»Wir sind in einem fremden Land mit fremden Sitten. Gehen wir lieber.«

Sie sah mich wutentbrannt an, ihr attraktiver Kopf wurde sofort feuerrot. Wie ich denn *darauf* käme, wir hätten doch bezahlt!

»Ja, schon …«

Sie ließ mich nicht ausreden. Fast krächzend stieß sie hervor, für ihr Geld derartig hart arbeiten zu müssen, daß sie es nicht wegwerfen könne. Das stimmte: Sie arbeitete buchstäblich bis zum Umfallen. Also Tag und Nacht, sechs Wochen lang, bis zum Zusammenbruch. Dann lag sie eine Woche lang mit 40 Grad Fieber im Bett, hatte unsägliche Schmerzen und starb fast. Anschließend stand sie auf, wieder gesund, und ruinierte ihren Körper aufs neue sechs Wochen lang, bis zum nächsten Kollaps. Ich begleitete diesen exakten Rhythmus als sogenannter Co-Abhängiger seit vielen Jahren. Also sagte ich leise, sie habe ja recht, sie arbeite wirklich sehr hart. Tatsächlich hatte sie bis wenige Stunden vor dem Abflug für ihre Zeitung – es war »DAS FORMAT« – die übliche Titelgeschichte geschrieben, und da es die sechste Titelgeschichte in sechs Wochen gewesen war, stand der Breakdown unmittelbar bevor. Das war so sicher wie das sprichwörtliche Amen in der Kirche. Ich konnte nur hoffen, daß die anderen Gäste das dann nicht mitbekamen. Denn wenn meine Frau krank ist, ich erwähnte es schon, sieht sie elender aus als Christus am Kreuz. Kaum ein Arzt mag dann noch auf ihre Gesundung wetten.

Harriet stürmte nach draußen, um der dubiosen Hotelleitung endlich die Meinung zu sagen. Wir hätten bezahlt und gebucht und so weiter und so fort, und außerdem sei sie krank und könne nicht fort. Ein Riesengeschrei erfüllte das Viertel. Ich hatte Angst um meine fragile Frau. Sie ist zwar eher groß, von makelloser Form, aber eben ein ausgesprochen femininer Typ, ihr fehlt jeder männliche Zug, jedes Starke und Harte, Germanische, Faschistoide. Man kann sie umblasen, an den langen, vollen Haaren packen und auf den Scheiterhaufen werfen. Zumal, wenn man von der »BILD-Zeitung« ist.

Ich ging auf den Flur, wo sich alles abspielte, und versuchte, sie zu beschützen. Ich schob sie sachte ins Zimmer zurück, schloß die Tür hinter ihr und blieb noch im Flur, um den Lynchmob zu zerstreuen. Ich sagte, meiner Frau gehe es schlecht, sie müsse liegen und Ruhe haben.

»She has to go to a hospital!« rief der griechische Mann der »BILD«-Mitarbeiterin.

»Was hat sie überhaupt?« fragte diese mit metallischer Stimme.

Selten habe ich zwei so unangenehme Visagen gesehen. Er sah wie der klassische Sträfling aus, mit extrem niedriger Stirn – hatte er überhaupt eine? –, schwarzem Pockengesicht, Punktaugen, Falten, Runzeln und Bart, dazu war er mit Mörderhänden ausgestattet. Gute Nacht! Seine Frau besaß statt des Gesichts eine Art hervorspringenden Keil, wie der Bug eines Schiffes. Die sehr spitze Nase bildete mit den Wangen eine Fläche. Mit diesem Spitzkopf konnte sie im Prinzip Kuchen schneiden oder einen Laib Brot. Oder sie konnte sich mit diesem beilförmigen Schädel in eine Kommunikation oder eine Debatte hineinschieben und später via »BILD-Zeitung« hineinschreiben und Unheil anrichten. Genau das tat sie jetzt, indem sie mich ins Kreuzverhör über Harriets Krankheit nahm.

»Ich habe gefragt: was hat sie überhaupt?«

»Ich weiß nicht, was sie hat.«

»Ist die Krankheit ansteckend?«

»Nein, keine Ahnung, wir müssen abwarten. Sie muß sich ausruhen.«

»Also sie kann auch ansteckend sein?«

»Glaube ich nicht, ich habe das schon oft erlebt, sie arbeitet nämlich sehr hart und …«

»Also ja oder nein?«

An ihrem Tonfall erkannte ich, daß sie nun in den sogenannten Armin-Wolf-Modus gegangen war. Der Keilkopf kam immer näher, während der strichförmige, lippenlose Mund starr blieb. Armin Wolf war ein Wiener Journalist, der das sogenannte Neue Kritische Fragen erfunden hatte, eine Mode, der sich innerhalb weniger Jahre alle österreichischen Fernsehjournalisten begeistert unterworfen hatten. Dabei stellte der Journalist eine Ja-oder-Nein-Frage, und wenn der befragte Politiker – es ging ausschließlich um Politiker – differenzieren wollte, wurde die Frage wiederholt, und zwar so oft, bis der Befragte das Differenzieren aufgab und stumpf mit Ja oder Nein antwortete. Armin Wolf drehte sich dann triumphierend zur Kamera und grinste. Hatte er es wieder einmal einem Politikerschwafler gezeigt! Das Publikum liebte das. Armin Wolf galt inzwischen als der Inbegriff des kritischen Geistes. Das genaue Gegenteil war der Fall. Frau BILD-Zeitung fragte nun also gefühlt elfmal, ob die Krankheit ansteckend wäre, ja oder nein. Ich dachte mir, wenn sie es nicht anders verstehen kann, entscheide ich mich für ›nein‹:

»Nein, die Krankheit ist nicht ansteckend.«

Sie reagierte mit einem herausplatzenden, hysterischen Lachen.

»Was?! Eben haben Sie gesagt, sie sei es vielleicht doch, Sie wüßten es nicht! Und auf einmal wissen Sie es!«

»Ja, ich weiß es. Sorry. Auf Wiedersehen!«

»MOMENT MAL! So leicht kommen Sie nicht davon!«

Der Sträflings-Mann guckte irritiert hin und her, wollte wissen, was wir gesprochen hatten. Sie übersetzte es ihm, und ich nutzte die Gelegenheit, mich ins Zimmer zu verziehen. Leider gab es keinen Schlüssel. Außerdem war es verglast, so daß man von außen ins Zimmer gucken konnte. Ich bat Harriet, bald zu verschwinden. Sie lehnte das entschieden ab. Kurz darauf setzten ›die Wehen‹ ein, das heißt, sie bekam ihren unvermeidlichen Zusammenbruch. Nun ging gar nichts mehr. Selbst wenn sie gewollt hätte, hätte sie nicht mehr gehen können.

Es war wie bei einem schweren Bandscheibenvorfall. Alles tat ihr so weh, daß selbst ein Abtransport auf einer Sanitätsliege kaum möglich gewesen wäre. Die alte Hexe kam ins Zimmer und dachte, Harriet liege im Sterben. Ängstlich verschwand sie wieder. Die Nacht verbrachten wir zum Glück schlafend.

Am nächsten Tag stand der Sträflingsmann vor unserem Bett. Er habe gehört, die Krankheit sei ansteckend. Ob es Ebola sei.

»Ebola? I don't know about Ebola. This is Greece, isn't it?«

Ob ich ausschließen könne, daß es Ebola sei. Er sah Harriet entsetzt an, und ich merkte genau, daß er jetzt dachte, genau so würde Ebola aussehen. Ich konnte es ihm nicht verdenken. Würde ich meine Frau nicht so lange kennen und es besser wissen, dächte ich es bestimmt auch. So sieht es aus, wenn der Sensenmann mit einem feinen Lächeln unbemerkt in die Stube getreten ist und neben der armen Seele steht, die abzuholen er sich vorgenommen hat. Ich sagte, ich könne ausschließen, daß es Ebola sei.

14

»Are you a doctor?«

»No, I am not.«

Auf einmal platzte ihm der Kragen. Wie könne ich ausschließen, daß es Ebola sei, wenn ich kein Doktor sei?! Und gegenüber seiner Frau hätte ich bereits zugegeben, es sei womöglich ansteckend! Alle Gäste im Haus fühlten sich extrem unwohl deswegen, die ersten seien schon abgereist!

Harriet stöhnte. Sie machte Handbewegungen, daß ich den Kerl hinauswerfen sollte. Der aber fing gerade erst an. Er berichtete vom Leid der armen Zimmervermieterin. Ich drängte ihn trotzdem aus dem Raum, da ich stets tue, was meine Frau mir aufträgt.

Natürlich versuchte ich längst, ein Hotel zu finden. Harriet lag ja nicht die ganze Zeit im Sterben, sondern hatte Phasen der Spontanheilung. Die konnten Stunden dauern, mit Glück sogar noch länger. Einmal wachte sie abends um 21 Uhr auf und war vollkommen geheilt. Kein Fieber mehr, keine Gliederschmerzen, kein Bruch der Wirbelsäule, kein Todesröcheln, sondern klare, blitzblanke Augen und gute Laune. Sie duschte sich unter der grindigen ›DDR‹-Dusche, wusch die schönen blauschwarzen Haare mit alter Mürbeseife, Marke VEB Anilin- und Sodaprodukte, ging mit mir auf die Straße. Ein Taxi schunkelte vorbei, und ich wollte es anhalten. Harriet fiel mir aggressiv in den Arm:

»EIN TAXI? Bist du verrückt? Das Geld so aus dem Fenster zu werfen?«

»Äh, aber, ein Hotel … die Taxifahrer wissen vielleicht am besten, wie wir ein Hotel kriegen?«

»Und DAFÜR Geld ausgeben?! Weißt du eigentlich, wie beschissen viel ich arbeiten muß für mein kleines Gehalt?«

Ich gab ihr erneut recht, obwohl es nicht stimmte. Ihr Gehalt beim »FORMAT« war fürstlich. Davon konnten andere

Wiener oder gar Berliner Redakteure nicht einmal mehr träumen. Blöderweise hatten wir nun also kein Taxi und quälten uns durch die verlotterten, engen, stinkenden Straßen – und das auch noch bergauf. Alle halbe Sekunde mußten wir einem hupenden Schrottwagen oder einer furzenden Harley ausweichen, was zur Folge hatte, daß unsere frischen Kräfte rasch dahinschwanden. Aber ich sagte lieber nichts, denn das Taxithema war vermintes Gelände.

Ich will hier einmal etwas grundsätzlich erklären. Wer bis hierher gelesen hat, und das dürften ja alle gewesen sein, die für dieses Buch zwölf Euro ausgegeben haben, wird denken, diese ersten Tage in Griechenland hätten sich ja lustig angelassen. Wer mit leichter Hand über ein Malheur berichten kann, ist weder zu bedauern noch sonderlich ernstzunehmen. Der ist Humorist, ein Reiseonkel, ein Herr jenseits der Lebensmitte, dem nicht mehr viel passieren kann, ein Gourmet des Lebens, ein feinsinniger Chronist des Menschlichen – und wie die abscheulichen Worte sonst noch alle heißen. Aber das ist nicht so. Der Ton täuscht.

Also weiter im Taxithema.

Es gibt nur zwei Dinge, die mir so wichtig sind, daß ich mit mir darüber eigentlich nicht reden lassen möchte. Zwei Dinge, die für mich den Unterschied zwischen der schrecklichen Kindheit und dem herrlichen Jetzt ausmachen. Zwischen Unten und Oben. Zwischen Hartz IV und Erfolgsautor. Zwischen dem Scheitern meiner Eltern und dem Glück, das ich erreichen konnte: Taxifahrten und Putzfrauen. Nicht ganz zufällig will mir meine Frau gerade diese beiden Dinge immer wegnehmen. Sie meint, hier könne man sparen. Nach zehn gesparten Taxifahrten habe man bereits hundert Euro gespart. Würden wir unsere Putzfrau, die junge Polin Beata, entlassen und auf den eigenen Knien die endlosen Parkettböden in unserer Gründerzeitwohnung schrubben, feudeln, wachsen und trocknen, so sparten wir 40 Euro im Monat und 520 Euro im Jahr, über 1000 Mark also. Bis heute ist mir dagegen kein Argument eingefallen. Das ist etwas, das mich depressiv macht, ja innerlich umbringt. Das ist nicht mehr zum Lachen.

So auch jetzt.

Statt zu fahren, gingen wir verzweifelt durch die Gassen der Innenstadt. Es herrschte die zeitlose Jahrmarktstimmung der Fußgängerzonen von Mittel- und/oder Universitätsstädten. Die üblichen Verdächtigen, Feuerschlucker, Trommler und Gastronomen, die nicht anders in Bielefeld, Lüneburg und Dortmund für ›Stimmung‹ sorgen. Wobei ich zugebe, daß die Trommler in Athen sich von denen in Dortmund doch noch unterschieden. Sie waren nämlich ganz besonders scheußlich. Fußgängerzonen-Trommlerei ist bekanntlich der reinste, perfekteste, rückstandsloseste akustische Ausdruck für DUMMHEIT. Ich hätte nicht gedacht, daß dies noch steigerungsfähig sei, also daß man das überhaupt noch variieren könne. Deswegen guckte ich jetzt noch einmal genauer hin. Wie stellten sie es an, daß es *noch* dümmer klang als etwa in Rio de Janeiro, wo ich schon einmal fassungslos diesen ›wilden‹ jungen Männern zugesehen hatte, vor langer Zeit. Anfang des Jahrtausends war das gewesen, mit meiner Nichte Hase sowie dem Ehepaar Matussek. Das Ehepaar fand an jenem Abend wieder zusammen. Arm in Arm in einer Menge von hunderttausenden Samstagabend-Freizeit-Bummlern standen sie vor den Trommelnden und grinsten sich verliebt an, mit diesem »Ach, das Leben kann manchmal so romantisch sein«-Grienen im alten Gesicht. Da waren sie aber die einzigen. Ich sah sonst nur böse, heimtückische, hungrige Halbwüchsige, die kein Geld und kein Mädchen hatten, dafür aber richtig schlechte Laune.

Das depperte Trommeln für die letzten paar Touristen fanden sie wohl selbst zum Kotzen.

Wie dagegen sahen nun die Typen in Athen aus? Reden wir nicht darüber. Ein halbes Dutzend Deutsche und ein genervter Afrikaner. Die Deutschen in Military-Klamotten, mit Taliban-Bärten, Pferdeschwänzchen hinten und Dreiviertel-Knickerbockerhosen. Den Afrikaner brauchten sie zur Legitimation. Es mußte ja sozusagen direkt aus Afrika kommen, das rhythmische Gewese, aus dem Urwald. Der ›Afrikaner‹, geboren wahrscheinlich nicht im Kral, sondern in Augsburg oder Bremen, in dritter Generation Holsteiner oder so, mußte den Voodoo-Zauber ausstrahlen. Ich starrte lange auf die Gruppe. Einige der Deutschen spielten ›Ekstase‹. Da wurde es mir zuviel. Ich habe ihr Geheimnis nicht herausbekommen.

Harriet war in den wenigen Sekunden meiner Abwesenheit schon wieder zusammengebrochen. Sie war um zwanzig Jahre gealtert. Das ist nämlich das Tolle an ihr. Sie kann innerhalb von Minuten um Jahrzehnte jünger oder älter aussehen. Wird sie jünger, will jeder Mann sofort mit ihr schlafen. Wird sie älter, will jeder einen Krankenwagen rufen oder gleich den Leichenwagen. Da muß man aufpassen. Sie selbst merkt es nicht. Ich sprang also zu ihr und umfaßte stützend ihre schmale Taille. Fast wäre sie umgefallen, es war knapp.

Doch erneut lehnte sie ein Taxi strikt ab. Wir erreichten nach gefühlt drei Stunden das erste Hotel. Es lag gegenüber des griechischen Parlaments. Sie waren ausgebucht. Dann ein zweites, ein drittes. Alle ausgebucht. Überall waren sie sich sicher: Athen sei ausgebucht, und zwar ausnahmslos, denn es sei Pfingsten.

Stimmt. Es war Pfingsten. Deswegen war Harriet ja überhaupt losgefahren – und ich wie immer an ihrer Seite. Weil es ›freie Tage‹ waren, mußte sie nicht extra Urlaub nehmen. Harriet sparte gern Urlaubstage, jedes Jahr. Seit ich sie kannte, hatte sie schon über hundert Urlaubstage gespart, besser gesagt, einfach verfallen lassen. Da war sie sicher die einzige Arbeitnehmerin auf der ganzen Welt, die das tat. Und für ein wenn auch nur ›inoffizielles‹ Hintergrundgespräch mit einem sozialistischen griechischen Minister in Athen wenigstens Spesen anzurechnen – das wäre ihr nicht im Traum eingefallen. Sie war eine sehr besondere Person, müssen Sie wissen.

Es half nichts, wir mußten wieder zurückhumpeln. Auf dem Rückweg kamen wir erneut bei dem Hotel direkt am Parlament vorbei, und dort setzten wir uns in den klimatisierten Tea Room und tranken klassischen englischen Tee. Es wimmelte von Angestellten der Troika. Die Troika hieß inzwischen anders, aber die Leute blieben ja dieselben. Mir fiel unser Freund ein, das Mitglied der griechischen Regierung, Chordokowski, und ich fragte Harriet, ob wir ihn nicht einmal anrufen und von unserem Zimmer-Mißgeschick berichten wollten. Wir taten es.

Zu meinem Entsetzen spielte Harriet unsere Lage herunter. Es sei unangenehm, aber keine Tragödie.

Keine Tragödie?! Was war es denn dann?

Lächelnd beendete sie das Gespräch und sah mich an.

»Morgen tagt das Zentralkomitee. Da hat der Arme natürlich andere Sorgen.«

»Harriet, in der Scheiß-Pension rotten sie sich gerade zusammen, um uns zu lynchen! Wir müssen da raus!«

Sie sah mich verliebt an, streichelte meine Wange. Sie dachte, ich hätte einen Scherz gemacht.

Als wir in unserer ›airbnb‹-Bleibe ankamen, schien es auch so zu sein. Alles dunkel und still, bis auf die Bulldogge, die zu dem mafiosen Unternehmen gehörte. Ein unwirscher, unfreundlicher Hund, der aber nicht so furchteinflößend wirkte, wie er wahrscheinlich sollte, groß wie ein Schäferhund, hellbraun im Fell, aber recht aggressionsarm. Ein bißchen wie sein Frauchen, das wohl ein bißchen meschugge und kriminell war, aber eigentlich schon jenseits von Gut und Böse. Richtig gefährlich waren eher die Gäste. Und richtig unangenehm war eher ein alter Mann, der die meiste Zeit genau vor der verglasten Zimmertür in einem morschen Bastsessel saß und wartete. Auf was oder wen wartete der finstere Opa? War er ein Teil der ›Mafia‹? Oder waren die anderen halbtauben Rentner, die täglich ab 5 Uhr morgens unten auf der Straße ein nie endendes, ohrenbetäubendes Altmänner-Geplapper begannen, die ›Mafia‹?

Wir hatten ein paar gute Stunden, in denen Harriet ihre vermeintliche Krankheit oder auch ihren ganz realen turnusgemäßen Zusammenbruch auskurieren konnte. Wir schöpften beide Hoffnung.

Zwar gab es kein Hotel in Athen, zwar hatte Chordokowski keine Zeit für das Hintergrundgespräch mit Harriet, aber vielleicht konnten wir wenigstens den Rest unserer Zeit in Ruhe verbringen, bis uns ein Flugzeug am Pfingstmontag nach Kreta bringen würde.

Doch dann schlug gegen Mitternacht eine Faust gegen unsere Tür. Harriet befahl mir, das Klopfen zu ignorieren. Es wurde natürlich immer lauter. Die Vermieterin stieß schließlich die Tür auf und erklärte, Harriet müsse ins Krankenhaus. Das habe die Hausgemeinschaft beschlossen. Die Krankheit sei ansteckend, und die anderen Gäste müßten jetzt endlich ins Zimmer. Die könnten nicht im selben Raum mit einer ansteckend Kranken liegen. Diese anderen Gäste gab es wirklich. Rucksacktouristen aus Japan. Sie beäugten uns vom Flur aus feindselig.

Ich wäre jetzt gern angezogen gewesen und nicht im Bett. Harriet sagte aber, ich solle bleiben, wo ich war. Ich solle nur die Alte noch rauswerfen. Also stand ich auf, im Schlafanzug, doch die Leute ließen sich nicht mehr beruhigen. Sie wollten ins Zimmer vorstoßen, und das schafften sie auch. Der Sträfling hielt mir seine Mörderfaust unter die Nase und stotterte erregt, ich sei ein Lügner, denn ich hätte gesagt, es gebe eine ansteckende Krankheit, und dann hätte ich es eiskalt einfach geleugnet. Die Vermieterin forderte mich auf, ihr endlich eine Entscheidung mitzuteilen. Die Frau von der »BILD-Zeitung« sagte mit metallischer Stimme und Beil-Schädel, ich hätte sie und damit alle anderen angelogen. Harriet hatte leider wieder den vollen Kollaps-Modus erreicht. Sie bekam nichts mehr mit, röchelte nur noch, sah aus wie die aufgebahrte Mutter Teresa von Kalkutta – von ihr war keine Hilfe zu erwarten.

Ich selbst war aber in besserer Verfassung als am Vortag. Ich fühlte mich ausgeruht und stark. Und so sagte ich, wir hätten Unterkunft bei einem Freund gefunden und würden in ungefähr einer Stunde abgeholt. Der Mann mit den Mörderhänden wollte trotzdem schon jetzt reinen Tisch machen, knipste die funzlige Deckenglühbirne an und wollte Harriet fortschaffen. Als er aber sah, daß sie schon aufgebahrt auf den Apfelsinenkisten lag – denn die Betten bestanden aus nichts anderem –, bekam er es mit der Angst zu tun und ließ wieder von ihr ab.

Die Leute gaben mir also eine letzte Verschnaufpause. Ich schloß die Tür, griff Harriets Handy und suchte nach der Nummer des griechischen Freundes. Chordokowski. Ich fand sie, wählte sie, doch niemand nahm ab. Daraufhin schrieb ich ihm eine SMS:

> Mein Lieber, ich bin in größter Not. Ich bin
> aus dem Hotel geflogen, habe Schüttelfrost
> und 40 Grad Fieber. Wenn Du ein Genosse
> bist, dann hilf!! Bitte! Jetzt! Deine Harriet

Zack – und abgeschickt. Das hatte endlich einmal hingehauen. Es geht doch nichts über ein gutes iPhone. Ich sah liebevoll auf die aufgebahrte, röchelnde Harriet. Im aufgebahrten Zustand hat sie immer so einen seltsamen kleinen Überbiß, den sie sonst nicht hat. Sie sieht dann aus wie eine von den Simpsons, den Comicfiguren von früher. Plötzlich wachte Harriet ruckartig auf, war sofort bei vollem Bewußtsein, als hätte sie gemerkt, daß ich sie liebevoll angelächelt hatte. Sie erfaßte augenblicklich die Situation, als sie ihr Handy in meiner Hand sah.

»Du hast Chordokowski eine SMS geschickt?«

»Ja!«

»Laß sehen.«

Sie las meine Zeilen und schüttelte schmunzelnd den Kopf. Dann schrieb sie ein Dementi. Doch ehe sie damit fertig war, rief unser Freund bereits zurück. Er war ziemlich aufgerüttelt, geradezu elektrisiert. Harriet lachte ein glockenhelles, erotisch vibrierendes Mädchenlachen:

»Nein … NEIN… oh my god, das hat *mein Mann* geschrieben, oh das ist ein Spaß gewesen. Es geht mir gut. Es ist alles in Ordnung. Okee, die Unterkunft ist nicht optimal …«

Chordokowski verstand nicht alles, weil die *progrom people* im Flur wieder lauter wurden. Harriet mußte jeden zweiten Satz wiederholen. Ich riß ihr das Handy aus der Hand und sagte extrem gepreßt, direkt in ihr Ohr:

»Das ist unsere letzte Chance, wenn du den jetzt wegschickst, verlasse ich dich.«

Sie rollte mit den Augen und telephonierte weiter. Alles nicht so schlimm, das griechische Volk fliege aus dem Euro, das wäre ja wohl deutlich schlimmer, ha ha ha, und so weiter. Sie hängte ein.

Ich sah sie mit offenem Mund an. Sie lächelte, hob mahnend und neckisch den Zeigefinger:

»Das hab ich dir jetzt ein bißchen übelgenommen.«

Draußen wurde es leiser, die Leute verkrümelten sich, da sie unser baldiges Abgeholtwerden erwarteten. Die Ebola-Patientin verließe endlich die Stätte des Grauens, dachten sie. Nur ich wußte, daß dem nicht so war. Harriet fiel wieder ins Koma, und ich zog mich vollständig an. Dann packte ich sorgfältig unsere Koffer. Ich wollte vorbereitet sein, wenn sie uns holten.

Es passierte lange nichts.

Da fiel mir ein, daß ich versuchen könnte, über das Handy unsere Flucht zu organisieren, also einen Flug zurück in die Freiheit, in die Heimat, in die Zivilisation zu buchen. Und so unglaublich es klingt – es funktionierte. Bei TUIfly buchte und bezahlte ich einen Flug von Athen nach Wien. Leider gab es ihn nicht für den nächsten Tag. Ich hätte dann nur noch die restlichen Nachtstunden überstehen müssen, vielleicht auf einer Parkbank, oder spazierengehend, und dann wäre der Spuk vorbei gewesen. Nein, ich bekam ihn nur für den übernächsten Tag. Na, besser als gar nichts. Ich hatte plötzlich die Gewißheit, am Leben zu bleiben, und merkte, daß mein Gefühl bis dahin echte Todesangst gewesen war. Erst jetzt konnte ich es mir auch leisten, meine Mückenstiche wahrzunehmen. Ich war in dieser ollen Sumpfhütte über fünfzigmal gestochen worden. Ich hatte nur keine Nerven gehabt, mich auch noch darum zu kümmern. Jetzt merkte ich, wie weh alles tat. Ich wurde sofort fast verrückt vor Schmerz und Juckreiz. Aber das konnte meine gute Stimmung nicht ändern.

Ich hatte die Flucht nur für mich gebucht, nicht für meine teilzeitattraktive Frau. Denn Harriet hatte ja noch viel ärgere Pläne parat. Sie wollte mit mir tatsächlich von Athen ins noch bizarrere, abgelegenere, sumpffieberverseuchte Kreta fliegen. Dort gab es sicher noch mehr Mücken, noch mehr Malaria, Ebola, verrückte Puffmutterl und aufgebrachte Dorfkriminelle mit Mörderhänden. Und es gab erst recht keine Hotels und keine Tankstellen, Bahnhöfe, Taxis oder Mobilfunknetze. Dort konnte ich ihn dann endlich kriegen, den lange erwarteten Herzinfarkt.

Die Zeit verging. Niemand kam. Nicht der Mob, und natürlich auch nicht Chordokowski. Es wurde hell. Es wurde ganz normaler Vormittag. Wir wachten auf und fühlten uns ausgeruht.

Doch dann standen sie wieder da, allerdings nur noch die Alte und der Preisboxer. Die Alte sagte, sie habe unsere Buchung bei ›airbnb‹ storniert. Sie wirkte noch gebrochener und alkoholkränker als ohnehin schon. Ja, kein Zweifel, die letzten Tage hatten ihr zugesetzt. Der Kerl ohne Stirn kam auf mich zu und sagte wieder sein Sprüchlein, wobei er sich diesmal wohl eine finale Einlage zurechtgelegt hatte.

»Also (langsam auf mich zukommend wie im Westernfilm), eines wollte ich schon noch wissen (alles auf Englisch), warum hast du mich belogen (theatralisch die Stimme senkend, dann, unmittelbar vor mir, luftholend, gleich explodierend), weißt du, was du bist?«

Ich war nicht untätig währenddessen, hatte die beiden großen Koffer genommen und die kleine Wendeltreppe betreten. Er war also direkt hinter mir. Was hätte er tun können? Mit der Faust gegen meinen Hinterkopf stoßen? Das hätte ich seelenruhig eingesteckt. Wichtig war, daß er nicht in mein Gesicht schlagen konnte. Ich durfte auf keinen Fall meine Zähne verlieren. Hätte er einen Gegenstand nehmen und auf meinen Kopf hauen können? Nein, das wäre ja Mordversuch gewesen. So blöde war selbst dieser von der »BILD«-Tussi aufgehetzte Kretin nicht. Die Wendeltreppe war zu schmal, als daß er mich überholen und mich stellen konnte. Also machte er das, was alle Schläger machen, er beschimpfte und provozierte mich. Ich will die Worte nicht wiedergeben, da ich englische Schimpfworte noch abstoßender finde als deutsche. Im Deutschen klingt ›Ich werde dir die Scheiße aus dem Leib prügeln‹ ja fast noch literarisch. Auf Englisch ist es dann nur noch Bruce Willis und »Die Hard IV«. Das ist nicht der Zusammenhang, in dem ich mich sehen will.

24

Harriet bekam wenig von der entscheidenden Situation mit. Das interessierte sie nicht sonderlich. Es war nicht leicht für mich, mich nicht umzudrehen und etwas zu entgegnen. Es wäre die natürliche, äußerst tief in den Genen eingelagerte Reaktion gewesen. Aber in dem Moment hätte ich seine behaarte schwarze Baggerfaust in der Fresse gehabt und wäre rücklings die Treppe runtergekippt, Aufschlag mit dem Hinterkopf. Ich hätte überlebt, weil es keine gerade Steintreppe, sondern eben eine Wendeltreppe gewesen ist. Harriet hätte das alles nicht verstanden. Warum mußte ich mich mit dem ausländischen Mitbürger schlagen? Wie ärgerlich. Zu solchen Dingen gehören immer zwei, man kann das nur verurteilen, vor allem, nachdem die Wehrmacht schon einmal soviel Unrecht über die armen Griechen gebracht hat.

Ich blieb also diszipliniert, wie sehr der sichtlich ratloser werdende Brüllaffe an meinem Ohr auch tobte. Unten ging ich einfach mit beiden Koffern in die Menschenmenge hinein, die dort wie überall in Indien, äh, in der Dritten Welt, ich meine in Athen, vorbeifloß, unermüdlich. Auch das paßte nicht in sein Westernkonzept vom Show Down zweier einsamer Männer. Er hätte völlig Unbeteiligte mit hineingezogen, wenn er nun zu boxen begonnen hätte. Ich war schon nach drei Sekunden von der Menge mehr oder weniger aufgesogen, und die Gefahr war damit vorbei.

Wo war Harriet?

Sie stand an der nächsten Kreuzung wieder neben mir. Sie würde mich nie verlieren, ich bin doch ihr Ein und Alles, ihre Bühne, ihr Gegenüber, ihr Opfer und ihr Täter, ihr Spielball, ihr Quälgeist, ihr Publikum und ihr selbstgeschnitzter Märtyrer. Klar, daß sie mich im Auge behält, da mußte ich mir keine Sorgen machen.

Nur ein Hotel hatten wir noch immer nicht. Um einmal ganz ehrlich zu sein, gebe ich zu, daß ich mich in diesem Moment sehr gern mit höchster Geschwindigkeit von der ›airbnb‹-Bleibe entfernt hätte, also ein Taxi genommen hätte. Ich hatte diesmal noch bessere Gründe als sonst. Die Koffer, die Hitze, der wutentbrannte Feind, die Steigung am Berg, Harriets Erschöpfung, das Hotelwissen der berufsmäßigen Chauffeure. Harriet lehnte nur um so entschiedener ab. Ich dachte mir: bloß gut, daß ich bald im Flugzeug sitze.

Genau eine Sekunde später geschah jedoch ein Wunder, man könnte sagen, ein Pfingstwunder. Das soll es in südlichen Ländern ja häufiger geben. Ein Mann sprach uns an und erbot seine Hilfe bei der Hotelsuche. Er führte uns in den hinteren Teil seines Geschäftes. Es war, wie die meisten Athener Geschäfte, ein Trödelladen. Der rasende ›airbnb‹-Knallkopf konnte uns von außen nicht sehen. Gut möglich, daß er mit herbeigeholten Kumpels gerade die Straße absuchte.

Auch der Trödelladenbesitzer fand lange kein Hotel. Fast hätte er schon aufgegeben. Dann, nach etwa einer halben Stunde, ergab sich eine Chance. Wir konnten ein kleines Einzelzimmer für eine Nacht reservieren lassen, für 110 Euro. Harriet überlegte. So viel Geld für EINE Nacht, da wir doch eigentlich schon ein Zimmer bezahlt hatten? Das brachte sie nicht über sich. Ob man nicht doch versuchen sollte, zu der ›airbnb‹-Müllhalde zurückzukehren? Da kam mir der rettende Gedanke:

»Hörnchen, die Frau hat unsere Reservierung doch gecancelt! Das bedeutet, daß unser Geld automatisch zurücküberwiesen wurde! Wir haben das Geld noch und können es für ein richtiges Hotel ausgeben!«

»Aber gleich 110 Euro?«

»Die ›airbnb‹-Kloake war teurer.«

»Echt?«

»Oh ja. 4 Euro mehr.«

»We book it!« rief sie dem wartenden Trödelhändler zu, der das Telephon noch in der Hand hielt. Er machte die Buchung klar.

»Na, hoffentlich gefällt es uns da auch.«

»Besser als bei der alten Trinkerin wird es schon sein.«

»Nenn sie nicht so. Die hat es auch nicht leicht, heutzutage, in Griechenland, mit den ganzen Merkel-Schikanen ...«

Ein kleines Streitgespräch über die EU, die Troika und Schäuble kam ins Rollen, was mir nach all dem Ebola-Horror wie süße Mozart-Musik vorkam. Wir legten dabei den langen Weg zum Hotel am anderen Ende der Stadt ganz flott zu Fuß zurück und merkten kaum, wie die Zeit verstrich. Das ist das Schöne bei Intellektuellen, sie können sich immer unterhalten. Und nun schien auch endlich die Sonne, bei ungefähr 28 Grad.

Wir kauften uns deutsche Zeitungen und fanden sogar die Straße, in der das Hotel lag, was ein Glück war, da man die griechischen Buchstaben, wie die chinesischen, nicht lesen kann. Das Hotel hieß »Hotel Diamond«. Sehr nette Leute. Der Mann am Empfang sah genauso aus wie Alexis Tsipras. Viele sahen in Griechenland so aus, und noch mehr wie Chordokowski, aber keiner wie Varoufakis. Als ich im Zimmer die Zeitungen las, merkte ich, was wir gerade alles verpassten. Im Zentralkomitee war der Teufel los. Die meisten ZK-Mitglieder verlangten den sofortigen Zahlungsstop an die EU-Banken. Auch das Fernsehen berichtete pausenlos von der ZK-Tagung, die in einem Athener Hotel gleich um die Ecke stattfand.

Harriet, eben noch vital und gnadenlos im Marschieren, baute kräftemäßig wieder ab. Die nächsten vierundzwanzig Stunden lag sie nur auf dem Bett und schlief. Es war natürlich kein Tiefschlaf, und etwa einmal pro Stunde erhob sie sich und trank etwas Wasser. Sie schien keine übergroßen Schmerzen zu haben oder ließ es sich nicht anmerken. Morgens und abends schluckte sie eine pflaumengroße Tablette eines Antibiotikums, das jedoch nicht die geringste Wirkung zeigte. Ich sah fern oder las Zeitung. Das Hotel war herrlich, auch herrlich teuer, am Ende bezahlten wir 330 Euro. Die bezahlten wir gern, denn in der Zeitung stand, alle Griechenland-Urlauber sollten sich mit Bargeld eindecken, da ab Freitag wahrscheinlich kein Bargeld mehr in den EC-Automaten gelagert und die Staatspleite unabwendbar sei. Da es mir nicht gelang, Harriet zum letzten noch intakten EC-Automaten neben dem Parlament zu schleifen – nur sie kannte den Geheimcode –, war ich froh, daß das Hotel die Kreditkarte akzeptierte. Und, wie gesagt, man mußte es einfach lieben. Alles war weiß und sauber, die Klimaanlage funktionierte, im sechsten Stock war der verglaste Frühstücksraum. Dort hielt ich mich möglichst lange auf, während Harriet schlief.

Als mein Abflug näher rückte, schlug ich ihr vor, gemeinsam zurückzufliegen. Sie war erbost. Warum zurückfliegen? War es denn nicht schön? Hatten wir die furchtbaren ersten Tage umsonst durchgestanden? Jetzt begann doch erst unser Urlaub auf Kreta! Dort würden wir uns wohlfühlen, Kreta sei *phantastisch.*

Zu dem Zeitpunkt glaubte ich wirklich, Harriet sei schwer krank. Sie hatte eine Nebenhöhlenentzündung, und das Antibiotikum wirkte nicht mehr. Jetzt nach Kreta zu fliegen schien mir zu gefährlich zu sein. Aber ich wußte auch, daß sie sich niemals umstimmen ließ. So ergab ich mich in mein Schicksal, besser gesagt in ihres. Sie flog in den bakterienverseuchten Süden, ich zurück in die Zivilisation.

Unsere Flüge gingen nicht zeitgleich. Ich mußte noch ein paar Stunden in Athen verbringen, nachdem wir uns unter vielen echten und falschen Tränen verabschiedet hatten. Wenn ich das sage, so möchte ich das Augenmerk gern auf die *echten* Tränen lenken, die nicht jeder Leser einem Schriftsteller zutrauen würde. Beim Abschied waren sie noch gespielt, aber kaum war Harriet weg, ergriff mich eine wahrhaftige emotionale Erschütterung. Ich stand noch auf dem Bahnsteig der

U-Bahn-Station, deren Linie zum Flughafen führte, um mich herum wuselten hunderte Menschen, fast alle Griechen. Ich sah die kleinen roten Schlusslichter der sich immer weiter entfernenden Bahn und mußte plötzlich so weinen, daß die umstehenden Griechen auf mich aufmerksam wurden. Mir fiel jetzt auf, wie schön die griechischen Frauen doch waren, und machte mir das bewußt, um wieder zu mir zu kommen.

Ich wollte einen frisch gepressten Orangensaft trinken, merkte aber, daß ich zu nichts mehr fähig war. Ich konnte nicht ins Hotel zurück, da wir schon ausgecheckt hatten. Ich stand auf einem großen Platz, minutenlang völlig unschlüssig, auf den ausziehbaren Griff meines Rollkoffers gestützt. In meinem Kopf herrschte eine tobende Leere. Die Tränen drückten schon wieder, vom Hinterkopf kommend, gegen die Augen.

Da sprach mich eine Frau an, eine nicht sehr angenehme, etwa sechzigjährige Frau, unserer alten Hexe von der ›airbnb‹-Familie nicht unähnlich. Sie war eine Taxifahrerin und fragte, wo ich hinwollte. Einer Eingebung folgend, sagte ich ihr, auf Englisch, ich wolle zum Zeus-Tempel. Wieselflink hievte sie den Rollkoffer in den Kofferraum ihres Autos.

Endlich in einem Taxi! Sie fuhr los und wollte das Fahrtziel wissen. Na, der Zeus-Tempel! Verstand sie nicht. »The temple of Zeus, the god of the ancient greek people« … keine Chance, sie verstand kein Englisch. Ich schrieb ZEUS auf eine Karte, die ich gerade erst im Hotel bekommen hatte, beim Auschecken. Nun fuhr die zahnlose Person sofort mit Vollgas zum gleichnamigen Hotel. Ich leistete erbitterten Widerstand, rief alles mögliche, auch, beim Zeus!, noch ein paarmal den Namen des griechischen Gottes. Bei einer roten Ampel sprang ich aus dem Wagen und versuchte, den Kofferraum zu öffnen. Es ging nicht. Dort war mein Laptop drinnen, mit all meinen unveröffentlichten Werken, all meinen Photos, all meiner Korrespondenz, Terminplänen und so weiter. Die Frau trat aufs Gaspedal, kam aber nicht weit. Die Straße war verstopft, ich rannte hinterher. Bei der nächsten Ampel war ich wieder am Heck, und diesmal fand ich den kleinen Verriegelungshebel. Die Klappe sprang eiernd auf, ich griff zu – und machte, daß ich davonkam. Es war eine schöne, kleine, zusätzliche Erfahrung, die mich angenehm entemotionalisierte, also Harriet gegenüber. Ich fühlte jetzt, daß ich richtig gehandelt hatte. Auf Kreta wäre ich vor die Hunde gegangen. Die gezählt zweiundfünfzig Mückenstiche taten noch immer mehr als weh. Wer weiß, was die Mücken auf Kreta erst mit mir veranstaltet hätten. Laut Wikipedia übertrugen sie dort Malaria und Denguefieber, ich glaube, ich erwähnte es bereits …

Noch immer vier Stunden bis zum Flug. Was tun?

Eine kindergroße Touristeneisenbahn mit Lokomotive und vier offenen Waggons fuhr neben mir. Warum nicht einsteigen? Ich hatte einen bequemen Doppelplatz gleich im ersten Waggon. Vor mir sah ich die dieselgetriebene Lokomotive mit dem Lokführer, hinter mir nichts, da ich es vorzog, mich nicht umzudrehen.

»How long does it take, the whole trip?« fragte ich.

»One hour!«

Auf diese Weise bekam ich zum ersten Mal wirklich etwas von der Stadt mit, in die ich gereist war. Da wir Chordokowski nicht getroffen hatten und Harriet fast immer im Bett geblieben war, kam es erst jetzt zu dieser substantiellen Erkundung der Hauptstadt Griechenlands. Ich bekam auch Kontakt zur Bevölkerung, weil mir ständig Kinder und manchmal auch ihre Mütter vom Straßenrand aus zuwinkten. Sie fanden die lustige Eisenbahn wohl sympathisch.

Was war sehenswert in Athen? Ich bekam es nun gezeigt. Im Grunde waren es zwei Dinge. Erstens die Bauten der Römer. Diese hatten die Stadt mehr als anderthalb Jahrtausende lang regiert, nämlich vom dritten vorchristlichen bis zum vierzehnten nachchristlichen Jahrhundert, erst West-, dann Oströmer. Das war eine gigantisch lange Zeit, ja einzigartig lang in der Geschichte der Menschheit. Und so gibt es viele römische Bauwerke in dieser Stadt, die doppelt bis dreimal so lang römisch war wie Rom selbst. Die kann man alle anschauen, auf den Sitzen der Bimmelbahn. Es hätte mir gut gefallen, wenn der Lokomotivführer nicht schon bald abgebogen und die zweite Sehenswürdigkeit Athens angesteuert hätte: das Flohmarkt-und-Trödelgeschäfte-Viertel. Das kannte ich aber schon, Harriet hatte mich an ihren wenigen gesunden Tagen gefühlt hundert Stunden lang durch dieses endlose Touristenviertel gezogen, in dem ja auch die ›airbnb‹-Behausung lag. Nicht schon wieder!

Dieses Viertel maß wahrscheinlich die Fläche einer westdeutschen Landeshauptstadt, meinetwegen Stuttgart. Es gab nicht einen Kettchenverkäufer-Stand, es gab nicht zehn oder hundert oder tausend, nein, es gab *zehntausend* davon. Und auf jeden Kettchenverkäufer-Stand kamen wahrscheinlich zehn oder fünfundzwanzig Touristen, die den Stand beschnupperten. Zwischen all den Ständen, Bauchläden, Geschäften, Märkten und Restaurants gab es wieder reichlich alte Römerbauten, die das Interesse der Photographen erregten, also der Touristen mit Handycamera, also aller Touristen. Die Bauten selbst wären auch wirklich schön gewesen, meistens hellgelb oder weiß, man konnte nie sagen, wo sie zerstört waren und wo nicht. Es waren gerade durch ihre nicht geplante Verformung perfekte Kunstwerke, aber durch die vielen Touristen, die auf ihnen krabbelten wie Ameisen auf einem an sich leckeren Käsebrot, war einem alles verleidet. Nein, man konnte nicht mehr nach Athen fahren.

Man konnte auch nicht mehr woandershin fahren, etwa nach Florenz oder Paris oder Venedig, nein, nie mehr konnte man nach Europa fahren, denn überall herrschte die gleiche Ameisen-auf-Käsebrot-Situation. Dadurch wurden alle Städte gleich, wurden alle Unterschiede und alle Eigenschaften ausgelöscht. Auch die Musik war überall die gleiche. Nicht nur die schon beschriebenen unvermeidlichen ›wilden‹ Trommler, die sich ›in Ekstase trommelten‹, waren allgegenwärtig, auch die Akkordeonspieler mit ihren immer gleichen ein bis zwei traurigen Weisen. Es sind ein paar Tonfolgen, bei denen man nach der zwanzigsten Wiederholung am liebsten wie ein Betrunkener überlaut mit dumpfem »la-la-la« mitgrölen will. Seltsamerweise sind es immer drei Spieler, und immer ist einer davon dreizehn Jahre alt und ein sogenannter ›Roma und Sinti‹. Nein, ich lege mich jetzt fest: Ich war noch niemals in Lissabon, und ich werde auch niemals dorthin reisen. Ich will mir diese letzte europäische Hauptstadt, die ich noch nicht kenne, nicht zerstören lassen. ICH WERDE NIEMALS NACH LISSABON FAHREN!

Und auch nicht nach Bukarest, nicht mehr nach London, nicht nach Palermo, nicht mehr nach Cannes. Es ist vorbei. Ich fahre, wenn überhaupt, noch dorthin, wo ich am besten gelernt habe, den Touristen zu entgehen, nach Rom. Wobei auch hier im letzten Jahrzehnt hunderttausende zusätzliche Outdoor-Restauranttische entstanden sind, so daß zum Beispiel Trastevere oder die Pantheon-Gegend damit ebenso zugewuchert sind wie dieses Trödelviertel in Athen. Es ist wohl so: Man kann überhaupt nicht mehr reisen …

Während ich diesen schwarzen Gedanken nachhing, verlor ich viel Zeit. Die Bimmelbahn hielt nämlich andauernd an, um einen Touristen aufzunehmen und ihm ein Ticket zu verkaufen, was jedesmal viele Minuten dauerte. Nach über zwei Stunden steckte man noch immer in diesem Dschungel fest. Ich sagte dem Lokomotivführer, mein Flugzeug gehe bald. Wann wir denn wieder zurück sein würden?

»In ten minutes!«

Nach drei Stunden sprang ich in Panik aus der fahrenden Eisenbahn, da ich ein leeres Taxi entdeckt hatte. Mit dem fuhr ich zur U-Bahn, doch es war zu spät. Ich erreichte den Flughafen erst elf Minuten vor Abflug meiner Maschine. Es war der einzige Flug nach Wien an diesem Tag. Und in Athen hatte ich nun kein Hotelzimmer mehr, um den nächsten Tag abzuwarten.

Da aber in Griechenland alles Verspätung hat, galt das auch für diesen Flug – er ging gut vierzig Minuten später, und es gelang mir, per Handy meine Bordkarte herunterzuladen. Ich habe nämlich einen Freund, und er heißt iPhone 6.

Im Flugzeug lagen österreichische Zeitungen aus, sogenannte Qualitäts-Printmedien. Ich nahm den »›Standard‹, das »Profil« und »Die Presse«. Alle hatten Tsipras auf der Titelseite. Man erwartete den Zusammenbruch Griechenlands in den nächsten Tagen und *Stunden*. Meine Kehle wurde trocken, als ich das las. Hoffentlich hob das Flugzeug bald ab.

Ich wählte Harriets Nummer. Ob sie noch lebte? Ich hatte ihr am Ende noch fast mein ganzes Bargeld zugesteckt. Sie nahm den Anruf an. Es ging ihr schlecht. Sie weinte.

Aber sie hatte immerhin das Mietauto, das wir bestellt hatten, bekommen und war damit drei Kilometer zu dem reservierten Hotel gefahren, hatte es also gefunden, das Auto ordnungsgemäß auf dem gesicherten Hotelparkplatz geparkt und das Zimmer bezogen. Sie hatte Kopfweh und Fieber, wirkte aber gesünder als am Vortag. Wir redeten lange. Es war unser erstes längeres und einvernehmliches Gespräch seit langem. Nur der beginnende Flug konnte uns stoppen.

Das Flugzeug flog also wirklich los, es war kaum zu glauben, und brachte mich, noch vor dem Grexit, außer Landes. Es war Fakt. Ich landete in Wien. Ich träumte nicht.

In Wien ging alles ganz schnell. Mit dem City Airport Train erreichte ich binnen Minuten die Innenstadt. Ein Taxi fuhr mich zu unserem Hausarzt Doktor Dohlyi. Ich stürmte in die Praxis. Die Sprechzeiten waren längst vorbei, aber ich mußte mich nicht daran halten, da ich mit Doktor Dohlyi befreundet war.

»Herr Doktor, entschuldigen Sie, aber meine Frau! Wissen Sie, meine Frau!«

»Ja, was denn bloß?«

Er sprach nicht gern über sie, da er sie für eine Simulantin hielt, was er nicht verbarg.

»Sie haben ihr ein Antibiotikum verschrieben, Augmentin.«

»Ich weiß. Sie war in der Praxis, aber es ging ihr *so schlecht*, daß sie nach zwei Minuten wieder rausgelaufen ist.«

Er sagte das mit einem verächtlichen Gesichtsausdruck.

»Oh ja, ich erinnere mich gut … sie hat es erzählt, ich meine, ich war ja sozusagen dabei … jedenfalls wirkt das nicht. Sie haben ihr zwei Packungen gegeben, eine ist aufgebraucht, ohne zu wirken. Soll sie die zweite Packung auch noch nehmen?«

»Ja, unbedingt!«

»Die zweite auch. Sonst nichts machen?«

»Nein! Nichts weiter!«

Er wirkte geradezu zornig. Und sehr sicher – was mich beruhigte, sehr sogar. Doktor Dohlyi wußte also ganz genau, daß Harriet nur weiter das Placebo schlucken mußte, um wieder ganz gesund zu werden! Ich fühlte mich unendlich viel besser nach dieser Information.

Ich stand ganz verschwitzt vor ihm, die Hand am Rollkoffer, und ging lieber wieder. Er würde die Lage schon verstehen. Auch andere Patienten saßen jetzt noch im ärmlich eingerichteten Wartezimmer. Doktor Dohlyi war Armenarzt. Es war halb 7 Uhr abends. Seine verhärmte Frau und Arzthelferin saß am alten Holzpult und sah mich vorwurfsvoll an. Sie mochte mich nicht.

Unsere Wohnung am Nestroyplatz liegt nur einen Steinwurf von der Praxis entfernt, was für Harriet normalerweise sehr praktisch ist. Nun war ich bald da. Ich schloß die Tür auf und sah das saubere Zuhause. Unsere junge polnische Putzfrau Beata, ein blondes, blauäugiges Mädchen mit einer phantastischen Scarlett-Johannsen-Figur, hatte ganze Arbeit geleistet. Ich freute mich schon darauf, ihr von unserem griechischen Abenteuer zu erzählen, während sie wieder den Boden schrubbte. Aber das würde erst in einigen Tagen der Fall sein können, da sie nur einmal die Woche auftauchte.

Die Wohnung war wirklich schön. Ich ging durch alle Zimmer und rief dann Harriet an. Es gab ja Neues zu berichten, von meinem Besuch beim Hausarzt. Ich erreichte sie nicht sofort, aber später schon. In den folgenden Tagen brauchte es im Schnitt immer zehn Versuche, um die Verbindung herzustellen. Oftmals saß ich stundenlang vor den Maschinen – Computer und Handy – und verzweifelte fast, weil ich nicht durchkam. In den Bergwelten Kretas, zu denen Harriet mittlerweile vorgedrungen war, galten andere digitale Gesetze. Aber jetzt gelang nach wenigen Minuten ein Skype-Kontakt.

Ich war von Herzen froh, daß Harriet immer noch lebte. Diese Skype-Technik hatte den verheerenden Fehler, die Teilnehmenden unvorstellbar häßlich abzubilden, wie Generationen zuvor die Polaroidtechnik. Ich war aber darauf gefaßt. Ich sah mich ja selbst in einem kleinen Ausschnitt am unteren rechten Bildrand: aufgequollen wie eine Wasserleiche, bleich, proportional falsch, mit dürren, ausgetrockneten Haaren, das Gesicht bestand nur aus Falten wie bei der App »Wie Sie in zwanzig Jahren aussehen«. Natürlich wirkte Harriet ebenso verfremdet. Selbst im Koma im Hotelbett hatte sie frischer ausgesehen. Längere Zeit mit seiner Liebsten zu skypen ist der sichere Tod einer Beziehung. Leider war es nicht zu vermeiden, daß wir genau das taten, denn Harriet kam nicht so

35

bald zurück. Ich versuchte, sie dazu zu überreden, aber sie dachte gar nicht daran. Dabei entwickelte sich ihr Aufenthalt auf Kreta schnell zum nächsten Martyrium. Wie verabredet besuchte sie dort Jugendfreunde, und diese waren natürlich Bio-Fanatiker, Ernährungs- und Naturverrückte. Sie hatte diese Leute seit ihrer Schulzeit aus den Augen verloren. Nach landläufigem Verständnis waren es also gar keine richtigen Freunde. Sie lebten seit Jahrzehnten in den kargen Bergen, bauten Oliven, Tomaten und so weiter an, verarbeiteten das Zeug selbst, predigten die »Du bist, was du ißt«-Philosophie. Das taten sie Tag und Nacht, wie religiös Besessene. Harriet hatte schon nach dem ersten Abend zuviel davon gehört. Sie sehnte sich nach Gesprächen mit mir, der ich noch andere Themen kannte.

2.

SCHREIBKOMPLEX

Während es auf Kreta erstaunlich kalt und windig war und Harriets Badeversuche sekundenkurze Begegnungen mit dem Eiswasser waren, brach in Wien der Sommer aus, und zwar in voller Breite. Die Sonne stach so messerscharf vom Himmel, daß man die Alpen sehen konnte. Alles grünte und reckte sich in die klare, frische, gerade erst aufgeheizte Luft. Ich konnte gar nicht anders, als in das Freibad Bad Vöslau zu fahren. Es war ein elitäres, altes Bad, das 30 Kilometer vor Wien lag. Seit der Kaiserzeit hatte sich dort wenig verändert, architektonisch und sozial. Der Eintrittspreis war so hoch, daß nach wie vor nur die Bessergestellten dort Einlaß begehrten.

Eine Eisenbahnlinie verband Bad und Stadt schon seit 1858, und in der saß ich nun, als einer der wenigen Passagiere. Das Land lag wie schlafend unter der Sonne da. Solche einsamen Bahnfahrten haben immer etwas Melancholisches. Man merkt plötzlich, wer man ist und wie viele Jahrzehnte schon wieder verstrichen sind. Alles ändert sich, nur die Vorortbahn bleibt immer gleich.

Im Bahnhof lungerten nur zwei junge Burschen herum, noch in der Pubertät steckend. Sie saßen auf einer der Bänke wie ein sprachloses Paar, das versuchte, sich mit Hilfe einer Zeichensprache zu verständigen, die sie aber gerade erst entwickelten. Ich fragte nach dem Bad, und der eine schüttelte

37

den Kopf, während der andere heftig nickte. Dann stockte ihnen der Geist, und sie starrten verstört vor sich hin. Ich machte das Daumenzeichen, also reckte den Daumen nach oben, und rief etwas Aufmunterndes.

Vor dem Bahnhof stand zu meiner großen Freude ein kleiner schwarzer Wagen mit der Aufschrift »City-Taxi«. Harriet hätte jetzt getobt und mich zur Fußwanderung gezwungen, aber ich setzte mich in das Auto. Der Fahrer kam und fuhr mich die 500 Meter zum Bad. Er fragte mich, ob ich auch einen City-Taxi-Ausweis hätte. Ich sagte ja. Später gab ich ihm 10 Euro.

Im Bad schienen nur uralte Menschen herumzulaufen, wie in einem Badekurs des Altersheims. Das schockierte mich so, daß ich die jüngeren erstmal kaum entdeckte. Fast nackte achtzigjährige in praller Sonne sind ein furchterregender Anblick. Sie humpeln und kriechen und verbiegen sich noch mehr als ohnehin schon, weil sie mit den Kieselsteinen, dem Geröll, den Fliegen und anderen Insekten, den Pflanzen, Wurzeln und Ästen zurechtkommen müssen. Das kaiserliche Bad lag mitten in einer Waldsiedlung und wurde von einer echten Heilquelle gespeist, an der sich schon die Römer erfreut hatten. Ich kämpfte mich zur Milchbar vor. Dort nahmen mich Freunde in Empfang.

Ich war erleichtert, mir endlich meinen Kummer mit dem verpatzten Griechenlandurlaub von der Seele reden zu können. Meine Freunde waren mir sehr nah. Der Mann war ein bekannter Schauspieler, und die Frau schrieb Romane. Das heißt, sie hatte erst einen geschrieben, der war aber sehr gut. Ich erzählte meine Geschichte.

Sie stieß auf wenig Interesse. Einzelne Dinge mußte ich mehrmals wiederholen, weil die beiden nicht zugehört hatten. Ich wollte so gern einen Ratschlag hören, was nun zu tun sei. Die Frau setzte nach mehrmaliger Aufforderung zu einigen Psycho-Erklärungen an, die entsetzlich banal und nichtssagend klangen, also falsch. Worte wie ›depressiv‹, ›masochistisch‹, ›latent‹, ›Interessen vertreten‹ und ›nicht unter Druck setzen lassen‹ kamen darin vor, also all die Wortprothesen, die immer schon ein sicheres Zeichen für Blindheit waren. War ich in meiner Lage denn so allein? Kannten selbst beste Freunde solche Probleme nicht?

Offenbar. Ich hatte meinen kleinen Apple-Computer dabei und tippte ein Interview ab. Zuvor war ich ins Wasser gesprungen und hatte mich in die Sonne gelegt, in einen äußerst bequemen Liegestuhl. Dabei lief über Ohrhörer ein Radiosender, der ununterbrochen die Top Twenty spielte.

Das Interview war eigentlich keines, sondern ein Chat auf Facebook mit einem jungen Redakteur einer Kulturzeitschrift. Das hatten wir so ausgemacht. Am Abend zuvor hatten wir die Computer angelassen und über mehrere Stunden lässig Fragen und Antworten eingegeben, so nebenbei. Das Ergebnis redigierte ich nun, stellte aber fest, daß der Chat bereits nahezu perfekt war. Ich hätte nun wieder baden gehen können, aber wozu? Ich merkte, daß sich solche Dinge, also alles, was mit Wasser, Sonne und Schwimmen zu tun hat, ohne Harriet sinnlos anfühlten. Ferien ohne Frau? Absurd.

Wahrscheinlich ging es ihr gerade ebenso. Wenn es denn Ferien für sie waren, die Tage auf Kreta. Durch das Baden im Eiswasser hatte sie sich eine Verkühlung zugezogen, wie ich inzwischen wußte. Also zusätzlich zur Nebenhöhlenentzündung oder als Ersatz derselben, sollte diese endlich ausgeheilt gewesen sein. Verkühlung klang auf jeden Fall schon viel besser und harmloser. Auch machte die Kommunikation zwischen uns Fortschritte. Wir erreichten uns nun mehrmals am Tag und immer per Skype. Schon morgens nach dem Aufwachen ging es los, und ich liebte es.

Ich ging mit dem Serien-Schauspieler und seiner Freundin wieder zur Milchbar. Der Serviererin fiel vor Aufregung der Tortenteller aus der Hand, als sie den berühmten Mann bediente. Er beruhigte sie, indem er sie aufforderte, ihn beim Vornamen zu nennen. Bald beschäftigte sich jeder von uns mit seinem kleinen Laptop.

Früh fuhr ich nach Wien zurück. Ich wollte lieber wieder mit Harriet skypen, außerdem gab es das Endspiel der Champions League im Fernsehen. Auf dem kleinen Landbahnhof sah ich erneut die beiden Burschen. Der eine wetzte unruhig mit dem Hintern auf der Wartebank hin und her, der andere lag fast schlafend da und hatte seine gerade erst langgewachsenen Beine von sich gestreckt. Ich fragte, wo ich meine Karte entwerten könne. Auf der stand nämlich in Riesenbuchstaben »Unbedingt entwerten!«. Der Schlafende starrte mich mit verrutschtem Gesicht an, seine Unterlippe flatterte geradezu, und der Unruhige beugte sich wie ein Schalterbeamter nach vorn, als wolle er etwas sagen, aber er wußte nicht, was. Schließlich fand ich den Entwerter auch so. Bis der Zug kam, winkten die beiden ein paarmal. Vor allem, als ich einstieg.

So vergingen die Tage bis zu Harriets Rückkehr.

Als sie tatsächlich wieder da war, konnte ich es kaum glauben. Wie konnte, nach einem dermaßen kaputten, verunglückten Urlaub, anschließend wieder alles gut sein? Aber das war es auch nicht. Natürlich gestand sie mir, sie hätte sich von mir verraten gefühlt. Ich hätte sie in Griechenland im Stich gelassen. Ich sei einfach weggegangen. Nun stimmte das nicht ganz, denn ich hatte unsere Kommunikation ja sehr ausgeweitet in den Tagen des Getrenntseins. Dank Skype hatten wir öfter und intensiver miteinander geredet als in den Wochen unserer Hochzeitsreise vier Jahre zuvor. Ich wußte genau, daß wir uns, wäre ich nach Kreta mitgekommen, viel schlechter verstanden und uns dann wohl tatsächlich getrennt hätten. Aber das durfte ich natürlich nicht sagen. Ich hatte unsere Ehe gerettet und stand dennoch als Verräter da.

Das war aber nicht alles. Ich hatte auch noch ihre beste Freundin verraten, und zwar in meinem neuen Buch, das bald erschien. Harriet hatte es am letzten Tag vor ihrer Rückkehr gelesen.

Die Nachricht überraschte mich. Rasch nahm ich das Manuskript zur Hand und las nach. Und wirklich gab es eine Stelle, in der diese Freundin beschrieben wurde. Sie hieß im Buch anders, hatte eine andere Legende und Haarfarbe, aber sie war durch die erzählte Geschichte wiedererkennbar, zumindest für Harriet. Und für die Person selbst natürlich. Als ich die Stelle las, stockte mir der Atem. Hatte das wirklich *ich* geschrieben? Konnte man so niederträchtig über eine Freundin schreiben? Das arme Mädchen wurde als Alkoholikerin, Cholerikerin, aggressive, eifersüchtige und unfreundliche Alte gezeichnet. Wenn sie das las, würde sie wie vom Blitz getroffen tot umfallen. Die Stelle, nur zwei bis drei Buchseiten, las sich wie der langgezogene Schrei eines vor Wut Rasenden.

Was hatte mich da bloß geritten? Und warum hatte ich das später nicht entschärft? Was hatte die gute Freundin mir getan?

Die Passage handelte sogar von einem netten, kostenlosen Aufenthalt im italienischen Ferienhaus der geschmähten Freundin. Sie hieß übrigens Pippa. Eine Woche hatten wir es uns dort gutgehen lassen. Als Dank erreichte sie nun diese Hinrichtung. Unfaßbar.

Gab es eine Erklärung? Purer Sadismus, Bösartigkeit, im Unbewußten schlummernd? Eifersucht auf die Freundin, meinerseits? Schreibfreude? Wahrheitsliebe? Inhaltliche, politische, weltanschauliche Differenzen? Nein, nichts dergleichen, es war ein Rätsel.

Harriet konnte das aber nicht einfach so stehenlassen, sie war verständlicherweise entsetzt. Es handelte sich nicht nur um eine Freundin, sondern um die beste und längste Freundschaft ihres Lebens. Ich gab zu bedenken, daß Pippa von dem Buch und der Stelle gar nichts erfahren würde. Aber Harriet widersprach mir. Es gab viele Menschen im Umkreis von Pippa und Benito, so hieß ihr Mann, die meine Bücher mit Begeisterung lasen. Es hatte keinen Zweck – ich mußte die Sache aktiv angehen und ausbügeln.

Und so fuhr ich umgehend in die 280 Kilometer entfernte Stadt Graz, wo Pippa und Benito wohnten. Der Zug fuhr erst um 21 Uhr los, war überfüllt und heiß, so daß ich mich in die erste Klasse setzte. Dort wurde ich zum Glück gut behandelt. Ein junger, devoter Österreicher in Uniform brachte mir einen warmen Topfenstrudel mit Schlagobers und eine Melange. Er schloß meinen Laptop ans Internet an und war alle halbe Stunde auf Knopfdruck zur Stelle, um die nächste Melange zu bringen. Ich war der einzige Fahrgast in dem nagelneuen Abteil. Draußen zogen die karg beleuchteten Berghäuser des Simmerings, an mir vorbei.

Ich dachte nach.

Mein Verhalten in der Affäre Pippa war eindeutig das eines Psychopathen. Selbst wenn ich alles noch würde einrenken können, durfte ich danach nicht zur Tagesordnung übergehen. Ich mußte meine Tat und meine Motive restlos aufklären. Vor allem mußte ich den Ursprung dieses Verhaltens, das sich im vorliegenden Fall keineswegs zum ersten Mal zeigte, herausfinden. Woher kam es? Was war diesbezüglich meine älteste Erinnerung?

Es war gut, daß ich die lange Zugfahrt zum eingehenden Reflektieren darüber nutzen konnte …

Als ich fünf Jahre alt war, begann ich täglich eine Zeitung zu schreiben. Erst diktierte ich sie meinem älteren Bruder, der schon sieben war und übrigens Ekkehardt heißt. Ich konzentrierte mich auf die ›Photos‹ (Zeichnungen), dann, nach Schuleintritt, schrieb und zeichnete ich alles selbst. Das war die Welt des Schreibens. Die andere Dimension, nennen wir es die öffentliche Wirkung, tauchte zwei Jahre später auf. Ich hatte einer Klassenkameradin, in die ich mich kolossal verknallt hatte, Briefe geschrieben, die schließlich unsere Lehrerin in den Schaukasten hängte, um mich vor weiteren schriftlichen Taten abzuhalten. Das gelang ihr, aber leider zu einem maßlos hohen Preis. Ich schämte mich dermaßen, daß ich eine bleibende seelische Verletzung davontrug, ein sogenanntes Trauma. Es sollte, das weiß ich heute, mein weiteres Leben mitbestimmen.

Im Alter von elf Jahren, nun schon auf dem Gymnasium, schrieb ich einem Klassenkameraden, den ich sehr mochte, eine anonyme Postkarte, die ich frankierte und wirklich in den Postkarten warf. Unter einem ausgedachten Mädchennamen ließ ich da eine Person mitteilen, sie bekomme ein Kind von ihm. Kaum hatte ich die Karte eingeworfen, verstand ich selbst nicht mehr, was ich da und warum ich es getan hatte. Es war komplett absurd. Ich war noch nicht aufgeklärt und wußte also nicht, daß elfjährige Menschen gar keine Kinder bekommen können. Es hätte als ›Streich‹ durchgehen können, wie das Abwerfen von mit Wasser gefüllten Kondomen, die man beim Vater gefunden hat, etwas in der Art, oder Klebstoff auf dem Stuhl des Lehrers. Aber mir schwante, daß es sich um etwas anderes handelte. Dem bewunderten Kameraden konnte ich danach nie mehr unter die Augen treten, was schade für meine Entwicklung war.

Das nächste Ereignis dieser Art kam erst viel später, fast schon im Erwachsenenleben. Ich war bereits sechzehn, als der liebe Gott mir die erste Freundin schenkte. Sie war fünfzehn, blond und ein Engel. Ich verbinde nur Glück mit ihr, aber es dauerte nur ein paar Monate, denn meine Familie verließ ausgerechnet jetzt das Land. In der neuen Heimat kam sofort eine

neue Freundin auf mich zu, nämlich die resolute Nachbars-
tochter. Die war dreizehn, verwöhnt und herrisch. Sie sah verdammt gut aus, die Situation überforderte mich. Ich kannte
mich nicht aus mit Mädchen, übrigens auch nicht mit Jungen
jenseits der Kindheit, ich war recht einzelgängerisch und hilflos. Um die Lage auszuhalten – ich wollte auf gar keinen Fall
wieder allein sein –, tat ich alles dafür, die freche Nachbars-
tochter zu befriedigen. Das rechthaberische Kind wollte herrschen, also ließ ich mich beherrschen und machte brav alles
mit. Die unguten Gefühle dabei schrieb ich in ein Tagebuch,
das ich zu diesem Zweck anlegte. Ich führe es bis heute.

Darin standen Sätze, die die kindische Domina nicht gern
gelesen hätte. Mit Hilfe dieses Ventils schaffte ich es, die Beziehung einen ganzen langen Winter über auszuhalten. Ich erlebte viele schöne Dinge in dieser Zeit, die mir der Inbegriff
der schönen ersten Jugendzeit geworden ist. Ich machte auch
viele Photos von ihr und mir, die ich mir immer wieder gern
anschaue.

Trotzdem wurden meine Nerven immer schwächer. Ich
mochte es zwar, ihr zuzuhören und ihr lebhaftes Temperament
zu beobachten. Unsere Gespräche waren oft weltanschau-
lich, schließlich war das inzwischen vierzehnjährige Mädchen
mental noch voll in der Pubertät, wenn es auch körperlich sehr
früh dran war. Doch ich konnte irgendwann wirklich und definitiv nicht mehr und gab ihr das Tagebuch zu lesen. Sie weinte
herzerweichend. Was mich überraschte, war, daß sie dennoch
weiter mit mir reden wollte. Sie wollte mit mir über das reden, was ich über sie geschrieben hatte. Sie wollte alles verstehen und mich besser kennenlernen. Sie schien mich wirklich zu lieben! Es blieb mir nichts anderes übrig, als tage- und
nächtelang unter vielen Tränen mit ihr über alles zu sprechen.
Mit diesem schönen Ausgang hatte ich nicht gerechnet. Wir
blieben also zusammen, und es gefiel mir recht gut. Leider

verliebte sie sich kurz darauf in einen gutaussehenden, sehr coolen Studenten mit Auto. Das war ein sozialer Aufstieg um mehrere Klassen. Eine Vierzehnjährige schnappte sich einen zweiundzwanzigjährigen Playboy! Ich war geschlagen.

Nun vergingen viele Jahre.

Erst mit zwanzig hatte ich meine erste *richtige* Beziehung, und wir haben sogar geheiratet. Die Sache ging über viele Jahre. Wir trennten uns im Guten, weil die Frau im verflixten siebenten Jahr einen Amerikaner kennengelernt hatte und in die USA zog. Als ich zurück in die nun leergeräumte Wohnung kam, begann ich umstandslos und ohne Verzug über die verlorene Frau zu schreiben. Es wurde eine rauschhafte zweiunddreißigseitige Abrechnung. Ich weiß noch heute, welche ungeheure Erleichterung ich beim Schreiben verspürte. Danach fühlte ich mich *buchstäblich* wie neugeboren und seelisch sauber, weiß und rein. Ich hatte überhaupt nicht das Gefühl, gerade etwas zutiefst Böses getan zu haben.

Hatte ich aber.

Immerhin gab ich diesmal das verletzende Pamphlet nicht an die Betroffene weiter. Niemand hat es je zu Gesicht bekommen, es lagert in meinem Panzerschrank, eine Kopie davon noch in der geheimen Berliner Wohnung. Nach meinem Tode könnte es noch Leid hervorrufen. Aber erstens werde ich sehr alt werden und diese erste Frau womöglich überleben, und zweitens bin ich nicht so berühmt, daß ein Verlag derart abgelegene Schriften publizieren würde. Selbst bei Goethe tat man das erst Jahrzehnte nach seinem Tod …

Ich erreichte die Stadt Graz um 23.30 Uhr. Der neue funkelnde Hauptbahnhof gefiel mir gut. Zwanzig Taxis warteten bedeutungsschwer vor dem prachtvollen Ausgang. Jeder Reisende spürte: Das ist eine Großstadt! Ich stieg in den ersten Wagen, einen engen Range Rover, und ließ mich in das Grand Hotel

fahren, das ich reserviert hatte. Es war das Fünf-Sterne-Ho-
tel Weisler. Beim Einchecken konnte ich den Zimmerpreis von
200 Euro auf den Aktionspreis 75 Euro herunterhandeln. Das
lag an Herrn Aymann, dem Nachtportier, mit dem ich mich
schon am Telephon gut verstanden hatte. Ihm zuliebe hatte
ich mein Türkei-T-Shirt angezogen. Er konnte kaum Deutsch,
mochte aber dieselbe Fußballmannschaft wie ich.

Das Zimmer war herrlich, eine Suite, also mehrere Räume.
Ich setzte mich gleich an den Computer und begann mit Harriet zu skypen. Sie war mir natürlich weiterhin böse, machte
es mir aber leicht. Ich hatte nicht das Gefühl, die Welt würde
nun zusammenbrechen. Es gab eine nicht ungefährliche Spannung, aber auch eine Loyalität zwischen uns beiden.

Da ich nicht einschlafen konnte, schrieb ich noch an einer
Rezension für meinen neuen Roman. Ich bin ohnehin der festen Überzeugung, die Beurteilung der eigenen Bücher dürfe
man nicht Fremden überlassen. Das galt bei diesem Buch, das
soviel privaten Zündstoff barg, erst recht. Das Augenmerk
mußte auf das aufklärerische Anliegen des Romans gelegt
werden, nämlich die Aufdeckung des korrupten Literatur-
preis-Vergabesystems. Das tat ich nun. Die Kritik ließ ich unter Pseudonym veröffentlichen. Hoffentlich würden viele Medien meinem Urteil folgen. Dann schlief ich ein.

Die Nacht erlebte ich unruhig, voller Spannung, aber auch
mit einer gewissen sportlichen Vorfreude. Meine Aufgabe war
riesig – würde ich es dennoch schaffen? Ich rief die nichtsah-
nende Pippa an, die sich über meinen bevorstehenden Spon-
tanbesuch freute.

Soweit hatte schon einmal alles geklappt. Mit einem Mietfahrrad des Grand Hotels fuhr ich durch das hochsommerliche
Graz.

Eine schöne Stadt. Vor allem der Uhrenturm beeindruckte
mich tief. Was für ein Bauwerk! Dagegen war der Eiffelturm

eine mickrige Kopfgeburt. Relativ problemlos und ohne jede Hast stieß ich innerhalb einer knappen Dreiviertelstunde bis zur Wohnung der Freunde vor. Bis dahin hatte sich wie von selbst eine Art kleiner Schlachtplan in meinem Hirn gebildet. Ich wollte erst einmal ausführlich von Griechenland erzählen. Das würden sie verstehen. Sie würden dann nicht sofort argwöhnisch fragen, was zum Teufel ich denn ohne meine Frau in ihrer Wohnung wolle.

Ich schloß das Mietfahrrad ab, ging langsam und schwer atmend zur Haustür und klingelte einfach.

Man ließ mich hinein, und ich umarmte zuerst Benito, den Mann. Ich mußte unwillkürlich prüfen, ob er wirklich so aussah, wie ich ihn in meinem Roman beschrieben hatte. Nein, ich hatte ihn falsch beschrieben, nämlich ohne feinere Töne. Benito schwankte ständig zwischen extremen Polen, zwischen Weichheit und Brutalität, Unsicherheit und Selbstbewußtsein, Freundlichkeit und schroffer Abkapselung, Jugend und Alter – es war ein ständiges Zittern in seiner Präsenz, und davon stand in meiner Totschlags-Epistel kein Wort.

Ich erzählte in bewegten, absichtlich dramatisierenden Worten von unseren lebensgefährlichen Tagen in Griechenland. Harriets Freunde hörten mäßig interessiert zu, ein wenig wie meine eigenen Freunde im Bad Vöslau achtundvierzig Stunden zuvor. Als ich sagte, der deutschfeindliche Pöbel hätte uns aus dem Hotel geprügelt, meinte Pippa nur gleichmütig, das könne sie sich gut vorstellen, nach allem, was die Deutschen den Griechen angetan hätten. Ich nickte heftig. Ja ja, so sei es! Die Merkel, furchtbar!

Es gelang mir so, eine Gesprächsatmosphäre zu etablieren, die weitere Themen *wie zufällig* zuließ. Nach etwa einer Stunde erwähnte ich mein neues Buch und daß es da Probleme gäbe. Manche Leute könnten sich darin wiedererkennen. Ich sprach von allen möglichen Leuten, aber nicht von den beiden.

»Kommen wir auch darin vor?!« fragte Pippa mit einem Male sehr hart und stieß mit ihrem Kopf nach vorn.

Ich bejahte und führte ein bißchen meine eigens dafür in der Nacht entwickelte Literaturtheorie aus. Es handele sich um die klassische Form der *Satiren,* wie wir sie schon von Ovid her kennen würden. Also eben um das Gegenteil von realistischer Gegenwartsliteratur.

»Komme ich darin vor?!« beharrte Pippa.

Ich bejahte.

»Kommt Benito darin vor?!«

Ich schluckte heftig und nickte. Nun fielen mir immer neue Ausreden, Theorien und Ablenkungen ein, vor allem versprach ich den beiden, ihnen binnen Minuten das Buch, besser gesagt, die inkriminierten Stellen vorzulegen. Ich müsse nur zum Hotel zurück, wo der Computer sei. Sie glaubten es mir und ließen mich sofort ziehen.

Wieder beim Mietfahrrad, trat ich in die Pedale. Der Computer war gar nicht im Hotel, sondern in meiner Reisetasche. Ich fuhr bis zur Universität – ein herrliches Gebäude aus der Zeit des Sonnenkönigs – und klappte den Laptop auf. Sollten sie ihren Text also kriegen, dafür war ich ja nach Graz gefahren. Ich mailte die ersten sechzig Seiten des Buches, darin war *ihre* Stelle enthalten. Sie konnten nun sehen, daß das ganze Buch ironisch war und somit nicht ernstgemeint.

Nun fuhr ich durch den Stadtpark. Junge Leute lagen auf den schattigen Wiesen. Außerhalb des Parks waren es an die 40 Grad, doch hier wehte ein kühler Wind, und es roch nach Sommer in den Bergen. Ich beruhigte mich und schloß hinter der dunklen Sonnenbrille die erschöpften Augen. In der Tasche hatte ich eine Dose eisgekühlten Pfirsichnektars, die ich gerade bei einem Türken gekauft hatte, und die trank ich nun.

Wie jetzt weiter?

Ich saß bequem auf einer Parkbank, das Mietfahrrad lehnte in Reichweite daneben. Eine Holzbank weiter saß eine leichtbekleidete Studentin mit einem sagenhaft schönen Körper, der nur aus endlos langen und nackten Armen und Beinen zu bestehen schien, was mich zusätzlich beruhigte. Schönheit flößte mir immer ein Gefühl der Sicherheit ein. Ich saß also mit geschlossenen Augen da, roch den Park, fühlte den Sommer, schmeckte den kalten Pfirsichnektar und imaginierte das fast entblößte Mädchen. So konnte ich gut die nächste Viertelstunde überstehen, bis Pippa und Benito haßerfüllt anrufen würden …

Aber sie riefen natürlich erst bei Harriet an, und die dann bei mir. Ich habe Benito und Pippa nie mehr an den Apparat bekommen, geschweige denn gesehen. Es war aus, für immer, und irgendwie kam mir das alles furchtbar bekannt vor. Ich hatte das dunkle Gefühl, daß mein ganzes Leben aus solchen Momenten bestanden hätte, daß diese immer gleichen Vorgänge der eigentliche rote Faden seien. Harriet weinte und schluchzte. Die Freunde hatten auch mit ihr Schluß gemacht!

Traurig fuhr ich zum Grand Hotel zurück und gab das Rad ab. Da noch Zeit bis zum nächsten Zug nach Wien war, stromerte ich ein bißchen um das Geburtshaus meiner lieben Harriet herum. Ich spazierte zur Andrägasse 5 und blickte zu den Fenstern im zweiten Stock. Es wohnten jetzt fremde Leute da, denn Harriets Eltern waren leider schon gestorben. Sie lagen friedlich im Grazer Friedhof, Harriet und ich hatten sie dort einmal besucht. Es war sehr still in der Andrägasse. Ich blickte auf das gegenüberliegende Haus. Als Harriet einmal krank war, im Alter von fünf Jahren, hatte sie ihren Teddybär in das gegenüberliegende Fenster geworfen, so nah lagen die Häuser beieinander. Unten entdeckte ich die Jahreszahl 1634.

Ich ging die Andrägasse bis zum Ende, kehrte dann um, und dann ging ich noch zweimal im Kreis, bis zur Kirche der barmherzigen Brüder, zum Gummi-Neger, zur Annengasse und wieder zur Andrägasse. So verging die Zeit. Ich konnte mir gut vorstellen, wie die kleine Harriet in diesen engen, mittelalterlichen Gassen gespielt hatte, herumgesprungen oder zur Schule gegangen war. Eine Kindheit in einer ganz und gar anderen Zeit, fast noch in der Monarchie. Die Eltern stellte ich mir ausgesprochen nett vor.

Dann sprang ich in die Straßenbahn und fuhr zum Hauptbahnhof. Der Zug fuhr pünktlich ab. Im letzten Moment beschloß ich, wieder auszusteigen und zu Pippa und Benito zu fahren, um doch noch einmal alles zu erklären und wiedergutzumachen – aber es war schon zu spät. Die Türen rasten auf die Sekunde genau puffend ins Schloß, direkt vor meiner Nase. Diese Pünktlichkeit der österreichischen Staatsbahn, die inzwischen weltweit einzigartig sein dürfte, rettete mich. Denn es hätte nichts zu erklären gegeben, außer gegenüber einem Psychiater, und das waren Pippa und Benito nicht. Ich hätte nichts wiedergutmachen können, sondern hätte mir nur Schläge eingehandelt. Das hätte Harriet nur noch unglücklicher gemacht. Da war es besser, sich wieder in aller Ruhe in ein leeres Abteil zu setzen und über alles nachzudenken.

Ich rief Harriet an und sagte ihr, die Freunde würden sich bestimmt bald beruhigt haben. Ich hätte getan, was ich konnte. In vier Wochen würde ganz sicher alles vergessen sein.

Wir machten aus, daß ich diese Nacht nicht in unserer gemeinsamen Wohnung, sondern in meiner Schreibstube verbringen würde. Ich hatte am nächsten Morgen ein Radio-Interview, da war es besser, Harriet nicht zu stören und mich allein darauf vorzubereiten. Der wahre Grund war natürlich, daß Harriet mich nicht sehen wollte.

3.

FLÜCHTLINGSWELLE

Ich fuhr sehr früh zum Rundfunkhaus, setzte mich in ein Straßencafé in unmittelbarer Nähe. Es hieß »Café Orange« und wurde offenbar von Türken geführt. Ich mochte ja diese Leute, und auch jetzt stieß ich auf einen rührenden, überforderten älteren Herrn, der kein Deutsch konnte und im fleckigen Unterhemd bediente. Es war sehr heiß, aber das fleckige Unterhemd war trotzdem eine Provokation, was der arme Mann – kurze weiße Haare, Typ Lino Ventura – nicht wußte. Offenbar verkehrten sonst nur Türken in seinem Laden. Ich zeigte auf der Speisekarte auf das Photo, das ein Frühstück abbildete. Er brachte es mir. Die Stühle und Tische waren aus Aluminium, standen direkt auf dem Bürgersteig und versperrten den Fußgängern den Weg. In Sichtweite stand die Karlskirche, also die schönste und größte Kirche Wiens, ein strahlend weißes Riesending wie Sacré-Cœur in Paris, nur noch größer, aber ich sah keine Touristen in der Gegend. Normale Leute liefen zielstrebig an mir vorbei und berührten manchmal meinen Stuhl oder meine ausgestreckten Füße. Ich hatte meinen soeben erschienenen neuen Roman dabei und übte die Stelle ein, die ich gleich im Radio vorlesen sollte.

Das erste Brötchen hatte ich schon gegessen, für das zweite brauchte ich noch Butter und Marmelade. Ich rief den Lino-Ventura-Kellner und sagte es ihm. Er verstand es nicht. Ich zeigte ihm die leeren Butter- und Marmeladepapierchen, aber er sah mich nur verzweifelt und böse an. Eine Mutter mit zwei Kleinkindern setzte sich ganz in meine Nähe und hörte mir beim lauten Lesen zu. Das störte mich. Ich zahlte und ging zum Sender.

Es war immer noch eine halbe Stunde zu früh. Ich ließ beim Empfang die Redakteurin ausrufen. Sie kam, holte mich ab und begann natürlich und unglücklicherweise sofort mit dem Interview, also mit dem Reden. So verpuffte meine Energie *off the record*. Ich versuchte, das Gespräch zunächst privat zu halten.

»Das Wetter steht Ihnen gut!« sagte ich. Sie lächelte nur gequält. In Wirklichkeit sah sie schlechter aus als beim letzten Gespräch im Jahr zuvor.

»Ja, ich bin inzwischen festangestellt worden«, sagte sie.

»Dann können Sie ja jetzt heiraten!«

»Und Kinder kriegen.«

»Ja, viele Kinder, das ganze Kindergeld, die bezahlte Babypause ... Sie brauchen nur noch einen Mann.«

»Jo, des stimmt.«

»Soll ich Ihnen einen besorgen? Ich bin gut darin, ich mache das gern, das Aufstellen von geeignetem Personal für so was ...«

Ich wollte lustig und ›unmöglich‹ sein, traf aber leider den wunden Punkt. Die Frau war gerade verlassen worden. Ich wechselte das Thema. Mein neues Buch.

Ich schwadronierte, es sei ein Nebenprodukt, nur in der ersten Hälfte gut, dann langweilig. Das fände man bei vielen Autoren, und Kritiker läsen ohnehin nur die ersten hundert Seiten.

»Woran schreiben Sie aktuell?«

»Als nächstes schreibe ich ein richtiges, ein tiefsinniges Buch. Über unsere heutige Zeit.«

Es schien sie nicht zu interessieren, sie sah regungslos und traurig auf die Tischplatte – wir saßen nun in der internen ORF-Bar. Ich glaubte dennoch, weiterreden zu müssen.

»Mich interessieren diese weltweiten Auseinandersetzungen, die über fast allen Staaten liegen, diese Vertreibungen, Kriege, Völkerwanderungen, Flüchtlingsströme … und alles hat mit dieser als Religion getarnten Ideologie zu tun, ohne die es das alles nicht gäbe. Frauen werden versklavt, junge Leute fanatisiert, Juden vertrieben, Satiriker umgebracht, Staaten zum Zusammenbruch gebracht …«

Die Redakteurin zuckte nur ein paarmal gequält zusammen, als hörte sie etwas, das ihr bekannt vorkam und das sie überhaupt nicht gerne hören wollte. Sie schien zu dem Thema eine eigene Meinung zu haben, würde diese aber bestimmt nicht äußern. Das taten Redakteure nämlich nicht, wenn sie jemanden interviewten. Ich redete etwas blöde weiter.

»Es geht eigentlich, glaube ich, um den Islam, aber das will keiner mehr hören, ich auch nicht. Das ist verbrannt. Es müßte ein größeres Wort her, ein noch größeres, so wie ›Faschismus‹, aber das ist auch schon vergeben.«

»Dann nennen'S Ihr Buch doch einfach ›Der zweite Faschismus‹.«

Sie sah belustigt drein, was mich erstaunte, aber auch verletzte. Schnell wechselte ich das Thema.

Wir sprachen über die Landtagswahlen im Burgenland und in der Steiermark, die gerade stattgefunden hatten. Wir stimmten darin überein, daß allein das Asylthema die Wahlen entschieden hätte. Ich sagte, die Leute hätten nichts gegen Asylanten, wollten aber wissen, ob da nun Freunde kämen oder Feinde. Dies zu erörtern sei aber ein Tabu.

Die Redakteurin machte wieder ihr spöttisches Gesicht und ging nicht darauf ein.

Endlich bekamen wir ein Zeichen, daß wir mit dem Interview beginnen konnten. Das Aufnahmestudio sei jetzt bereit.

Wir schlenderten hinüber, durch die üblichen engen, denkmal-
geschützten, labyrinthischen Gänge alter Rundfunkanstalten.
Ich bekam monströse Kopfhörer übergestülpt und eine Riesengurke von Mikrophon vor die Nase, hörte meine eigene
Stimme im Kopfhörer und die der Redakteurin. Es ging los,
und ich fühlte mich gar nicht oder schlecht oder falsch vorbereitet. Ich hatte schlechte Laune bekommen, ohne zu wissen,
warum. Es handelte sich um ein Live-Interview zu meinem
neuen Roman, das elf Minuten dauern sollte.

Elf Minuten später hatte ich es wirklich hinter mir.

Ich könnte nun nachtragen, worum es in dem Interview
ging, lasse es aber lieber. Um ehrlich zu sein, könnte ich es
auch gerade *nicht*, da mir unsinniges, verunglücktes Gerede
immer binnen Sekunden entfällt.

Schon wieder etwas froher, erreichte ich die Ringstraße.
Doch dort traf mich, mitten im intensivsten Sonnenlicht,
die nächste Katastrophe. Ich liebte die Ringstraße, die sich
über 5 Kilometer lang um den Altstadtkern der Stadt legte,
aber ich hatte in dem nervösen Trubel der letzten Tage vergessen, den Akku des Elektrorades nachzuladen. Kurz nach
dem Café Prückel erlosch die Stromversorgung, und ich
mußte selber treten, wie bei einem ganz normalen Fahrrad.
Nicht mehr mit 50 oder 60 Stundenkilometern, sondern nur
noch mit 20 kroch das Gefährt an den imperialen Bauten
vorbei.

Um vor Langeweile nicht durchzudrehen, rief ich Harriet
an. Es war mir wichtig, daß die Entfremdung zwischen uns
kontinuierlich abgebaut und aufgeweicht wurde – durch möglichst viele möglichst normale Kommunikationsakte. Und
Harriet spielte mit, erzählte von dem Artikel, den sie gerade
für das »FORMAT« schrieb und der natürlich die Landtagswahlen im Burgenland und in der Steiermark behandelte, die
einen historischen Rechtsruck gebracht hatten. Zum ersten

Mal in diesem Jahrhundert kamen die Neonazis wieder an die Macht, wenn auch nur in einem Bundesland.

»Das ist alles nur wegen des Flüchtlingsthemas«, wußte ich zu berichten. Im Fernsehen hatten sie das so erklärt. 17 Prozent hatten die bisherigen Regierungsparteien verloren, obwohl sie recht ordentlich und erfolgreich gearbeitet hatten. Wir sprachen über die politische Lage.

Harriet mußte später zum Gericht, weil sie von einer religiösen Vereinigung angezeigt worden war. Wegen Verleumdung und Volksverhetzung oder etwas in der Art. Es lag schon Wochen zurück und war so absurd wie ärgerlich. In der »FORMAT«-Redaktion hatte man Harriet das Thema ›Muslime in Österreich‹ aufgedrückt, und sie hatte ein paarmal darüber recherchieren und schreiben müssen, also über die Strukturen, Geldflüsse, Einflußnahmen und Verbindungen der österreichischen Islamverbände zum Ausland. Seitdem regnete es Anzeigen, Beschwerden im Presserat, versuchte Gegendarstellungen, empörte Anrufe, es gab einen Shitstorm im Internet, kurz: Harriet war ins Fadenkreuz aufgebrachter Leute einer Organisation geraten, die offenbar genauso schnell auf Psychoterror umschalten konnte wie früher Scientology. Nun hatte meine Frau den Ärger an der Backe, obwohl die Redaktion sofort zurückgewichen war und das Thema einer anderen Redakteurin übertrug. Man hatte sogar ein eingefordertes, vor Wohlwollen triefendes Interview mit Vertretern des sich angegriffen fühlenden Vereins abgedruckt. Doch Harriet wurde weiter bedrängt und eingeschüchtert. Für sie, die seit ihrer frühen Politisierung in der Jugend streng links gegen jede Art von Rassismus gekämpft hatte, war der Vorwurf der Volksverhetzung bizarr. Ungläubig verfolgte sie, wie sie deswegen weiter attackiert wurde – die Leute gaben keine Ruhe. Ich fand das alles eher absurd als bedrohlich. Im übrigen drängte es das andere Problem in den Hintergrund, meine ganz reale Verleumdung von Harriets Freunden im neuen Roman.

Zwei schöne Tage folgten, ein Wochenende im Juni. Zeit, sich endlich ein bißchen zu entspannen und zu versöhnen, denn das Wetter spielte mit, ja, wurde zum entscheidenden Faktor. Es war so heiß, daß man gar nicht anders konnte, als schon bald nach Sonnenaufgang zum Pool zu gehen. Nicht weit von unserer Wohnung entfernt lag das so genannte Badeschiff, direkt an der Donau, ein ehemaliges Frachtschiff, in dessen Inneres ein riesiges Bassin eingelassen war, eben ein hellblauer, klarer Pool. Es gab sogar Liegestühle und Getränke an einer Bar, so daß wir uns dort bei fast 40 Grad gut aufgehoben fühlten. So früh am Morgen waren andere, die erst von fern anreisen mußten, noch nicht da. Wir hatten die neuesten Zeitungen und Bücher dabei, sowie ein kleines Radio, Sonnencreme, und in der Kühltasche Obst, Käsebrote, Vanille-Joghurt und Schokolade.

Natürlich bekamen wir einen mittleren Sonnenbrand, und auch der relativiert bekanntlich so manche aktuelle Befindlichkeit. Wenn die Haut brennt, vergißt man den Rest. So lagen wir zuletzt in der verdunkelten Wohnung und kamen uns körperlich und seelisch immer näher. Ich dachte schon, alles würde nun wieder gut.

Der folgende Montag riß uns aus dieser Stimmung, erst Harriet, dann mich. Der Herausgeber ihrer Zeitung, erzählte mir Harriet aufgewühlt, sei extra in der Redaktionskonferenz erschienen, um einige Worte über die Blattlinie und die Ausländerfrage zu sagen. Es wäre verblüffend, wie er die Worte ›Ausländer‹ und ›Religion‹ synonym gebrauchte. Als er sagte, niemals seit ihrem Bestehen habe die Zeitung Angehörige einer Religion diskriminiert und desgleichen niemals Ausländer, dieser Grundsatz sei das Herz und die Seele der Zeitung, habe er Harriet verbittert angesehen, die daraufhin erneut mit den Nerven fertig war.

Damit nicht genug, sprang ein weiteres Freundespaar ab. Wieder zwei Menschen, die ich womöglich in meinem Buch erwähnt hatte. Ich erinnerte mich nicht daran, aber war das nicht wahrscheinlich? Ich setzte alles daran, Harriet ins Bett zu kriegen, damit sie sich beruhigte. Aber sie nahm das Handy mit, und das klingelte alle halbe Stunde. Es war immer Pippa, also die abgesprungene Freundin aus Graz, wie man auf dem Display erkannte. Sie hatte angeblich schon den ganzen Tag angerufen und Harriet jedesmal binnen zehn Sätzen zum Weinen gebracht. Nun ließen wir sie erstmal klingeln.

Erst besprachen wir den neuen Fall: Warum hatten diese weiteren, dieses Mal Wiener ›Freunde‹ die Freundschaft beendet? Wie sich anhand von langen SMS herausstellte, fühlten sie sich in Harriets Texten falsch dargestellt. Das erinnerte jetzt an die Angriffe der Islamischen Jugend, die sich von Harriet falsch dargestellt fühlte und sie deswegen vor Gericht zerrte. Dann hatte Harriet ja das gleiche Problem wie ich!

Ich schöpfte Hoffnung.

Das ließ meine Frau aber nicht gelten. Der Unterschied sei doch, daß sie, Harriet, aus reiner Schikane von politischen Pressure Groups angegriffen werde, während ich, der krankhafte Verräter guter Freunde, ganz zu Recht am Pranger stehe.

Die nächsten Tage und sogar Wochen blieben kritisch. Es dauerte ewig, bis ich bei Harriet wieder Boden gutmachte.

Der Reihe nach mußte ich Freunde besuchen und mich bei ihnen entschuldigen. Eine depperte Sache, denn es gab nichts zu entschuldigen. Die meisten Freunde hätten sich in meinem Roman nie und nimmer ›wiedererkannt‹, wenn ich nicht vor ihrer Tür gestanden hätte, verlegen lächelnd, und sie mit vielen Worten umständlich ›aufklärte‹. Einer entgegnete mir ziemlich ungehalten, wir lebten in einem freien Land, besäßen die Meinungsfreiheit, und ich könne schreiben, was ich wolle.

Während ich tagsüber Abbitte leistete, versank ich nachts in trüben Gedanken. Schreiben war für mich immer verletzen. Aber es gab in mir noch ein weniger scheußliches Gegenstück. Ich mußte öffentlich Verurteilte ständig rehabilitieren. So verteidigte ich den Bundespräsidenten Matthias Wulff, als er in keiner Talkshow mehr einen Unterstützer fand, und ich gründete das Aktionsbündnis »Ein Herz für Blatter«, als der FIFA-Präsident bereits von der Polizei gesucht wurde. Um nur zwei Beispiele zu nennen. Je ehrenwerter, ehrpusseliger und *ehrversessener* einer daherkam, desto mehr mußte ich etwas nicht ganz so Ehrenwertes über ihn schreiben. Je verrückter und asozialer einer wirkte, desto sicherer hatte er meinen öffentlichen Beistand.

Der Zwang, der mich Freunde verraten und Verleumdete verteidigen ließ, war im Grunde also derselbe. Ich sah die Dinge notorisch anders, als es gerade vorgeschrieben war. So kann es nicht wundern, daß ich in jedem Jahrzehnt aneckte, und zwar stets an der virulenten, allgemeinen, staatlich anerkannten Ideologie des jeweiligen Jahrzehnts. Ich will das gar nicht alles aufzählen, um mich nicht noch nachträglich zu belasten. Ich war auch beherrschter im Laufe des Älterwerdens geworden. Beispielsweise schaffte ich es inzwischen, mich nicht mehr auf die Seite des Kinderschänders Edathy zu schlagen. Und was das Thema Nazis und Juden betraf, schien ich mir beizeiten alle Hörner abgestoßen zu haben. Es hatte Jahre gegeben, da hätte das kleinste Unwort über Juden das berufliche Aus bedeutet. Doch nun schien sich das Blatt zu wenden. Wer weiter für Israel Partei ergriff, erntete Befremden, und wer etwas gegen Israels Feinde schrieb, konnte verdächtigt werden, islamophob zu sein, also ausländerfeindlich, also ein Rassist …

»Was brütest du denn die ganze Zeit?« fragte die Harriet, als sie einmal nachts aufwachte und mich kerzengerade im Bett sitzen sah. Ich erklärte es ihr. Sie fand meine Gedanken überzogen und kindisch. Es sei sehr wohl eine Haltung zu bekämpfen, die den Islam verunglimpfe, der nämlich eine der schönsten Religionen der Welt sei, viel poetischer und gebildeter als das blöde Christentum. Sie war und blieb eben die linksliberale Publizistin und würde es noch sein, wenn im Treppenhaus ihrer Zeitung bereits die Brandbeschleuniger ausgeschüttet würden, von tapferen jungen Helden, die den Propheten rächten. Immerhin hatte sie über die Geldflüsse geschrieben, die von der Muslimbruderschaft an die moderat auftretende Islamische Jugend flossen. Dagegen hatte der Prophet sicher was.

Harriets liberale Haltung wurde bald darauf auf eine weitere harte Probe gestellt. Auf dem Nachhauseweg versperrten ihr zwei junge Muslime den Weg. Es war am späten Abend, direkt vor dem Gebäude der Islamischen Vereinigung, das auch als Gebetshaus genutzt wurde. Der eine Mann erleichterte sich direkt vor Harriets Augen, in ihre Richtung, im hohen Strahl, während der andere sich so vor ihr aufbaute, daß sie stehenbleiben und sich den Vorgang anschauen mußte. Man nannte solch ein Verhalten frauenfeindlich, und es war mehr als das, nämlich frauenverachtend. Harriet war nun in einem Dilemma. Als klassische Feministin mußte sie dieses Verhalten ablehnen. Andererseits waren die Männer Muslime, also Ausländer, und für Ausländer wollte sie immer Verständnis aufbringen. Sie kam mit einer Mordswut nach Hause, und diese Wut verflog vorerst nicht mehr.

Am darauf folgenden Wochenende besuchten wir ein Fest der jüdischen Wochenzeitung »nu«. Die Zeitung feierte irgendein Jubiläum. Mir gefielen die Leute. Auf der Bühne führten zwei landesweit bekannte Fernsehmoderatoren spontane

Sketche auf. Ich wunderte mich, daß man so etwas überhaupt konnte. In der jüdischen Kultusgemeinde herrschte offenbar Humor. Ich kam mit jedem sofort ins Gespräch, meistens mit einem Witz. Ich mußte noch nicht einmal trinken, um in Stimmung zu kommen. Beachtlich fand ich auch die Frauen. Ich war es sonst gewohnt, bei Redaktionspartys viele gestandene Männer vorzufinden, echte Autoritäten in gutsitzenden Anzügen, und daneben ein paar junge Frauen, die viel Haut trugen und auf eine Volontärstelle hofften. Gern hätten sie sich hochgeschlafen, aber diese Zeiten waren wohl vorbei. Hier bei der jüdischen Zeitung sah ich den Geschlechtsunterschied in Sachen Karriere nicht, und das tat richtig gut. Spontan fragte ich die Chefredakteurin, ob ich mitarbeiten könne. Sie stellte mich sofort an, per Handschlag. Waren Juden vielleicht die netteren Menschen als … ich durfte den Gedanken nicht zu Ende denken. Nicht schon wieder in Konflikt mit dem Zeitgeist geraten! Nie wieder, das hatte ich mir geschworen.

Dummerweise bekamen wir in der nächsten Woche Besuch aus Tel Aviv.

Meine Nichte Mirna, die einen Israeli geheiratet und einen Roman geschrieben hatte, besuchte uns. Der Roman kam gerade heraus, und ich sollte etwas darüber schreiben. Mirna kam von Berlin mit einem Porsche. Die Strecke bis Wien schaffte das 340 Stundenkilometer schnelle Geschoß in gut zwei Stunden.

Das Paar – sie hatte ihren schüchternen Mann mitgebracht – wohnte in unserer Gästewohnung. Die beiden stritten schon am ersten Abend wie in einem Woody-Allen-Film. Mirna schloß den armen Kerl ein und lief gutgelaunt zu uns, um in der Küche die Beine hochzulegen. Die nächsten neun Stunden unterhielten wir uns über Gott und die Welt, also die Kriege, Bücher, Verwandte, Medien, alles. Selten habe ich mich so wohl gefühlt. Ich konnte immer alles sagen, was mir in den

Sinn kam. Kein Ego-Getue und keine Selbstdarstellung störten die inhaltliche Auseinandersetzung. Endlich war ich wieder einmal unter Menschen.

Warum nicht immer so leben? Mirna war in Berlin geboren und aufgewachsen. Immer hatte sie so kränklich und kaputt gewirkt, wie das sprichwörtliche häßliche Entlein. Nun, seitdem sie in Tel Aviv lebte, erstrahlte sie als selbstbewußte junge Frau und Mutter, war lustig und ruhig. Vielleicht sollten wir auch dorthin ziehen? Ich schlug es Harriet vor, die nachsichtig lächelte. Meine Frau, übrigens selbst Jüdin, war so gut wie nie in Israel gewesen und hatte immer in Wien gelebt.

Könnte es sein, daß jüdische Frauen noch dominanter waren als ›germanische‹, die mir mit ihrer Brutalität schon zuviel waren? Vielleicht sollte ich schwul werden, um endlich einmal mein eigener Herr zu sein. Oder ich zog die Houellebecq-Karte. In »Unterwerfung« beschreibt er sehr schön die Freuden des muslimischen Mannes. Er durfte und sollte nahezu alles mit Frauen tun, was bei uns unter Strafe stand. Aber was für Frauen bekam er? Nicht solche wie Mirna. Mit der machte das Leben Spaß. Die Geschichte mit dem frauenhassenden pinkelnden Salafisten in der Praterstraße erzählten wir einer stolzen Frau wie ihr lieber nicht …

Die Tage mit Mirna waren herrlich.

Ihr ängstlicher Mann sagte immer, er sei jetzt »in der Stadt des Führers«, und er wagte sich ohne Mirna nicht auf die Straße. Dabei sah er den Hunderten von Muslimen, die jeden Freitag in das nahe Gebetshaus strömten, nicht unähnlich. Ob sie ihn erkannt und beschimpft hätten? Bestimmt nicht, denn im Zweiten Bezirk gab es viele Juden. Yaniv, so hieß Mirnas Mann, war Opfer der selbstgebastelten antideutschen Propaganda, die die Deutschen in ihrem Selbsthaß immer weiter kultivierten. So hatte man ihm immer wieder gesagt, 94 Prozent der Deutschen hätten Hitler gewählt. Es waren aber selbst auf dem Höhepunkt nur 32 Prozent. Einmal kam er zu mir, nachdem er in einem Geschäft ›Deutsche‹ beobachtet hatte, und flüsterte allen Ernstes: »Ich fühle es ganz deutlich: sie würden es wieder tun.« Ich mußte ihn dann immer in den Arm nehmen und sagen: »Ich mag dich.«

Kurz nach Mirnas viel zu früher Abreise wurde ich dann selbst in diesen halbfiktiven, halbrealen Religionskonflikt verwickelt. Die frauenlosen, finsteren Männer machten mir inzwischen durch ihre schiere Anzahl Angst. Ich zählte einmal, wie viele muslimische Männer am Freitag durch die unscheinbare Tür in der Praterstraße gingen. Es waren fast tausend. Es brauchte eine halbe Stunde, bis alle drinnen waren. Vorne an der Hauswand stand nur ein weißes Schild mit schwarzer neutraler Schrift: *Islamische Vereinigung Österreichs*. Man tat gut daran, die Straßenseite zu wechseln, wenn man in die Nähe des Baus kam.

Harriet dachte natürlich nicht daran, das zu tun. Prompt liefen wir in eine Gruppe Burschen hinein, die mich nicht bemerkt hatten, da ich gerade einige Schritte hinter Harriet ging. Zwei stellten sich ihr in den Weg, einer zerrte an ihrem Kleid, das allerdings recht offenherzig geschnitten war. Harriet hat eine außergewöhnlich gute Figur, die im Hochsommer noch besser zur Geltung kommt, so viel sei zur Entschuldigung der Raubtiere, pardon, Rauhbeine gesagt. Als ich mich einmischte, verstanden sie immer noch nicht, was los war, und hielten mich für einen Passanten, der sich gefälligst um seinen eigenen Scheiß kümmern solle.

»Was redest du, Alter?! Laß sie doch, die Schlampe!«

Ich versuchte natürlich, den Türkenversteher zu geben, den guten Onkel Sozialarbeiter, was wiederum Harriet auf die Palme brachte.

»Hey, Jungs, was geht ab? Die Braut is' scharf, klar Mann. Versteht doch jeder, aber trotzdem …«

Ich wollte deeskalieren, erreichte aber etwas anderes, nämlich eine falsche Solidarisierung unter Männern. Der größte der Schläger legte doch tatsächlich seinen Arm um meine Schulter und machte einen ganz schlechten Witz auf Harriets Kosten, den ich hier nicht wiedergeben möchte. Ein anderer rief, ich wisse wohl nicht, wie viele Schwänze die Alte schon gelutscht hätte.

»MEINE Frau!« brachte ich endlich hervor. Die Jungs starrten mich ungläubig an. Ein ehrenwerter Herr wie ich – so sah ich trotz der Hitze aus, immer noch im Anzug – und eine verdammte *bitch?* Ja, servus!

»Wow, Herr Doktor, hast du DAS nötig?«

Wir zogen ab, Harriet zeternd und aufgebracht, das Kleid völlig verrutscht, man sah ihren knackigen Hintern zwischen der Reizwäsche. Ich machte Peace-Zeichen zu den hinter uns feixenden Buben. Alles easy, brothers. Man will ja immer den Ball flachhalten, nicht wahr …

Zu Hause gab es weniger Ärger als erwartet. Harriet war eher nachdenklich als erbost. Von ihren Recherchen in Wiener Hauptschulen wußte sie, daß wir gerade nichts Ungewöhnliches erlebt hatten. Sie gab manchmal unentgeltlich Deutschkurse für Migranten. Immer öfter weigerten sich junge Männer, meistens testosterongesteuerte Tschetschenen oder Afghanen, von ihr unterrichtet zu werden. Aber obwohl sie schon viele solche Erlebnisse gehabt hatte, blieb sie bei ihrer unerschütterlichen Weltanschauung, daß diesen armen Menschen geholfen werden müsse. Schließlich wären es noch halbe Kinder. Selbst der rauflustigste Bosniake mit dem Klappmesser in der Dreiviertelhose und dem Runen-Tattoo auf der Glatze war ihr lieber als der guterzogene Deutsche, dessen Ahnen sechs Millionen Juden kaltblütig ermordet hatten.

Harriet blieb mir weiterhin böse, was mich mit der Zeit erschöpfte.

Diese seltsamen Freunde und Freundinnen, die sich in meinem Buch verraten fühlten, belasteten unser Leben nach wie vor. Das Buch verkaufte sich inzwischen glänzend, und in allen Zeitungen standen wahre Jubelkritiken darüber. Ich mußte diese Zeitungen immer verstecken, denn mein Roman war das Tabu in unserer Ehe geworden. Niemals kam ich darauf zu sprechen! Wenn er Thema wurde, dann von ihr aus und weil Harriet wieder einmal Lust auf einen cholerischen Anfall hatte. Insgeheim wünschte ich mir eine Frau, die gerne las, was ich schrieb, und die sich über gute Beurteilungen in den Zeitungen freute. Statt dessen mußte ich immer beteuern, das Buch sei längst durch, keiner würde es lesen, die Erstauflage werde bereits verramscht. In Wirklichkeit druckten sie schon die dritte Auflage.

Harriet befand sich bereits wieder in der fünften Woche ungebremsten Arbeitseinsatzes und segelte dem nächsten Zusammenbruch entgegen – insofern wäre ein baldiger nächster Urlaub eigentlich logisch gewesen. Vielleicht sogar diesmal ohne Fieber und Ebola-Symptomen? Andererseits hatten wir zu Hause den ›Jahrhundertsommer‹, und Harriet tat viel für ihre körperliche Stärkung. Morgens lief sie immer vor der Arbeit, schon um halb 8 Uhr, zum ›Badeschiff‹ und schwamm zwanzig Lagen. Sie war zu dieser Zeit die einzige im Becken, obwohl die Temperatur schon über 30 Grad betrug. Abends besuchte sie einen Tanzkurs, der im Arsenal, in einer alten K.-u.-k.-Militärhalle, abgehalten wurde. Sie lernte dort Bollywood-Tanzen und trat mit bunten Phantasiefetzen an, alte Klamotten, die sie selbst zerschnitten hatte.

Einmal besuchte ich sie dort, unangemeldet, weil ich wissen wollte, ob sie schon einen Pulk schwuler Verehrer hinter sich herzog. Es war bereits halb 7 Uhr abends. Ich fuhr mit meinem Elektrofahrrad, das ich dafür extra voll aufgeladen hatte, die Zirkusgasse entlang Richtung Ring. Es war wirklich wahnsinnig heiß. Ich ließ die Sternwarte Urania links liegen, erreichte das Café Prückel, bog in den Stadtpark ein, der etwas frischer war, und nahm dann den Radweg bis zum Arsenal. Schon bei der Ampel neben der Urania war mir eine seltsame Burka-Familie aufgefallen. Die Frau schob zwei Kinderwagen gleichzeitig und steckte bis zum Boden unter einer makellosen, schweren tiefschwarzen Burka, während der Mann kurze Hosen, Sandalen und ein kurzärmeliges Polohemd trug. Er hatte eine eckige Brille auf, wirkte herrisch und unsympathisch, gab irgendwelche Anweisungen. Er schwitzte nicht, auch wenn sein dichter schwarzgrauer Bart wahrscheinlich unnötig wärmte.

Ich erzähle das eigentlich nur, weil ich vor dem Café Prückel, wo ich kurz haltmachte und eine Flasche Zitronenlimo kaufte, zwei weitere Burka-Frauen sah. Dasselbe Bild. Eine offensichtliche Menschenschinderei, die aber niemanden aufregte. Die anderen Café-Gäste lächelten beflissen, wenn ihr Blick die eingehüllten Frauen traf, die bei nun fast 40 Grad kaum noch schnaufen konnten. Dieses Gästelächeln hatte etwas von einem schlechten Gewissen, doch betraf es nicht das Leiden der Frauen, nahm ich an, sondern eine unterstellte allgemeine Fremdenfeindlichkeit, die im Lande angeblich herrschte, eben eine Feindlichkeit gegen den Islam und seine Symbole, und der wollten sie durch ein aufmunterndes Grinsen entgegenwirken.

So weit, so schlecht.

Doch mitten im Stadtpark kam schon die nächste Burka-Show. Keine Männer, soweit ich das beim Vorbeifahren sah, aber reihenweise Kinder und Burka-Frauen. Was war passiert? War eine hochrangige Delegation aus Saudi-Arabien in der Stadt? Handelte es sich um ein touristisches Phänomen? Oder war da eine weitreichendere Entwicklung im Gang?

Schon im Prater, den ich mit Harriet am Wochenende besucht hatte, waren uns, zwischen Riesenrad, Geisterbahn und To-des-Scooter, viele Frauen mit Ganzkörperverschleierung aufgefallen – aber da waren die Temperaturen noch erträglich gewesen.

Egal. Ich fuhr die rechte Bahngasse weiter, an der Universität für Musik und darstellende Kunst vorbei, und erreichte das legendäre und größte Militärgebäude der Monarchie. Das Anwesen quoll über mit tanzenden Frauen. Es mußten hunderte gewesen sein. Das Ganze nannte sich ›Impulstanz‹ und war wohl eine Art Festival, das mehrere Wochen dauerte. Die Frauen waren überwiegend alt, meist grauhaarig, und entsprechend war die Musik, die aus den vielen Schuppen des Geländes klang. Nennen wir es ›südamerikanische‹ Tanzmusik aus den 50er Jahren. Ziemlich verschnarcht also. Aus einem Schuppen kam das Geschepper eines ›modernen‹ Kurses: »Hotel California«, »Angie«, »Paint it black«.

Die Frauen wirkten vollkommen glücklich. Sie kamen gerade aus ihren Kursen, waren ausgepumpt, verschwitzt, befreit. Für sie war das Herumspringen nach den Kommandos der männlichen Tanzlehrer der einzige Sexersatz, der ihnen geblieben war – würde Houellebecq jetzt sicher sagen. Ich betrachtete die Sache freundlicher. Mir gefielen diese Menschen, und ich war mehr als gerührt. Oft standen zwei Frauen zusammen, die offensichtlich Freundinnen waren, und unterhielten sich – ich muß es so sagen – auf innige Weise. Das völlige Fehlen von Aggressivität war geradezu spürbar. Auch ein paar wenige junge Frauen konnte ich mit Mühe entdecken, die wohl Tänzerinnen werden wollten, also beruflich. Und dann war da noch ein Afrikaner, der so aussah, als würden alle 500 Impulstanz-Teilnehmerinnen nachts von ihm träumen – das war zumindest mein Eindruck, ein sexistisches Klischee, wie die Harriet sagen würde.

Es gab zwei extra errichtete holzumrandete Planschbecken auf dem Hof und der Zugangsstraße, dort ließen die Frauen ihre strapazierten Beine ins kühlende, stets fließende Wasser baumeln. Entspannte Gesichter, harmlose Gespräche über das Kochen, die Gesundheit, den Arztbesuch der Kollegin. Niemals Syrien, Kobane, Aleppo, nicht einmal Athen, Tsipras oder Schäuble. Die überall ausbrechenden sogenannten Bürgerkriege, die fallenden Staaten, die neuen Flüchtlingsmillionen, die von den Islamisten nach Europa getrieben werden: weit, weit weg. Lichtjahre entfernt. Kein Thema, nirgendwo. Ahnten diese liebenswürdigen älteren Wiener Angestellten etwa nicht, daß in zehn oder zwanzig Jahren harmlose Vergnügungen wie dieses doch sehr körperbetonte Tanzen für die meisten Frauen nicht mehr erlaubt sein würden? Für muslimische Frauen nämlich, deren Zahl gegenüber den anderen ständig zunahm.

Mit Harriet redete ich darüber lieber nicht. Eigentlich konnte man mit ihr gut diskutieren, schließlich war sie schon kraft ihres Berufes eine der gebildetsten Frauen des Landes, aber über dieses spezielle Thema konnte man eben mit *niemandem* gut diskutieren. Ich merkte es, als wir zu einem Essen bei Freunden eingeladen waren und das Gespräch irgendwann auf die Flüchtlinge kam, auf die sogenannte neue Völkerwanderung.

Ich selbst schnitt das Thema an, nachdem die zehnköpfige Runde stundenlang über Essen, Getränke, gesunde Ernährung, Krankheiten und Rentenansprüche geplappert hatte. Das heißt, ich sprach nur mit meiner Tischnachbarin, einer Wiener Jüdin aus dem Zweiten Bezirk, die 1939 nach Australien ausgewandert war und seitdem in Sidney lebte. Die geistig sehr rege Frau besuchte einmal im Jahr für mehrere Wochen ihre Heimatstadt, um dort ins Theater, in die Oper, in die Buchhandlungen und ins Kino zu gehen. Wenigstens mit ihr könne ich ein weltanschauliches oder zumindest politisches

Gespräch beginnen, dachte ich arglos. Ich duzte sie, weil alle sie duzten, und sie duzte mich auch bereits seit vielen Jahren, genauer, seitdem ich der Mann von Harriet war. Im Laufe der Unterhaltung schien es ihr dann irgendwann passender, mich zu siezen. Es ging um die Integration der Millionen Muslime, die nun jährlich zusätzlich nach Europa strömten, und ich meinte, ich könne mir das nicht vorstellen, also die Integration. Es ging hin und her, bis ich ein Beispiel brachte und sagte:

»Wenn ich ein syrischer kleiner Junge wäre und würde zwei Kulturen zur Wahl haben, nämlich die abgestorbene deutsche und die lebendige syrische, würde ich bestimmt die letztere wählen.«

»Nein, man muß die kleine Junge zu lesen geben, muß ihnen reden, muß ... er ist eine Mensch, er kann sehen, er wird selbst *entscheiden!*«

»Ja, sage ich doch, er wird selbst entscheiden: für die syrische Kultur, für den Onkel, der schon da ist, für das Netzwerk, das gerade entsteht, die Geschwister, die nachkommen, die Freunde der Eltern. Für ihn ist die eigene Großfamilie, diese Community, ein großer ROMAN, wohingegen die depressiven deutschen Kleinfamilien bestenfalls ein ödes, unlustiges KAMMERSPIEL sind. Verstehst du, was ich meine?«

»Wir sind alle depressiv. Depression ist nichts Schlechtes, es kommt nur darauf an, was man daraus macht«, sagte sie.

»Völlig richtig. Die Österreicher machen Kunst und Literatur daraus, die Deutschen schlechte Laune. Wer soll sich in diese armselige deutsche Welt integrieren wollen?«

»Es gibt nicht nur das. Es gibt Bücher, andere Menschen, es gibt die ganze Welt, man muß nicht nur auf die eigene Familie hören.«

»Warum eigentlich nicht? Warum soll der kleine syrische Junge seine Eltern nicht toll finden? Nach allem, was sie geschafft haben, die Flucht, die Rettung, der ungeheure Mut, all die tausend kleinen richtigen und klugen Taten, die das Überleben ermöglichten? Soll er seine Leute doch lieben, sie haben es verdient!«

»Er muß nicht so werden wie sie. Er kann machen seine eigene Meinung. Er kann Muslim sein und trotzdem wie wir werden.«

»Nein, er wird ein ganz normaler Muslim werden und die entsprechende Kultur leben, ihre Werte, Rituale und Alltagsregeln. Schon deshalb, weil die deutschen Nachbarsfamilien, sollte es überhaupt noch welche geben, ja gar keine entsprechende Kultur haben. Was ja todtraurig ist. Die hängen ratlos in irgendwelchen Konsumschleifen, während er, der kleine syrische Junge, auf seine Schwestern aufpassen darf, damit sie nicht nach draußen laufen.«

»Ich hätte nie gedacht, daß Sie so denken«, sagte sie voller Feindseligkeit.

»Bitte versteh mich nicht falsch! Das ist keine Islamfeindlichkeit, im Gegenteil, ich denke da wie Michel Houellebecq. Den kennst du doch?«

»Es sind Menschen, und jeder Mensch ist frei. Sie sind nicht schlechter als alle anderen. Sie müssen nicht werden die IS, sie können auch gut werden.«

»Ja sowieso! Der sogenannte Islamische Staat interessiert mich doch gar nicht. Ich rede über die Integration. Und ich verstehe jeden der Flüchtlinge, die jetzt aus Syrien kommen, daß sie lieber ein neues Syrien aufbauen wollen in Deutschland, als daß sie so werden wollen wie die tote Population im Alten Europa, in Flensburg, Husum oder Hallstatt!«

»Sie müssen nicht werden Terroristen. Sie können die ganze Welt sehen und gute Menschen werden wie alle, wie ich und … Sie!«

Ich sah sie hilflos an. Eine Frau von über neunzig Jahren,

adrett frisiert, mit Brechtbrille und klaren Augen, ein Mensch, der vor den Nazis geflohen war und jetzt zum zweiten Mal sagte:

»Ich hätte nicht von Ihnen gedacht, daß Sie so denken!«

Aber es gab mir zu denken.

Wenn selbst diese feine Dame meine kleinen Überlegungen zum Thema Integration für Islamfeindlichkeit, somit für Ausländerhaß hielt, sollte ich fortan lieber eisern dazu schweigen. Ich konnte mir dadurch viel Ärger ersparen. Ich hielt mich erfolgreich an diesen Vorsatz und war der Lady später dankbar für dieses auslösende Gespräch.

Aber natürlich trieb mich das Thema weiter um, und ich habe mir die Flüchtlinge dann selbst angesehen, am Westbahnhof. Die Sonne schien, es war ein herrlicher Augusttag. Tausende Bürger der Stadt Wien verteilten sich weitläufig um das Bahnhofsgelände. Die meisten hatten Nahrungsmittel und Getränke dabei, andere auch Stofftiere, Kleidung und Schuhe. Es herrschte eine heitere, angeregte und anregende Stimmung. Im Innern des großen, modernen, lichtdurchfluteten Bahnhofes sah ich immer mehr Flüchtlinge, aber noch mehr normale Reisende. Die Flüchtlinge wirkten oft selbst wie Reisende, allerdings eher wie weltreisende Hippies früherer Zeiten. Sie sahen erschöpft und übernächtigt aus, standen, hockten oder lagen stets in kleineren Gruppen zusammen. Ich spürte eine ganz besondere Stimmung, gewissermaßen einen Aufbruchsgeist, etwas Historisches. Sofort holte ich einen Geldschein aus dem Portemonnaie, um ihn dem nächsten sympathischen Flüchtling in die Hand zu drücken.

Um viele davon zu sehen, mußte man zu bestimmten Gleisen gehen. Auf Gleis 1 kamen Flüchtlingszüge zumeist aus Ungarn an, auf Gleis 8 fuhren welche nach Deutschland ab. Auch dort sah ich mehr Helfer als Flüchtlinge, was aber nur bedeutete, daß die Helfer einen guten Job machten. Der Staat Österreich wurde für die Kriegsopfer dadurch nur ein kurzer Zwischenstop auf ihrer Fahrt ins deutsche Paradies. Ich sah auch ein Pappschild mit *Mama Merkel – Help us!*, getragen von einem kleinen Mädchen, noch unverschleiert.

Die Leute sahen keineswegs wie Bettler oder vorsintflutliche Koranfanatiker aus, sondern wie du und ich. Intelligent und ruhig. Man sah ihnen an, daß sie mehr durchgemacht hatten als unsereins. Insgesamt machten sie auf mich einen interessanteren und sympathischeren Eindruck als die österreichische Urbevölkerung, die ja bekanntlich recht häßlich, degeneriert, überaltert und verfettet daherkommt. Dagegen wirkten die jungen Heroen aus Aleppo, Homs und Damaskus wie eine Selektion aus den Besten, Klügsten und Kräftigsten ihres Volkes – und genau das waren sie ja auch. Ich freute mich, daß sie nun allesamt bald Deutsche wurden.

Ich erzählte das Harriet, die nicht mitgekommen war, weil sie schon wieder Ärger mit der Islamischen Jugend hatte und mit dem Verlagsanwalt ihrer Zeitung zusammensaß. Sie freute sich aber über meine Eindrücke und schlug vor, am Wochenende mit unserem Auto zur ungarischen Grenze zu fahren und Flüchtlinge einzusammeln.

Das taten wir, doch leider hatten zigtausende andere Wiener dieselbe Idee, so daß uns oft die letzten Flüchtlinge vor der Nase weggeschnappt wurden. Endlich sahen wir, wie direkt vor uns ein Kastenwagen hielt – ganz offenbar eines der gefürchteten Schlepperautos – und Flüchtlinge entlud. Das war direkt auf dem Seitenstreifen der Autobahn. Wir bremsten sofort und brachten unseren Daihatsu Cuore nach 50 Metern zum Stehen. Harriet sprang aus dem Wagen. Ich nicht, denn ich hatte Angst.

Die Minuten verrannen. Harriet war verschwunden. Der Kastenwagen natürlich auch. Ich sah in der Ferne den Pulk junger Männer, aber nicht mehr Harriet, die in deren Mitte untergegangen sein mußte. Sie war eine schöne Frau, eine *sehr* schöne manchmal, wie ich bereits darlegte. Nun kamen sogar die ersten Burschen auf unser Auto zu, also auf mich. Rasch betätigte ich die automatische Türverriegelung.

Plötzlich stand noch ein Auto auf der Standspur, eines von der Polizei. Vor lauter Angst – die ausgehungerten Männer rüttelten schon an den hinteren Türen – hatte ich die Bullen gar nicht bemerkt. Nun war ich außer Gefahr, konnte aussteigen und ›Flüchtlinge retten‹. Ich sah den Menschen in die Augen. Zwei schienen richtig lustige Gesellen zu sein, sehr jung noch, völlig angstfrei und mit einem perfekten Englisch gesegnet. Mein Englisch war ja leider nicht so gut, aber sie ließen es mich nicht merken. Eine Polizistin sagte nun, die Männer seien alle illegal und somit verhaftet.

Verhaftet? Ich kannte diesen Vorgang nur aus Filmen. Es war zudem Quatsch. Die österreichische Regierung hatte beschlossen, alle Flüchtlinge ohne weitere Prüfung durchziehen zu lassen. Das sagte ich der Polizistin, die aber wie ein Automat reagierte:

»Wir halten uns an das Gesetz. Die Personen sind verhaftet.«

»Da machen Sie einen groben Fehler. Das Gesetz besagt, daß die Leute nach Deutschland durchgewunken werden müssen.«

»Nach Paragraph 108 des Fremdenschutzgesetzes habe ich die Personen ordnungsgemäß in Gewahrsam zu nehmen.«

»Der Paragraph gilt nicht mehr. Da werden Sie sich selbst strafbar machen. Eine falsche Verhaftung Unschuldiger wird streng geahndet heutzutage …«

»Aber laut den Bestimmungen des Gesetzes über die Transit- und Fremdenunter…«

»Alles vorbei! Lesen Sie keine Zeitungen? Hören Sie kein Radio?! Die Regierung hat alles aufgehoben!«

Ich war jetzt richtig heldenhaft. Die viel zu junge Polizistin war komplett verunsichert. Mit weichen Knien schlich sie zum Polizeiauto zurück. Ihr Kollege trat an ihre Stelle und schaltete – ganz Österreicher – gänzlich um. Konziliant im Ton und in der Sache versicherte er, die Herren Flüchtlinge zu einem Aufnahmelager eskortieren zu wollen. Dort würden sie binnen Stunden mit Bussen zur deutschen Grenze weiterbefördert werden. Ich übersetzte es ins Englische. Die Flüchtlinge schienen das bereits zu wissen. Jeder hatte ein Smartphone und kannte den jeweils allerneuesten Stand der Rechtslage und der politischen Entscheidungen.

Ich plauderte noch ein wenig mit den jungen Leuten. Nicht alle sprachen so gut Englisch. Ich bemerkte auch eine Frau unter ihnen. Sie trug Jeans und kein Kopftuch, konnte kein Englisch und von der deutschen Sprache nur das Wort ›Merkel‹, das sie mit leuchtenden Augen aussprach:

»Määrkell! Määrkell!«

Sie hob dabei die Daumen beider Hände in die Höhe. Ich tat es ihr gleich, da es mich stolz machte, die eigene Regierung von fremden Leuten so bewundert zu sehen.

Es kam ein Polizeibus und nahm uns unsere ersten eigenen Flüchtlinge wieder weg. Am Abend standen wir mit leeren Händen vor unserer Wohnung. Wir mußten damit fertigwerden, daß kein einziger in Österreich bleiben wollte. Sie zogen alle sofort weiter. Man konnte ihnen nur zuwinken und alles Gute wünschen.

Vor dem Schlafengehen wollte ich dann doch noch von Harriet wissen, was aus ihrem Problem mit den organisierten Muslimen geworden war. Ich mochte das Thema eigentlich nicht. Ich fand, man solle jeglichem Fanatismus strikt aus dem Weg gehen, ebenso Ideologen, religiösen Menschen insgesamt, besonders natürlich Fundamentalisten und entlaufenen Wahnsinnigen aus den geschlossenen Abteilungen unserer psychiatrischen Kliniken. Warum mit diesen Leuten reden? Eher brachte man einen Landrat von der CSU dazu, schwul zu werden, als einen fundamentalistischen Schalkefan, ein Spiel von Dortmund anzusehen. Oder einen humorlosen Muslimfunktionär, über einen Koranwitz zu lachen. Das war alles zutiefst unerquicklich, fand ich. Aber hier konnte ich nicht ausweichen, da Harriet vor der Entlassung stand. Ich fragte also mit weicher Stimme, worin im Moment die größte Schwierigkeit liege.

»Die sind einfach wahnsinnig gut vernetzt«, begann meine Frau traurig, »auf einmal waren sie überall, also, als es um das neue Islamgesetz ging.«

»Wo sind sie, *überall?*«

»In allen Orten, in allen Dörfern sind sie plötzlich gewesen, echt überall. Es waren so viele, ich hätte das nicht gedacht. In allen Medien, allen Zeitungen, und die Berichte sind immer positiver geworden. Mit dem Bundespräsidenten in der Hofburg, mit dem Bundeskanzler Faymann, mit dem Bischof Schönborn, die waren mit der ganzen Republik abgebildet plötzlich.«

»Naja, aber wo ist dabei *dein* Problem gewesen? Warum bekämpfen sie dich so? Weil du geschrieben hast, wer sie finanziert? Hat sie das so geärgert?«

»Nein ... nicht unbedingt. Obwohl, im neuen Islamgesetz steht ja drin, daß ausländische Geldflüsse verboten werden sollen. Und ich schrieb, daß die terroristische Muslimbruderschaft aus Ägypten und den Golfstaaten die ganze Religionslehrer-Ausbildung finanziert und im Griff hat, und die wichtigsten Vereine dazu, von denen sich manche nach außen moderat geben.«

»Wie die Islamische Jugend.«

»Zum Beispiel.«

»Und warum sind gerade die so wütend auf dich und nicht die anderen?«

»Weil eben die am meisten fälschen. In der Öffentlichkeit

treten praktisch nur madonnenhaft schöne Mädchen auf, die selbstbewußt und auf eine besondere Art emanzipiert wirken, die frei sprechen können, überall frech das Wort ergreifen dürfen und wie tolle Jugendliche daherkommen, die Spaß und moralische Werte gut miteinander verbinden. Im Hintergrund stehen freilich die bärtigen Männer, die das alleinige Sagen haben. Die hübschen Frauen sind nur Marionetten.«

»Was sagen denn die bösen Männer, die das alleinige Sagen haben, so alles?«

Harriets Miene verfinsterte sich. Sie gab mir einen kurzen Abriß des ultrakonservativen Gesellschaftsbildes dieser Leute. Mir verging sofort der Humor.

»Am besten habe ich ihre Gesinnung übrigens an ihren Feinden erkannt«, führte sie weiter aus, »also an den liberalen Vertretern des Islam, von denen ich ja viele seit Jahren kenne. Das sind wunderbare Leute, Aslan zum Beispiel, der war ja bei uns. Erinnerst du dich? So einer kann sich seines Lebens nicht mehr sicher sein. Den verteidigt auch niemand. Die Journalisten sind alle devot geworden.«

»Nur du nicht.«

»Ich habe die Konzepte der ägptischen Muslimbruderschaft mit denen der hiesigen Islam-Vereine verglichen – es sind dieselben. Das habe ich noch nicht einmal geschrieben.«

»Sondern?«

»Ach, zum Beispiel, daß pakistanisch-islamistische Koranseminare in Österreich von Pakistan aus bezahlt wurden. Ich hatte die Beweise, die Kontodaten, aber die Redaktion hat den Prozeß lieber vermieden und sich gütlich geeinigt.«

»Tja, wer verbrennt sich schon gern die Finger? Ich bin da genauso.«

»Aber ich bin: Journalistin!«

»Ja klar, nur … ich meine: Es ist doch gut für sie ausgegangen, warum verfolgen sie dich weiter?«

»Ich habe zufällig einmal eine Demo der Salafisten am Stephansplatz miterlebt …«

Harriet erzählte von sechshundert überaus abstoßenden Männern in halblangen, weißen Pluderhosen und mit absurd langen Bärten, von brüllenden Fratzen, arabischen Rufen und fanatischem Wahnsinn. Als sie einen der Männer fragte, worum es denn gehe, sei sie verbal mißhandelt worden. Trotzdem bekam sie schließlich mit, daß es um die Freilassung Mursis gegangen sei.

»Ich verstehe nun«, schloß sie, »daß die Muslimbruderschaft in Ägypten verboten wurde.«

Für meine Frau war das ein bemerkenswertes Statement. Ich hatte sie jahrelang immer nur als Verteidigerin des Islam erlebt. Sie schien mir in diesem Punkt unerbittlicher als die jungen Damen der Islamischen Jugend gewesen zu sein. Stänkern gegen unsere muslimischen Mitbürger – das ging *gar nicht*. Das taten nur verkalkte alte Knacker, Ossis in Sachsen und Brandenburg, rechte Vollpfosten. Und nun auf einmal dieser Sinneswandel?

Ich mußte nachhaken. Da mußte irgendetwas geschehen sein, von dem ich nichts wußte. Ich holte eine Flasche Campari und viel Soda aus dem Kühlschrank, um es uns gemütlich zu machen.

Am Ende wußte ich, was ich lieber nicht hätte erfahren sollen. Damit unzufrieden, daß ihr der Themenbereich ›Österreich und der Islam‹ entzogen wurde, hatte sich Harriet weiter mit ihren Freunden vom liberalen Islam getroffen und sozusagen weiterrecherchiert. Sie hatte auch ein Gespräch mit dem Imam einer konservativen Moschee vereinbart, dabei aber nicht den Imam selbst vorgefunden, sondern sechs todernste Männer, die ihr höflich die Information überbrachten, daß sie nicht mehr an dem Thema arbeiten dürfe, wolle sie am Leben bleiben.

Mir sackte das Herz nach unten. Meine anständige, geliebte, rechtschaffene Frau … sollte … ermordet werden!

Was für eine Niedertracht, was für ein Tiefpunkt. So viel hatte ich in meinem langen Leben erlebt, so viel Diskussionen, so viele Themen – verglichen damit war es alles nur Geplapper gewesen. Ich spürte, wie in mir eine Ahnung aufzog, wonach das gerade Gehörte kein kurzer Spuk sein würde, der am nächsten Morgen vergangen war. Und wirklich wurde mir diese Mitteilung in den folgenden Wochen eine Art Schlüsselerlebnis. Ich sah nun alles etwas anders, auch wenn ich mich bemühte, mir dadurch die positiven neuen Eindrücke, die mir der Flüchtlingsstrom bereitete, nicht verderben zu lassen. Die Welt war im Umbruch, und ich war es auch.

4.

WILLKOMMENSKULTUR

Harriet erholte sich schnell, ich nicht.

Eines Abends besuchten wir eine Veranstaltung in einer der großen Buchhandlungen Wiens. Ein Buch über die Terrorgruppe IS wurde vorgestellt, und ich befand mich in jener Stimmung, die ich nun recht oft hatte und die mir noch vor wenigen Wochen selbst fremd vorgekommen wäre. Ich war geladen, sozusagen mit Ressentiment aufgeladen. Ich hätte mich ›Wutbürger‹ nennen können, wenn dieser Begriff nicht bereits für jene reserviert war, die das genaue Gegenteil meiner Gedanken im Kopf hatten.

Der Andrang war enorm, wir kamen etwas zu spät, und der erste Satz, den wir bei der Buchpremiere hörten, war für mich nicht ganz einzuordnen:

»Der IS zeigt doch nur, daß auch bei uns einiges schiefläuft in unserer ach so guten Gesellschaft.«

Offenbar war man schon bei der Diskussion. Ein vierzigjähriger Migrationsbeauftragter der Stadt antwortete:

»Viele sind ja schon im Bosnienkrieg losgegangen, um ihre Brüder zu unterstützen. Auch nach Afghanistan sind schon welche gegangen, um sich den unterdrückten Brüdern anzuschließen …«

Brüder? Hatten die alle so viele Brüder? Es waren wohl Brüder im Geiste gemeint. Ich mochte die Wortwahl nicht.

Ich selbst hatte sehr wohl einen Bruder, der bekanntlich Ekkehardt heißt, aber ich wäre niemals für ihn in den Krieg gezogen, schon gar nicht in ein so unwirtliches Land wie Bosnien oder gar Afghanistan.

Eine Frau fand sich besonders klug, indem sie darauf hinwies, daß der Zweite Weltkrieg bei uns noch gar nicht so lange her sei, und dort seien ebenso grausame Dinge passiert.

Auf dem Podium saßen, soweit ich das sehen konnte, Sozialarbeiter, Jugendarbeiter, Familienarbeiter und natürlich die Autorin des vorgestellten Buches – es hieß »Generation Dschihad«.

»Wir müssen uns um jeden einzelnen Jugendlichen kümmern«, meinte ein Streetworker mit grauem Pferdeschwanz, »damit wir sie nicht im Stich lassen, denn nur so können wir vielleicht rechtzeitig eingreifen, wenn sie dabei sind, sich dem IS anzuschließen. Da kann es um Tage gehen. Und danach ist alles zu spät. Wenn sie erstmal drin sind, erreichen wir sie kommunikativ nicht mehr ...«

Ich ärgerte mich.

Gar nicht erst reinlassen, dachte ich erbost, diese entsetzlichen Leute, die um Lichtjahre weniger zivilisiert waren als unsere eigene Jugend. Man holte potentielle Massen- und Serienmörder ins Land und hatte dabei das schlechte Gewissen, sie womöglich nicht ausreichend gegen ihre möglichen Taten therapiert zu haben. Sich nicht ausreichend »gekümmert« zu haben. Nicht genügend »Interventionsgespräche« geführt zu haben. Wenn sie sich dem militanten Islam anschlossen, war das unsere Schuld: zu wenige Streetworker eingestellt! Nicht oft genug vor »der Gewalt« gewarnt! Grauslig.

»Man muß sie mit religiösem Wissen konfrontieren. Viele von den Brüdern, die sich nach Syrien aufmachen, glauben inbrünstig an Mohamed, haben aber ganz erstaunliche Wissenslücken im Koran. Wenn man ihnen Stellen im Koran zeigt, die etwas anderes sagen als der IS, sind sie manchmal verblüfft.«

Ha! Ich konnte nicht glauben, was ich da hörte.

Die jungen Leute schlossen sich dem Dschihad an, weil es aufregend war, weil sie dort ein tolles Leben voller Freundschaft, Gewalt und wohl auch Sex hatten. Ein Psycho-Trip wie einst die LSD-Karrieren von Millionen Hippies, die ebenso lustvoll an die Wand fuhren. Das ›religiöse Fachwissen‹ war so relevant wie wohl einst die Bibel-Auslegungen spinnerter Kardinäle für Teilnehmer der Kreuzzüge.

Was kam nun noch?

»All diese verirrten jungen Leute haben Ungerechtigkeiten erfahren, sexuelle Übergriffe, körperliche und elterliche Gewalt. Das müssen wir reparieren, das ist der einzige Weg, sie abzuhalten …«

Wir sollten reparieren, was rohe und brutale Menschen ihren eigenen Leuten, ihren Frauen und Kindern antaten?

»Frauen werden immer mehr rekrutiert. Das ist inzwischen ein Hauptaspekt des IS. Das gelingt oft gerade deswegen, weil gerade ›normale‹ also besonders konservative Islam-Eltern ihre Töchter in der Pubertät strikt einsperren …«

Ach so, ja dann versteht man das. Die armen Islam-Eltern, die haben es nur gut gemeint. Einsperren, so war eben deren Kultur. Das zu respektieren war ja wohl eine Selbstverständlichkeit für jeden hier im Saal.

Nun sprach wieder ein Fachmann für interreligiösen Dialog, daß die Gotteskrieger manchmal regelrechte »religiöse Analphabeten« seien. Ich war langsam auf hundertachtzig und kurz davor, einen Zwischenruf zu tätigen, nämlich »Für den Wahnsinn braucht man kein Alphabet«, aber das hätte Harriet furchtbar gefunden. Sie war inzwischen wieder ganz auf die Seite der vermeintlichen Neubürger zurückgekehrt.

»Viele der jungen Frauen, die nach Syrien ziehen, sind auch einfach süchtig nach Liebe. Ja, so ist das! In dem Alter kann das passieren, sie sind ja noch Jugendliche, und sie werden ja sonst nur lieblos behandelt, also im Elternhaus, und woanders können sie nicht hin.«

Oh, entsetzliche Brut – ohne Liebe großgezogen! Die ganzen Pädagogik-Debatten seit Rousseau und Voltaire glatt verschlafen. Antiautoritäre Erziehung, Frauenbewegung, Menschenrechtsbewegung – alles Fehlanzeige bei den reaktionären Knackern da. Und jetzt sollten wir das nachholen? Nein, eben nicht! Wir sollten keinesfalls irgendetwas ändern oder besser wissen dürfen; das wäre respektlos ihrer Kultur gegenüber. Wir sollten sie alle willkommen heißen, so wie sie waren.

»Die sehen dann halt Videos, die man ihnen zeigt, wo in Israel ein totes palästinensisches Kind gezeigt wird, wo verfolgte Muslime gezeigt werden, wo israelische Bomben auf Häuser fallen und blutüberströmte Opfer danach zu sehen sind …«

Fabelhaft. So plump konnte Propaganda selbst heute noch funktionieren. Man zeigte den Kindern böse Menschen und sagte ihnen: Das sind die Feinde! Und diese Ahnungslosen, weil Isolierten, glaubten es.

Ein besonders besorgter Rentner erntete nun den mit Abstand größten Applaus, als er mit zittriger Stimme die Medien angriff. Diese würden »all diese Bilder« zeigen, nämlich die mit ganz viel Blut, und dadurch würden sie sich, die Medien, mitverantwortlich machen!

Wofür jetzt genau? Daß die jungen Heißsporne in den Krieg gingen wie früher in die Fremdenlegion?

Doch die Diskutierenden fanden einen noch größeren ›Verantwortlichen‹, nämlich Putin:

»Putin ist schuld, weil er eingreift, da denken viele Muslime an Tschetschenien!«

Hätte er diese Halunken an seiner Brust etwa dulden sollen? Wo wäre das geendet? Er hat das Problem gelöst, Rußland ist wieder stark und frei von Terror. Der islamische Terrorismus hat sich in andere Weltgegenden verkrümelt.

Es war aber unklug, das in der aktuellen Diskussion zu sagen, vor allem in Harriets Gegenwart. Denn der russische Präsident hatte angeblich Vorurteile gegen Homosexuelle, und viele unserer besten Freunde, vor allem natürlich Harriets, waren offen oder latent homosexuell.

So wartete ich das Ende der Debatte ab und ging dann mit meiner engagierten Frau gedankenversunken nach Hause. Der Abend war noch mild, so daß wir nicht die U-Bahn nahmen, sondern verliebt ein Stück spazierengingen.

Das waren noch harmlose, schöne Tage und Wochen gewesen, im Vergleich zu dem, was folgen sollte.

Der Flüchtlingsstrom riß nicht ab. Insgeheim hoffte ich auf die kältere Jahreszeit, auf den Herbst, auf den Oktober, doch als der kam, wurde die Flüchtlingswelle noch stärker. Und dann kam, Anfang November, jene Woche, in der die Nation merkte, daß sie sich in einer *ausweglosen* Situation befand.

Zumindest ich merkte es, und es begann während der sonntäglichen Haupt-Talkshow, die ein Moderator namens Günter Jauch leitete und die regelmäßig von allen Schichten des deutschen Volkes gesehen wurde. Dieser vernünftige Journalist, also Günter Jauch, der normalerweise seine egozentrischen Streithähne gut im Griff hatte und durch kluge, einfache Interventionen Licht in scheinbar verworrene Konflikte brachte, kam nun an seine Grenzen. Es war bereits seine fünfte oder zehnte Talk-Show zum Thema ›Flüchtlingsstrom‹, zumindest die dritte mit denselben Gästen. Da sich viele Prominente nicht mehr äußern wollten – wohl um sich nicht mit einer politisch unkorrekten Bemerkung die Zunge zu verbrennen –, hatte Jauch auf das letzte Aufgebot zurückgegriffen. Nicht der aktuelle bayerische Ministerpräsident kam, sondern der ehemalige, ein gewisser Stoiber, eine Figur aus der Franz-Josef-Strauß-Ära. Dieser Mann lärmte ungebremst in die Mikrophone.

»So geht des net weiter! Da wird das Recht gebrochen! Diese sogenannten Flüchtlinge leben bei uns in rechtsfreien Räumen! Die Polizei ist machtlos! Die Ordnung muß unverzüglich wiederhergestellt werden ...«

»Und wie?« fragte der Moderator.

Der rasende Rentner wiederholte nahezu wortgleich seine Suada. Erneut fragte der Moderator nach einer Lösungsidee. Stoiber machte unverdrossen weiter. Er spuckte seine beschreibenden Sätze zum dritten Mal aus.

»Ja, Herr Ministerpräsident«, entgegnete der Journalist, »das ist die Beschreibungsebene. Aber ich würde gern jetzt einmal auf die Lösungsebene kommen. Was könnte man tun? Wie könnte man die Lage verbessern?«

»Es kommen jeden Tag Tausende, ja zig, zig Tausende in unser Land, über die Grenzen, ungeordnet, ohne jede Konzentrierung seitens der ordnenden behördlichen Vertreter, ohne Erfüllung der rechtlich, administrativen und juristischen ...«

Und so weiter. Die anderen üblichen Verdächtigen in der Runde waren nicht besser. Norbert Blüm, schmierig grinsender Alptraum der frühen Kohl-Jahre, säuselte wieder über Menschlichkeit und Freundlichkeit, aber auch er hatte sich keinen einzigen Satz zur Lösung der Krise, also zum Eindämmen der Völkerwanderung ausgedacht. Niemand wagte den Gedanken auch nur zu denken, geschweige denn auszusprechen, man könne die Leute aufhalten. Also nicht reinlassen. Dabei war das die Praxis aller Staaten seit Menschengedenken, ja selbst aller Wohnungsbesitzer: Rein kam nur, wer rein durfte.

Als nun in Ungarn die Regierung auf dieses simple Prinzip zurückgriff und einen Zaun baute, hatte man dort das Flüchtlingsthema schlagartig erledigt. Es konnte niemand mehr hinein, die Bevölkerung atmete auf. In Deutschland wurde genau diese Lösung nun reflexartig dämonisiert. Man verglich den

Flüchtlingsstrom der Millionen junger muslimischer Männer mit dem der deutschen Vertriebenen nach dem Krieg. Das sei doch dasselbe, es handele sich um Menschen. Für mich war das so, als solle man einen Fremden von der Straße in die Wohnung lassen, da jemand der eigenen Oma ja auch die Tür geöffnet habe. Und doch war diese Haltung nun überall verbreitet, man konnte sagen: verbindlich. Wer anders dachte, war augenblicklich ›Pegida‹. Da niemand ›Pegida‹ sein wollte, hörte man zum Thema Flüchtlinge keine zweite Meinung mehr. Auch nicht bei Günter Jauch. Das spürten die Menschen, und daraus erwuchs eine Art Ohnmachtsgefühl. Man befand sich in einer Lage ohne Ausweg, vergleichbar der Situation auf dem ›Narrenschiff‹. Die fremden Völker kamen, und niemand konnte sie stoppen, weil niemand der Verantwortlichen sagen oder auch nur denken durfte, sie stoppen zu wollen. Eine bisher unbekannte existentielle und sicher angstgrundierte Befindlichkeit machte sich breit.

Man spürte sie überall. Ich spürte sie seit dem Talkshow-Sonntagabend und dann ab Montag jeden Tag.

Da besuchten wir eine Veranstaltung des muslimischen Autors Navid Kermani. Der Mann war brillant, sympathisch, ernst und humorvoll zugleich, man mußte ihn lieben. Dennoch befand sich sein gesamtes Denken in der Vormoderne. Und zwar in einer Weise, als hätte es die Moderne nie gegeben und als lebten wir nach wie vor in der Zeit zwischen Goethe und Adenauer. Er beschäftigte sich mit dem Religiösen, der Bibel, dem Koran, und er tat so, als hätte niemand von uns etwas anderes und vor allem Besseres zu tun. Und die Zuschauer bestätigten ihn darin.

Ich sah mich um.

Überall nur muffige, weißhaarige Gutmenschen. Also jene Generation, die in ihrer Kindheit, in der Schule, noch keine

Konfrontation der Kulturen erlebt hatte. Und später in ihren gutbezahlten, unkündbaren Berufen auch nicht. Die Generation der Ahnungslosen. Harriet und ich waren die Jüngsten im gut gefüllten Saal. Ich fragte mich, ob diese Generation *jemals* hinfortgespült werden würde von der Geschichte. Würden sie jemals, und sei es in hundert Jahren, aufhören, uns zu regieren und das öffentliche Bewußtsein zu dominieren, in ihrer greisenhaften Härte, die sich als Güte ausgab, die aber nichts anderes war als der eingelernte, fremdbestimmte und ungerechte Haß auf die Generation vor ihnen? Nein, sie würden bleiben, bis alles in Scherben lag. Das Honecker-Syndrom.

Was hingegen wirklich auf dem Spiel stand, war MEINE Kultur, begriff ich nun. Ich war ein Kind von Kennedy- und Beatles-Eltern, und später ging es weiter mit französischem Neostrukturalismus, dem Kino Eric Rohmers und Truffauts, der Popmusik der britischen Insel und dem »Literarischen Quartett« in Deutschland. Meine Kultur war genau die, die meine Generation der schon bestehenden hinzugefügt hatte. Wir hatten sie den vor uns lebenden Generationen abgetrotzt. In meinem Fall konnte ich bei diesem Kampf sogar meine Eltern noch dazurechnen. Meine hochpolitischen und antiautoritären Eltern haben Seite an Seite mitgemacht gegen das Alte und Widerwärtige. Nie hätte mein Vater einen ›interreligiösen Dialog‹ führen wollen, nicht einmal mit Kermani, das hätte für ihn bedeutet, hinter Voltaire zurückzufallen. Mit den »Frömmlern, Pfaffen und Popen« sowie Vertretern weiterer religiöser Wahnsysteme gab es für ihn nichts zu diskutieren. Auch meine Mutter wäre nie auf die Idee gekommen, die Bibel und den Koran vergleichend zu lesen, unzumutbarer Stuß für jeden, der seine fünf Sinne noch beisammenhat.

Und doch ist es, schon jetzt, genauso gekommen. MEINE Kultur, die meiner Eltern, meiner Brüder und mir, ist im Zeitalter der Völkerwanderung als erste untergegangen. Die

Kultur der Merve-Bändchen, der überkandidelten »Spex«-Rezensionen von Diedrich Diederichsen über die Band »Oasis«, die Kultur der berghainaffinen Metrosexuellen ... kein Mensch hat sie verteidigt. Kein Intellektueller hat den Vorgang überhaupt bemerkt.

Am Dienstag traf Harriet bei ihrer inzwischen Privatrecherche über Österreichs muslimische Organisationen einen befreundeten Verfassungsschützer. Der Mann hatte ihr in ihrer zwanzigjährigen Tätigkeit als Ressortleiterin der Innenpolitik oft Hinweise über die rechtsradikale Szene gegeben. Nun wollte sie von ihm wissen, was der radikale Islam wohl so in Österreich trieb.

Ich wußte vorher nichts davon, hätte es auch nicht erlaubt. Immerhin mußte ich davon ausgehen, daß unser Leben dabei in Gefahr geriet. Der gute Mann hatte dann auch nichts Beruhigendes zu erzählen. Er war einst als absoluter Menschenfreund gestartet, mit einer bemerkenswerten Biographie. Er hatte Mönch werden wollen, war es wohl auch kurz geworden, bis er sich in eine Nonne verliebte und ins Weltliche wechselte, mit ihr zusammen. Heirat, Kinder, Sozialarbeit, Aufstieg in den Verfassungsschutz. Doch heute begann er schon beim Anblick einer Moschee vor Wut zu kochen.

Er berichtete, daß auch die gemäßigten Syrer allesamt blanke Antisemiten seien. In deren Schulen werde nichts anderes gelehrt. Hitlers »Mein Kampf« sei dort so selbstverständliche Lektüre wie »Die Weisen von Zion« oder eben der Koran. Man solle nicht denken, daß moderate Muslime ähnlich glaubensfern seien wie bei uns moderate Katholiken. Sie seien alle fromm und somit zum Fanatismus fähig, also zum aufklärungsfeindlichen Wahnsinn. Und es seien natürliche, seit Jahrhunderten tradierte Gewaltkulturen. Habe bei uns seit der Aufklärung der Staat das Gewaltmonopol, könne

dort der Mann der Frau Gewalt antun, der Bruder der Schwester, die Mutter den Kindern und so weiter. Gewalt sei dort ein
ganz selbstverständliches, kreatürliches Schmiermittel, das die
Gemeinschaft am Laufen halte, so wie bei uns das Geld oder
der Mann vom Finanzamt. Das habe für deutsche Frauen und
männliche Heranwachsende fatale Folgen. Er nannte Beispiele,
wahre Schauergeschichten, die Harriet kaum ertrug. Sie
mußte aber so tun, als teile sie die Islamophobie des Ex-Mön-
ches wenigstens teilweise, damit er ihr weiter gewogen blieb
und Tipps gab. Sein Fazit lautete, daß man auf einer tickenden
Zeitbombe sitze.

Ich wunderte mich, daß Harriet trotzdem unverzagt, fast
fröhlich nach Hause kam. Eine der Horrorgeschichten erzählte sie sogar beim Abendessen, als wäre es ein Schwank:

Ein stellvertretender Chefredakteur einer österreichischen
Zeitung hatte es mit dem Helfen recht weit getrieben. Nicht
nur jedes Wochenende, auch zwischendurch, fuhren er und
seine Frau mit einem vollgeladenen Auto zur Grenze, verteilten
Decken, Wasser und Nahrungsmittel an die Flüchtlinge, nahmen einzelne im Wagen mit zurück nach Wien, bekamen kaum
noch Schlaf, ließen einen Flüchtling in ihrer Wohnung wohnen.
Dieser junge Mann schrieb seiner Gönnerin dann einen Liebes-
brief (»I love you. Do not tell him«) und bedrängte sie, auch sexuell. Eines Tages vergewaltigte er die Übersetzerin (nicht die
Frau). In der Helferszene hörte man noch schlimmere Dinge,
die sich bei den Migranten ereignet haben sollten. Daraufhin
schrieb der Redakteur in seiner Zeitung einen flüchtlingsfeind-
lichen Kommentar, der in den Medien schnell zum Skandal
wurde. Alle hörten davon. Auch ich las von der Sache in den
Zeitungen und daß der Mann noch am selben Tag gehen mußte.

Und jetzt erfuhr Harriet, daß es sich um einen Mitbürger
mit einem geradezu pathologischen Helfersyndrom gehandelt
hatte.

Tja. Ich wünschte »Guten Appetit« und fuhr mit dem Löffel in die Suppe. Auch wir waren zur Grenze gefahren und hatten unsere Gästewohnung jungen Männern angeboten. Unser Glück war lediglich, daß sie alle sofort nach Deutschland weiterfahren wollten.

Am Mittwoch besuchte Harriet eine tschetschenische Freundin in Linz. Schon vor neun Jahren hatte sie eine Reportage mit ihr über bosnische Flüchtlinge gemacht, und die Verbindung war nie ganz abgerissen. Der Photograph der Zeitung hatte damals Photos geschossen, die eine stolze Frau mit ihren fünf stolzen Kindern zeigten, gutgekleidet, gutgelaunt, lebenshungrig. Alle sahen großäugig und selbstbewußt lachend in die Kamera.

Beim jetzigen Besuch waren alle Frauen vermummt. Sie waren teilweise mit ›Kämpfern‹ liiert, die in Syrien für den Islamischen Staat Krieg führten. Auf ihren Smartphones zeigten sie Bilder dieser ziemlich attraktiven Burschen. Kalaschnikov, breites Grinsen, sexy Posen.

Alle Töchter sprachen nach neun Jahren schlechter Deutsch als damals. Eine der Frauen wollte Kosmetikerin werden und dazu eine Lehre antreten. Ihre Chancen waren leider nicht sehr groß. Und so war es nicht ganz unverständlich, daß sie sich lieber dem Abenteuer Dschihad anschließen wollte, als zu Hause herumzusitzen.

Am Donnerstag trafen wir dann den angesehenen jüdischen Historiker Yahud Bauer, der schon vor dem Bundestag gesprochen hatte. Viele Jahre lang hatte er Yad Washem geleitet. Er war fast neunzig Jahre alt und geistig äußerst rege.

Er definierte uns an der Bar des Nestroyhofes, seines Hotels in der Leopoldstadt, die drei großen totalitären Ideologien des 20. Jahrhunderts, nämlich den Kommunismus, den Faschismus und den politischen Islam. Überlebt hatte nur der letztere, und er war erst im Kommen.

»Es sind keine *Terroristen*. Es handelt sich nicht um *einzelne*. Es sind Hunderte Millionen, die der konservativen Spielart angehören. Wahrscheinlich gibt es heute schon mehr radikale Muslime auf der Welt, als es je Faschisten gegeben hat.«

»Sie dürfen den radikalen Islam nicht mit dem politischen gleichsetzen«, sagte Harriet vorsichtig, die den beeindruckenden alten Herrn mochte und die schließlich selbst Jüdin war. Er sagte nur leise, daß es einen unpolitischen Islam gar nicht gebe.

Wir sprachen wehmütig über Israel, über seinen Kampf in den nächsten Jahren, über die aus Europa erneut fliehenden Juden, über den Krieg in Syrien und in Nahost insgesamt. Bauer zählte auf, wer alles wen unterstützte. Die Saudis den IS, Katar und Golfstaaten ebenfalls, Al Nusra von den Golfstaaten, der Hisbollah, al-Qaida, dem Assad-Regime, oder andersrum – ich konnte mir nicht alles merken – die Türkei, der Iran und so weiter. Sicher war nur, daß die Motive des Eingreifens immer islamideologische waren. Anders gesagt: Wäre der Islam eine normale Religion und keine totalitäre Ideologie, würde nirgendwo in der Welt Krieg geführt werden. Nicht im 21. Jahrhundert. Der Satz kam mir bekannt vor.

Und ihn sagte ein Mann, der gewiß mehr wußte als wir. Er wirkte traurig und müde. Nur einmal strafften sich seine Schultern – als er sagte, Israel werde nicht daran zerbrechen. Israel werde es schaffen. Er sagte es so trotzig wie Angela Merkel ihr »Wir schaffen das!«.

Für Harriet war das nur ein kleiner Trost. Israel mußte es natürlich geben, damit die Juden einen Ort hatten, wenn sie fliehen mußten. Also auch sie selbst. Aber als Frau und Kommunistin kämpfte sie auch gegen rechte Gesinnung, Islamfeindlichkeit und Fremdenhaß. Womit sie nicht die Verachtung der Muslime gegenüber Ungläubigen meinte, sondern jenes halbe Promille der Bevölkerung, das bei ›Pegida‹ mitlief.

Es war alles recht kompliziert bei Harriet.

Wir sollten uns lieber nach einer Zweitwohnung in New York umsehen, dachte ich. Die meisten Deutschen konnten das nicht, da waren wir doch eigentlich ganz gut dran. Vielen unserer Mitbürger blieb nur die Fassungslosigkeit.

Am Sonntag gingen wir schließlich in einen katholischen Gottesdienst, an dem eine *syrische Flüchtlingsfamilie* teilnahm. Die war nämlich christlich. Es waren elf Menschen, die meisten Frauen. Junge Männer fehlten diesmal. Sie waren von IS-Einheiten getötet worden. Dem Vater und dem Onkel waren sogar die Köpfe abgeschnitten worden. Das Glaubensbekenntnis wurde in dieser Spielart des Christentums – es waren Aramäer, so wie Jesus selbst – *gesungen*. Der Pfarrer ließ die elf Überlebenden also das Bekenntnis singen, und es war erschütternd. Ganz dünne Stimmen summten durch das Kirchenschiff, kaum zu hören, verzagt, todtraurig, vor allem abgrundtief ängstlich. Man hätte heulen können, wenn es nicht auch so unerwartet und fremd gewesen wäre. Später standen alle Flüchtlinge in der Pfarrei, wo man ein Buffet aufgebaut hatte. Es waren, um ganz ehrlich zu sein, keine schönen Menschen. Pausbäckige kleine Monster die Kinder, häßliche verhärmte Gestalten die Frauen, ausgelöschte Mumien die Großeltern. Trotzdem rührten die leuchtenden Augen der heranwachsenden Kinder. Sie sprachen passabel Englisch und freuten sich über jede Antwort, die sie geben durften. Man konnte sich gut vorstellen, daß sie alles dafür geben würden, in der neuen Welt einen guten Eindruck zu machen. Vor einer Woche erst waren sie der schier endlosen Hölle entkommen, und in ihrem Verständnis befanden sie sich nun im Himmel, und wir waren die Götter. In unserem Fall war ich der liebe Gott und Harriet die

Jungfrau Maria. Ich flüsterte ihr zu, ob wir die beiden pausbäckigen Mädchen und den pausbäckigen Jungen – offenbar Geschwister – nicht zu uns in die Gästewohnung nehmen sollten?

»In die Gästewohnung? Dann wohnen gleich alle elf dort. Nehmen wir sie lieber in die Hauptwohnung.«

Ich lachte grimmig. Soweit würde es nicht kommen.

Bedrohlich schweigend gingen wir ein paar Minuten nebeneinander her. Gäste aus Syrien in unserer Wohnung! Warum nicht gleich aus Afghanistan oder noch schlimmeren Gegenden?

Ich erinnerte mich in meinem Entsetzen auf einmal daran, daß ein Wiener Künstlerfreund schon vor Monaten Dürrenmatts ›Biedermann und die Brandstifter‹ als seherischen, kongenialen Ausdruck der Situation genannt hatte. Ganz Deutschland war Herr Biedermann – immer freundlich, immer abwiegelnd, immer nett zu den Gästen. Bis alles zu spät war und das Haus abbrannte.

5.

BERLINER VERHÄLTNISSE

Die Deutschen waren bestimmt nicht das einzige Volk, das für Ideologien aller Art anfällig war. Aber nirgendwo sonst benahmen sich selbst jene Leute, die nur das Gute wollten, die Völkerverständigung, den Frieden und den Eierkuchen, derart aufgehetzt fanatisch wie hier. Man merkte es, als ein weiterer und besonders grausamer ›Terror-Anschlag‹, nämlich eine Serie von gleichzeitig in Paris stattfindenden Attentaten, die Welt erschütterte. In anderen Ländern fanden die gutmütigen Menschen daraufhin zueinander. In Deutschland richtete sich aber der ganze Haß der Mehrheitsmeinung gegen *die Rechten.*

So erlebte ich es jedenfalls in meinem linksliberalen Milieu, das ich zusammen mit Harriet in Berlin aufsuchte. Wir machten nach den vergangenen aufreibenden Wiener Wochen nämlich eine kleine Deutschlandreise.

Erst besuchten wir Elena Plaschg, eine ehemalige Geliebte von mir. Sie war inzwischen dreißig Jahre alt und eine stattliche, zu vollem Leben erblühte Frau geworden, die sich nichts sagen ließ. Sie war vielleicht ein bißchen laut, aber ich liebe im Prinzip temperamentvolle Frauen.

Wie bei allen Gesprächen ging es auch in Berlin sofort um das Thema Flüchtlinge, Islam und Terror. Es gab kein anderes mehr.

Dagegen war nichts zu sagen, interessierte ich mich ja selbst für nichts anderes mehr. Bemerkenswert war Harriets Haltung dabei, die, obwohl zumindest formal mit dem Tode bedroht, in Deutschland im Laufe der vielen Diskussionen wieder zu ihrer radikal islamfreundlichen Haltung zurückfand. Die Drohung der jungen Muslime in der Al-Akraam-Moschee war nun nur noch die fast schon liebenswerte Aufschneiderei halbwüchsiger Großstadtkids, die sich vor einer schönen Frau wichtig machen wollten. Und gefühlte tausend Kilometer weit weg. Örtlich und inhaltlich.

Denn tatsächlich war Deutschland ja völlig anders als Österreich. Zumindest Berlin wirkte unendlich weitläufig, öffentlich, mit Millionen Bürgern auf Straßen und Plätzen, die ihren Platz einnahmen und aktiv wurden.

In Wien sah man die Bürger nicht. Sie steckten in ihren Häusern und mieden die Straße. Nach 18 Uhr wurde es still in der Stadt. Ging man spazieren, sah man stundenlang nur dunkeläugige junge Männer mit Kurzhaarschnitt, Lederjacke, Jeans und Turnschuhen, nicht gerade gutgelaunt, wie man sich denken kann, ohne Mädchen und Aufgabe.

Was für eine unverhoffte Überraschung nun, als wir durch Berlin Mitte fuhren, die Torstraße entlang, und uns in einer Art politischen Las Vegas befanden. In tausend Lokalen gleichzeitig, in den U- und S-Bahnen, ja selbst auf offener Straße wurde über die ›Anschläge von Paris‹ diskutiert.

Elena Plaschg meinte, man solle alle Flüchtlinge ins Land lassen, ihnen aber gleich zu Anfang Manieren beibringen. Jeder solle einen Crashkurs in Sachen Staatsbürgerkunde bekommen. Wer danach gegen unsere Sitten, unser Menschen- und Frauenbild verstoße, müsse umgehend »in den Flieger gesetzt« werden. Ihr aktueller Freund Peter – sie wechselte ihre Freunde nach jeweils drei Monaten aus – protestierte. Er hielt es für ausgeschlossen, daß Muslime unser Menschen-

und Frauenbild übernähmen. Nicht ganz zufällig kam dieser Peter, mit Nachnamen hieß er Schindel, nicht aus Deutschland, sondern: aus unserem Wien. Ein Wunder, daß die hochanständigen deutschen Menschenfreunde ihn noch nicht aus der Stadt gejagt hatten, denn Peter Schindel paßte in genau jenes Profil, das all die jetzt unangenehm radikalisierten Anhänger der Willkommenskultur ächteten und angriffen: ›der Rechte‹.

Ich verstand Elena sofort, daß sie ihn interessant fand und mit ihm schlief, obwohl er äußerlich nichts zu bieten hatte. Er war eher kleinwüchsig, trug Glatze und bekam bereits ein Bäuchlein. Harriet stauchte ihn für seine ungebührliche Antwort bezüglich lernunfähiger Muslime so nachhaltig zusammen, daß er für die nächsten zwanzig Minuten ausgeschaltet war.

Wir sprachen über unseren Freund Milrahm, der Kurde war, und kamen so auf das Kurdenproblem. Elena Plaschg sagte, sie hätte das nie verstanden und deshalb jetzt bei Wikipedia alles darüber gelesen. Das sei ein uraltes Volk, das seit fünfhundert Jahren keinen eigenen Staat habe, das immer mit Krieg überzogen werde oder selbst Krieg führen müsse, immer hin und her, immer Ärger und Blut und Geschrei, nie Frieden, immer Tränen und weinende Babys. Sie rief lauthals, wie es nun einmal ihre Art war:

»Warum zum Teufel kann man denen nicht einfach ihr eigenes Gebiet geben, und endlich ist Ruhe?! Ich verstehe das einfach nicht!«

Nun murmelte endlich Peter Schindel wieder etwas, im starken Wiener Idiom, offenbar konnte er nicht mehr an sich halten:

»Woil des do Mittelalter is, der ganze arabische Raum do. Die san net zivilisiert, de lesen koane Büacher, die lesen koane Zeitungen, die hobn koane Diskussionen im Fernseher. Des is Patriarchat, des is Despotie, des is die Barbarei vom Mittelalter ...«

Harriet sprang auf.

Der Flüchtling, den sie kennengelernt hatte oder von dem sie gehört hatte, war Zahnarzt. Sie sprach von der gebildeten syrischen Mittelschicht, die zu uns komme. Und von den enormen kulturellen Leistungen des Islam im frühen 12. Jahrhundert in Teilen Südspaniens.

»Ah geh, de meistn san finstre Bauern und Analphabeten, und nur 20 Prozent der Flüchtlinge san Syrer. Dös is ois linke Propaganda mit dene Zahnärtzn…«

Harriet gab ihm eine Ohrfeige.

Peter Schindel wollte zurückschlagen, aber die viel stärkere Elena Plaschg hielt ihn zurück. Es war auch zum Glück keine *schallende* Ohrfeige, die ihn gedemütigt hätte, sondern mehr ein symbolischer Klaps. Damit konnte ein Mannsbild wie er schon leben. Außerdem sprang ich ihm bei:

»Was sollen wir mit dem frühen 12. Jahrhundert in Andalusien anfangen, wenn danach weltweit achthundert Jahre Terror, Unfreiheit und Einschüchterung folgten?«

»Und die katholische Kirche? Und die Hexenverbrennung? Und die Kreuzzüge?!« schrie nun Harriet.

»Genau so lange her und genau so irrelevant für heute.«

»Ach, wie interessant, *so* denkst du also! Schön, das einmal zu erfahren!«

Harriet funkelte mich mit ihren großen smaragdfarbenen Augen an. Ich mußte sofort zurückrudern und erzählte schnell von meinen menschlich anrührenden Erfahrungen mit den pausbäckigen Jesiden-Kindern. Ich verschwieg, daß es sich um Christen handelte.

»Menschen sind Menschen und alle gleich«, sagte daraufhin Elena Plaschg und wollte uns damit alle wieder friedlich zusammenbringen. Leider widersprach ihr Teilzeit-Freund selbst diesem schönen Resümee:

»Gleich san's nur bei der Geburt. Danach nimmer.«

Peter Schindel malte nun das düstere Bild einer archaischen Stammes- und Clan-Unkultur, aus der die Flüchtlinge kämen, bildungsfern, bruchlos autoritär, sexistisch, männlichkeitsfixiert, religiös-irrational und gewaltverherrlichend. Die zuschlagende dumpfe Faust werde angebetet, eine Art Steinzeit-Faschismus gelebt, und da nütze dann die Gleichheit bei der Geburt nichts mehr. Die Prägung fände in den ersten Lebensjahren irreversibel statt, und wenn solcherart geprägte Wesen dann auf unsere Kultur stießen, sei eine Integration nicht möglich.

Elena, die gute Instinkte besaß, merkte schon lange, worauf das hinauslief, und riß die Debatte brachial und laut wieder an sich. Man traute es ihr nicht zu, aber sie hatte sich im Laufe der Jahre so etwas wie soziale Kompetenz erarbeitet. Vielleicht lag es daran, daß sie in Berlin lebte. Vielleicht hatten alle Berliner mehr Übung in Streitgesprächen, einfach, weil sie sie andauernd führten. Sie schaffte es, uns in ein Taxi zu verfrachten und friedlich zu einer Party zu fahren. Irgendein Geburtstag war der Anlaß.

Die Party fand in einem Club im Prenzlauer Berg statt, und das ›Gespräch‹ über die Flüchtlinge und den Islam wurde dort fast nahtlos fortgesetzt, zum Glück mit anderen Protagonisten. Harriet saß anfangs in einer anderen Ecke. Peter Schindel saß neben einer Frau, die mit einem Syrer verheiratet war, allerdings keinem Flüchtlingssyrer; der Mann lebte seit dreiundzwanzig Jahren in Berlin und war Deutscher, besser gesagt, Berliner. Elena machte Schindel und die Frau – sie hieß Gundi, ihr Mann Mirsad – miteinander bekannt. Die Unterhaltung zwischen den beiden sei hier einmal in voller Länge und dialektbereinigt wiedergegeben.

»Ist dein Mann Muslim?« fragte Peter Schindel also, und die Frau bejahte strahlend.

»Was sagt er denn dann zu den Terror-Massenmorden in Paris, dein Mann?«

»Wieso, was hat das denn mit dem Islam zu tun?«

»Glaubt er denn an den Islam, dein Mann, wie heißt er doch gleich, der *Mirsad?* Ist er sehr religiös?«

»Überhaupt nicht. Er glaubt daran so wenig wie ich an den Katholizismus. Er ist ein Taufschein-Moslem, so wie ich eine Taufschein-Christin bin.«

»Würde er gern aus dem entsetzlichen Verein austreten, wenn darauf nicht die Todesstrafe stünde?«

»Weiß nicht, vielleicht. Keine Ahnung, interessiert mich auch nicht. Warum?«

»Na, wegen der Anschläge in Paris zum Beispiel.«

»Was haben die denn mit dem Islam zu tun? Und was hat denn das Christentum alles verbrochen, in den ganzen Jahrhunderten?«

»Wenn das Christentum diese barbarischen Dinge HEUTE tun würde, würde ich mich dafür in Grund und Boden schämen! Und austreten wollen.«

»Und der Papst, findest du den auch so toll? Und die Kondome, die er in Afrika verbietet?! Das Christentum ist super, und die Muslime sind alles Verbrecher, was?!«

»Nein, ich bin für die Muslime, aber gegen den Islam.«

»Alle Religionen sind gleich schützenswert. Der Islam ist nicht schlechter als das Christentum. Ich bin nicht gläubig, aber ich respektiere, wenn es jemand ist.«

»Und das Morden, Brandschatzen, Vergewaltigen jeden Tag, in allen möglichen Winkeln der Erde, überall, diese ganzen Abscheulichkeiten, die lassen dich kalt?«

»Nein, im Gegenteil, wir dürfen uns davon nicht aufhetzen lassen, nicht gegen den Islam! Wir müssen Islam und Islamismus strenger denn je unterscheiden!«

»Aber der Übergang ist doch fließend. Selbst jener Islam, der – NOCH – nicht um sich schießt, ist abscheulich genug, behandelt Frauen grundsätzlich wie Menschen zweiter Klasse, ist restriktiv, autoritär, undemokratisch, irrational und ...«

»Und die Kirche im Mittelalter, was hat DIE getan? Was hat DIE mit den Frauen getan? Und mit den Ketzern? Und mit den Indianern?«

»Eben! Ein scheußlicher Verein! Weg damit!«

»Ach so, du willst die auch noch verbieten lassen?«

»Nicht nötig, die Kirche ist mausetot. Das Christentum existiert in Wahrheit seit mehreren Generationen nicht mehr. Das ist der Unterschied zum Islam.«

»Der ist auch nicht schlechter als das Christentum.«

»Aber er lebt!«

»Und das gefällt dir nicht.«

»Nein! Das ist furchtbar!«

»Und was ist mit den Medici-Päpsten? Was haben die alles getan? Leute vergiftet, die eigenen Töchter vergewaltigt, das Blut der Jungfrauen getrunken...«

»Nicht in DIESEM Jahrhundert!«

»Wo ist da der Unterschied?«

»Daß wir in diesem Jahrhundert leben und nicht im 16. Und daß in diesem Jahrhundert der Islam diese Dinge tut.«

»Nicht der Islam, sondern der Islamismus. Das muß man säuberlichst trennen!«

»Diese Trennung funktioniert nicht. Jeder Islamist war einmal ein ganz normaler Muslim, und viele ganz normale Muslime werden später Islamisten.«

»Mein Gott, die paar Verrückten kannst du doch nicht mit Milliarden Muslimen in einen Topf werfen.«

»Es gibt schon jetzt weltweit mehr Islamisten, als es jemals Nazis gegeben hat. Das sollte reichen, um ihnen den Kampf zu erklären.«

»Gegen den Islamismus schon, gegen den Islam niemals! Ich werde niemals gegen Muslime hetzen!«

»Ich auch nicht, ich liebe sie, deswegen müssen wir sie vom Islam befreien, so wie man die Deutschen vom Faschismus befreien mußte.«

»Wenn du nicht auf der Stelle erklärst, daß Islam und Islamismus etwas vollkommen anderes, ja sogar vollkommen Gegensätzliches sind, beende ich das Gespräch. Dann hätte es keine Grundlage mehr, dann wäre es nämlich *niveaulos*.«

Peter Schindel tat ihr nicht den Gefallen, und so stand sie auf und setzte sich weg. Mir schwante, daß der Wiener in der deutschen Hauptstadt nicht würde Fuß fassen können. Es war nur eine Frage der Zeit, bis man ihn wieder in seinem Stammlokal in der Wollzeile erleben würde, mal schimpfend, öfter noch lachend und flirtend. Da er ein wirklich äußerst erfolgreicher Schriftsteller war und die Wiener Frauen Schriftsteller, Schauspieler und andere Theaterleute so liebten, als wären Nestroy und Raimund noch die Superstars der Medien, hatte Schindel im Wiener Nachtleben viel Spaß, egal, was er sagte.

Es folgten weitere Partys in Berlin, mit und ohne Elena Plaschg.

Schindel veröffentlichte übrigens nur wenig später einen Essay, in dem er sich virtuos und wortmächtig gegen Islamophobie aussprach. Seine Lektorin hatte ihm dazu offensichtlich geraten. Ich kannte solche Dinge von mir selber. Es mußte nicht einmal verlogen sein. Wenn man etwas zuviel Dampf abgelassen hatte, schrieb man einfach das Gegenteil, um wieder ins Gleichgewicht zu kommen. Außerdem hatte kein echter Schriftsteller Lust, aufgrund von einmal dahergesagten Dingen Nachteile beim Schreiben zu bekommen. Und die hätte es gegeben. Der linke Mainstream hatte sich in der Flüchtlingsfrage stärker und schneller radikalisiert als der rechte Stammtisch. Wer das Wort ›Flüchtlinge‹ öffentlich in den Mund nahm und nicht umgehend auch »Hurra« schrie, war medial erledigt. Daher hielt ich mich zurück. Viele Zeitungen baten mich um einen Beitrag zum Thema. Ich drückte mich davor, da ich mich nur der Schindel-Methode hätte bedienen können. Ich lüge zwar gern, hatte in Berlin aber anderes zu tun.

Bald besuchten Harriet und ich nämlich unseren schon erwähnten türkischen Freund Milrahm. Er wohnte direkt an der schönen Friedrichstraße, nicht weit vom Restaurant ›Borchardt‹, mit seiner klugen Frau und den Töchtern. Letztere lagen ihm besonders am Herzen. Natürlich wurde Milrahm von den politischen Journalisten des Landes als »Vertreter seiner Kultur« behandelt, also als »Türke«, »Muslim«, wahlweise auch »deutscher Türke« und »deutscher Muslim« oder gar, ganz differenziert, »deutscher Schriftsteller mit Wurzeln aus der türkisch-kurdischen Kultur«. Dummerweise war das zugleich sein Geschäftsmodell, das heißt, er konnte nur mit dieser Rolle seinen Lebensunterhalt bestreiten und sich und die Töchter ernähren. Seine Frau trug kein Kopftuch, ernährte sich selbst und war Professorin für Genderwissenschaften in London.

Tatsächlich war Milrahm gar kein Muslim, was er nicht sagen durfte, und er spürte auch keine türkischen oder kurdischen Wurzeln. Er war Deutscher wie ich, ja noch mehr als ich. Selbst seine Eltern, aus Kurdistan eingewandert und dort verfolgt, wollten verständlicherweise mit der Vergangenheit nichts zu tun haben. Womöglich war noch nicht einmal seine Frau die Hardcore-Feministin, als die man sie sich vorstellte, sondern spielte nur zähneknirschend wie ihr Mann die zugewiesene Rolle.

Wir sprachen natürlich, kaum daß wir in der Tür standen, über den politischen Islam. Harriet bestand darauf. Sie wollte endlich die Sicht eines dazu berufenen Muslim hören. Natürlich ohne seine religiösen Gefühle zu verletzen. Als sie auf dem Balkon eine Zigarette rauchte, beugte sich Milrahm zu mir und flüsterte, ja krächzte fast:

»Ich HASSE den Islam … ich kann dir gar nicht sagen, wie sehr … er ist … DAS LETZTE!«

Milrahm war ein klassischer deutscher Linksintellektueller. Schon mit Anfang zwanzig hatte er in Frankfurt für »Spex« und andere superkritische Zeitungen geschrieben. Später hatte er eine politische Werbeagentur gegründet, um Wahlkämpfe der linken Parteien zu organisieren. Dabei verdiente er – fast aus Versehen – so viel Geld, daß er in den Medien und in diversen Home Stories als »der Migrant, der es in Deutschland schafft«, auftrat. Er wohnte in großen, prachtvollen Wohnungen und fuhr einen Zwölf-Zylinder-Phaeton, der ihm vom Volkswagen-Konzern zu besonders günstigen Bedingungen zur Verfügung gestellt wurde, wohl zu Repräsentationszwecken.

Das Geld wurde wieder weniger, aber Milrahm blieb der alte, also links, atheistisch und deutsch. Er schrieb Bücher, keine politischen, sondern Romane. Die türkischen Verbände versuchten, ihn für sich zu gewinnen, für den türkischen Staat, für den Islam. Da Milrahm ablehnte, wurde er nun ständig abgehört und bedroht. Zuletzt rief ein Beamter der türkischen Botschaft in Berlin an und sagte nur:

»Wir ficken dich.«

Nun hatte Milrahm aber keine Lust, vor uns als Märtyrer dazustehen. Er war ein begnadeter Erzähler und redete lieber von alltäglichen kleinen und großen Abenteuern. Außerdem war er ein Angeber. Er wollte andere gern beeindrucken. So mußten wir uns stundenlang Geschichten anhören, in denen er als Held auftrat. Ich hatte durchaus meinen Spaß an diesen selbstgebastelten Karl-May-Geschichten, aber Harriet äußerte sich auf dem Nachhauseweg leicht enttäuscht. Politisch hätte sie ihn etwas unbefriedigend gefunden. Er hätte sich ruhig ein bißchen mehr gegen die grassierende Islamophobie positionieren können. Ich rollte mit den Augen, was die Harriet aber nicht sehen konnte.

Es war die Woche der ›Anschläge‹, und genau in diesen Tagen starb auch Helmut Schmidt, der diese neue Wendung der Geschichte, hinein in diese verrückte, hysterische Welt, die noch keinen Namen hatte, nicht mehr miterleben wollte. Der Sohn von Willy Brandt, Matthias Brandt, meinte gerade in einem Interview, für ihn sei die Welt am 31. Dezember 1979 untergegangen. Er sei immer ein Kind der 70er Jahre geblieben und könne sich eine Welt danach nicht vorstellen. Im Umkehrschluß war meine Welt immer die von Helmut Schmidt gewesen. Solange er lebte, blieb die Welt der 80er Jahre, der ich angehörte, erhalten. Und nun das. Ich geriet stundenlang ins Grübeln.

Vor allem war bedauerlich, daß Schmidt nicht zehn Tage eher starb, denn dann hätte er noch mehr Aufmerksamkeit bekommen. Ich konnte mit niemandem über Schmidt reden, da alle nur über die ›Anschläge‹ reden wollten. Dabei war der Altkanzler der letzte aus dem Freundeskreis meiner Eltern gewesen, ja ein lebenslanger Ersatzvater, mein Medienvater sozusagen. Mein leiblicher Vater war noch vor meiner Volljährigkeit tödlich verunglückt. Er und Schmidt kamen aus demselben hamburgischen Milieu, waren gleich alt, gingen in denselben Ruderclub und wurden ins selbe Panzerregiment eingezogen. Nach dem Krieg begannen sie bei Karl Schiller Volkswirtschaft zu studieren. Schmidt ging in die SPD, mein Vater wurde Mitbegründer der Hamburger FDP. In den 50er Jahren schaffte Schmidt den Sprung in den Bundestag, während mein Vater dabei scheiterte. Ich sah mir nun alle Sondersendungen zum Tod des angeblich größten deutschen Staatsmanns an, kaufte alle Helmut-Schmidt-Spezialausgaben der Zeitungen. Beim Staatsakt, der auf vier Kanälen übertragen wurde, kamen mir beim Lied »Ich hatt' einen guten Kameraden« die Tränen, da ich mir in dem Moment beide gemeinsam vorstellte, an der Front in Rußland, Schmidt Schnauze und Achi, wie sie genannt wurden.

Ich kaufte mir auch Schmidts letztes Buch, das er erst im Sommer herausgebracht hatte: »Was ich noch sagen wollte«. Darin beschrieb er auch den Freundeskreis, dem er, Loki und meine Eltern angehört hatten. Das war die kleine Theaterwelt der Ida Ehre, Prinzipalin der Hamburger Kammerspiele in der Hartungstraße. Meine Mutter hatte uns Kindern immer schon von dieser Runde und von der Euphorie der Nachkriegsjahre erzählt. Der Altkanzler schrieb nun wehmütig, wie diese Zeit mit der Währungsreform aufhörte. Das Wirtschaftswunder begann, und die Theaterbegeisterung erlosch. Das war 1948, als Schmidt ins vierte Lebensjahrzehnt eintrat. Ida Ehre leitete ihre Kammerspiele aber weiter, und als unsere Familie einundzwanzig Jahre später nach Hamburg zurückkehrte, zogen wir ganz bewußt in die Hartungstraße, um dem legendären Theater nahe zu sein. Ich lernte als Kind die Prinzipalin kennen und sah sie dann regelmäßig bei Premieren bis zu ihrem Tod 1989. Als ich das später einmal meinem Freund Maxim Biller erzählte, begann er mich zu hassen – und tut es noch heute –, denn Ida Ehre war auch seine Lieblingstante gewesen. Er konnte es nicht glauben, daß sie, die ungeheuer tapfere Jüdin, einen Goy-Jungen genauso gern gehabt hatte wie ihn. Wahrscheinlich neidete er mir später auch meine schöne jüdische Frau Harriet, die in seinen Augen nur ihm zustand, der stattdessen nachts mit germanischen Blondinen kämpfen mußte...

Ich grübelte weiter vor mich hin.

Als unser aller Feind, ja als das Böse schlechthin, galt der Faschismus der Nazis, also der erste Faschismus, der bekannt-

lich am 8. Mai 1945 seinen letzten Schnaufer tat. In Ermange-
lung eines neuen Feindes und weil das Geschehene größer und
furchtbarer war als eine einzige Ära, taten wir alle so, als wäre
der alte Faschismus immer noch da, irgendwo da draußen oder
in den Köpfen oder im Unterbewußtsein diverser Seelen. Erst
jetzt, da ein neues Ungeheuer weltweit Staaten und Gesell-
schaften und Ethnien zerstörte, merkte man, oder zumindest
ich ahnte es gerade, wie lächerlich das Beschwören des toten
Ungeheuers in den letzten Jahren war.

Seltsamerweise waren die Juden die letzten, die rechtzeitig umschalten konnten. Maxim Biller kämpfte noch immer
gegen vermeintliche Hitler-Anhänger. Doron Rabinovici, die
intellektuelle Stimme der Wiener Juden, setzte sich für den
vermehrten Zuzug muslimischer Flüchtlinge ein, deren Kinder, so ergab gerade eine Untersuchung an Wiener Haupt- und
Mittelschulen, mit breiter Mehrheit dem Satz »Wenn ich einmal einen Juden treffe, töte ich ihn« zustimmten. Antisemi-
tismus war so selbstverständlich und verbreitet bei den Schülern, daß oft die Frage gar nicht verstanden wurde. Es war, als
hätte man nach der Meinung über Kindesmißbrauch gefragt.
Da war man dagegen, klar, was denn sonst? Die Juden waren
für sie der Weltfeind, die mußte man ins Meer werfen…

Ich war zu schwach, um aufzustehen. Per Fernbedienung
aktivierte ich den Riesenfernseher und sah eine alte Folge
»Two and a half men«, die gerade auf dem kleinen Privatsender »Servus TV« lief. Charlie Sheen brachte mich zurück in
die Wirklichkeit.

Wieder guter Dinge, besuchten wir kurz darauf eine Party von
Jakob Augstein, auch in dieser Woche der ›Anschläge‹. Harriet
wollte den großen postmodernen Vorzeigelinken unbedingt
kennenlernen. Ich kannte ihn schon und mochte ihn. Das lag
nicht nur an seinen Vätern. Er hatte ja deren zwei, nämlich

Rudolf Augstein, den »SPIEGEL«-Gründer, und Martin Walser, den begnadeten Schriftsteller. Es war wohl so ähnlich wie bei mir mit meinen Vätern Achi und Schmidt Schnauze. Ich will das hier nicht näher ausführen, da es irrelevant ist.

Dieser Jakob Augstein also schmiß eine Party im feinsten Berlin Mitte. Der Mann war ja, als »SPIEGEL«-Erbe, Milliardär. Mit Grausen erinnerte ich mich daran, daß sogar Elena Plaschg einmal versucht hatte, ihn zu verführen, weil ich ihr von den Milliarden erzählt hatte. Man erzählte sich freilich in Berlin, daß Augstein nur mit eigenen Mitarbeiterinnen schlief, die er zu diesem Zweck auch gewissenhaft ausgesucht hatte. Dies war gewiß Blödsinn, denn der Mann sah blendend aus und strotzte vor Selbstbewußtsein; Tricks hatte so einer nicht nötig.

Mit ihm konnte man wenigstens einmal über ein anderes Thema reden als die ›Anschläge‹. Er fragte mich, ob die Bundeskanzlerin Neuwahlen anstrebe. Ich bejahte vehement. Sie konnte jetzt über Nacht und vergleichsweise geräuschlos die SPD loswerden – warum sollte sie die Chance nicht nutzen?

Er war anderer Ansicht, und wie sich zeigen sollte, behielt er recht. Ich achtete die ganze Zeit darauf, daß er niemals mit meiner schönen Harriet allein herumstand. Ich versuchte es zumindest. Trotzdem erschien später ein Photo mit den beiden im innigen Dialog. Hatte er ihr ein Jobangebot gemacht? Ich wagte nicht zu fragen.

Tags darauf war ich dabei, wie es meinen alten Freund Matthias Matussek zerriß. Also, wie soll ich es richtig ausdrücken? Seine Existenz wurde innerhalb von Minuten zerstört. Von wem oder was? Von einer Medienbombe? Ich muß länger ausholen.

Matussek, ein bekannter Journalist, war schon vor Jahren in Ungnade gefallen, als er plötzlich Katholik wurde. Das hätte ich völlig in Ordnung gefunden, und ich hätte mich ebenfalls von ihm abgewandt, wenn er mich jemals mit dem Thema belästigt hätte. Aber ich entdeckte an ihm keine Veränderung. Er war und blieb der lustigste Zeitgenosse, den ich je hatte. Er zog alles durch den Kakao, auch und gerade die Kirche – da war er noch abgebrühter als die Satirezeitschrift »Titanic«. Trotzdem – die Medien konnten ihn nicht mehr leiden. Er wurde beim »SPIEGEL« vergrault und landete bei der »Welt«. An dem Tag, als es ihn zerriß, war ich gerade zufällig im Verlagsgebäude der »Welt«. Ich besuchte Jan Küveler und seine Kollegin Ronja von Rönne. Doch der Reihe nach.

Man wußte oder ahnte von dem Außenseiter Matussek, daß er die Flüchtlingsströme nach Deutschland mißbilligte und die meist jungen Männer keineswegs willkommen hieß. So etwas durfte er aber nicht sagen, und daher versteckte er seine Haltung in einigen knappen und ironischen Kommentaren auf Facebook. Direkt nach den ›Anschlägen‹ hatte er folgenden Satz ins Netz gestellt: »Ich schätze mal, der Terror von Paris wird auch unsere Debatten über offene Grenzen und eine Viertelmillion unregistrierter junger islamischer Männer im Lande in eine ganz neue frische Richtung bewegen …«

Daraufhin brach ein so genannter Shitstorm los. Seine eigenen Mitarbeiter machten den Anfang. Sein oberster Chef Kai Diekmann nannte das kleine Posting ekelhaft, das Wort großgeschrieben und mit drei Ausrufezeichen. Sein Chefredakteur Jan-Eric Peters schrieb, Matussek sei durchgeknallt. Andere Mitarbeiter posteten ähnliches. Das war ungewöhnlich und unkollegial. Matussek dürfte solch eine Ablehnung für einen schlechten Traum gehalten haben. Wie war es möglich, daß Kollegen der eigenen Zeitung öffentlich gegen ihn polemisierten? Fassungslos nahm er alles zurück und entschuldigte sich in einem langen Essay, den er Stunden später im Internet veröffentlichte. Doch damit wurde die Sache offenbar nicht besser. Die Meute hatte Blut geleckt. Ich bekam aus allen Richtungen Anrufe von Freunden, die wissen wollten, was da los sei. Man traute mir wohl zu, daß ich als letzter bekennender Freund des Autors etwas wüßte. Doch ich hütete mich davor, ausgerechnet jetzt mit dem weidwund angeschossenen Mann Kontakt aufzunehmen. Ich wäre sonst mit Sicherheit in die Sache involviert worden.

Als der Sturm sich nicht legte – der Shitstorm –, beschloß Matussek, spontan nach Berlin zur »Welt«-Redaktion zu fahren. Er wollte dort in der Redaktionskonferenz für sich das Wort ergreifen, alles erklären, sich erneut entschuldigen und seinen Kopf retten. Er ging davon aus, daß der ihm gewogene Herausgeber Stefan Aust die Sitzung leiten würde. Doch es kam anders. Ulf Poschardt, ein alter Freund, der ihm in den zurückliegenden Monaten zum Feind geworden war, hatte den Vorsitz und forderte Matussek auf, den Raum zu verlassen.

»Ich bin hier angestellt und Teil der Redaktion, also kann ich an der Redaktionskonferenz teilnehmen«, beharrte Matussek.

»Dann beende ich hiermit die Konferenz«, sagte Poschardt und fügte hinzu, Matussek könne mit ihm nach draußen gehen und unter vier Augen reden.

Die beiden taten es, und dann wurde es angeblich laut. So stellten es Ohrenzeugen dar, die jedoch nicht die einzelnen Formulierungen verstanden. Es war wohl eher so wie die berühmte Szene aus dem Film »Der Untergang«, als Bruno Ganz als Hitler vom Verrat Himmlers erfährt und einen Wutanfall bekommt. Die Mitarbeiter im Nebenraum hörten nur das Toben und Zetern, aber können sich später nicht an die genauen Worte erinnern. Jedenfalls sei Poschardt in den Konferenzraum zurückgekommen und habe bekanntgegeben, daß er Matthias Matussek gefeuert habe, da dieser ihn »durchgeknallt« genannt habe.

Das klang etwas dünn für eine Kündigung, da Poschardt

den Geschaßten doch selbst und sogar schriftlich und öffentlich ebenso als »durchgeknallt« bezeichnet hatte, eben in seiner Reaktion auf Facebook. Außerdem gab es keinen Zeugen für den Vorgang. Dennoch brach bei der Belegschaft Jubel aus. Poschardt hätte keine Zeit verloren, sei zum Geschäftsführer des Verlages geeilt, habe sich wohl auch einige Zustimmung von höherer Stelle geholt und die Kündigung wenige Stunden später formal durchgesetzt. Wieder läutete mein Handy im Minutentakt. Die Nachricht war an die Presseagenturen durchgereicht worden. In den sozialen Netzwerken verbreitete sich die Nachricht noch schneller. Und verrückterweise befand ich mich nur zwei Stockwerke vom Geschehen entfernt. Der Freund und Redakteur, mit dem ich gerade Kaffee trank, war nur mir zuliebe nicht zur Redaktionssitzung gegangen.

Ich mochte ihn, mußte aber nun mitansehen, daß auch er eine schier grenzenlose Schadenfreude kaum zügeln konnte. Man holte bald andere Mitarbeiter hinzu und machte Witze über Matussek. Ein Witz fiel dabei immer wieder, fast jeder neu Hinzukommende glaubte, damit lustig zu sein: Matussek habe sich mit einem Sprengstoffgürtel um den Bauch selbst in die Luft gesprengt, hahaha! Einem Facebook-Sprengstoffgürtel, hohoho, hihihi! Offenbar war ihnen der Kollege auch vorher schon unsympathisch gewesen, anders war das Ausmaß der Häme nicht zu erklären. Allgemein ging man davon aus, daß Matussek islamkritisch war – schließlich lag das bei einem bekennenden Fan des Katholizismus nahe –, und daher auch ausländerfeindlich. Nein, einen solchen Burschen wollte man gern los sein.

Immer mehr Kollegen kamen und gerieten in Feierlaune. Man zog schließlich weiter in eine Kneipe in der Auguststraße, das »Hackbarth's«, und ließ die besten Weine kommen. Solch ein Triumphgefühl hatte es im Milieu seit dem Sieg von

Alexis Tsipras nicht mehr gegeben, und dabei handelte es sich um Springer-Leute! Ich staunte nicht schlecht.

Sogar Elena Plaschg rief mich noch an und wollte News zur Causa Matussek ergattern, am liebsten im Lokal mitfeiern. Doch ich war traurig geworden. Ich mochte die Crew von der »Welt«, aber ich war auch Jahrzehnte mit Matthias Matussek befreundet gewesen, dem Vater des *new journalism* in Deutschland. Durch ihn hatte ich Schreiben gelernt, in gewisser Weise. Und kein anderer Fremder hatte mich jemals so gut behandelt wie er. In früheren Büchern hatte ich die unschuldigen Zeiten beschrieben, die ich mit meiner Nichte Hase – damals noch ein Kind – auf den südamerikanischen Plantagen Matusseks hatte verbringen dürfen. Ich hatte ihn, der mich damals noch gar nicht kannte, einfach gefragt, und er hatte ja gesagt. Und sich jeden Tag um uns gekümmert. Als ich nun daran dachte, fiel es mir schwer, weiter auf den Sturz des »elenden Islamophobikers« zu trinken, und ging. Gern hätte ich ihn nun endlich angerufen, den lustigen alten Kauz, aber ich beherrschte mich. Ich hatte Frau und Familie und wußte, daß das, was ich gerade gesehen hatte, augenblicklich die reale Stimmung in Deutschland war. Und wenn ich Deutschland sagte, meinte ich die deutschen Medien, denn etwas anderes gab es für mich noch nicht.

6.

WIENER THEATER

Wieder in Wien, ging ich erst einmal ins Theater. Es gab keine bessere Methode, sich binnen Stunden zurück ins Zentrum dieser anderen Kultur zu katapultieren. Unser neuer Berliner Freund – er hieß, wie gesagt, Jan Küveler und war mit Ronja von Rönne befreundet – schloß sich uns kurzerhand an, flog mit Harriet und mir nach Wien, wohnte in der Gästewohnung und besorgte Karten für das Burgtheater. Ein Stück von Thomas Bernhard wurde gegeben, es hieß »Holzfällen«.

Darin ging es um Schauspieler, die nach der Premiere des Stückes »Die Wildente« von Henrik Ibsen im Wiener Burgtheater eine Premierenfeier im privaten Kreis abhalten und dabei von dem Ich-Erzähler des Buches »Holzfällen«, sozusagen vom Autor Thomas Bernhard, beobachtet werden.

Jan Küveler meinte, er habe gerade mit der Hauptdarstellerin des Stückes, die Mavie Höriger hieß und mit vierzehn prominenten Hörbigern aus der bekannten Schauspieler-Dynastie direkt verwandt war, eine *böse* Szene gehabt.

»Eine Szene?« fragte ich ungläubig.

»Ich habe über ihre letzte Premiere in Berlin berichtet und dabei am Schluß auch über die Premieren*feier* ein paar Sätze geschrieben.«

»Na und? Klingt doch nach Thomas Bernhard.«

»Als ich Mavie dann kürzlich in der Maxim-Biller-Bar wiedersah, rein zufällig, hat sie mir deswegen eine Szene gemacht. Ich sei ein Arschloch, hat sie mindestens zehnmal durch die ganze Maxim-Biller-Bar geschrien. Sie ist klein und zierlich, hat aber eine orkanartig laute Stimme.«

»Aber warum denn bloß?«

»Weiß ich nicht, hat sie wohl trainiert.«

»Nein, ich meine, warum hat sie dich beschimpft? Gefiel ihr die Kritik nicht?«

Küveler beteuerte, das Stück überaus wohlwollend besprochen zu haben. Die Sache war ein Rätsel, und ich nahm mir vor, Küvelers Artikel im Internet zu lesen. Doch dazu war jetzt keine Zeit. Er hatte zwei Pressekarten im Theater hinterlegen lassen, eine dritte Karte kauften wir für Harriet.

Das Stück »Holzfällen« wurde erwartungsgemäß gekonnt und höchst unterhaltsam über die Bühne gebracht. Michael Mertens überragte alle Schauspieler, und wären die anderen ebenso hochkarätig besetzt gewesen, hätte es eine durch und durch gelungene, ja schon perfekte Inszenierung gegeben. Aber eben dadurch, daß Michael Mertens, übrigens der Mann von Mavie Hörbiger, seine übrigen Mitschauspieler um eine Dimension überragte, war die gesamte Aufmerksamkeit des Publikums, wie er später sagte, allein auf ihn konzentriert gewesen, was ihm gar nicht so recht war. Seine Frau erreichte sein alle anderen überragendes Niveau noch am ehesten. Sie war manchmal etwas zu laut, war dafür aber am interessantesten anzusehen. In buchstäblich jeder Sekunde ihrer mehrstündigen Bühnenpräsenz schien sie sich darüber im klaren zu sein, daß sie angestarrt wurde. Ich war mir sicher, daß alle Zuschauer, die männlichen und die weiblichen, immerzu auf diese höchst eindrückliche Mavie Hörbiger blickten, daß ihre Augen an dieser ganz besonders interessanten Erscheinung hängenblieben und geradezu festklebten, selbst dann, wenn der objektiv überragende Burgschauspieler Michael Merténs die Thomas Bernhardschen Sätze deklamierte und dabei die Aufmerksamkeit von Publikum und Presse, wie er ja später bedauernd mitteilte, für sich gewann. Mavie änderte ihren Gesichtsausdruck innerhalb von zehn Sekunden zehnmal, und deswegen konnte man den Blick von ihr nicht abwenden. Zudem hatte sie das schönste Theatergesicht seit Faye Dunaway. Sie sah so verrückt schön aus, daß man es einfach nicht glauben konnte und schon deswegen immer wieder hinstarrte, um sich zu vergewissern, daß man nicht träumte und es dieses verrückt schöne, nämlich extrem helle, tiefblau- und großäugige, transparent-unschuldig-kindliche und dennoch cäsarenhaft scharfgeschnittene Gesicht wirklich gebe. Ihre Haare waren weiß gefärbt und streng nach hinten gekämmt. Ihr Outfit bestand aus einer weißen hochgeschlossenen Mädchenbluse und einem moosgrünen Internatskittel. Dazu trug sie Lackstiefel, die aber zierlich wirkten. Die ganze so berserkernde Person war eigentlich zierlich. Offenbar war in ihr das gesamte Talent aller vier Generationen hochkarätiger Hörbiger-Schauspieler-Genies eingeflossen. Sie war die Über-Schauspielerin, und es hätte mich nicht gewundert, wenn sie sich vom Theaterboden erhoben hätte und durch den Zuschauerraum geflogen wäre, ausgestattet mit den mentalen Über-Kräften ihrer Ahnen. Aber, wie schon erwähnt, die Aufmerksamkeit der anwesenden Journalisten und des zahlenden Publikums lag dennoch bei dem eher unscheinbar gekleideten Michael Mertens, wie er später bei der Premierenfeier selbst mitteilte. Denn es gab selbstverständlich auch diesmal eine Premierenfeier, wie nach jeder Premiere, und genau wie im gerade aufgeführten Drama. Wir wären nicht hingegangen, aber die neue Intendantin des Burgtheaters entdeckte meine Frau, die in Wien eine bekannte Person war und ist, und lud sie ein, natürlich mitsamt ihrer Begleitung, also mich und unseren neuen Freund aus Berlin.

Wie im Stück von Thomas Bernhard versammelten sich ein paar Handvoll Schauspieler und Theaterfreunde im privaten Rahmen, nämlich in der legendären Theaterkantine. Viel zu selbstbewußte und gewerkschaftlich organisierte, unkündbare und überbezahlte Kantinenmitarbeiter versorgten die versammelten Feiernden mißmutig mit Alkohol und vertrockneten Brötchen. Das war die seit Jahrzehnten gepflegte Kantinenfolklore, die einst Bert Brecht in die Theaterwelt eingeführt hatte. Meistens reagierten die häßlichen Angestellten nicht einmal, und die illustren Gäste mußten dreimal betteln, bis ihnen ein Glas Bier hingeknallt wurde. Die Theaterfreunde hielten diese stolze Muffigkeit für Authentizität und liebten sie. Und die wirklich prominenten Schauspieler – das waren die, die in den entsetzlichen »Tatort«-Krimis mitspielen durften – hatten immerhin das Vorrecht, die hingeblafften Befehle des Kantinenpersonals aufzuheben. Als mir zwei Mutter-Courage-Typen in fleckigen Schürzen das aus Supermärkten bekannte Wort »Kassenschluß!« entgegenbrüllten, schickte ich den Burgschauspieler Michael Mertens vor, der dann eine sogenannte letzte Runde durchsetzte. Das war aber schon am Ende des Abends.

Interessant war für uns natürlich, ob es diesmal erneut eine ›Szene‹ zwischen Jan Küveler und Mavie Hörbiger geben würde. Oder sah sie inzwischen, am Tag des Thomas-Bernhard-Stückes, selbst ein, daß ein Autor, der über eine Aufführung schrieb, dieselbe Freiheit hatte wie ein Schauspieler, nämlich formale Grenzen zu überwinden, natürlich im Dienste der Sache? Also im Dienste eines gesteigerten künstlerischen Wertes bei der Aufführung wie auch bei der Besprechung? Und was soll ich sagen, die ›Szene‹ wiederholte sich. Wort für Wort, Nuance für Nuance, wie Küveler uns versicherte, als wäre sie zigmal geprobt worden. Zehnmal schrie die junge Hörbiger »Arschloch« oder »Du Arschloch«, wahlweise

»Küveler, du Arschloch«, durch die Burgtheaterkantine. Mit dem begnadeten Burgschauspieler Michael Mertens, der genau zwischen Küveler und mir am Tisch saß, kam es unverzüglich zu einem Gespräch darüber. Ich war nämlich innerlich auf die Situation vorbereitet und glaubte, sie in wenigen Sätzen auflösen zu können. Zudem war Mertens ein kluger und verständiger Mann, zumindest behauptete er das. Ich fragte also, warum das Theater alles dürfe und die Kritik nicht. Er verstand nicht genau, was ich meinte, und führte nur aus, was wir schon wußten, nämlich daß Küveler in seiner Rezension auch die anschließende Premierenfeier erwähnt habe, die jedoch privat gewesen sei. Ich holte etwas weiter aus:

»Gerade das fortschrittlichste Theater, das moderne Regie-Theater, das immerfort Grenzen überwindet, müßte doch verstehen, daß auch die Kritik bei einer adäquaten Darstellung nicht die Regeln befolgen sollte, die noch auf Gründgens gepaßt haben, wobei selbst das nicht stimmt, denn auch Polgar und ähnliche haben bereits ...«

Er unterbrach mich verärgert und polterte:

»Man wird doch nach einer anstrengenden Premiere, nach anstrengenden Wochen, nach anstrengenden Proben, im privaten Kreis ein Glas Schampus heben dürfen! Da hat die Journaille nichts zu suchen! Das ist ganz und gar unmöglich, wenn du mich fragst!«

Das kumplige Du, das naturgemäß Teil der Kantinenfolklore, ja dort vorgeschrieben war, behielt er bei, auch wenn er mich feindselig mit rollenden Augen ansah. Seine Argumentation leuchtete mir ein, auch wenn sie ein bißchen die Ebenen verwischte. Ich glaubte immer noch, daß Jan Küveler das Recht hatte, über ihn auf der Premierenfeier zu schreiben, so wie Thomas Bernhard das getan hatte, schon allemal, wenn das Stück genau diesen Inhalt hatte. Aber ich tat mich schwer, ihm das zu vermitteln, da er eben einfach drei Ebenen tiefer blieb, nämlich auf der superkonkreten: Er wollte nach der Arbeit seine Ruhe haben. Daß diese Arbeitszeitenvorstellung im 21. Jahrhundert nicht mehr galt oder zumindest für eine Weltspiegelung im Medienzeitalter kontraproduktiv war, war ihm auf dieser Ebene, da er doch gerade in den Gemütlichkeitsmodus schaltete und die zu engen Theaterschuhe auszog, nicht zuzumuten. Und so mußte ich in der Folge zusehen, wie Mavie noch ein paarmal die »Arschloch«-Szene aufführte, die ihr wohl irgendeine schauspielerische oder körperlichsportliche Befriedigung verschaffte. Zuletzt beim Abschied um halb 3 Uhr nachts, als sie, Mavie, allen Ernstes auf mich zutrat und mir detailliert erzählte, was alle Welt nun wußte, nämlich daß Jan Küveler eine Theaterkritik geschrieben hätte, in der er am Ende auch über die Premierenfeier geschrieben habe, also nicht nur über die Aufführung, ja im Grunde und eigentlich überhaupt nicht oder kaum noch über die Inszenierung selbst, sondern über die Feier NACH der Aufführung, die jedoch privat gewesen sei, und deshalb sei dieser Küveler ein Arschloch, ein totales Arschloch, ein Depp, und so werde sie ihn fortan auch immer nennen, einen Depp, einen Depp! Einen Depp!

Der große Burgschauspieler Michael Mertens mußte sie festhalten, da sie dazu übergegangen war, kleine schnelle Faustschläge in Richtung unseres Freundes aus Berlin abzufeuern, zack-zack-zack, es sah niedlich aus, da sie eine so zierliche, zarte und kindliche Person war, ein blonder magerer Weihnachtsengel, keine 50 Kilogramm schwer. Die Stimme trug freilich bis zum kilometerweit entfernten Rathausmarkt. Es war die rachenehmende Stimme Echnatons, und es hätte mich nicht gewundert, wenn die Ausländerpolizei alarmiert worden und ausgerückt wäre, in Erwartung einer Massenschlägerei verfeindeter Migrantengruppen. Deshalb umfaßte der legendäre Schauspieler, der die ganze Thomas-Bernhard-

Premiere überstrahlt hatte, wie er selbst seufzend konstatierte, seine umwerfend temperamentvolle Frau. Sie gefiel mir natürlich sogar jetzt noch gut, denn Schriftsteller haben meist wenig Temperament und sehnen sich danach wie ein Schäferhund nach der Wurst. Freilich besaß ich schon Harriet, gewiß kein Mäuschen, und konnte mich beherrschen. Genau diese meine Selbstkontrolle schien die Schauspielerin verrückt zu machen. Sie hatte sie sehr wohl wahrgenommen und dann in schneller Folge acht Humpen Bier getrunken, dabei immer vitaler und verführerischer werdend. Schauspieler wollen oder müssen andere Menschen verführen, verzaubern, gänzlich für sich einnehmen, und sei es für Minuten, sonst ist der Abend für sie verpfuscht. Ich hätte ihr sogar den Gefallen getan, und zwar gern, aber das Schauspielergenie an ihrer Seite beziehungsweise an unserem Tisch, der Burgschauspieler Michael Mertens, rollte erneut mit seinen großen, noch nicht abgeschminkten Augen, und zwar derart furchterregend und genau auf mich fixiert, daß ich verzichtete.

Im Taxi fragte ich Harriet, ob sie ebenfalls den Eindruck habe, daß die Schauspieler den Zusammenhang zwischen »Holzfällen« und dem gerade erlebten Abend gar nicht verstanden hätten.

»Nein, sie haben das nicht gesehen. Es ist kaum zu glauben, aber sie wissen wohl nicht, was sie spielen. Das ist vielleicht bei allen Schauspielern so. Sie können Bücher gar nicht lesen. Also sie lesen sie lediglich als Material zum Aufführen und nicht als Mitteilung.«

Wie klug doch meine Harriet war. Ich versuchte es noch einmal:

»Und wenn man ihnen das genau so erklären würde? Wenn man ihnen sagen würde, was sie tun? Was Thomas Bernhard gemeint hat?«

Sie schüttelte nur den Kopf. Ich sah sie an und merkte, daß

sie recht hatte. Auch Jan Küveler, der vorne neben dem Taxifahrer saß, sah müde und resigniert aus. Und verletzt.

Nicht mehr über die Flüchtlinge und den politischen Islam reden und nachdenken zu müssen war so schön, daß ich nur zu gern bereit war, noch ein bißchen im Theatermilieu zu verharren. Dort gingen die Uhren offensichtlich anders.

Jan Küveler, von Beruf ja Theaterkritiker, erzählte uns, in Berlin habe der dortige Intendant der Volksbühne gerade – für eine einzige Inszenierung – den gesamten Zuschauerraum meterhoch mit Beton überzogen. Das war die umumkehrbare Zerstörung des 1913 errichteten Gebäudes. Ich hatte es geliebt. Es hatte allen Bomben und Kriegen getrotzt, wirkte gediegen und wie im Originalzustand. Jetzt also das Aus. Die Zuschauer mußten auf raschelnden Bio-Sitzsäcken Platz nehmen.

Das war also die Freiheit der Theaterleute. Die durften das, und wenn es Widerstand gab, um so besser. Küveler und ich gingen nun jeden Abend in eine Vorstellung. Schon am nächsten Tag wurde »Antigone« gegeben, ein altes Stück eines griechischen Dramatikers. In der Titelrolle glänzte wieder unser kleiner Schreihals, Mavie Hörbiger. Sie hatte uns mit der Bemerkung angelockt, sie spiele die Rolle nackt. Jan dachte laut darüber nach, ob der Körper mit dem wohlgestalten Kopf mithalten könne.

»Ich vermute, ja«, murmelte er.

So besorgten wir uns Karten in der ersten Reihe Mitte, um alles sehen zu können. Erfahrungsgemäß war es gar nicht so schwer, Karten direkt am Bühnenrand zu bekommen, da reiche Leute das Vorurteil hatten, in der sechsten Reihe sähe man am besten. Das stimmte nur für den, der an der Story eines Stückes interessiert war. Wer die Gesichter der Darsteller und ihre inneren Regungen erleben wollte, mußte in Armlänge zu ihnen sitzen. Das war jedenfalls immer meine Meinung gewesen.

Die entblößte Freundin erschien sofort nach dem Beginn der Vorstellung und blieb eine Viertelstunde lang in unserer unmittelbaren Nähe. Ich war es nicht gewohnt, Menschen, die ich gut kannte, mit denen ich aber niemals im Bett gewesen war, splitterfasernackt zu erleben.

»Sie hat hübsche kleine Titten«, flüsterte Jan Küveler.

»Wirklich gut, daß wir die erste Reihe genommen haben«, antwortete ich gepresst.

Natürlich sprang sie immer einmal wieder auf, wie die buchstäbliche Springmaus, und rannte sinnlos nach hinten und wieder nach vorn oder plötzlich nach rechts oder sonstwohin. Das war eben Theater. Oder eine andere Frau kam, weniger springfreudig, aber genauso verrückt und natürlich nackt, und die beiden umschlangen und umzärtelten sich, alles sehr körperbetont, vom normalen Porno nicht zu unterscheiden, ehrlich gesagt, und das war ja auch der Sinn. Warum sonst kamen all die Zombies der Generation Neunzig plus ins Theater? Übrigens saßen neben uns in der ersten Reihe und auch in der zweiten nur junge Mädchen, »höhere Töchter«, wie Küveler schwärmerisch feststellte. Später sprachen wir die unreifen Gänse an und erfuhren, daß es sich um eine Schulklasse handelte. Wo waren wohl die dazugehörigen Buben? Gab es schon wieder geschlechtsgetrennte Schulen in Mitteleuropa? Wahrscheinlich.

Zurück zum Stück. Man verstand kein Wort. Das Haus – wieder das Burgtheater – war ausverkauft. Was die beiden nackten Schauspielerinnen verbal von sich gaben, klang wie eine Geheimsprache unter Teenagern. Schon akustisch kaum zu verstehen – in der ersten Reihe! –, war es auch inhaltlich ein Puzzlespiel. Die eine wollte die andere nicht gehen lassen, und alles war wohl extrem wichtig, intensiv, spektakulär, aber worum ging es? Wir bekamen es bis fast zuletzt nicht heraus.

Und das war gut so. Denn tatsächlich war der Plot, daß eine Tochter ihren Vater beerdigen wollte, was der König aber verboten hatte. Sie beerdigte ihn trotzdem, und nun sollte sie deswegen selber sterben, oder gefoltert werden oder so. Der König ließ sie in einer Felsspalte einmauern. Dann brachte er noch den Königssohn um oder drohte damit. Und die andere nackte Frau tat auch irgendwas, das ich aber wieder vergaß. Den König gab ein berühmter Schauspieler mit dem Namen Joachim Meyerhoff. Ich mochte ihn, da er ein autobiographisches Romanprojekt verfolgte und seine Bücher, die in dem Verlag erschienen, in dem ich auch war, sich Millionen Mal verkauften. So finanzierte er mit seinem Umsatz die hohen Vorschüsse, die unser gemeinsamer Verlag mir auszahlte. Als Schauspieler erwies er sich nun als genau jener Vertreter des ›Burgtheater-Schauspielers‹, den Thomas Bernhard am Vorabend in »Holzfällen« beschrieben hatte. Er brüllte mit hamburgisch-näselndem Akzent, stand, natürlich ebenfalls nackt, da und gab den starken Mann. Er sprach so variationslos, daß sich kein einziger Satz einprägte, kein einziger Gedanke hängenblieb, über Stunden. Da tobte in Armlänge ein erwachsener, scheinbar über die Maßen erregter, muskelbepackter Mann vor mir, und es ließ mich vollkommen kalt. Eher verärgerte es mich. Ich fühlte mich durch seine Darstellung des cholerischen Königs belästigt.

Natürlich gab es zwischendurch das übliche postmoderne Technik-Spektakel. Eine gefühlt 100 Mal 200 Meter große Wand mit Halogenstrahlern und Lautsprechern drehte sich mitsamt der Drehbühne hin und her und beschallte die gehörlosen Greise mit künstlicher Rammstein-Musik. Also es war so ein widerliches Zeug, das so wie Rammstein klingen sollte: dumpf, drohend, böse, germanisch, tieftönig. Das drehten sie dann mit einer Million Watt auf. Die Halogenstrahler übertrafen noch diese Wattzahl, denn sie schafften es, daß man die Augen vor Schmerz schloß und innerhalb von Sekunden zu schwitzen begann.

119

Tja, ein kapitaler Blödsinn. Andererseits unverzichtbar, denn was hätten die Zuschauer wohl gesagt, wenn sie nichts anderes bekommen hätten als die eintönigen Schreiereien plus der lesbischen Szene am Anfang? Das wäre für 80 Euro zu wenig gewesen.

Nach der Show wollte Jan wieder in die Kantine gehen. Ich hielt ihn zurück:

»Willst du dich schon wieder beleidigen lassen?«

»Warum nicht?«

Er fragte das ganz ernst. Er hatte sich, wie er später in der Loos-Bar verriet, in die wir nun gingen, mit Mavie auch über Rainald Goetz unterhalten, also Wochen zuvor. Dessen Preisrede zum Georg-Büchner-Preis fand sie phantastisch. Das hatte sie auch mir gegenüber angedeutet.

»Natürlich ist sie ein Fan von so was«, beschied ich dem Gast aus Berlin, »denn wenn du zusammenfaßt, was Goetz ist, kommst du auf Gewaltlyrik. Also lyrisches, irrationales Geschwafel im Duktus der Gewalt. Das mögen gewisse Leute, nämlich rechtskonservative Feuilletonisten sowie Schauspieler. Das ist die Ernst-Jünger-Linie.«

»Aber Linke mögen Rainald Goetz doch erst recht?«

»Keine echten Linken. Nur diese Typen, die um so aggressiver auftreten, je besser es dem Land geht. Die in den 70er Jahren, als die Bevölkerung in einem Paradies aus Wohlstand, Freiheit, sozialer Sicherheit und Vollbeschäftigung lebte, überall den Faschismus sahen. Wie Rainald eben.«

Küveler gab mir sofort recht und zitierte eine Strophe aus »In Stahlgewittern«. Dann fragte er mich, warum Goetz Angst vor mir hätte. Ich gab ihm die Antwort.

»Das ist sehr einfach – weil ich der einzige war, der vor ihm keine Angst hatte. Das ist bei mir eben so. Ich habe nie Angst vor Leuten, die ich gut finde. Und Goetz ist trotz allem natürlich ein großer Mann. Ich habe nur Angst vor Leuten, die

unbedeutend und dumm sind. Und das hat er nicht ertragen –
daß ich nicht wie alle anderen vor Ehrfurcht erschauert bin.
Das gesamte deutschsprachige Feuilleton lag ja vor ihm am
Boden, von Anfang an. Die gingen ja herum und erzählten
über Rainald Goetz, sie hätten den Heiland gesehen.«

»Du kennst ihn schon lange?«

»Wir sind zusammen aufgewachsen. Ich habe ihn immer geärgert früher, also mich über seine paranoide Art lustig gemacht.
Ich meinte das nicht böse, wollte ihm damit eher helfen.«

»Weißt du, daß er Mavie zu ihrem sechzehnten Geburtstag
eine Kalaschnikov geschenkt hat?«

»Das paßt ja! Eine echte?«

»Habe ich nicht zu fragen getraut.«

»Daß die sich schon so lange kennen …«

»Naja, eine berühmte Familie, ein berühmter Autor …«

»So berühmt auch wieder nicht«, sagte ich.

»Die Hörbigers kennt doch jeder.«

»Rainald Goetz nicht. Leute wie wir kennen den, aber da
draußen ist jeder drittklassige Fußballspieler bekannter.«

»Der war schon eine Legende, als ich geboren wurde.«

»Nur bei Insidern. Selbst schwachsinnige Autoren wie
Adolf Muschg oder Clemens J. Setz haben mehr Star-Status.
Wenn ich einen Roman über Rainald Goetz schreiben würde,
etwa »Mein Sommer mit Rainald«, würde kein Mensch wissen, was das ist.«

»Die meisten interessanten Zeitgenossen sind der Masse
unbekannt.«

Wir sprachen über unbekannte große Geister, und ich
nannte Matthias Matussek. Auch ihn, einen der größten Journalisten der letzten zweihundert Jahre, kannte außerhalb der
Zeitungsbranche niemand. Ich lobte, daß Matussek trotz seines Rausschmisses die neueste Ausgabe seiner ehemaligen
Zeitung gelobt hatte. Auf Facebook. Das hatten die Leute gar

nicht verstanden. In den Kommentaren dazu äußerten viele den Verdacht, der Gekündigte sei einfach unrettbar opportunistisch, selbst über den Rausschmiß hinaus. Das war nun gänzlich unlogisch, aber so dachten die Menschen. Ich führte aus, daß Deutsche nur in Freund-Feind-Kategorien denken konnten. Ich endete, indem ich wieder an Rainald Goetz anschloß:

»Und so war das ja auch mit mir und ihm. Indem ich ihn stets weiter lobte, trotz seiner Fatwa gegen mich – niemand seiner Freunde durfte Kontakt zu mir halten –, wurde ich ihm immer unheimlicher.«

»Was fandest du denn so gut an ihm?« fragte Küveler.

»Das kann ich dir sofort sagen! Seine Neugier, sein Abscheu vor verbrauchten Worten und Redewendungen, seine Sucht nach dem täglich Neuen, seine Liebe zur Jugend als eine Liebe zu neuen Gedanken, sein entsprechender Kulturbegriff, seine virtuose, funkelnde, anarchische, unberechenbare und beispiellos poetische Sprache … eine ganze Menge also.«

»Und jetzt die Büchnerpreisrede?« hakte Jan Küveler nach.

»Ein schönes Langgedicht, mit Gewinn zu lesen, wie immer bei ihm. Inhaltlich haarsträubend.«

»Inwiefern?«

»Er hat sich da erkennbar zuviel Mühe gegeben und irrlichtert in seiner eigenen Vergangenheit herum, seiner JUGEND, die er dann verklärt und auf heute überträgt. Die einzige Jugendbewegung des 21. Jahrhunderts ist aber der IS, der Islamische Staat – sagt übrigens auch Peter Schindel. Viel Spaß dabei!«

In dem Moment wurde mir bewußt, daß ich das Wort ›Islam‹ wieder gesagt hatte. Vielleicht hätten wir doch lieber in die Kantine des Burgtheaters gehen sollen. Wir wechselten das Thema und schließlich auch die Bar. Küveler wollte unbedingt das berühmte *Anzengruber* kennenlernen, das angeblich beste Nachtcafé der Stadt und der Welt überhaupt.

Aber ob das die richtige Entscheidung war? Hier herrschte normalerweise der Schriftsteller Peter Schindel, der freilich nicht gefährlich werden konnte, solange er sich in Berlin aufhielt. Nur war er da nicht mehr. Wie ich vorausgesehen hatte, hatte es ihn nicht lange im Land Angela Merkels und Elena Plaschgs, seiner kurzzeitigen Freundin, gehalten. Er tobte wieder im Lokal, als gäbe es kein Morgen. Und er erkannte uns sofort. War er uns sogar hinterhergereist? Einem wie ihm traute ich jede Verrücktheit zu.

Schindel lotste uns sogleich an einen Tisch, an dem schon die Künstlerbrüder Draschan und ein Wiener *süßes Mädel* saßen.

Das Gespräch drehte sich um Physik, Sonnenstürme, Fusionsenergie, Reaktorforschung und den nahen Weltuntergang – typisch für Wien. Ich konnte nicht mitreden, Küveler schon. Der war ja auch staatlich anerkannter Zeitungsredakteur. Das süße Mädel erregte meine Aufmerksamkeit. Es trug eine schwarze Jacke und einen gleichfarbigen abstehenden Minirock, hatte schwarze Haare und ungewöhnlich weiße Haut. Die langen Beine steckten in schwarzen Strümpfen. Daß sie kein Wort sagte und nicht einmal lachte, gehörte zu ihrer Rolle. Schindel machte jede Woche ein bis zwei Mädchen klar, immer über Facebook oder andere soziale Netzwerke, aber diese stille Schönheit gehörte wohl nicht dazu. Sie las vielleicht seine Bücher und war nun entsetzt.

Das Palaver über Erderwärmung, Wassermangel und andere ökologische Phänomene, die unrettbar zum Weltuntergang führen würden, hatte Schindel wohl ein bißchen gelangweilt. Noch nie hätten biologische oder pflanzliche Dinge die Weltgeschichte bestimmt, warf er nun pampig hin. Aber seine Meinung interessierte jetzt nicht. Um überhaupt gehört zu werden, provozierte er nun.

»Einzig die Politik macht den Weltuntergang. Und nicht einmal die schafft es. Die nächsten zehn oder zwanzig Jahre

werden hart werden, Stichwort IS, aber dann kommt es endlich zum Krieg, und den gewinnen wir.«

Sie sahen ihn mit müden Augen an, und er führte seine
These weiter aus. Man befinde sich praktisch im Jahre 1934,
und der Faschismus breite sich gerade aus, diesmal der Zweite.
All die tausend kleineren und mittleren Scharmützel seien
kein echter Krieg, sondern ein symbolischer. Erst bei immer
größeren Anschlägen, etwa wenn ganze Städte in die Luft flö-
gen, werde der Kapitalismus umdenken.

»Warum denn?« fragte Thomas Draschan, der viel lieber
weiter über Dürrekatastrophen und überschwemmte Konti-
nente geredet hätte, »schon jetzt werden ganze Länder unbe-
wohnbar gemacht, siehe Syrien, und den Kapitalismus stört's
nicht. Der verdient doch daran. Je mehr Krieg, desto mehr Ex-
traprofite.«

»Jede Granate, die irgendwo in Aleppo explodiert, ja jede Pa-
trone, die jetzt im Sand liegt, wurde gewinnbringend verkauft
und bezahlt!« wußte Jan Küveler.

»Ich weiß. Auch Saudi-Arabien ist Kapitalismus. Auch das
Dritte Reich war Kapitalismus. Aber irgendwann ist es einfach
zuviel. Dann kippt das.«

»Und?« Jetzt richteten sich die Augen aufmerksam auf
Schindel.

»Dann tun sich alle zusammen und schalten den Faschismus wieder aus. In diesem Fall die islamischen Staaten. Das
war es dann mit dem Dschihad.«

»Was?! Wie soll DAS denn gehen?«

Alle redeten auf einmal.

»Willst du Atombomben auf Riad werfen?«

»Was soll aus den unschuldigen Frauen und Kindern werden?«

»In unseren Armeen dienen viel zuviel Muslime für so einen Irrsinn, die machen da nicht mit!«

Ich machte geltend, daß die zivilen Opfer eines solchen Vorgehens von keinem Politiker der Welt, der wiedergewählt werden wolle, zu verantworten wären. Aber Peter Schindel führte kühl aus, wie er sich den *Endkampf,* wie er sich den Krieg gegen diesen neuen Faschismus vorstellte. Demnach bräuchte es irgendwann in zwanzig Jahren den Tropfen, der das Faß zum Überlaufen brächte. Das müßte ein großer Tropfen sein, etwa ein Giftgasangriff auf New York mit Millionen Toten. Dann würde der Westen zusammen mit Rußland und China den islamischen Staaten den Krieg erklären. Die religiösen und politischen Machtzentren würden bombardiert und ausgeschaltet werden, etwa Mekka, Medina, Islamabad, Ankara und so weiter. Soldaten würden die Länder besetzen, alle Konten würden enteignet und eingefroren werden. Dann begänne eine Art Entnazifizierung, wie in Deutschland nach dem Krieg.

»Du bist wahnsinnig«, lächelte ich.

»Im Untergrund würde es weitergehen. Die Haßprediger würden doch nicht plötzlich schweigen«, meinte Jan, »in Deutschland gibt es bis heute Nazis!«

»Ja, solche Maulhelden wird es immer geben, aber sie haben keinerlei Bedeutung. Niemals. Ein Faschismus ohne Geld ist politisch so tot wie der Tierschutzverein.«

»Bei der Bombardierung der muslimischen Bevölkerung würde es Tausende von Opfern geben. Ein totaler Horror! Stell dir einmal die Bilder vor!«

Jan schüttelte sich vor Grausen. Aber Schindel war in seinem Element. Er schilderte plastisch die vorangegangenen islamistischen Untaten. Das sei mehr als nur ein bißchen Bombenwerfen, das sei – so wörtlich – »der zweite Faschismus«, auf allen Ebenen, vom Attentat bis zum Genozid, dagegen sei jedes Mittel recht. Sogar das süße Mädel sagte daraufhin etwas, nämlich, daß man Gewalt nicht mit Gewalt vergelten dürfe.

Das war das Zeichen, sich endlich wieder um das Wesentliche zu kümmern. Schindel griff hastig nach dem Handy und checkte seine Dates für die Nacht. Er war da bis zur Groteske unhöflich. Vor aller Augen konnte er sich einen One Night Stand organisieren, oder, wenn er sich zerschlug, dem süßen Mädel ein Angebot machen. Ich kannte das schon und störte ihn nicht dabei. In Gedanken blieb ich aber noch beim gerade postulierten ›Zweiten Faschismus‹. Den Begriff hörte ich nun zum zweiten Mal, nach der schnippischen ORF-Redakteurin diesmal aus Schindels Mund. Sollte ich nicht mein neues Buch so nennen? War das nicht der perfekte Titel? Er faßte alle Erfahrungen zusammen, die großen aus dem Fernsehen und die kleinen auf der Straße, am Küchentisch mit Freunden, im Bett mit der Frau, in der Kneipe mit aufgewühlten Künstlern. *Der Zweite Faschismus.* Jetzt hatte ich es.

Ich wandte mich Jan Küveler zu.

»Was macht dein Theaterbuch?« fragte ich betont aufgeräumt. Er schrieb gerade an einem mutmaßlich recht erfolgreich werdenden Buch mit dem Titel »Theater hassen«. Es gab bereits den Titel »Kunst hassen«, der schon in der siebenten Auflage verkauft wurde. Da ich öfter über das Theater geschrieben hatte, machte ich mir Hoffnungen, bei Küvelers Buch mitmachen zu dürfen. Wir besprachen das nun im Detail.

Einen großen Gin Tonic später waren wir beim Thema Frauen angelangt. Jan verriet mir, bei seinem Besuch tatsächlich eine Wienerin kennengelernt zu haben, die ihn seither mit liebevollen Handynachrichten erfreute. Ich fand das erstaunlich. In Zeiten des Internets lernte man keine fremden Menschen mehr kennen, deren Facebook- oder Wikipedia-Profil man noch nicht geprüft hatte. Und offenbar hatte Jan sogar das Herz der jungen Dame erobert, und das innerhalb weniger Stunden. Ich wurde neugierig. Und so gefiel es mir auch, daß Jan mir sein bisheriges und vergangenes Liebesleben erzählte.

Er war deutlich jünger als ich und hatte gewissermaßen ein Recht dazu. Auch ich erzählte ein bißchen von mir, um nicht unhöflich zu sein. Dann fuhr ich ihn in die Gästewohnung. Ein schöner Abend mit Weltuntergang und Wiener Mädeln war nun zu Ende.

7.

SILVESTERNACHT

Es kam die Adventszeit. Das Wetter änderte sich, die Themen blieben. Aber trotz Flüchtlingsdebatte und der anhaltend nervösen Grundstimmung nach den ›Pariser Terroranschlägen‹ waren die Tage in Berlin und im Burgtheater vor allem für Harriet und mich gute gewesen. Sicher auch, weil ich es vermied, ihr von meinen neuen Buchplänen nach Peter Schindels wilder Rede über den »Zweiten Faschismus« zu berichten.

Doch dann brachte eine Sache alles durcheinander.

Es war etwas passiert, das sich selbst die abgebrühtesten und paranoidesten Neonazis nicht hätten ausdenken können. Es übertraf jede sexistische und rassistische Phantasie. Die Medien berichteten tagelang nichts davon, weil sie es, wie alle anderen außer den Beteiligten, nicht glauben konnten. Kurz: In der letzten Nacht des historischen Jahres der Völkerwanderung, im großen Jahr Angela Merkels, hatte es in Köln und anderen deutschen Städten Massenvergewaltigungen durch Flüchtlinge gegeben, sexuelle Exzesse an Hunderten »unserer« jungen Frauen. Wie Tiere waren sie durch die Innenstädte getrieben worden. Ich erfuhr es von Elena, als die Zeitungen noch betreten schwiegen.

»Weißt du etwas von den Vorfällen in Köln?« fragte sie mich und wollte wissen, ob es sich um ein geplantes Vorgehen des Islamischen Staates handelte. Ich wußte nicht, wovon sie sprach. Elena hatte eine Freundin, die in besagter Silvesternacht übel zugerichtet worden war. Vom Gleis des Kölner Hauptbahnhofs bis zur S-Bahn habe sie eine halbe Stunde gebraucht und sei dabei von tausend Schwarzafrikanern begrapscht und bedrängt worden. Das Handy hatte man ihr bereits nach Sekunden entwendet, danach Geld, Ausweise, die Uhr und so weiter und nach einigen Minuten auch den Slip. Hunderte von Polizisten seien machtlos gewesen angesichts der hohen Zahl der Täter. Ich überlegte kurz und sagte dann, was alle noch lange sagten:

»Elena, deine Freundin ist nicht ganz richtig im Kopf. Wir leben in Deutschland und nicht in Ruanda.«

Als dann die ersten kleinen Meldungen in den Zeitungen auftauchten – vier Tage nach den Vorfällen –, reagierten die ersten Kommentatoren gereizt. Hier werde wieder einmal der durchsichtige Versuch unternommen, fremdenfeindliche Hetze zu betreiben. In der Silvesternacht gehe es eben ein bißchen lockerer zu als sonst. Auch deutsche Männer würden vergewaltigen.

Als es immer mehr Augenzeugenberichte von den sozialen Medien in die seriösen schafften, wurde der Ton im Fernsehen schärfer. Es handele sich um den Versuch, Flüchtlinge zu diskreditieren. Gleichzeitig gab es nun offizielle Statements der Polizeidirektion Köln, der Bürgermeisterin und des Innenministers, wonach so gut wie keine Erkenntnisse über die behaupteten Übergriffe vorlägen. Es sei auch zu keinerlei Festnahmen gekommen. Man werde ermitteln, aber im Grunde gäbe es eigentlich nichts zu ermitteln. Als ich einmal vorsichtig Harriet fragte, ob sie etwas wisse, bekam sie einen Wutanfall. Auch sie glaubte an eine »neue Dimension der Perfidität rechtspopulistischen Rufmordes an Migranten«. Da waren sich alle Zeitungen einig. Auch die »BILD« brachte am 5. Januar nur eine 10 Zentimeter kleine Meldung ohne Photo auf Seite 7. Die linksradikale »taz« schwieg noch am 8. Januar weitgehend und kommentarlos. In den Augen der Redakteure waren die Massenvergewaltigungen nicht von Schwarz- oder Nordafrikanern begangen worden, sondern von *Männern.*

Aber es gab einfach zu viele Opfer und Zeugen. Jeder kannte jemanden, der jemanden kannte, der dabei gewesen war, in einer der großen Städte. Im Internet kursierten immer mehr Handyvideos.

Ich traute mich nicht mehr, Harriet darauf anzusprechen. Sie platzte fast vor Wut. Das Fernsehen blieb eisern auf ihrer Seite. Vorübergehend hatte man sich darauf verständigt, in der Polizei den Schuldigen zu sehen. Demnach waren nicht die Vergewaltiger schuld, sondern die vielen hundert Polizisten, die zehn Stunden lang in dieser Lynchstimmung alles getan hatten, um das Schlimmste – noch mehr Opfer sowie Tote – zu verhindern. Überall droschen die Medien nun auf die Polizei und ihre Führung ein. Der Polizeipräsident mußte zurücktreten.

Ganz Deutschland wurde zunehmend von dem Thema erfaßt. Alle redeten nur noch davon.

Der ARD und dem ZDF blieb nichts anderes übrig, als schließlich mit immer neuen »Brennpunkt«-Sendungen darauf zu reagieren. Die Printmedien blieben bei ihrer Sicht: alles ein übles Manöver der ›Rechten‹. Wenige tausend schwarze Schafe würden nun instrumentalisiert, Millionen anständiger Mitbürger aus anderen Kulturen zu diffamieren. Zu den Taten selbst kein Wort. Beim »SPIEGEL« und im Qualitätsjournalismus wurden erkennbar die weiblichen Redakteure an die Front geschickt. Alle Kommentare wurden von Frauen verfaßt, überall derselbe Tenor: Man dürfe jetzt keine voreiligen Schlüsse ziehen. Gerade in dieser Situation müsse man sich vor Vorurteilen hüten. Das Problem sei die männliche Gewalt an sich. Auch deutsche Männer mißbrauchten Frauen, vor allem in der Familie, da müsse man endlich hinschauen, anstatt mit dem Finger auf wehrlose

Menschen zu zeigen, die gerade einem Krieg entkommen seien. Auf »Spiegel Online« führte eine Redakteurin zum Thema lang und breit aus, wie Vorurteile entstünden und wie schlecht sie seien, welch gefährliche Funktion dabei ›Bilder‹ hätten. Erneut erfuhr der Leser nichts über die Sache selbst. Im ZDF hatte zum letzten Mal ein Mann das Wort. Er wunderte sich darüber, daß es zweihundertfünfundzwanzig schwerbewaffneten und behelmten Polizisten nicht gelungen war, Festnahmen durchzuführen. Er glaubte es schlicht nicht. Für ihn war es ein Lehrstück polizeilichen Versagens und polizeilicher Schlamperei und die ganze Scheinaffäre über die Ausländer nichts weiter als der Versuch, davon abzulenken.

Harriet saß mit mir vor dem Fernseher und ballte die Fäuste vor zustimmender Freude. Ich nickte ebenfalls deutlich, um bloß keinen Streit aufkommen zu lassen.

Doch die Wahrheit drängte immer machtvoller ans Licht, jetzt in Zeiten des Internets. Der öffentlich gedeckelte Polizeiapparat rächte sich, indem Einsatzberichte den Medien zugespielt wurden. Und zu Beginn der zweiten Januarwoche traute sich die erste Zeitung, die Schere im Kopf beiseite zu legen und diese Polizeiberichte zu veröffentlichen, nämlich die »Frankfurter Allgemeine Zeitung«.

Tausende Afrikaner, die wie eine Armee auf Frauen losgehen, und das nicht nur in Köln, das war natürlich der Wendepunkt in der gesamten Flüchtlingsfrage. Dagegen konnten die gutgläubigen Flüchtlingshelfer nicht mehr an. Dachte ich.

Die Leute würden nun anfangen, rechts zu wählen. Es fehlten allerdings dafür noch zwei Dinge: ein Wahltermin und ein erster großer islamistischer Anschlag in Deutschland. Daß es den eines Tages geben würde, stand für mich fest. Aber wann einigte man sich auf Neuwahlen? Ich mußte abwarten. Der große Rechtsruck, die neue rechtspopulistische Regierung würde kommen. Ich war gespannt.

Und mein großes Buchprojekt »Der Zweite Faschismus« nahm Züge an. Hatte ich bis jetzt immer den politischen Islam gemeint, wenn ich an den Zweiten Faschismus dachte, so konnte ich mir jetzt auch ein rechtes Erdbeben an der Wahlurne darunter vorstellen.

Es kam nur auf die Größe des Anschlags an. Eine Geiselnahme im Bundestag mit zweihundert Toten und tagelang festgehaltener Kanzlerin, die IS-Texte aufsagen muß, würde reichen. Oder eine gezündete Bombe im Bus der deutschen Fußball-Nationalmannschaft.

Doch ich irrte mich.

Ich unterschätzte die herrschende Schicht und ihre Medien ein weiteres Mal. Also jenes in mehreren Generationen gewachsene Nachkriegs-Deutschland mit seiner negativen Fixierung auf den Rassismus des Dritten Reiches.

Das konnte ich schon im eigenen Haus durch Harriet erleben, die nun immer härter wurde, je mehr über die Silvesternacht bekannt wurde. Sie ließ sich dadurch nicht einen einzigen Millimeter von ihrem Kurs abbringen. Ihr Haß auf die eigene Kultur war so tief wie ihre Liebe zur fremden grenzenlos. Was wohl die Psychoanalyse zu diesem Phänomen sagte? Wie entstand Selbsthaß, und welche Funktion hatte er? Ein Mensch mit dunklem Teint konnte in Harriets Augen nur gut sein, egal, was er tat, sie hatte für jede Verfehlung tausendundeine rührende Erklärung. Ein Mensch mit blonden Haaren war ihr dagegen per se unsympathisch, und wenn er die CDU wählte, konnte es sich nur um den Teufel selbst handeln. Da ich blond bin, mußte ich täglich darauf hinweisen, ein Kommunist zu sein, und zwar von Geburt an. Irritationen gab es meist bei feministischen Themen. Natürlich mußte ich auch stets versichern, Feminist zu sein und die Sache der Frauen zu vertreten. Da wäre es logisch gewesen, die vergewaltigten

Frauen von Köln zu bedauern, und als ich das tat, platzte Harriet der Kragen:

»Ach, die tun dir leid?! Auf einmal?! Und die Frauen in den Wirtshäusern, die von deutschen Männern befummelt und bedrängt und begrapscht und verhöhnt werden?! Weißt du überhaupt, was da alles passiert??!! Nichts weißt du, überhaupt nichts!! Und jetzt auf einmal Krokodilstränen über die armen, armen Mädelchen auf der Kölner Domplatte! Wie mich das anekelt! Wie DU mich anekelst!«

Ich merkte, daß das Thema in eine neue Dimension eingetreten war. Zwar war ich in meinem langen Leben gefühlte drei Millionen Mal in einem Gasthaus gewesen und hatte keine einzige Vergewaltigung dabei mitgekriegt, aber ich gab ihr lieber recht.

Und ich merkte es nicht nur im Gespräch mit Harriet. Es redeten ja *alle* darüber. Obwohl mir der nach wie vor gültige offizielle Standpunkt bekannt war, verblüffte es mich doch, selbst bei Frauen, die jung und modern und alles andere als links waren, mehr oder weniger Harriets Meinung vorzufinden.

So meinte Agnes, meine bei der Mutter aufgewachsene Tochter aus erster Ehe, Frauen als sexuell verfügbar anzusehen und entsprechend zu behandeln sei ein übergeordnetes männliches Phänomen. Sie hätte das selbst in den unterschiedlichsten Situationen und Ländern erlebt.

Ich war baff. Davon wußte ich ja gar nichts. Nun mußte sie erzählen. Ich hatte sie am Telephon, was nur alle Jubeljahre einmal vorkam, Harriets wegen. Der hatte ich noch nie von Agnes erzählt, was komplizierte Gründe hatte. Doch jetzt, nach ›Köln‹, sprach jeder mit jedem. Über sexuelle Übergriffe.

Einmal war Agnes in Frankfurt die Taunusstraße entlang gegangen, als drei Jugendliche auf sie zustürmten. Der eine drängte sie ab, der zweite griff ihr in den Schritt, der dritte umarmte sie von hinten und knetete ihre Brüste.

»Wie alt waren die?«

»Sechzehn, siebzehn oder so.«

»Und wirklich Deutsche?«

»Nein, sie hatten dunkle Haut, das waren… arabische Jungen.«

»Na also!«

»Aber das habe ich auch in Südafrika erlebt. Wenn man da als blonde Frau ohne Begleitung ist, dann starren einen sofort und überall junge Männer an, aber dermaßen intensiv, daß einem schlecht wird. Man darf auf keinen Fall Blickkontakt mit einem haben. Es ist aber so, daß man instinktiv hinschaut, wenn einen einer anguckt, und so ist es mir anfangs immer mal wieder aus Versehen passiert. Es gibt dann praktisch keine Möglichkeit mehr, aus dieser Situation wieder herauszukommen. Es ist absolut schrecklich!«

»Tja, meine Liebe, und jetzt die einzig wichtige Frage: Willst du, daß diese Typen nun alle zu uns kommen?«

Ich hätte wetten mögen, daß sie nun nein sagt. Aber weit gefehlt, meine Tochter antwortete mit weichem Stimmchen:

»Na, wenn sie in Not sind und Hunger leiden, müssen sie natürlich auf jeden Fall zu uns kommen.«

»Okay. Weiter mit deinen Erlebnissen!«

Es kam noch ein dritter Bericht, wieder war es eine Gruppensituation, und diesmal ging es um junge Leute aus Bosnien. Ich wollte mich schon aufregen, aber Agnes verteidigte die armen Buben. Die seien sonst okay gewesen, jedenfalls ihre Geschwister. Sie, Agnes, sei mit der Familie befreundet gewesen. Dort sei es genauso zugegangen wie bei anderen Freundinnen aus der Klasse. Dort habe auch keiner Kopftuch getragen. Die ganze Debatte um fremde Kulturen sei Blödsinn.

134

Sie war doch ein gutes Kind. Obwohl sie kaum anders als Harriet redete, beruhigte mich ihre freundliche Sicht auf die Dinge.

Bei Harriet war es schon schwieriger.

Anders als bei den bisherigen Diskussionen über Flüchtlinge, bei denen ich trotz aller Aggressivität am Ende allen Schlägen elegant ausgewichen war, entglitt mir in den folgenden Tagen die Kontrolle über das Thema – und über mich selbst.

Das lag vor allem daran, daß die Debatte immer heftiger wurde.

Am 9. Januar erschien der erste »SPIEGEL«-Titel dazu, mit vielen neuen Ungeheuerlichkeiten. Am 10. Januar erhöhte sich die Zahl der eingegangenen Strafanzeigen auf über fünfhundert, gut die Hälfte davon waren Sexualvergehen. Die Opfer nannten übereinstimmend Afrikaner und Araber als Täter. Da die in der Regel hochwertigen supermodernen Smartphones über eine Ortungsfunktion verfügten, konnte die Polizei die gestohlenen Geräte ausfindig machen – in den Flüchtlingsheimen! Dennoch galt im Fernsehen mehr denn je der Satz, daß man nichts über die Täter wisse und es »jeder« gewesen sein könne und daß man, bevor die Ermittlungen nicht abgeschlossen seien, sich jeglicher Vorverurteilung zu enthalten habe.

Einmal rutschte mir, als die Zahl Fünfhundert zum ersten Mal fiel, blöderweise der ironische Satz heraus, fünfhundert vergewaltigte Frauen könnten sich natürlich auch irren, die Täter könnten auch Hamburger Oberstudienräte gewesen sein. Harriet drehte durch.

»Wie würdest du dich wohl fühlen, als gebürtiger Hamburger, wenn sie tatsächlich einen Hamburger unter den Tätern erwischen und danach sehen alle in dir einen Vergewaltiger?!«

Wir sahen gerade fern.

In Köln demonstrierten Tausende feministische Frauen als

Reaktion auf die Vorfälle gegen den männlichen – deutschen – Sexismus. Eine Sprecherin schimpfte ungehalten ins öffentlich-rechtliche Mikrophon:

»Ich fühle mich jetzt doppelt mißbraucht, nämlich auch noch von rassistischen Demagogen!«

Vielleicht bezog sich diese seltsame Verdrehung des Sachverhaltes auf Dinge, die im Internet passierten und von denen ich wenig mitbekam. So vertuschend und irreführend sich die alten Medien verhielten, so hemmungslos und polemisch tobte sich angeblich ein populistischer Mob im Internet aus. Das wunderte mich nicht. Im Internet konnte jeder auf Latrinen-Niveau seine anonymen Ferkeleien loswerden. Zu allen Zeiten gab es dieses Phänomen. Nur wäre früher niemand auf die Idee gekommen, Klo-Sprüchen auf der Bahnhofstoilette irgendeine Bedeutung zuzumessen. Jetzt aber sollten diese Netz-Kommentare plötzlich das wahre und eigentliche Bewußtsein unserer Gesellschaft darstellen, jedenfalls des bösen Teils derselben. Kurz: Im Netz wurden die Massenübergriffe einer »fremden Kultur« angelastet, woraus die Feministin rasch eine »fremde Rasse« machte. Gegen eine fremde Kultur zu sein hätte weniger gemein geklungen, denn bei Lichte betrachtet konnte es wirklich fremde Kulturen geben, die politisch nicht korrekt waren und gegen die man sein durfte, etwa die Nazi-Kultur. Aber Rassen konnten niemals schlecht sein. Ich verzichtete aber auf diese Differenzierungen, als ich sah, wie Harriet auf die Feministin ansprach. Sie fand den Satz phantastisch: ›Nicht doppelt mißbrauchen lassen‹!

Gleich darauf sah man eine ziemlich kümmerlich aussehende Demonstration von ein paar ›Pegida‹-Leuten, die schon nach wenigen Minuten von tausendsiebenhundert Polizisten aufgelöst wurde. Vorher hatten sie bei eisigen Temperaturen – es war Mitte Januar – mit Wasserwerfern auf die Wutbürger gespritzt.

Nach den Nachrichten kamen natürlich die Talkshows zum

Thema. Außer der Haupttalkshow »Anne Will«, die weiter eisern schweigend alles ignorierte, hatten alle das neue, alles überragende Phänomen im Visier.

Es kam ein halbes Dutzend ›Experten‹ zu Wort an diesem Abend, und jeder konnte das Verhalten der einwandernden Mitbürger besser, menschlicher und mitfühlender beschreiben als der andere. Da gab es nicht den Hauch einer Meinungsverschiedenheit. Der eine wies auf den Männerüberschuß hin, der zwangsläufig zu Problemen führe. Das sei zu allen Zeiten so gewesen. Demnach betrage zum Beispiel in Schweden aufgrund der hohen Zuwanderung junger Männer das Verhältnis hundertsechsundzwanzig zu hundert bei den Jungerwachsenen. Es sei nur zu verständlich, daß dadurch Gewalt entstehe, das dürfe man den jungen Männern nicht anlasten. Eine Arabienexpertin wies darauf hin, daß in den letzten Jahrzehnten die Frauen aus dem öffentlichen Raum verschwunden seien. Junge Muslime würden keine Frauen mehr zu Gesicht bekommen. Erst in der Hochzeitsnacht, die dann meist die Form einer klaren Vergewaltigung annehme. Frauen trauten sich nicht einmal mehr, in einen öffentlichen Bus zu steigen. Selbst wenn sie bettelarm seien, bezahlten sie lieber ein Taxi. Das sei vor zwanzig Jahren noch völlig anders gewesen. Aber die fortschreitende Islamisierung habe alles verändert. Ein Sozialarbeiter wußte etwas vom »Statusverlust« der jungen Männer zu berichten. Die meisten kämen aus einem Land, wo man noch mit dreißig Jahren unverheiratet und arbeitslos bei den Eltern wohne. Diese Leute würden kein Verhalten der Geschlechter untereinander kennen, nicht einmal Empathie, Emotionalität und Zärtlichkeit. Sie erlebten in Deutschland voller Staunen, daß zum Beispiel Eltern ihre Kinder umarmten, daß Brüder ihre Schwestern und daß Erwachsene ihre Freunde in den Arm nahmen. Dieses ganze fürsorgliche, emphatische Verhalten, noch dazu im öffentlichen Raum, sei ihnen fremd, und das müsse man als Deutscher und Europäer einfach wissen, bevor man falsche Schlüsse ziehe. Niemand könne etwas dafür, wo er geboren wurde und wie er geprägt sei. Wir alle würden uns nicht anders verhalten als diese jungen muslimischen Männer, wenn wir zufällig diesen Geburtsort und diese Prägungen erlebt hätten.

Harriet, die stets nah am Wasser gebaut war, mußte bei diesen Worten weinen, so unglaublich das auch klingt. Ihr taten die abgerissenen armen Burschen unendlich leid, die nichts hatten, nichts wußten, nicht einmal arbeiten durften und zum sinnlosen Warten in einem ihnen fremden Land verurteilt waren.

Ich dagegen weinte keineswegs, sondern stellte ein weiteres Mal diese eine Frage, die mir in diesen Tagen dauernd durch den Kopf schoß:

»Wollen wir diese Leute denn bei uns haben?«

»Sie SIND bei uns!« rief Harriet.

»Im Sommer waren sie es noch nicht. Da stand die Frage auch schon im Raum. Wir haben darüber gestritten.«

»Aber JETZT sind sie es!«

»Dann sollten wenigstens die nächsten Millionen nicht kommen.«

»Das geht nicht. Sie KOMMEN. Und das ist gut so.«

»Der Nahost-Experte hat doch gesagt, daß vor zwanzig Jahren alles in Ordnung war, dort in Nordafrika, und daß die Islamisierung alles in einen neuen Faschismus verwandelt hat …«

»›Faschismus‹ hat er nicht gesagt …«

»Aber de facto ist es das. Wenn diese Leute kommen, sollen sie wenigstens dieses faschistoide Verhalten ablegen. Wenn sie das tun, sind sie mir auch willkommen.«

»Was meinst du damit?! Willst du anfangen, gegen den Islam zu stänkern? Der Islam ist eine große Religion, von der du ehrlich gesagt nichts verstehst!«

»Genau genommen, verstehe ich vom Faschismus auch

138

nichts und darf trotzdem dagegen sein. Das Recht nehme ich mir einfach heraus!« Gerade noch konnte ich mir den Zusatz verkneifen, daß ich sogar ein Buch darüber schreiben werde.

»So, so, das Recht nimmst du dir heraus, ganz einfach. Das ist alles sehr einfach bei dir, zu einfach. Du willst ganz einfach die Massenvergewaltigungen zu islamfeindlicher Hetze mißbrauchen. So ist das.«

»Nein, ich bin doch für die Muslime! Ich verteidige diese Menschen mehr als jeder fanatische Willkommenskultur-Vertreter. Für die Muslime und gegen den Islam, das war schon im Sommer meine Parole.«

»Du willst ihnen gern Vorschriften machen, was? Typisch deutsch ist das. DAS sind nämlich deine Gene!«

Hektisch zappte sie auf der Fernbedienung herum, um das Gespräch zu beenden oder weil sie süchtig nach weiteren Stimmen redlicher Gesinnung war.

Klar, beim Fernsehen konnte nichts passieren. Eher fiel der Mond auf die Erde, als daß dort jemals jemand die Frage stellte, ob man wirklich Antisemiten, Homophobe und Frauenhasser so sympathisch fände, daß man sie massenhaft zu sich einladen wollte. Leute, die nichts mit einem zu tun haben wollten. Die sozusagen mürrisch einträten, ohne zu grüßen, an einem vorbeiliefen, bis zum Kühlschrank, den sie dann leerten. Waren das Gäste, die man wollte? Die einen dafür verachteten, daß man frei lebte?

In meiner Mischung aus Wut und Frust sah ich ganz klar, daß gerade passierte, was immer passiert in diesem Land:

Selbst etwas so Entsetzliches wie jetzt gerade in der Silvesternacht ist Wasser auf die Mühlen des politisch korrekten herrschenden Bewußtseins. Es war noch nicht einmal nötig, daß jemand gegen das Entsetzliche protestierte, gegen Enthauptungen von liberal Denkenden in Riad, Versklavung und Verkauf von Frauen in Nigeria, die Auslöschung der

Besucher von Konzerten oder jüdischen Geschäften in Paris, das Überrennen ganzer Staaten in Afrika oder eben Massenvergewaltigungen in deutschen Städten. Notfalls wurde der Protest einfach unterstellt und anschließend gedeutet als eine »schändliche Instrumentalisierung des Geschehenen im Dienste islamfeindlicher und damit ausländerfeindlicher und schlußendlich rassistischer Hetze«.

Selbst wenn eines Tages der islamische Staat Pakistan eine Atombombe auf Israel würfe, hieße es sofort in deutschen Talkshows, das habe doch nichts mit dem Islam zu tun, und nun müsse man in erster Linie jene Millionen Muslime verteidigen, die daran unschuldig seien.

Worauf beruhte diese Haltung? Vielleicht darauf, daß deutsche Journalisten – genau wie ich – nur Muslime kannten, die vor dem Aufstieg des politischen Islam sozialisiert worden waren? Es waren Menschen wie du und ich. Aufgeklärt, gebildet, demokratisch, weltoffen. Diese wunderbaren Menschen zog man heran, um zu beweisen – eben anhand von oft prominenten Einzelfällen –, daß ›der Islam‹ nicht viel anders und nicht gefährlicher sei als ›das Christentum‹. Es war, als hätte man früher aktive Faschisten dadurch verharmlost, daß es doch auch gute Deutsche gab, etwa Albert Einstein. Natürlich gibt es immer gute Menschen, in allen Systemen. Der Mensch an sich ist immer gleichermaßen gut. Gerade deshalb mußte man die Ideologie angreifen, früher den deutschen Faschismus, jetzt den islamischen!

Wie oft, dachte ich erschöpft, waren Harriet und ich schon an diesem Punkt angelangt gewesen? Und doch brach die Debatte immer wieder von vorne los, als würden wir uns erst wenige Stunden kennen. Dieses seltsame Rad drehte sich immer weiter. Und würde niemals stehenbleiben.

Ich mußte mich darauf einstellen, daß es noch jahrelang so weiterging. Drei Jahre, fünf Jahre, vielleicht sogar zehn Jahre.

Die öffentlichen Debatten würden in diese Richtung weiterlaufen, und die Konfliktlinien zu Hause erst recht.

Wollte ich das?

War es nicht besser, einmal den Mund aufzumachen, also ganz aufzumachen, den Bruch zu riskieren und dann zu verschwinden? War ich dazu in der Lage, ich, der ich im Prinzip meiner Frau nie widersprach, lieber log und verheimlichte und gern im Matriarchat lebte?

Nein, ich ging lieber erstmal nach draußen.

Blöderweise wurde ich auf der Straße in meinem Groll bestätigt, jedenfalls zunächst. Ich ging um den Block, dann zur Rotenturmstraße, dann die Taborstraße entlang bis zur Praterallee. Der Ausländeranteil betrug gefühlte 100 Prozent. Aber ich war ja selbst Ausländer. Also sagen wir: Der Anteil junger muslimischer Männer betrug gefühlte 100 Prozent. Die Kerle sahen genau so aus, als hätte sie der Arabien-Experte von eben für seine Thesen ausgewählt. Keine Arbeit, keinen Sinn, nichts zu tun, vor allem »sexuell frustriert«, wie das neue Entschuldigungswort hieß. Aber nach einer halben Stunde strammen Gehens beruhigte ich mich zum Glück wieder.

Ich kam wieder heraus aus diesem Tunnelblick, dieser Schiene von Innensicht und Ressentiment.

Ich sah jetzt einigen der frierenden dunklen Gestalten ins Gesicht. Die Menschlichkeit kam auf einmal wieder. Sie waren doch rührende und warme Wesen, man mußte sie einfach mögen. Und ich dachte mir, daß der Spuk der Silvesternacht hoch oben im fernen Deutschland eine ganz und gar absurde Ausnahmegeschichte sein mußte. So wie die Flugzeuge, die in die Twin Towers geflogen waren. Spektakulär, aber alles andere als normal oder gar für mich relevant. Wer glaubte, nun könnten auch bei uns in jedes zweite Hochhaus Flugzeuge krachen, irrte gewaltig. Es war eine geisteskranke Verirrung und basta. Der Ausländer war mein Freund.

Ich atmete befreit auf und ging mit weiten Schritten zurück nach Hause.

Doch dann hatte ich einen zweiten Gedanken, der auch nicht von der Hand zu weisen war. Ich dachte nämlich an den gerade verstorbenen Altkanzler Helmut Schmidt, der noch vor wenigen Wochen gegenüber der Moderatorin Sandra Maischberger darauf bestanden hatte, von den Judenverfolgungen nichts gewußt zu haben. Acht Jahre lang war er in der Wehrmacht gewesen! Und niemals wurde er Zeuge von Erschießungen, Vergewaltigungen, Brandschatzungen und so weiter. Wahrscheinlich hatten diese Dinge manchmal nur wenige hundert Meter neben ihm stattgefunden, und doch waren sie ihm entgangen. So war nämlich der Mensch. Betroffen machte einen nur, was man sah und was man hörte. Man konnte die ganze Welt für heil halten, wenn nur im Nebenhaus die Juden abgeholt wurden und nicht im eigenen. Und wenn die Propaganda funktionierte. Es konnte also noch sehr viel schlimmer kommen mit der Gewalt gegen Frauen, ohne daß sich das gelenkte Weltbild der Bürger veränderte.

Ich erschrak.

Hatte ich eben tatsächlich das Wort »gelenktes Weltbild« gedacht? Dann war ich ja ein Verschwörungstheoretiker! So weit war es mit mir also gekommen!

Ich mußte das hier beenden.

Zum finalen Maulaufreißen hatte ich natürlich nicht die Courage. Aber ich packte meinen kleinen Reisekoffer und flog am nächsten Morgen nach Berlin. Ohne es anzukündigen, denn dann hätte es den nächsten Streit gegeben. Ich war wankelmütig und stets in der Lage, solch einen Entschluß zu revidieren, aber in dem Moment war ich mir ziemlich sicher, meine Frau nicht wiederzusehen. Jedenfalls nicht vor Ende der Flüchtlingskrise, die noch lang dauern konnte, aber die dabei war, unsere Ehe zu sprengen.

8.

INTERPLANETARE JUGEND

Von Wien nach Berlin ging es recht schnell. In meinen Augen war es die schnellste Verbindung der Welt, schneller als von Hamburg nach Ahrensburg. Es lag daran, daß ich die Strecke so oft flog. Alle Schritte erfolgten wie in einem kurzen, köstlichen Schlaf. Ohne zu halten, brachte einen die Zubringerbahn binnen Minuten zum Flughafen. Diese kleine, nette Fluglinie mit dem Namen Air Berlin gab mir immer ein Gefühl des Familiären. Ich kannte fast alle schwulen Flugbegleiter und natürlich die wenigen Stewardessen, die eine klassische rote, immer leicht verrutschte Uniform trugen und mir Extrawünsche erfüllten. Oft bekam ich schon beim Einstieg eine Handvoll Schokoladenherzen zugesteckt. Mein Sitz war immer ganz vorn am Fenster, diesmal 6A. Das sogenannte Einchecken erledigte ich immer vorher problemlos am Handy.

Ich saß nun also in der Maschine und nahm wie stets die typischen Berliner Passagiere wahr. Ich konnte sie inzwischen förmlich riechen, diese immer etwas peinlichen, uncoolen Provinzler mit den falschen Haarschnitten und unpassenden Klamotten. Rührende Leute, vor einigen Jahren aus Baden-Württemberg in die Hauptstadt gezogen, offen, freundlich, ahnungslos. Früher hatte ich sie ob ihrer Doofheit gehaßt, jetzt gar nicht mehr. Natürlich trugen sie die neue Willkommenskultur besonders innig im Herzen, weil sie ja selbst

Flüchtlinge waren. Sie hatten Schwaben, Hessen und Franken hinter sich gelassen und erinnerten sich noch gut an den dörflichen Horror. Die Schwulen dachten daran, wie wenig Gleichgesinnte es in Bamberg gegeben hatte. Furchtbar.

Nach der weichen Landung passierte ich die Ausgänge des Berliner Flughafens. Früher stand an der ersten Schleuse manchmal ein alter Polizist mit blauer Mütze, der dort eher zufällig stationiert war. Jetzt standen an allen Gängen drei bis sechs schwerbewaffnete Soldaten mit hochgerecktem Sturmgewehr. Man konnte denken, der IS habe bereits das Land oder zumindest den Flughafen übernommen.

Ich fuhr mit dem Bus in die Innenstadt. Niemand unterhielt sich, die Atmosphäre war gereizt. In der Wohnung drehte ich den Fernsehapparat an. Prompt sah ich, daß es in der Türkei einen Anschlag auf einen deutschen Bus gegeben habe, mit Toten im zweistelligen Bereich. Die Kanzlerin sprach Worte der Anteilnahme aus. Man konnte wieder dieses ›Jetzt erst recht!‹-Gefühl heraushören. Und die ersten Kommentare gingen auch in diese Richtung. Jetzt erst recht werde man unschuldige Muslime nicht mit den islamistischen Machern des Anschlags in einen Topf werfen. Jetzt erst recht werde man den rassistischen Sprüchemachern von ganz rechts nicht auf den Leim gehen. Jetzt erst recht und mehr denn je werde man zusammenstehen und jenen die Stirn bieten, die auch diesen ersten großen islamistischen Angriff auf deutsche Staatsangehörige für ihr rassistisches, ewiggestriges und verqueres Weltbild zu instrumentalisieren und zu mißbrauchen gedachten. Und so weiter.

Am Ende mußte man glauben, die AfD habe den Bus in die Luft gesprengt. Mir fiel das fanatische Leuchten in den Augen der WDR-Moderatorin auf. Bestimmt gab es in diese Richtung noch so manche Eskalation. Von Anschlag zu Anschlag würde der tollkühne Kampf geben den unterstellten

144

Rassismus größer werden. Doch deswegen war ich nicht nach Berlin gekommen.

Ich wollte mich ausruhen, und das tat ich auch.

Ausruhen von der Politisiererei, von meinen eigenen und den öffentlichen Lügen, Ausruhen von Harriet, Ausruhen von der Ausweglosigkeit einer Ehekrise, die vielleicht zu einer finalen Lebenskrise wurde.

Ich schlief viel und hatte ein paar Tage lang keine Probleme und keine Gedanken. Im alten, stickigen, trotzdem irgendwie immer warmen und gemütlichen Fahrradkeller fand ich das weiße Holland-Damenrad, das mir die damals noch junge Jutta Winkelmann in den 90er Jahren geliehen hatte. Die Wohnung gehörte mir, deshalb war ich nie ausgezogen, und die Jahre vergingen hier anders als in den Wohnungen, die ich nur mietete. Ein idealer Rückzugsort. Die Farbe des Rades war nun dreckiggelb und teilweise abgeblättert, die Reifen mußten erst aufgepumpt werden, aber es fuhr noch. Mitten in der kältesten Januarwoche machte ich in meinem Berliner Viertel die ersten Radelversuche, und es war, des Schnees und des Eises wegen, wie zum ersten Mal fahrradfahren.

Einmal rief mich Harriet an, und sie empörte sich maßlos über irgendetwas, das mit der Flüchtlingskrise zu tun hatte. Anschläge der Nazis auf Heime oder eine Wendung im endlosen Prozeß gegen Beate Tschäpe, vielleicht eine Fahndungspanne im Vorfeld der Ermittlungen vor vielen Jahren im NSU-Verfahren, ich weiß es nicht mehr. Für den verehrten Leser einer unkundigen Nachwelt sei erklärt, daß Beate Tschäpe die einzige echte und aktenkundige Nazimörderin seit den Nürnberger Prozessen war, eine von achtzig Millionen Deutschen, und als der lebendige Beweis dafür verwendet wurde, daß auch die anderen 79 999 999 Deutschen böse waren. Das Kürzel NSU, eigentlich eine sympathische Auto- und Motorradmarke, wurde als Wiedergängerin der NSDAP betrachtet, jener Nazipartei, die schon vor der Machtergreifung Hitlers Millionen Mitglieder hatte. Der NSU hatte nur *drei* Mitglieder, von denen zwei tot waren, aber es gab noch das übriggebliebene dritte Mitglied, nämlich Beate Tschäpe. Deswegen lief seit Jahren die wöchentliche Polit-Soap über den skandalösen Prozeß der gefährlichen Nazi-Braut. Nun hatte sie ihre erste persönliche Aussage. Und was sagte sie? Daß sie von den Morden überhaupt nichts bemerkt hatte. Harriet war außer sich vor Zorn.

»Millionen Flüchtlinge werden miserabel behandelt, und die Nazis verhöhnen uns auch noch …«

Ich beruhigte Harriet und kaufte ein paar Zeitungen, darunter den »SPIEGEL«. Wieder war die Merkel auf dem Titelbild. Ich las den dazugehörenden Artikel und erfuhr Erstaunliches. Demnach war die Kanzlerin in einem klassischen evangelischen Pfarrhaus aufgewachsen, das – anders als das von Gottfried Benn – von einem sozialistischen Pastor geleitet wurde, einem, so mußte man annehmen, Gerechtigkeitsfanatiker. Schon dem kleinen Mädchen Angela wurden ewig gültige Lehrsätze eingebläut, wie der, daß jemand, der draußen vor der Tür stehe und friere, hereingelassen werden müsse, und daß man dabei ein freundliches Gesicht machen müsse. Und daß man nicht nur Deutschen helfen müsse, sondern allen Menschen, auch den fremden. Denn alle Menschen seien gleich.

Der alte ›DDR‹-Pastor hatte gut reden – in seiner Welt waren selbst die fremdesten Menschen noch aus dem europäischen Kulturkreis. Selbst der abgerissenste Spätheimkehrer aus Sibirien war noch christlich getauft und dachte nicht daran, in der Fußgängerzone mit marokkanischen ›Antänzern‹ auf Frauen- und Handyfang zu gehen. Die gute Merkel bedachte das nicht. Inzwischen machten sich weitere zehn bis zwölf Millionen Flüchtlinge aus Fernost auf den Weg nach Deutschland. Das behauptete jedenfalls der Entwicklungsminister der Bundesregierung, las ich im »SPIEGEL«. In Merkels Augen waren auch das fremde Menschen, die vor der Tür standen und froren. Keine Deutschen, aber vor Gott mit uns gleichgestellt. Immer herein damit ...

Die ganze Welt schüttelte inzwischen den Kopf über Angela Merkel. Vielen wurde sie regelrecht unheimlich. Bei mir erfolgte das symptomatische Gegenteil. Ich mochte sie auf einmal, ich mußte sie förmlich mögen. Wie Rhett Butler, der in »Vom Winde verweht« den Kampf erst mitmacht, als er schon verloren ist, verstand ich plötzlich den Sinn der Merkel-Haltung. Es ging nicht darum, diese durchzusetzen, sondern darum, sie zu haben, obwohl sie nicht siegen würde. Es ging um Moral, nicht um Erfolg. Und so wurde ich am Ende zum Merkelianer.

Da Harriet Geburtstag hatte, besuchte ich sie noch einmal in Wien. Sie holte mich vom Flughafen ab, und da wir nicht sofort in die Wohnung gehen wollten, suchten wir eine Filiale einer US-amerikanischen Gastronomiekette am Schwedenplatz auf. Wir aßen gebackene Bouletten, die zwischen zwei Semmelhälften steckten, und tranken dazu Milchkaffee aus geschmackvoll designten Papierbechern. Da das Lokal überfüllt war – übrigens fast nur von Menschen mit Migrationshintergrund –, saßen wir an einem Tisch mit vier ägyptischen jungen Männern.

Und natürlich sprachen wir nach wenigen Minuten über den Islam. Harriet hatte die Burschen direkt angesprochen, wofür ich sie bewunderte. Ich hütete mich, den Islam als den Zweiten Faschismus zu bezeichnen, wie ich es inzwischen sonst gern tat, denn der eine Ägypter – er sah besonders nett und fröhlich aus, wie ein stets lachendes Kind – behauptete, seine Schwester trage Kopftuch. Harriet hatte die vier umstandslos mit der Frage konfrontiert, wie ihr »Verhältnis zu

Frauen« sei. Die Typen fühlten sich offenbar gar nicht gestört. Zwei von ihnen schienen froh zu sein, daß jemand mit ihnen redete, die anderen beiden wirkten schon eher schüchtern oder sogar befremdet.

»Habt ihr denn Frauen? Dürft ihr überhaupt welche haben? Wie alt seid ihr …?« setzte sie uncharmant nach.

»Er hier ist verheiratet, ich nicht. Ich bin vierundzwanzig, er ist achtundzwanzig. Wir haben alle Schwestern, die sind nicht anders als wir. Wir studieren alle in Wien, die Schwestern auch. Alles ist ganz normal!«

Ganz normal. Der war wohl verrückt. Aber die beiden sprachen wirklich ein gutes, elaboriertes Deutsch.

»Und was macht ihr in der Disco?« Harriet rutschte in ihre Rolle als investigative Reporterin. Ich wußte zwar, daß sie auf Seiten der Migranten war, aber als schonungslos aufklärende Journalistin war sie vorübergehend und automatisch parteilos und überkritisch. Eigentlich gefiel mir das. Ich wäre auch gern so. Dies war mir nie gelungen, in einem früheren Leben, als ich selbst noch für Zeitungen geschrieben hatte. Das Wort ›Disco‹ hätte ich allerdings nie gebraucht. Das hieß inzwischen ›Club‹.

»Wir gehen nicht in die Disco«, sagte der lustig Aussehende nachsichtig und erklärte gleich, warum. Dort seien keine anständigen Mädchen. Und sie tränken keinen Alkohol. Betrunkene Menschen fänden sie abstoßend.

Ich verstand ihn gut. Auch ich hatte als Minderjähriger ›Discos‹ gehaßt. Es war der definitiv ungünstigste Ort, um ein Mädchen kennenzulernen. Zu laut, zu plump, zu – ja, das Wort traf es – abstoßend. Schon in der Grundschule fiel der Satz »Willst du mit mir gehen?« auf dem Schulhof leichter als irgendwo weit draußen in der Stadt unter fremden Leuten, und als Gymnasiast bot sich die schuleigene Teestube für die Gespräche zur Aufnahme von Beziehungen an.

Diese vier Ägypter lernten ihre Frauen auf der Universität

kennen, behaupteten sie. Interessiert verfolgte ich das weitere von Harriet betriebene Aushorchen. Daneben sah ich mich ein bißchen in dem schmucken Lokal um. Warum gingen die vier gerade in dieses Lokal? Ich sah ziemlich heruntergekommene Gestalten ringsum. Ein alter Mann tat so, als würde er telephonieren. In Wirklichkeit war er einfach nur allein und schämte sich dafür. Eine mittelalte, extrem fette Alkoholikerin, der die Haare weitgehend ausgefallen waren, hielt sich an einem der edel designten McDonald's-Pappbecher fest. Ein anderer junger Mann mit Migrationshintergrund setzte sich in etwa 5 Metern Entfernung in unsere Blickrichtung und begann mich zu fixieren, was mir bald unangenehm wurde. Eine junge weiße Streunerin mampfte vornübergebeugt einen verbilligten Cheeseburger TS. Die strähnigen schwarzgefärbten Haare hingen ihr über die kleine ketchuptriefende Ein-Euro-Mahlzeit. Diese ganze McDonald's-Welt war so extrem UNSEXY, so daß ich mir vorstellen konnte, als Migrant meine Stunden lieber in der Moschee oder einer ihrer Nebeneinrichtungen verbringen zu wollen. Harriet drang mit unbequemen, aber harten Fragen weiter in unsere Tischnachbarn.

»Und was ist mit Köln? Den Übergriffen dort?«

Die vier taten das genervt ab. Was soll schon gewesen sein? Silvester eben. Machen doch Millionen so, die Deutschen am allermeisten. Die paar Übergriffe würden nun von der Medienhetze hochgespielt. Ekelhaft, diese Medien. Einfach zum Kotzen diese Hetze. Ich sagte:

»Dennoch unterstützt die Hälfte der Deutschen den radikal flüchtlingsfreundlichen Kurs der Kanzlerin! Das sind vierzig Millionen Bürger, die sich offensichtlich nicht aufhetzen lassen, sondern alles für die Flüchtlinge tun wollen! Ist das nicht großartig?«

Die kräftigen Kerle sprangen fast von ihren zierlichen McDonald's-Stühlchen und riefen erregt:

»Und DIE ANDEREN vierzig Millionen?!«

Offenbar konnten sie sich nicht zu einer Haltung des Optimismus durchringen; das Glas war für sie halb leer und nicht halb voll. Ich fand das bedenklich. Und prompt kam nun die wohl unvermeidliche Stunde der erzählten Diskriminierungsgeschichten. All das Gute, was sie erlebten, verdichtete sich nicht zur Narration, das Schlechte sehr wohl. In der U-Bahn hatte gerade eine vierzigjährige Wienerin den großen Lustigen aufgefordert, ihr den Platz frei zu machen, und dann, als der sich weigerte, gegen den Islam und dessen Frauenfeindlichkeit geschimpft. Der gutmütige 2-Meter-Migrant, der keiner Fliege etwas zuleide tun konnte, hatte Mühe, der impertinenten Zicke, die nun endlos seine Religion beleidigte, nicht eine aufs Maul zu hauen, wie er, noch immer unterschwellig verärgert, berichtete.

Mir schwante, daß es nicht darum ging, wie viele Deutsche tatkräftig die neue Willkommenskultur unterstützten, sondern um die, die es nicht taten. Selbst wenn 90 Prozent der Kanzlerin folgen würden, wogen in den Augen der Miganten die restlichen 10 Prozent schwerer. Es war so wie mit dem erwähnten NSU. Immer, wenn man einen kritischen Ausländer, der das vermeintliche Nazi-Land Germany besuchte, darüber informierte, daß es die NSDAP seit dem 8. Mai 1945 nicht mehr gab, konterte er triumphierend: »Und der NSU?!« In politischen und moralischen Grundsatzfragen spielte die Zahl einfach keine Rolle. Die Migranten oder ihre linken Wortführer würden sich unwillkommen fühlen, solange auch nur eine einzige alte Frau in der U-Bahn herummeckerte. Also immer. Denn meckernde alte Frauen würde es immer geben, in allen Kulturen.

Abends sahen Harriet und ich unsere Lieblingssendung, die »heute show«, die ein Redakteur des Zweiten Deutschen Fernsehens erfunden hatte, der Oliver Welke hieß. Er nahm sich erneut des Unworts des Jahres an, nämlich der »Lügenpresse«.

Lachend berichtete er von dem Irrglauben, es gebe beim Thema Islam und Flüchtlinge in den Medien ein so genanntes Schweigekartell. Nun ließ er die Titel von fünfundachtzig Talkshows ablaufen, alle zur besten Sendezeit, die sich genau damit befaßt hatten, mit dem Islam und den Flüchtlingen. Die Titel der Sendungen klangen in ihrer erdrückenden Masse absurd, und das gutgelaunte Studio-Publikum lachte herzlich.

Auch Harriet lachte, und ich erst recht. Der Islam und die Flüchtlinge, weiß Gott, es kam allen zu den Ohren heraus. Ich war froh, daß es diese Sendung gab, die es mir regelmäßig ermöglichte, über alles einmal gründlich abzulachen. Ich mochte auch diesen Redakteur gern. Es war eine äußerst inspirierte, hochkreative Sendung, die wir nie verpaßten.

»Fünfundachtzig Talkshows zu dem Thema, puh!« schnaufte Harriet.

»Kannst du laut sagen!« pflichtete ich ihr kopfschüttelnd bei und ließ mein Lachen gutmütig ausblubbern. Hier verstanden wir uns einmal, meine attraktive Frau und ich, so daß ich friedlich und ohne Streit am nächsten Morgen zurück nach Berlin fliegen konnte.

Wieder in der deutschen Hauptstadt, konnte ich, der Neu-Merkelianer, förmlich spüren, wie die Regierungschefin in diesen Tagen Ende Januar innerlich einbrach. Die Silvestervorfälle hatte sie noch parieren können, obwohl sie sichtlich überrascht worden war, und zwar vollständig. Dennoch hatte sie umgehend, ohne die geringste Verzögerung, reagiert. Schon am nächsten Tag lagen scheinbar empfindliche gesetzliche Verschärfungen des Asylrechts auf dem Tisch, die dann fast im Stundentakt umgesetzt wurden, eine nach der anderen, die Reporter kamen mit dem Berichten kaum mit. Doch dann, gegen Monatsende, hatte sich auch bei den Naiven und Gutgläubigen herumgesprochen, daß diese Maßnahmen nichts mit der Wirklichkeit zu tun hatten. Die rechtskräftig zu mehreren Jahren ohne Bewährung Verurteilten, die man nun abschieben dürfen sollte, gab es nicht. Die über tausend Anzeigen in der Silvesternacht hatten praktisch zu keiner Festnahme geführt. Die wenigen Verhafteten mußten wieder freigelassen werden. Selbst wenn man alle tausend Täter verhaftet und überführt hätte, wäre keiner zu solch einer hohen Strafe verurteilt worden, daß man ihn hätte abschieben können. Und selbst all jene, die längst zur Abschiebung verurteilt waren, aus anderen Gründen, wurden nicht abgeschoben, weil das Personal für diese aufwendigen Aktionen fehlte. Höchstens jeder zehnte mußte gehen – und kam umgehend wieder. Die ganze Debatte um beschleunigte Abschiebung, ja die ganze Abschiebung selbst, sogar das Wort als solches waren reiner Schwindel. Die Leute überrollten uns, und niemand hielt sie auf. Alle regierenden Politiker waren Lügner, und die Opposition erst recht.

Frau Merkel kämpfte derweil auf europäischer Ebene. Doch hier war die Lüge sogar noch größer. Alle europäischen Nachbarn und Länder führten das Wort von der europäischen Lösung im Mund. Gemeinsam wollte man die Flüchtlinge aufnehmen. In Wahrheit wußte jeder, daß es nur eine Lösung gab, nämlich die Flüchtlinge um Gottes willen NICHT aufzunehmen. Eine Million Flüchtlinge ins Land zu lassen bedeutete, eine Million zusätzliche Dauerarbeitslose ins Land zu lassen. Wer konnte das wollen? Und so ließ man Angela Merkel allein, was sie schließlich, wenn auch viel zu spät, begriff. Es muß ein Schock für sie gewesen sein. Ich sah sie im Fernsehen, wie sie in Brüssel aus dem Kanzlermercedes stieg und gebeugt, als würden ihr Leute auf den vor Schmerz gekrümmten Rücken schlagen, zum Eingang des Europaparlaments lief.

Ihre Stimme war in den folgenden Tagen dünn und verängstigt. Die bayerische Staatsregierung ließ ihr offiziell ein

Schreiben zukommen, in dem angekündigt wurde, sie vor dem Verfassungsgericht zu verklagen. Die »New York Times« schrieb, sie werde demnächst zurücktreten müssen. Die deutschen, vom linken Milieu getragenen Qualitätsmedien blieben stur auf ihrer Seite. Im Fernsehen war es inzwischen Peter Altmeier, dieses letzte Schlachtroß der Chefin, der immer öfter für die Kanzlerin kämpfen mußte. Neben ihm schwangen nur noch ein Herr Laschet aus Nordrhein-Westfalen und natürlich Pfarrer Hintze das Schwert.

Menschlich stand mir die Kanzlerin, wie gesagt, nahe, sie tat mir unendlich leid. Aber in der Sache wurde ihre Haltung immer verrückter. Ihre Hauptkampflinie blieb dieselbe, der Gedanke so einfach wie falsch von Anfang an. Demnach sei die gute Behandlung der Flüchtlinge »alternativlos«, denn sie kämen ja auf jeden Fall. Nichts und niemand könne sie aufhalten, schon gar nicht eine Grenze. Würde man eine Mauer bauen, würde diese umgangen werden.

So war die Rede schon sechs Monate zuvor gewesen. Seitdem hatten die meisten betroffenen Staaten sehr wohl eine Mauer gebaut und damit das Problem für sich gelöst. Zu glauben, es könne keine Grenzen mehr geben, entpuppte sich als purer Unsinn. Natürlich gab es Grenzen, und wenn man sie schloß, versiegte der Besucherstrom augenblicklich. Mit viel Pathos behauptete die Ostdeutsche Angela Merkel immer noch, sie habe zu lange hinter einer Mauer gelebt, als daß sie sich erneut eine wünschen würde. Das war so kurzsichtig, als würde jemand sagen, nach der Amokfahrt von Graz, als ein religiöser Fanatiker aus Bosnien dreißig Passanten mit seinem VW Amarok niedergefahren hatte, könne man sich keine Autos mehr wünschen. Das Märchen vom alternativlos grenzenlosen Deutschland war so naiv wie der Glaube, eines Tages hätten alle Häuser keine Schlösser und Eingangstüren mehr. Und doch glaubten die Politiker offenbar daran, so, wie sie einen anderen Glaubenssatz seit Ausbruch der Krise wie mit der berühmten Gebetsmühle weiterleierten: daß Europa am Ende sei, würde man die Flüchtlingskrise nicht »bewältigen« – was im Merkelschen Sinne bedeutete, Leute ins Land lassen und sich um sie kümmern. Würden das nicht alle Länder gemeinsam anpacken, sei Europa am Ende. Und das bedeutete angeblich vor allem: wirtschaftlich am Ende.

In Wirklichkeit war es genau umgekehrt. Selbst das Zerfallen der Europäischen Union, dieses größte anzunehmende Schreckgespenst aller Regierenden, hätte der Wirtschaft eher jene Dynamik zurückgebracht, die vor dem Einsetzen der schwerfälligen Regularien und marktfeindlichen EU-Bestimmungen in Europa geherrscht hatte. Diverse Studien hatten das klar nahegelegt. Doch selbst dazu mußte es nicht kommen, wenn Deutschland einfach auf die Politik einschwenkte, die alle anderen EU-Mitglieder verfolgten. Als letztes Argument für den Merkel-Kurs mußten die »häßlichen Bilder« herhalten, die man unmittelbar nach einer deutschen Grenzschließung erwartete. Der Rückstau mehrerer tausend oder sogar zehntausend Menschen, die verzweifelt umherirrten, Gewalt anwendeten und durchdrehten. Um diese wenigen Tage der Verzweiflung nicht in Bildern vorgeführt zu bekommen, ließ man weitere Hunderttausende ins Land und lockte weitere Millionen an. Angeblich konnte man es nicht »schaffen«, diese Problemsituation der ersten Tage nach der Schließung zu bewältigen – etwa mit Sonderbussen, Einsatzkräften, Helfern, Polizei, Soldaten, Technischem Hilfswerk und transnationaler Logistik, während man das jahrelange Anstürmen weiterer Millionen angelockter Verzweifelter ganz gewiß »schaffen« würde, noch dazu ohne »häßliche Bilder«. Lieber ein Ende mit Schrecken – und also ein paar Tage häßliche Bilder – als ein Schrecken ohne Ende: das war meine Meinung. Aber die sagte ich lieber weiterhin nicht öffentlich, geschweige denn der Harriet.

Stattdessen traf ich noch am selben Tag Elena Plaschg.

Kaum war ich in der alten ›Geheimwohnung‹, wie ich sie seit Studententagen nannte, griff ich zum Telephonhörer, denn es gab noch immer einen Festnetzanschluß.

»Wo bist du gerade?«

»In Neukölln. Ich kaufe gerade ein Sofa.«

»Wo genau?«

»Sonnenallee 157.«

Ich fuhr mit dem Taxi hin. Das Sofa interessierte mich nicht, und Elena Plaschg hatte auch schon bessere Tage gesehen. Aber egal. Ich merkte nun, wie sehr sie doch immer schon der rothaarigen Joan in der Serie «Mad Men« geähnelt hatte.

»Ich habe Hunger. Du auch?«

Sie hatte immer Hunger. In einem türkischen Obstgeschäft kaufte ich zwei Apfelsinen und eine kleine Dose Energy Drink aus wahrscheinlich türkischer Produktion. Die kostete nur 50 Cent. Mit dem Bus fuhren wir zwei Stationen, da wir uns gerade am falschen Ende der Sonnenallee befanden. Durch Thomas Brussig, der über die Straße einen Roman geschrieben hatte, wußte ich, daß es ein paar hundert Meter weiter eine andere, viel schönere Sonnenallee gab. Mit tausend kleinen Geschäften und ganz vielen Türken. Wir fuhren hin.

Im Bus sah ich die sogenannten und auch wirklich so existierenden echten Berliner, also depperte Rentner und junge Zuwanderer. Eine Mischung, die mir gefiel! Depperte Rentner allein hätten fürchterlich auf mich und meinen Magen gewirkt, was ich seit einem versuchten Umzug in die Schweiz im Jahre 2010 wußte. Und Zuwanderer allein waren womöglich auch nicht schön – doch das galt es noch herauszufinden. Ich sah mich um und wartete ab. Elena, die ungeschminkt war und sich wahrscheinlich indisponiert fühlte, mich jetzt schon zu empfangen, erzählte den neuesten Klatsch. Thomas Lindemann, so quasselte sie drauflos, wohne jetzt auch in Neukölln und schreibe sogar ein Buch darüber. ALLE wohnten inzwischen da, und die meisten schrieben ebenso wie Thomas Lindemann ein Buch darüber. Ob das nicht idiotisch sei? Wie ich denn das fände?

»Es steht wahrscheinlich überall dasselbe drin«, überlegte ich.

Und damit meinte ich, natürlich nur insgeheim, wie schön es dort doch sei, in Neukölln, das herrlich bunte Leben voller kleiner Mißgeschicke, Abenteuer, unter dem großen Dach des Menschlich-Allzumenschlichen der zu sich selbst gekommenen multikulturellen Gesellschaft. Ich konnte sofort den Klappentext dazu schreiben. Und vielleicht STIMMTE es sogar! Wenn alle dieses Buch schrieben, mußte etwas Wahres daran sein. Bücher logen nicht.

Wir stiegen in der Nähe der Karl-Marx-Straße aus und stöberten in einigen türkischen Krimskrams-Geschäften herum, kauften sogar manchen lustigen Schrott, zum Beispiel einen Navy-Halter für die Windschutzscheibe meines, das heißt unseres ehelichen Autos, das leider in Wien geblieben war. Ich hätte es hier viel besser gebrauchen können. In Berlin gab es nur noch den Wartburg Tourist 353 s, den seit vier Jahren mein Uralt-Freund Clemens von Holtzendorff fuhr. Ich traute mich nicht, Wartburg-Clemens um die Rückgabe zu bitten.

Elena Plaschg kannte sich gut aus. Man merkte, daß sie zwar noch im Prenzlauer Berg wohnte, in Gedanken aber schon in Neukölln, dem zukünftigen geistigen und seelischen Zentrum der Stadt. Sie führte mich durch mehrere türkische Kaffeestuben und bestellte dort so selbstverständlich, daß man ihr die Einheimische ansah. Es gab überall viel zu gucken.

Ohne Zweifel verstanden sich die Heerscharen neu angekommener Hipster gut mit den auch nicht vor allzu langer Zeit angereisten Türken. Es gab theoretisch sogar eine Generationen- und Jahrgangs-Gleichheit, die aber leider nicht in echte Verbindungen umschlug. Niemals sah ich gemischte deutsch-türkische Pärchen.

Elena meinte sogar, die Hipster wären gerade massiv dabei, die Türken zu verdrängen. In fünf Jahren wären diese komplett aus Neukölln verschwunden, da der Ansturm der Hipster alles überträfe, was wir über die Masse der Flüchtlinge wüßten. Berlin sei weltweit zum Neuen Jerusalem ausgerufen worden, zum einzigen echten Sehnsuchtsort aller jungen Bürgerlichen. Das waren junge Mittel- und vielleicht sogar Oberschichtsabkömmlinge, die vor der immer widerlicher werdenden White-Trash-Welt flüchteten und dann im globalen Berliner Paradies Ernährungswissenschaften, Kunstgeschichte und Internationale Politik studierten, Off-off-Theater besuchten und alternative Projekte aller Art anstießen. Große Kinder aus dem oberen Teil der Gesellschaft, die die weltweit immer zahlreicher werdenden Armen mit ihren entsetzlichen Unterschichtsmedien nicht mehr aushielten, vom Internet bis zum »Dschungelcamp«. Weltweit war die Unterschicht auf dem Vormarsch, ja, übernahm die Macht. Allein in China kamen jährlich 30 Millionen bürgerferne Geldverdiener dazu. Leute, die sich endlich drei Mahlzeiten am Tag leisten konnten, aber keinerlei Interesse an Büchern oder Politik hatten. Vor diesen tektonischen Verschiebungen floh das nachgeborene Bürgertum, und zwar in Angela Merkels neue Wundermetropole. Weltweit gesehen handelte es sich vielleicht um mehr Menschen, als es Kriegsflüchtlinge gab. Niemand zählte sie, wenn sie in Berlin Tegel ankamen und mit dem Taxi ins Sheraton fuhren, wo sie eine Nichtrauchersuite bezogen und ein veganes Menü orderten. Wer konnte es sagen? Eines Tages hatte Merkels Politik unser Land vielleicht mit DIESEN Menschen überflutet, den reichen und gebildeten! Das konnte einer wie ich doch nur begrüßen.

Das alles, nur mit einfacheren Worten, besprachen Elena Plaschg und ich auf unserer Sightseeing-Tour entlang der

Karl-Marx-Straße. Ich hatte früher in Elena ein eher schlichtes Mädchen gesehen, das sich nur für Sex, Männer und Partyklatsch interessierte, wie so viele Menschen mit Mitte zwanzig. Doch weit gefehlt. Der diagnostische Blick auf die gesellschaftliche Veränderung, früher »Zeitgeist« genannt, war das große Hobby aller geworden, auch ihres.

Sie meinte irgendwann, Türken »irgendwie zu mögen«, womit sie männliche Türken meinte. Grundsätzlich hätten diese Leute eine nettere Art als deutsche Männer. Da begriff ich endgültig, daß man über das alles anders reden konnte als die »BILD« oder das Krawallfernsehen. An sich mochte ich ja die »BILD-Zeitung«. Ich hielt sie in alter marxistischer Attitüde für die Zeitung des Volkes. Schon als Kind hatte ich sie gemocht, weil ich die großen Buchstaben lesen konnte. In gewisser Weise hatte ich durch die »BILD-Zeitung« lesen gelernt. Zu Hause gab es auch nur die und den »SPIEGEL«. Doch als ich jetzt die »BILD« durchblätterte, während Elena in der »inStyle« las, bekam ich schlechte Laune. Von vorn bis hinten Schauergeschichten. Niederträchtige Dinge wurden getan, und die Täter hießen immer Abdul K., Djamal S., Harun O., Yusuf, Mohammed, Osman oder Sameh. Es war ein »Deutscher mit turkmenischer Abstammung« oder ein Afghane, der seine drei Kinder aus dem Fenster des Flüchtlingsheims warf. Ein »BILD«-Reporter hatte sich »undercover« in solch ein Heim geschlichen und berichtete Haarsträubendes, von Kindsvergewaltigungen bis zu Toilettenpapierrollen, die ins Klo geworfen wurden. Es wäre für Journalisten verboten, las ich, aus den Heimen zu berichten, denn sonst würden sie all das aufdecken. Schon einundfünfzig Mal mußte die Polizei mit schwerer Bewaffnung vor dem vergleichsweise kleinen Flüchtlingsheim anrücken, innerhalb von fünf Monaten, weil Gewalt ausgebrochen war. Als typisch wurde ein Flüchtling vorgestellt, der seit acht Monaten im Land war und genau vier Buchstaben Deutsch konnte, nämlich A, B, C und D. Aufgestellte Waschmaschinen wurden nicht benutzt, weil die Flüchtlinge offenbar zu blöd waren, sie zu bedienen. Bezahlte Reinigungskräfte der Stadt mußten das Geschirr spülen und die Wohnungen sauber halten. Trotzdem beschwerten sich die Bewohner unablässig. Jeder bekam 183 Euro Taschengeld im Monat. Das war viel Geld – ich hatte jahrelang mit weniger gelebt und war trotzdem glücklich gewesen.

Ich erfuhr weitere Details aus der Parallelwelt der Unterkünfte, auch »Lustiges« wie die Geschichte von der »dicken Mamba«, einer Frau aus Schwarzafrika, die Liebe gegen Geld anbot und die, als ein Flüchtling nicht zahlen wollte, ihm »sein bestes Stück« abschnitt. Die ethnischen Gruppen beschuldigten sich gegenseitig, Kinder sexuell zu mißbrauchen. Und so weiter und so fort.

Jeder Artikel in dieser »BILD« fachte in mir nur Wut an. Pausenlos wurde man in einer Haltung bestärkt, die dazu führen mußte, ein schimpfender Pegida-Ossi-Rentner zu werden. Aber eine Erkenntnis stand klar vor meinem geistigen Auge: Ich wollte überhaupt kein schimpfender Ossi-Rentner werden! Was kümmerte mich also die Welt in den Heimen? Selbst wenn die Zeitung die Wahrheit schrieb, hatte ich dennoch die Möglichkeit, ein glücklicher, nicht schimpfender junger Wessi zu bleiben! Ich hatte »das Recht wegzuschauen«, wie Martin Walser es einmal genannt hatte. Ich beschloß daher feierlich, die »BILD-Zeitung« nie mehr zu lesen.

Elena hatte eigentlich gar keine Zeit, mit mir in den türkischen Kaffeehäusern zu sitzen. Sie führte ein Mode-Label, das ihr gehörte, und mußte viel arbeiten. Das hatte sie anfangs gesagt, und das stimmte sicherlich auch. Aber in Berlin bedeutete Arbeit niemals, daß man nicht auch einmal ein paar Stunden vertrödeln konnte. Aber ich hatte selbst keine Zeit mehr.

Um vier wollte meine spät entdeckte hamburgische Tochter Agnes in meiner Wohnung sein. Wir fuhren mit der U 8 bis zur Station Weinmeisterstraße, dann mit der Straßenbahn bis zum Hackeschen Markt und trennten uns dort. Elena fuhr weiter bis zu ihrem Atelier in der Torstraße, während ich die Straßenbahn wechselte und bis zur ›Geheimwohnung‹ in der Holm-Friebe-Straße im Bötzowviertel fuhr. Ich hatte noch Zeit, ein bißchen einzukaufen. Dachte ich. Prompt wurde es knapp, und ich hetzte die Treppen hoch.

Die Geheimwohnung war komplett unaufgeräumt. Sogar der Fernseher lief noch. Agnes war noch nicht da. Erschöpft fiel ich in den Fernsehsessel. Eine Folge »Hart aber fair« wurde wiederholt, und Jens Spahn, wohl das größte Nachwuchstalent der Christdemokraten, sagte, gerade die Linken müßten das alte Marx-Wort verstehen, wonach das Sein das Bewußtsein bestimme. Das Sein der Flüchtlinge sei in ihren Herkunftsländern gewaltbezogen, maskulin, frauenfeindlich und so weiter gewesen, ergo sei es auch ihr Bewußtsein! Drei der fünf üblichen verdächtigen Talkshowgäste fielen hysterisch über ihn her. Ich machte den Ton weg.

Agnes verspätete sich berlingemäß um eine Stunde, und so konnte ich aufräumen und tat das sogar. Dabei schaltete ich auf den Nachrichtenkanal um. Dort erfuhr ich die neuesten Zahlen vom Deutschlandtrend. Die Kanzlerin war spektakulär abgestürzt. Statt 60 Prozent Zustimmung in der Bevölkerung hatte sie nur noch 38 Prozent. In der Beliebtheitsskala lag sie nur noch ein einziges Prozent vor Horst Seehofer, ihrem scheinbaren Hauptfeind. Leute wie der Außenminister oder der Finanzminister lagen 20 Prozent vor ihr. Fast zehn Jahre lang hatte sie in der Liste den ersten Platz belegt. 81 Prozent der Deutschen glaubten nun, sie habe die Lage nicht mehr unter Kontrolle. Sie waren doch klüger, als ich dachte, meine guten Mitbürger da draußen. Der »SPIEGEL« stellte

Donald Trump als möglichen neuen amerikanischen Präsidenten vor. Ich warf das ausgelesene Heft auf den Couchtisch. Agnes konnte es nachher mitnehmen.

Da sie nicht kam, klappte ich den Laptop auf und begann zu arbeiten, das heißt, ich legte einen Dateiordner mit den Namen »Der Zweite Faschismus« an. Es dunkelte, und ich knipste die Lampen an, fünf in jedem Zimmer. Die ›Geheimwohnung‹ hatte überall verdeckte Lichtquellen, was sie zu einem Ausbund an Gemütlichkeit machte. Außer Harriet und Agnes kannte niemand diese Immobilie. Sie stammte aus einem früheren Leben, als ich noch Angst vor Gerichtsvollziehern hatte.

Dann rief Agnes an. Ob wir uns nicht lieber in der Gleimstraße sehen könnten. Gleimstraße 22, dort, wo die Draschan-Brüder ihre Dependance hatten. Ob ich böse sei.

Nein, das war eine gute Idee. Diese legendäre Behausung der noch legendäreren Draschan-Brüder sah ich mir gern an. Die beiden Wiener Thomas und Stefan Draschan galten als das Nonplusultra der Kunst- und Galeristenszene. Tolle Leute. Umwerfend angesagt. Ich freute mich, daß Agnes offensichtlich Anschluß gefunden hatte. Wer die Draschans kannte, hatte es geschafft in Berlin.

Außerdem konnte ich somit wieder radfahren, eine ulkige Angewohnheit aller Stadtbewohner. Ich zog mich warm an und radelte los, immer im ersten Gang. Das alte schmutziggelbe Damenrad von Jutta Winkelmann war das ideale Einstiegsgerät für jemanden, der sonst nur Auto oder Elektrobike fuhr. Das Viertel, das ich bis zur Gleimstraße durchqueren mußte, hieß Nördlicher Prenzlauer Berg und besaß keinerlei Reize. Man konnte glauben, es regierten immer noch Erich und Margot Honecker. Die Straßen hatten noch nicht einmal Laternen. Ohne meine Radbeleuchtung hätte ich die Nummer 22 nicht gefunden.

Stefan Draschan war verdattert und unsicher. Er wußte noch von nichts. Ja, meinte er verängstigt, ich solle doch einfach hochkommen.

Das Treppenhaus war die reinste Filmkulisse. Ich konnte nicht glauben, daß es echt war. Bestimmt wurden hier dreimal wöchentlich Folgen für eine 70er-Jahre-Soap abgedreht. Niedrige Decken, knarrende ausgetretene Holzstufen, alle Wände mit Millionen Graffiti besprüht, funzliges Licht, Janis-Joplin-Musik, Lustschreie, die Schreie streitender Paare, und natürlich penetranter Haschischgeruch begleiteten mich bis in den obersten Stock des besetzten Hauses. Darüber gab es nur noch das ausgebaute Dachgeschoß. Ich hatte schon davon gehört. Dort fanden die Draschan-Partys statt, von denen alle in den höchsten Tönen sprachen. Hausbesetzer war übrigens die Stadt Berlin, die die ganze Bude finanzierte und am Leben hielt. Stefan Draschan empfing mich mit Wiener Höflichkeit:

»Gut siehst du aus!«

Ich wurde in einen etwa 3 mal 3 Meter kleinen und kalten Raum geführt, in dem nasse Unterwäsche auf einem schiefen, unstabilen Wäscheständer hing. Es gab keine Heizung und keine Möbel, bis auf eine durchgelegene alte Sitzmatratze, auf der ich Platz nahm, also in der ich einsank. Immerhin sah ich noch ein Billy-Regal von Ikea und einen Tapeziertisch, auf dem sich unfertige Werke der Draschan-Brüder stapelten. Stefan photographierte Menschen im Museum, die gerade Kunst betrachteten. Man sah sie nur von hinten. Man konnte nur ahnen, was sie dachten. Betrachter und betrachtetes Werk wurden in einen interkontextuellen Zusammenhang gestellt. Diese raffinierte Versuchsanordnung hatte Stefan zum It-Künstler des letzten Jahres gemacht.

»Wie geht es Elena Muti?« fragte ich aufgekratzt. Das war seine Muse. Er hatte sie allein in den Jahren 2014 und 2015 insgesamt 480 Mal in den verschiedensten Situationen, Posen und Identitäten photographiert und verarbeitet.

»Die Muuti … die Muuutiii … hör mir auf mit der! Eine bodenlose Frechheit! Sie hat mein Passwort geändert! Es ist unfassbar! Ein Skandal …«

Und er brachte alles, ohne Luft zu holen, heraus. Ich hatte bereits gehört, daß die beiden Streit hatten, aber nicht gewußt, daß es so gemein zugegangen war. Die Muse hatte nun den alleinigen digitalen Zugriff zu den vierhundertachtzig Werken des Künstlers. Es war, als hätte Picassos Geliebte dem Meister das Atelier gestohlen.

Nun verstand ich, warum der junge Draschan nicht mehr so frisch wie beim letzten Treffen wirkte, das wir kurz vor Weihnachten gehabt hatten.

Wie ging es dieses Jahr weiter? Er jammerte über den inzwischen ungünstigen Standort. Alle waren nach Neukölln und Kreuzberg gewandert:

»Es gibt für mich nicht mehr den allergeringsten Grund, hier zu wohnen, absolut keinen! Es ist stumpf und tot hier, in den Augen der Leute ist NICHTS. Aber in Kreuzberg! Du gehst auf die Straße und triffst auf das magische Leuchten! Auf den Spirit, der in den Köpfen ist, schon auf den ersten Metern! Du kommst sofort in die richtige Stimmung…«

Interessant! Das hörte ich gerne. Denn es korrespondierte mit meiner eigenen Wahrnehmung. Die Viertel Mitte und Prenzlauer Berg waren verbrannte Erde. Endlich verstand ich den negativen Klang des Wortes ›Gentrifizierung‹. Also ein bißchen. Im Grunde ging es um verschiedene Phänomene. Aber wir waren ja keine Soziologen. Es reichte, daß alle Menschen, die man bewunderte, in ein anderes Viertel gezogen waren. Als Agnes kam, wurde das gleich zu einem Problem. Sie war mit Journalisten in einem Lokal in der Augustraße verabredet, und Stefan weigerte sich mitzugehen, da das in Mitte lag.

»Da treffen wir bestimmt den Typen, der ›Der lange Weg nach Mitte‹ geschrieben hat. Nein, danke!«

So mußten wir ohne Stefan fahren.

In der Straßenbahn randalierten zwei bemerkenswert stark betrunkene Russen. Solch einen Grad an Trunkenheit kannte ich nur aus schlechten Filmen, etwa der »Feuerzangenbowle«. Der eine Russe lag am Boden des Straßenbahnwagens, der andere rannte immer von einem Ende zum anderen und wieder zurück, wobei er russische Worte ausstieß und die Fahrgäste anrempelte. Niemand beachtete die beiden, ich schon. Ich fragte Agnes, ob es sie störte.

»Was?«

»Die betrunkenen Russen.«

»Nein. Wieso?«

»Hast du so was denn schon oft erlebt?«

»Na klar.«

»Immer von Russen?«

»Weiß ich nicht. Betrunkene eben.«

»Du meinst, es könnten genausogut zwei Deutsche sein?«

»Na klar.«

»Und wenn du es zehnmal hintereinander mit Russen erlebt hättest, würdest du trotzdem denken: Das ist halt der Alkohol?«

»Na klar, was sonst?«

Mit vollem Karacho kam der eine Derwisch wieder herangesaust und kollidierte mit einer Gruppe laut redender amerikanischer Rucksackträger, die auseinanderstoben wie Billardkugeln. Der Russe stieß dabei Worte aus, russische Schreie, die direkt aus dem Folterkeller zu kommen schienen. Ich setzte mich lieber auf einen der festmontierten Stühle und griff mit beiden Händen die Lehne des Vordersitzes. Agnes blieb stehen, na klar, was sonst. Sie sah nun wie eine ›unbegleitete Person‹ aus, wie es neuerdings im Flüchtlingsdeutsch hieß, und ein Afrikaner wurde auf sie aufmerksam. Dieser Mann ängstigte

164

mich tatsächlich noch weit mehr als die beiden harmlosen Besoffskis. Er war so absurd breit und hoch und hatte solch einen fußballrunden, stirnlosen Kopf, daß ich nicht anders konnte, als an King Kong zu denken. Natürlich schämte ich mich für diese rassistische Wahrnehmung und verdrängte sie auf der Stelle wieder. Sein Kugelkopf war glatt rasiert, bis auf einen handbreiten Streifen genau in der Mitte, wo dichtes Kraushaar in die Höhe stand. Der Mann hätte die blonde Agnes mit einer Hand in die Höhe reißen und auf das Empire State Building setzen können. Ich beobachte genau, was er machte. Natürlich stellte er sich genau neben sie und atmete ihre nicht vorhandenen Körperdüfte ein, beugte sich zu ihrem Haar hinab.

Als wir ausstiegen, stieg er mit aus. Doch nun war ich es, der sich an Agnes hängte, und sofort nahm er Abstand. Sie war nun eine ›begleitete Person‹, und ich konnte der Vater, Großvater oder Bruder sein, ja ich mußte es sein, oder sogar ihr Mann, und damit verfiel sein natürliches Recht, sie sexuell zu belästigen. Als er nun mit schnellen – übrigens unbeholfen und hölzern wirkenden – Schritten das Weite suchte, wobei sein alter, knielanger Mantel im kalten Wind flatterte, fragte ich Agnes, wie sie ihn gefunden habe, den seltsamen Mitbürger afrikanischer Abstammung. Aber sie hatte ihn gar nicht bemerkt.

Die meisten Probleme existierten offenbar wirklich nur in meinem Kopf.

Statt dessen erzählte sie, daß ihre ersten beiden Freunde Schwarze gewesen seien. Beim ersten war sie neunzehn Jahre alt, und er war sechsunddreißig gewesen, ein schöner Mensch. Die Sache ging aber nur wenige Wochen. Denn nach der kurzen Verliebtheit merkte Agnes angeblich, daß der Freund, obwohl doppelt so alt, viel unsicherer war als sie.

»Kannst du dir das vorstellen?! Ich war neunzehn, also wie unsicher ist man da! Und dann dieser ausgewachsene Erwachsene, der sich in allen Dingen des Lebens erkennbar weniger auskannte als ich. Da war es sofort aus mit der Verliebtheit.«

»Und DANN?« gierte ich nach mehr.

»Er hat es akzeptiert. Aber er wollte dann, daß wir trotzdem noch ›Freunde‹ blieben.«

»UND?!«

»Haben wir auch gemacht, noch ein paar Monate. Dann hörte es ganz auf.«

Hm. Irgendwie enttäuschend.

Wir bogen in die Auguststraße ein und standen bald an der Kreuzung zur Joachimstraße. Hier befanden sich an allen vier Ecken ähnlich aussehende Lokale. Wir gingen ins Hackbarth's. Ich kannte es schon und hoffte, die angesagten Springer Boys dort zufällig zu treffen. Doch sie waren noch nicht da. Wahrscheinlich bastelten sie noch an der Sonntagsausgabe. Es war ja erst 20 Uhr. Agnes sah sich um. Auch ihre Verabredung war noch nicht im rostbraun gestrichenen, schwach beleuchteten Raum.

Sie spielten die Ramones, was bei mir zu Stirnrunzeln führte. Es gab kein größeres musikalisches Zeichen für Regression und ewigen Stillstand. Gefühlt seit Kriegsende wurde diese Gruppe von infantilen Charakteren bevorzugt, und als ich mich umsah, entdeckte ich sie überall, die graubärtigen T-Shirt-Buben. Überall blickte mir die ernste schwarze rechteckige Kassenbrille entgegen, die von Intellektuellen und ambitionierten Nerds seit Menschengedenken getragen wurde. Seufzend stellte ich mich an einen Stehtisch, neben mir die schöne Agnes, die einzige Attraktion in dem Laden, soweit ich sah. Nur am Eingang hatte ich noch eine andere hübsche Frau ausgemacht, aber die trug Hut.

»Blitzkrieg Bob ... Blitzkrieg Bob ... Blitzkrieg Bop ...«, jaulte es aus den Lautsprechern. Das Lokal hatte es schon gegeben, als ich Anfang des Jahrtausends zum ersten Mal nach

Berlin gekommen war. Das war befremdlich, da sich doch sonst in der Stadt immer alles binnen Jahresfrist änderte. Deswegen konnte man auch keine Wohnung in Berlin kaufen, da niemand wußte, wer im nächsten Sommer in dem Viertel wohnte. Rentner, Millionäre, Afghanen, Bill Gates, alte West-Junkies oder neue Dschihadisten? Alles war möglich.

Nun betrat eine so genannte Superblondine das ›Hackbarth's‹, so hätte Hitchcock das genannt, und sie gefiel mir zunächst – Typ Grace Kelly –, bis ich ihre Stimme hörte, eine harte deutsche Hildegard-Knef-Frauenstimme. Immerhin ein Sound, der nur in Berlin zu erleben war. Ich konnte die Frau aber nicht gut erkennen, da alles so rotbraun, verqualmt und dunkel war. War sie zwanzig, dreißig oder fünfzig Jahre alt? Bei der Wand- und Deckenfarbe mußte ich an die alte gegerbte Hippie-Ledertasche meiner Mutter denken, die sie 1970 aus Indien mitgebracht hatte. Ich fragte Agnes, ob ihr in dem Raum jemand gefiele. Sie mußte lange suchen.

»Naja, der da vorne an der Tür, wenn er größer wäre und keinen Bart trüge…«

»Wer? Da ist doch gar keiner mit Bart.«

Dann sah ich genauer hin. Doch, da stand wirklich ein Mann mit Vollbart, den ich aber nicht in Betracht gezogen hatte, da er einfach zu häßlich war.

»Du meinst diesen Chuck-Norris-Typen an der Tür?!«

»Wer ist Chuck Norris?«

Sie meinte ihn. Ich verdrehte die Augen. Sie entschuldigte sich damit, daß sie ihn ja nur OHNE Bart gutaussehend finden würde.

»Du weißt doch gar nicht, wie er ohne Bart aussieht!« rief ich, immer noch entsetzt. Sie schlug die Augen nieder.

Ich fand sie oft rührend. Im Grunde hatte ich kein Verhältnis zu dieser Tochter, die ich zwei Lebensjahrzehnte lang auch gar nicht gekannt hatte. Meistens fiel es mir sogar schwer, ihr überhaupt zuzuhören. Aber ich hatte inzwischen die eine oder andere Sekunde, in der sich ein dünnes, aber warmes Gefühl des Mögens in mir ausbreitete, um es einmal umständlich, aber angemessen unpathetisch zu sagen.

Als ihre Verabredung kam – eine Studienkameradin aus Chile namens Michelle, die nach dem Lied der Beatles so getauft worden war –, verzog ich mich bald. Ich war in Bezug auf das Lokal einer falschen Information aufgesessen. Das Hackbarth's war ganz offensichtlich nicht der angesagte neue Schuppen der coolen Springer Boys, wie der durchaus angesagte coole Chefredakteur der »Titanic« Oliver Maria Schmidt behauptet hatte. Viel mehr hatte der jüngere Draschan-Bruder mit seinem Verdikt recht, nie mehr außerhalb Kreuzbergs ausgehen zu sollen.

Paul McCartneys ›Michelle‹ sah ich aber schon am nächsten Tag wieder. Natürlich in Kreuzberg. Ich hielt mich sofort an die gelernte Lektion. Zusammen mit Agnes, die sich um die Chilenin kümmerte, trafen wir uns im Café Kotti am Cottbusser Tor.

Diese Gegend besaß eine selbst für Berlin interessante Architektur. Straßenüberspannende Hochhäuser, in den frühen 60er Jahren der letzte Schrei, dann systematisch verwahrlost und zu gewollten Symbolen der Punk- und Hausbesetzerkultur verhunzt, strahlten nun sorgsam saniert und frisch verputzt in Rosa- und Orange-Farben, wie in Japan. Die Straßen liefen hier aus allen Richtungen zusammen. Die U-Bahn wurde als Hochbahn über den Köpfen und Autos geführt und ratterte übermütig über alle und alles hinweg. Die Wohnungen waren klein, die Fenster erleuchtet. Ich blieb fasziniert vor der Treppe stehen, die zum Café Kotti führte. War ich auf einmal in Rio de Janeiro? Nein, denn da wäre es leiser gewesen. Alles prallte auf meine Sinne ein, türkische Rufe, Scheinwerfer, Taxis, Leuchtschriften, Polizeisirenen, junge Männer mit

Wollmützen, Dönerbuden, ab und zu eine Alt-68erin auf dem Klapperfahrrad, Zeitungskioske, ein Fluß – wahrscheinlich die Spree –, Mädchen mit Bierflaschen, Zigaretten rauchende junge Schwangere – wahrscheinlich später alleinerziehend –, natürlich jede Menge nordafrikanische und arabische Männer in Adidas-Turnhosen mit verstohlenen, hungrigen Blicken auf die lebenslustigen deutschen Mädchen, aggressiv diskutierende Türken, wohl im Streit liegend, erleuchtete Büros für Sportwetten und schließlich das in luftiger Höhe schwebende Café Kotti. Eine angenehm dreidimensionale Welt. Und insgesamt doch recht harmlos, wie ich fand. Nahm ich die gefühlt fünfzig Eßlokale hinzu, an denen ich noch vorbeigeschlendert war von der U-Bahn bis hierhin, so ergab sich auch das Bild der größten Mensa der Welt, denn alle diese Lokale hatten dieselbe Ausstrahlung universitärer Massenspeisung. Ob ich mich auf Dauer hier wirklich wohlgefühlt hätte?

Egal. Es ging ja nicht um mich, sondern um die interplanetare Jugend des 21. Jahrhunderts. Die hatte hier ihr Plätzchen gefunden, kein Zweifel.

Ich betrat das Café und prallte auf eine kesse Minderjährige, die mit einer Zigarette im Mund bediente.

»Hai-ii ...«, quetsche sie hervor.

Agnes und ›Michelle‹ hatten mich schon gesehen und winkten. Ich arbeitete mich zu ihnen vor. Ein Junge mit schwingenden Hüften überholte mich. Na, der traute sich ja was! Hier durfte man sogar noch homosexuell sein, registrierte ich zufrieden, also würde wohl kein Islamist in der Nähe sein.

Endlich spielten sie einmal zeitgenössische Musik, also keine zeitlose Stevie-Wonder-Humptata-Stimmungsmusik plus Sex Pistoles und »Hotel Californina«, sondern etwas undefinierbares Elektronisches, das in diesem Jahrzehnt aufgenommen wurde. Der Raum war an drei Wänden mit durchgehenden Sofas möbliert, auf denen vor allem schüchterne

Wollmützenträger saßen. Eigentlich saßen sie gar nicht, sondern hingen rückgratlos in den Seilen. So stellte ich mir Matrosen in U-Booten des Zweiten Weltkriegs vor, die noch im Februar 1945 auf Feindfahrt gingen. Nun, im Februar 2016, waren sie ähnlich siegesgewiß, nämlich gar nicht. Lauter Männer und keine Frauen. Aber das Rotlicht, die alten Möbel, die frische Musik, die herrliche Aussicht auf den ganzen Platz des Cottbusser Tores vermittels wandgroßer Panoramascheiben und die flotte und schlagfertige Bedienung gaben ihnen wohl dennoch ein gutes Gefühl. Vielleicht dachten sie auch, es sei Damenwahl, und sie müßten warten, bis sie aufgefordert würden. Das war ja auch objektiv ihre Lage. Eine deutsche Naive mußte sich ihrer erbarmen, anders ging es nicht. Die Medien hatten seit den ›Vorfällen‹ in der Silvesternacht eine Stimmung etabliert, die es jedem Migranten nahelegte, nie wieder das Wort an eine Frau zu richten. Und den süßen, kleinen, festen Arsch der artistischen Kellnerin mit der qualmenden Kippe im Kußmaul durften sie nicht einmal ansehen.

Nein, hier konnte weiß Gott niemand seine Koran-Flausen ausleben. Eine verrückte Vorstellung. Etwa einer Frau demonstrativ nicht die Hand geben. Das würde als Witz verstanden werden. Oder eine Frau mit Schleier mitbringen. Das wäre Karneval. Berlin, dachte ich plötzlich, war der philosophische Gegenentwurf zum Koran.

Ich setzte mich, neben mir saß Agnes, zur anderen Seite Michelle und ein blutjunger Student mit Palästinensertuch. Das war natürlich kein Palästinenser, sondern ein Christian aus Mühlheim an der Ruhr. Ich sah sein westfälisches Gesicht klar, da es von einer alten Stehlampe mit gelbem Stoff beschienen wurde. Das milde Licht retouchierte seine Pickel gnädig weg. Auch mein Gesicht sah sicher milder und jünger aus, zum Glück, denn die Altersgrenze lag im Café Kotti so bei Anfang dreißig, und ich hatte sogar die vierzig schon deutlich überschritten. Ich glaubte deshalb, mich legitimieren zu müssen, und als die kesse Bedienung (»begnadete Körper«) wie hingezaubert neben mir stand, stammelte ich:

»Ich bin der Papa …«

»Cool. Was willst du?«

»Ich … äh, wieso?«

»Was kann ich für dich tun?«

»Äh, ich, das ist Agnes, meine Tochter, und ich …«

»Ah, ist cool, ich bin die Lisa.«

»Ja, ja. Ich bin …«

Ich nannte meinen Vornamen und bestellte einen Tee. Nach einigen weiteren Fragen ihrerseits konnte sie auch noch die Art des gewünschten Tees ermitteln. English Breakfast Tea.

Agnes trug die ungefärbt hellblonden Haare offen, was sie sonst nicht tat, und ich hatte zum ersten Mal die Idee, daß ich einen ausgesprochen schönen Nachwuchs hatte. Mein Bruder Ekkehardt hatte einen Sohn, der fast genauso alt war wie Agnes, viereinhalb Jahre jünger, den ich sehr mochte und der ihr verblüffend ähnelte. Aber bei einem Jungen achtete einer wie ich nicht auf die Schönheit, zudem sahen blonde Haare und azurblaue Augen bei Jungen nicht so gut aus. Im Straßenbild, das inzwischen fast zur Gänze von rastlosen, ratlosen, arbeitslosen und frauenlosen jungen Männern aus südlichen Ländern bestimmt wurde, wirkte ein naturblonder Wikinger wie mein Neffe inzwischen schon fast exotisch oder wie ein Kranker mit Pigmentstörung. Er wäre gern dunkelhaarig gewesen.

Wir gingen auf den balkonartigen Vorbau des Cafés, auf dem man im Freien stehen und nach unten gucken konnte, die frische Luft genießend. Ich erzählte von meinem Neffen. Er habe die obere Beamtenlaufbahn im Polizeidienst angetreten und werde eines Tages Polizeipräsident von Berlin sein.

»Wie heißt er denn?« fragte ›Michelle‹.

Ohne zu überlegen, sagte ich, seine Eltern hätten ihn ›Yesterday‹ genannt, und es erschien mir eher logisch als witzig. Nach dem Beatleslied. Agnes korrigierte mich rasch. Das war ihre Art. Nur manchmal gelang es mir, mit ihr gegenüber Dritten über Bande zu spielen, also gemeinsam jemanden zu foppen.

›Zu foppen‹. Später stand dann wieder in den Zeitungen, meine Sprache sei altväterlich. Es müsse ›verarschen‹ heißen. Nur konnte ich mir nichts Schöneres vorstellen, als ›altväterlich‹ zu wirken. In unserer heutigen Zeit, das war doch wunderbar.

Die beiden Mädchen sprachen über ihre gemeinsame Zeit in Chile und lachten viel. Ich konnte den Erzählungen nicht folgen, sie schienen keinen besonderen Punkt zu haben. Das größte Problem in Chile war angeblich die Tatsache, daß Agnes nur einen Vornamen besaß und nicht sechs. Mich traf dabei keine Schuld, ich war schon vor ihrer Geburt ausgeschieden, aus der betreffenden Familie. Wir gingen wieder hinein.

Die Leute saßen zu acht, zu siebt zusammen, mehr oder weniger auf dem Boden. Außerhalb des Sofabereichs hockten sogar Frauen, die aber nur auf den zweiten Blick als solche erkennbar waren. Keine wollte raffiniert gekleidet aussehen, soviel stand fest. Verpönt war sicher alles, was nach Modemagazin aussah. Bloß keine tolle Frisur, bloß keine lebendigen Farben, bloß kein aufregendes Oberteil, um Himmels willen kein körperbetonendes Kleid! Im Grunde versteckten sie ihre Körper längst genauso wie die muslimischen Frauen. Aber an Häßlichkeit geschlagen wurden sie immer noch von den Männern, deren Einheitslook nur zwei Varianten kannte, nämlich den weichen und den harten Schluffi-Stil. Der weiche bestand aus – von oben nach unten – kindischer Pudelmütze, Brille, Bart, grünlichem Unterhemd, alten verbeulten dunkelblauen XXL-Jeans und schmutzigen Turnschuhen; der harte wurde durch eine zerschlissene Lederjacke und schwarzer Base-Cap mit langem Schirm (auf der nun sichtbaren Glatze) ergänzt.

Ich verstand nun, daß Ronja von Rönne den Haß von Millionen Berlinern auf sich zog. Sie, das so dezent wie aufreizend gekleidete It-Girl, war die fleischgewordene oder textilgewordene Gegenstrategie zum ›Bloß nicht etwas Besonderes sein‹-Modell.

Ein Galeriebesuch stand auf dem Programm. Früher hatte ich mir die ausgestellten Werke immer angesehen, bevor ich die Besucher und meine Freunde begrüßte. Ich hatte das wirklich mein ganzes Leben lang so gemacht, selbst einmal in Wien, als erkennbar nur hilflose Kindermalereien an den Wänden hingen. Aber jetzt begriff ich schon beim Eintreten, daß die Werke so heterogen waren, daß die Ausstellung keinen Sinn ergeben konnte. Es war ein Haufen Unsinn.

So wandte ich mich umstandslos an die anwesenden Bekannten, etwa Elena Plaschg, die impulsiv über die Flüchtlingsströme diskutierte. Sie beschwerte sich, daß sie die Unterkünfte nicht betreten dürfte. Wie solle es mit der Integration losgehen, wenn man die Leute nicht besuchen könne?

Nun hatte mich an dem Tag Harriet angerufen und mir von einer Turnhalle mit Flüchtlingen in Kreuzberg erzählt. Sie hatte darüber im österreichischen Staatsfernsehen einen Film gesehen. Mit meinen Hochstaplertalenten, so die Harriet, müsse es doch möglich sein, dort Eintritt zu erlangen.

Ich hatte dann dort angerufen und mich für den nächsten Tag angekündigt, als Dr. Johannes Lohmer, Unterkunftsbeauftragter der Wiener Stadtverwaltung. Ich lud Elena ein, mich zu begleiten. Sie sagte dankbar zu. Nach einem Gin Tonic in der Kreuzberger Bar F'ahidi und einem erregten Gespräch über die Zukunft der Bundeskanzlerin vertagten wir uns auf den nächsten Nachmittag.

Doch nicht Elena stand neben mir, als ich Tags darauf vor der modernen Flüchtlings-Turnhalle stand, sondern die getreue Agnes. Elena hatte verschlafen sowie einen Hangover, da in ihrer Wohngemeinschaft nachts ein Streit ausgebrochen war. Das kam so, ungefähr: Ihr Mitbewohner, der aus einem anderen Kulturkreis kam, hatte sich über Elena beschwert, weil diese die Küche ... oder umgekehrt ... ich brachte alles durcheinander. Das Wort Schlampe soll gefallen sein, was den Freund von Elena, einen sechsunddreißigjährigen Nerd aus Hannover, habe ausrasten lassen. Woraufhin der Ausländer den ganzen Mülleimer auf den Küchenboden entleert habe. Und so weiter. Also viel Tamtam, fast wie im Flüchtlingsheim, aber ohne Messer und im Grunde harmlos.

Egal. Jedenfalls stand nun schon wieder die neue Tochter neben mir. Ich fand es gar nicht schlecht, hatte ich mich doch inzwischen an Agnes schon fast gewöhnt.

Diese Halle war schon imponierend. Mit Liebe geplant und durchdacht, hell, geometrisch, mit gelblackierten Rundfenstern und hellblauer Außenfarbe. Ein Produkt der optimistischen 80er Jahre. Es gab einen Eingang mit einem Wachhäuschen, in dem ein schmächtiger Mann saß, der kein Deutsch konnte. Ein Flüchtling wohl. Er verstand uns nicht und wirkte verlegen, aber unbedingt hilfsbereit. Ich entdeckte eine Namens- und Besucherliste und trug mich ein. Dann gingen wir einfach in das Gebäude, wobei der erste Eindruck ein durchdringender Uringeruch war, da sich eine Toilette neben dem Eingang befand, deren Tür aus den Angeln gehoben worden war. Da gingen Männer hinein und hinaus. Sie wirkten schlecht gelaunt.

Kein Wunder. Wir kamen in eine große Halle, in der sich über hundert Feldbetten befanden. Auf den Feldbetten lag bauschiges weißes Bettzeug, und darunter lagen Menschen. Sie wirkten reglos und krank. Es war ein herrlich sonniger Sonntagnachmittag, jeder normale Mensch wäre gern draußen spazierengegangen. Diese Leute aber lasen noch nicht einmal ein Buch oder ein Comic-Heft. Sie schienen zu Tode frustriert zu sein.

Die Hälfte des Turnhallenbodens war von Betten frei geblieben, und dort liefen ein paar junge Männer herum. Da es sich ja immer noch um eine Turnhalle handelte, mit Basketballkörben und Fußballtoren, spielten die Männer mit plumpen, großen Bällen, auch schweren Basketbällen, die krachend auf dem Hallenboden aufschlugen, fast wie Putins Bomben auf den Straßen von Aleppo.

Für die gesamte Anlage war nur ein einziger Angestellter zuständig, und das war eine junge ehrenamtliche Helferin, die die Sache erst seit drei Tagen machte. Wir mußten sie suchen.

Es war eine – ich sage das ungern – unfaßbar unattraktive Person, heillos übergewichtig, mit dem Kopf einer Schildkröte und, im Alter von erst dreiundzwanzig Jahren, dem Antlitz der späten Königin Victoria von England. Man hätte von ihr einen bemerkenswerten Scherenschnitt machen können: kein Kinn, keine Stirn, aber die Nase von der Länge einer Riesengurke. Kleidungstechnisch bevorzugte sie wieder die weiche Variante des Schluffi-Looks. Damit war sie entscheidend besser gekleidet als die Migranten in der Halle, die Plastiksandalen trugen und schon deshalb nicht gut zu Fuß waren im Freien. Ich war ein bißchen erschüttert. Aber die Helferin verhielt sich wohltuend unkompliziert und erleichterte uns die ersten Minuten. Sie verbreitete ein Gefühl der Solidarität – sie wußte nicht weiter, wir wußten auch nicht weiter, das verband uns.

Es gab auch Frauen und Kinder in der Halle. Für letztere wurde eine Malstunde ins Leben gerufen, unter der Anleitung von Agnes. Ich führte ein Tischtennis-Turnier für die Männer durch. Dazwischen unterhielt ich mich mit der Helferin. Wenn ich nicht selbst spielte, sah ich mir die Migranten etwas näher an.

Ich hatte einen elektrischen Rasierapparat dabei, den ich dem ersten, der ohne Bart daherkam, schenken wollte. Nun trugen aber alle Vollbart, und ich wollte keinen beleidigen. Es wirkte auch keiner so, als wolle er etwas geschenkt bekommen. Die Leute waren schlichtweg schlecht drauf, vielleicht kaputt, vom Schicksal geschlagen, vielleicht voller Trauer über tote Verwandte und Freunde. Von denen hatte keiner Lust auf Gespräche, Lust auf Bücher, Zeitungen, Nachrichten oder was auch immer. Die waren alle ernst.

Endlich fand ich einen Jungen mit Basedow-Augen, den ich aufgrund der Augen für ›lustiger‹ hielt als die anderen und der auch keinen Vollbart, sondern einen Zehn-Tage-Bart trug. Ihm schenkte ich den teuren BRAUN-Rasierer. Er sprach kein einziges Wort Deutsch. Ich brauchte Minuten, bis er verstand, daß er den Rasierapparat nehmen und behalten solle.

Ein besonderes Kapitel waren die Frauen. Entweder lagen sie unter den weißen, aufgeblähten Decken, oder sie stritten auf maßlose Weise. Irgendwie war es unangenehm, sie hier unter all den traurigen Männern zu wissen. Es war völlig ausgeschlossen, mit ihnen ins Gespräch zu kommen. Sie trugen alle Kopftuch und lange Gewänder, waren meistens sehr dick, und sie wirkten mehr noch als die armen Männer wie apokalyptische Wesen, wie Bewohner aus einer anderen Welt. Es muß nicht mehr gesagt werden, daß sie absolut keinerlei erotische Signale mehr hatten, die sie hätten aussenden können, ja selbst unsere ungelenke ehrenamtliche Helferin wäre in dieser Halle zur Schönheitskönigin aufgestiegen, wäre eine Wahl abgehalten worden.

Wir sprachen jetzt gern mit ihr. Offenbar hatte sie Nerven aus Stahl. Ihre Ahnungslosigkeit hatte etwas Sympathisches, und nach einer Stunde fühlten wir uns zu dritt wie eine Gruppe. Wir waren in einem bösen Traum, ohne Frage, aber immerhin nicht allein.

Neben der Tischtennisplatte war ein Bänkchen, auf dem ich

in der spielfreien Zeit saß, und neben mir kauerte ein Iraner, den ich würdevoll und gutaussehend fand. Er starrte unablässig auf seine Hände, als haderte er mit ihnen, als wenn diese Hände gemordet hätten. Er war kein Bursche mehr, sondern ein Herr, und er trug auch als einziger keinen ollen Adidas-Trainingsanzug, sondern eine Herrenhose mit Bügelfalte. Leider konnte auch er keine Sprache außer Farsi. Ich hätte gern mit ihm gesprochen, aber ich wußte nicht, wie. Und auf einmal merkte ich, daß das ganze mediale Gefasel von der Integration völlig abgehoben war.

Agnes und die trampeltierhafte, aber herzerwärmende Helferin organisierten einen Spaziergang für die Kinder. Das war eine erstaunliche Leistung, denn die Eltern der meist sehr kleinen Wesen mußten gefunden und unterrichtet werden. Zwischen den verschiedenen Ethnien herrschte nämlich dieselbe Sprachlosigkeit wie zwischen uns und dem Rest der hier versammelten Welt. Trotzdem gelang es. Es fand sich ein Übersetzer vom Englischen ins Arabische – das war der Durchbruch.

Schon ziemlich am Anfang, in der ersten Viertelstunde, war mir ein kleiner, etwa siebenjähriger Junge aufgefallen, der als einziger so etwas wie Offenheit und auch Offensive ausstrahlte. Er hatte nicht diesen Tunnelblick und diese tieftraurige Insichgekehrtheit und damit Interesselosigkeit wie die übrigen Menschen, sogar die Kinder. Er war auf mich zugelaufen und hatte mich angesehen. Noch mehr interessierte er sich für die blonde Agnes. In ihrer Malgruppe hatte er die Zeichnungen der anderen Kinder immer rabiat durchgestrichen und dabei lachend »Sorry« gerufen. Agnes fand das nicht gut und hielt den Kleinen für »sozial auffällig« und therapiebedürftig. Ich fand die Aktion eher begrüßenswert, da die künstlerischen Werke der anderen Kinder von so geringem Wert waren, daß ein beherztes Durchstreichen ein angemessener Kommentar war. Ich hätte als Siebenjähriger nicht anders gehandelt. Ich fand auch interessant, daß er einen Sprachkurs in eigener Sache durchführte. Er malte etwas auf, und Agnes mußte das deutsche Wort dafür sagen, etwa ›Haus‹, ›Auto‹ oder ›Giraffe‹, und er sagte dann das arabische Wort dafür. Er konnte auch rasch meinen Namen sagen, obwohl der in seinen Ohren doch kompliziert klingen mußte.

Bei dem gemeinsamen Spaziergang zum Kinderspielplatz – er befand sich einen halben Kilometer entfernt – war der Junge wieder dabei. Neben ihm fiel mir noch ein zweites Kind positiv auf, ein wahnsinnig kleines Mädchen, das so liebevoll und aufmerksam gekleidet war wie sonst niemand in der Halle. Das seidige Haar der Vierjährigen war gekämmt und gescheitelt und mit einer Schleife versehen. Sie trug ein Kleidchen, darüber eine Schürze und darunter niedliche Stiefelchen. Sie stellte sich immer mit niedergeschlagenen Augen und Händen hinter dem Rücken vor einem auf und schien minutenlang nur einen Gedanken zu haben, nämlich »FINDE MICH SÜSS!«. Das war ihr Anliegen. Agnes nahm sie in ihre Obhut. Wir bekamen nicht heraus, wer die Eltern des Jungen und des kleinen Mädchens waren. Es waren auch keine Geschwister da. Der Junge hieß Amir Hussein und das Mädchen D'chamir oder so, was angeblich ›Sonne‹ hieß. Auf dem Kinderspielplatz lernten wir sie etwas kennen.

Nachdem mich Amir Hussein zwanzig Mal auf den Kletterbaum neben der Rutsche gezogen hatte, ermüdete ich etwas. Nach einer Stunde traten wir den Rückzug an. Als die Kinder das merkten, wollten sie uns mit aller Kraft zurückhalten. Amir Hussein lief uns immer wieder hinterher, und wir mußten ihn zur Hauptgruppe zurückbringen, die von der Helferin und dem Englisch-Dolmetscher geleitet wurde. Das geschah wohl fünf Mal. Dann steckte ich ihm einen 10-Euro-Schein in die Tasche seines hellblauen Anoraks, als Zeichen, daß ich ihn wertschätzte. Es war natürlich nur ein Versuch. Ich glaube, er hat das richtig verstanden, während Agnes zornesrot wurde, als ich es ihr erzählte. Geld für einen Siebenjährigen, unmöglich! Da der Kleine nicht nachließ, gingen wir schließlich alle zusammen zur Halle zurück. Zwei arabische Mütter, die mit uns den Ausflug gemacht hatten, gerieten mitten auf der Fernstraße in solch ein heftiges orientalisches Gezetere, daß die Karawane ins Schlingern geriet und ich schon dachte, jetzt werden die Drei- und Vierjährigen gleich von den Autos erfaßt. Der Englisch- sprechende löste die Führungskrise. Er war ja auch ein Mann.

Wieder unter uns und auf dem Rückweg, gestand ich Agnes eine gewisse Enttäuschung. Die Leute hätten auf mich insge- samt doch einen sehr traurigen Eindruck gemacht. Ich sei et- was niedergeschlagen.

»Ja, was erwartest DU DENN? Sollen sie nach all dem Lei- den happy herumkaspern?«

»Nee, natürlich nicht. Aber wußtest du, daß die Leute sogar im Gefängnis mehr unternehmen?«

»Na und?«

»Oder in den Kriegsgefangenen-Lagern des Zweiten Welt- kriegs! Die haben Kurse gemacht, haben sich gegenseitig was vorgelesen, Erich Kästner rezitiert …«

»Was haben sie gemacht?«

»Oder in den Flüchtlingslagern NACH dem Weltkrieg. Ich weiß von meiner Mutter, die aus Ostpreußen fliehen mußte, daß sie …«

»Ja, ja, die super Deutschen, immer auf der Walze, immer superaktiv!«

»Man soll so was ja nicht sagen, aber sogar im KZ waren sie, naja … eben aktiver. Es gab Sing-Stunden, Theater, Vor- träge, Kabarett, Konzerte, einfach alles. Die haben alles getan, um etwas für sich und ihr Leben zu tun, buchstäblich bis zum letzten Atemzug.«

»Was willst du denn jetzt DAMIT sagen?! Hurra, das KZ war so schön, und die blöden Migranten raffen es nicht?«

»Nein, nein, ich weiß ja, man sollte niemals KZ-Vergleiche anstellen.«

»Nicht, wenn man kein Nazi und kein Rassist ist. Bist du einer?«

»Natürlich nicht!«

»Was soll dann das ganze Gerede?!«

»Ich meine doch nur: Die werden nicht plötzlich aufstehen und auf uns zulaufen. Die werden, sobald es irgend geht, dahin laufen, wo die anderen sind, und zwar so schnell wie möglich! Zu den anderen Syrern. Zu den eigenen Leuten! Die werden nicht ein Teil von uns werden.«

»Na und? Ist vielleicht ganz gut so!«

»Die werden in ihren Vierteln bleiben. Die werden auch in fünf Jahren kein Deutsch können.«

Bedrohlich schweigend ging sie neben mir her. War sie mir richtig böse? Das hätte mir leid getan, nach dem doch aufregenden gemeinsamen Erlebnis. Ich startete einen kläglichen Versuch der Beschwichtigung, indem ich mich noch einmal für den KZ-Vergleich entschuldigte.

»Das waren oft gar keine Deutschen im KZ, und trotzdem haben sie sich so heldenhaft verhalten. Und die hatten viel Schlimmeres durchgemacht als unsere Syrer.«

Jetzt platzte Agnes der Kragen.

»Rassist ist man nicht, wenn man Deutsche besser findet als andere Menschen, sondern wenn man ÜBERHAUPT unterschiedliche Zuschreibungen zuläßt! Rassist ist auch, wer Juden besser findet als Deutsche!«

»Und wenn man sagt, die Münchener seien lebenslustiger als die drögen Hamburger und Norddeutschen?«

»Dann ist man ein Rassist! Weil Hamburger genauso lebenslustig sein können wie Münchner und Münchner genauso dröge wie Hamburger!«

Wir trennten uns am Bahnhof Alexanderplatz.

9.

MIMIKRY

Über das Erlebte sprach ich am Abend mit einem klugen Kopf, nämlich dem legendären Theoretiker der Digitalen Boheme, Holm Friebe, den sie früher, als eine ganze Generation auf ihn hörte, auch den Mastermind nannten. Er hatte wichtige Bücher geschrieben, Firmen gegründet, Medienplattformen geschaffen und Frauen vernascht. Er ging nun schon auf die vierzig zu, sah aber noch immer blendend aus.

Wir begegneten uns zufällig auf der Geburtstagsparty des It-Girls ›Bibi‹, das dreißig wurde und – natürlich – in Kreuzberg feierte. Ich kam mit Elena Plaschg, die uns beide mit einem batteriegetriebenen ›Drive Now‹-Fahrzeug zum Einsatzort fuhr, einem 16-Quadratmeter-Winz-Lokal mit dem Namen ›Hotel Bar‹. Bibi, bürgerlich Gabriele May, gutaussehend wie nie zuvor, begrüßte uns überschwenglich. Sie war immer schon das bestaussehendste It-Girl gewesen, objektiv noch überwältigender als Ronja von Rönne, so daß sie schon ›die Ronja von Rönne von 2016‹ genannt wurde. Nun, an ihrem Geburtstag, inmitten der It-Prominenz von tout Berlin, blühte sie noch weiter auf – offenbar entsprach die herausragende Ehrung ihrem Selbstbewußtsein. Neben Holm Friebe sah ich auch Philipp Albers, Jan Küveler, Ulf Poschard und – endlich – die angesagten Springer Boys, also die jungen, überbezahlten Feuilletonisten der Zeitung »Die Welt«. Von den

Frauen fielen mir sofort Holm Friebes neue Freundin, die auf absurd krasse Weise wie Cate Blanchet aussah, und eine Lektorin auf. Von der hieß es, sie habe innerhalb von 18 Monaten alle guten Autoren abgeworben, und sogar ich wurde von ihr angesprochen. Sie galt als trinkfester und randaliersüchtiger als alle ihre Schriftsteller, was bei ihrer Vorliebe für Macho-Autoren einiges heißen sollte.

Auf zwei Etagen, auf der Treppe und vor der Tür tobte die Party. Obwohl es schon um 7 Uhr entsetzlich voll war und die Leute so dicht gedrängt standen, daß sich keiner mehr vom Fleck bewegen konnte, dienten flackernde Wachskerzen als einzige Beleuchtung. Es war nur eine Frage der Zeit, bis die ersten Mäntel, Schals, Kapuzen und Haare in Flammen stehen würden. Ich saß mit Holm Friebe, Elena Plaschg, Cate Blanchet und Philipp Albers am einzigen Tisch, den es gab, ein niedriges Ding mit abgesägten Beinen.

Die Flüchtlingskrise schien nicht das Thema des Abends zu sein, jedenfalls hörte ich über Stunden nirgendwo ein Gespräch darüber oder Wortfetzen aus dem Bereich. Ich sprach es trotzdem an, also daß ich gerade in einer Flüchtlingsunterkunft gewesen sei. Ich richtete das Wort direkt an den ehemaligen Mastermind. Er senkte den Blick und sagte nichts.

»Mit der Integration scheint es ja nicht so gut zu laufen, wie ich gehofft hatte«, fügte ich hinzu.

Das Gespräch erstarb. Cate Blanchet verdrehte die Augen. Elena Plaschg wollte etwas sagen, wollte aber erst Holm Friebe den Vortritt lassen. Philipp Albers, offiziell die rechte Hand Holm Friebes und selbst eine eloquente, starke Persönlichkeit, stand auf und entfernte sich.

»Du warst also in einem Flüchtlingsheim«, sagte Holm sehr langsam.

»Ja!«

»Wo denn?«

»In Kreuzberg, in der Nähe des Moritzplatzes, in einer großen Turnhalle.«

»Und das hat gewisse Illusionen bei dir gedämpft.«

»Unbedingt. Aber ich gehe wieder hin …«

Ich erzählte ein bißchen von den Erlebnissen des Nachmittags. Daß es eigentlich verboten sei, darüber zu berichten, wir aber trotzdem hineinkamen. Cate Blanchet fand es gut, daß man die Refugees vor neugierigen Reportern schützte, die am Ende nur wieder Ängste und Mißtrauen schürten. Die ganze neue Scheiß-Nazi-Partei AfD sei so entstanden. Die Leute hätten nur noch Ängste. Es sei zum Heulen.

»Welche Ängste eigentlich?« fragte ich, um höflich zu sein. Die neue Holm-Friebe-Freundin gefiel mir ganz gut, da ich gerade den Film »Carol« gesehen hatte.

»Sie haben Angst, daß ihnen die Refugees den Arbeitsplatz wegnehmen, daß die Afrikaner ihnen die Frau wegnehmen, daß das ganze Geld in Zukunft an die Muslime ausgezahlt wird. So entsteht die Islamfeindlichkeit!«

Ich widersprach ein bißchen. Einerseits wollte ich weitere Stellungnahmen provozieren, andererseits fand ich wirklich, daß sie unrecht hatte:

»Es stimmt, die Islamfeindlichkeit nimmt zu. Trotzdem glaubt keiner, sein Arbeitsplatz geht an einen Flüchtling oder seine Frau an einen Muslim. Die Leute haben in Wirklichkeit überhaupt keine Angst vor so was. Den gefällt einfach nicht, was sie in den Medien über den Islam hören.«

»Weil es in den Medien nur Hetze gibt.«

»Unsinn. Die Medien berichten wie immer. Nein, ihnen gefällt nicht, was in Nigeria passiert, in Mali, im Irak, in Afghanistan.«

»Würden die Medien nicht so hetzen, würden sie die Dinge dort anders sehen!«

»Anders sehen … die täglichen, ja inzwischen stündlichen

Selbstmordattentate, gleichzeitig in zehn Staaten, zerfetzte Schulbusse, wahnsinnig gewordene Ideologen, die anderen lachend die Köpfe abschneiden? Geschändete Mädchen, die wie Vieh auf Sklavenmärkten verkauft werden, weil es so im Koran steht – das soll man anders sehen?«

»Ist doch alles ein Propagandakrieg, auf beiden Seiten.«

»Von mir aus, aber den Deutschen gefällt das eben nicht mehr. Der Arbeitsplatz spielt dabei überhaupt keine Rolle, mehr wollte ich nicht sagen.«

»Die katholische Kirche war früher auch nicht besser«, versuchte Elena Plaschg zu vermitteln. Diesmal verdrehte ich die Augen. Endlich äußerte sich Holm Friebe:

»Ich war auch schon im Asylantenheim. In der Marienburger Straße gibt es eines, das ist gewissermaßen der Jackpot aller Asylsuchenden. Da kommen zehn Helfer auf einen Asylbewerber.«

Ich war schlagartig begeistert.

»Nicht schlecht! Das muß ich mir ansehen. Ich will ja kein negatives Bild von der, äh, Sache haben, das kann ich mir gar nicht leisten!«

Elena nickte und sah mich ernst an. Ein negatives Bild von unseren Flüchtlingen, das fehlte noch…

»Wie bist du denn reingekommen?« fragte ich Holm.

»Man kommt nicht hinein. Aber ich kenne Flüchtlinge, die dort sind.«

»Und die haben dir ein positives Bild vermittelt?«

»Ich fand es bemerkenswert, wie schnell und wie gut die da so etwas wie ein Social Media Network hingekriegt haben. Die sind gut vernetzt und immer gut informiert.«

Eine Live-Band begann zu spielen. Das Gespräch wurde um einen weiteren Störfaktor reicher. Drei Mützenmänner, die ›Jazz‹ darboten. Für mich war ›Jazz‹ immer schon das Gegenteil von Musik. Ich mußte von den Lippen lesen, um Elena

Plaschg, die nicht mehr an sich halten konnte und nun loslegte, zu verstehen.

»Diese Nazis und ›Grenze dichtmachen‹-Arschlöcher sind doch alles schlecht gefickte alte weiße Männer, die keine Frau mehr abkriegen. Das sind für mich keine Menschen mehr, sondern Kranke!«

»Klar, Elena. Sicher. Aber wie soll man sie behandeln?! Übrigens können 60 Prozent der Bevölkerung nicht Männer sein. So viele sind inzwischen für das Schließen der Grenze!«

Ich mußte schreien, damit sie und Holm es verstanden. Elena brüllte gutgelaunt zurück, die Flüchtlinge sollten bei der Ankunft einen Benimm-Kurs machen. Darin sollten sie lernen, Frauen gut zu behandeln. Wer es danach nicht tat, sollte noch am selben Tag außer Landes geflogen werden. Dann hätte man nie mehr ein Problem. Ich wollte entgegnen, daß es in der Praxis schon lange nicht mehr klappte mit der Abschiebung, aber meine Worte kamen kaum noch an.

»Was sagst du?!« schrie Elena.

»Es gibt keine Abschiebung mehr!«

»Was?!«

Holm Friebe und Begleitung erhoben sich. Das Gespräch war beendet. Cate Blanchet sah mir lieb hinterher – sie hätte gern einen guten Eindruck auf mich gemacht. Auch ich floh die Situation und kämpfte mich nach draußen, wo nun die meisten Besucher standen.

In Berlin konnte man mehrere Leben haben, ich meine, hintereinander. Ich sah einen Verleger, der zehn oder fünf Jahre davor der beliebteste Mann der Szene gewesen war, mit den allerbesten Partys. Alle Großverlage sahen neidisch auf sein und des Verlags Renommee. Ich erinnerte mich, daß in lauen Sommernächten bis zu tausend Hipster, It-Girls, Autoren, Schriftsteller und Schauspieler seine Mega Events besucht hatten. Auch ich hatte mir Hoffnungen gemacht, in seinem Verlag zu veröffentlichen. Dann wurde es still um ihn, sein Verlag in ein bedeutungsloses E-Book-Vertriebssystem heruntergedrosselt, und schließlich machte er wohl ganz Pleite. Einmal besuchte er mich noch im Winter in Wien. Wir spazierten durch den Prater. Er hatte ein viel zu dünnes, schadhaftes Mäntelchen an, wirkte ausgehungert und breitete hochfliegende Pläne über einen digitalen Text-Versand vor mir aus. Ich vermutete, daß er Aids hatte. Doch nun stand er vor mir, draußen vor diesem Lokal ›Hotel Bar‹. Er sah jung aus, keinen Tag älter als achtundzwanzig, und neben ihm standen, ehrfürchtig lauschend, Matthias Döpfner vom Axel-Springer-Imperium und Jan Küveler, oberster Feuilletonist der Stadt und des Erdkreises. Der kleine Verlag hatte sich also erholt. Als ich mich dazustellte, wurde mir ein Übernahmeangebot gemacht. Ob ich nicht wechseln wolle, fünfstelliger Vorschuß ...

Auch Küveler machte Angebote. Ob ich ihn nicht in seiner Wohnung besuchen wollte. Er war gerade freigestellt, um sein Buch »Theater hassen« fertig zu schreiben. Jetzt erst fiel mir ein, daß er ja in Wien bei Harriet und mir gewohnt hatte, vor nicht allzu langer Zeit. Vielleicht war es netter, ihn zusammen mit Harriet zu besuchen, und ich vertröstete ihn auf später. Gleichzeitig beschloß ich, Harriet nach Berlin zu holen. Vielleicht gefiel es ihr ja. Jetzt, da es so viele Flüchtlingsheime gab, war sie womöglich mit dem Herzen dabei. Das neue Berlin der Willkommenskultur hieß auch sie willkommen, mutmaßte ich. Mit dem Szene-Berlin hatte sie nichts anfangen können.

Aber genau da befand ich mich nun. Mehr Szene ging gar nicht. Ich stellte mich neben Philipp Albers.

»Ich freue mich, daß du wieder da bist!« sagte er, ehrlich beglückt. In dieser Stadt mußte man nur sein Gesicht zwei- oder dreimal im Nachtleben aufleuchten lassen, und man war wieder dabei. Einer von ihnen, eine Größe, ein Unvergessener. Man mußte nicht kämpfen, keine Erfolge vorweisen, sich

nicht legitimieren. Die Nachricht, daß ich nun wieder »da«
sei, verbreitete sich in den folgenden Tagen so schnell wie der
Zika-Virus in Brasilien. Schon am Wochenende sollte ich auf
der Bühne stehen, bei der Präsentation des Buches »Mimikry«.
Es gab zu dem Anlaß eine Party im ›Radialsystem‹, auf die sich
schon alle freuten. Sie war fest als die Party des Jahres projek-
tiert, als Tag der Tage, als, schon jetzt, Legende.

Da ich Agnes nicht bei mir hatte, erzählte mir eine gute
Freundin von früher diversen Party-Klatsch. Angeblich war
Holm Friebe in das Geburtstagskind Bibi verliebt, und dieses
auch in ihn, aber es ging nicht, weil Philipp Albers, die rechte
Hand des Meisters, nicht nur in Bibi verliebt, sondern von ihr
besessen war – und zwar schon seit sechs Monaten. Da Holm
und Albers seit Grundschultagen unzertrennliche Freunde
waren, brachte Holm es nicht übers Herz, Bibi zu umwer-
ben, denn dann hätte sich Albers etwas angetan. Hinzu kam
vielleicht, daß Holm mit Cate Blanchet schon eine Freundin
hatte. Doch das war ein vernachlässigbarer Faktor. Holm hatte
große Übung mit dem schmerzfreien Lösen von Bindungen.
Albers wiederum hatte überhaupt keine Übung mit dem Herstellen von Bindungen. Er war der Typ Mann, der auf natürliche Weise keine Freundin hatte. Man würde es seltsam und
irgendwie abartig finden, wenn er mit einer dahergekommen
wäre. Er war höflich, angenehm, formulierte so schön, daß
jede Stunde mit ihm wie eine Lektion in Sprachpflege wirkte –
so war das jedenfalls für mich als Schriftsteller. Ich besuchte
ihn manchmal, wenn ich keine Lust auf Proust oder sonst
eine gerade anliegende Lektüre hatte. Bibi war nun seine erste große Liebe. Kein Wunder, sie war ja auch die attraktiv-
ste Frau weit und breit. Die erreichbare Unerreichbare. Nur
hier konnte die Psychose aktiv werden. Nun dachte er Tag und
Nacht an sie. Wo immer es ging, suchte er ihre Nähe und litt
Höllenqualen. Die Szene litt mit ihm. Denn Bibi ließ sich mit

dem schwierigen, nicht sehr virilen Intellektuellen kaum ein, da sie doch Holm Friebe liebte.

Auf dem Heimweg saß ich mit vielen unserer neuen muslimischen MitbürgerInnen in einem der neuen, gelblackierten U-Bahn-Wagen. Es war ein normaler Montagabend und schon spät. Die Stimmung war trotzdem wie an einem Wochenende. Ein Dutzend junger Türken saß zusammen und unterhielt sich artig. Sie wirkten völlig anständig, zivilisiert und geradezu zart. Junge Leute, sorgfältig rasiert, frisiert und mit Bedacht gut angezogen. In meinen Augen waren das hoffnungsvolle, idealistische junge Leben, die eine geordnete Zukunft vor sich hatten. Sie unterhielten sich ernst und gedämpft. Nun entdeckte ich auch das weibliche Pendant zu ihnen. Drei Türkinnen waren ebenfalls im Wagen, zwei davon auf rührende Weise betrunken. Die eine legte ihren Kopf an die Schulter der anderen. Sie waren etwa achtzehn Jahre alt und zugleich euphorisch und schüchtern. Ob es ihre erste Erfahrung mit Alkohol war? Die ernsten Jungen nahmen demonstrativ keine Notiz von ihnen. Man konnte wirklich nicht sagen, in diesem Fall, daß Migrantenmänner dreist und schamlos unverschleierte Frauen angierten und mit Blicken von oben bis unten auszogen. Das genaue Gegenteil war der Fall. Die Frauen waren für sie einfach nicht vorhanden. Sie waren Luft. Ich fragte mich, ob das wirklich angenehm für diese war.

Ich wachte mit dem Gefühl auf, selbst Agnes emotional zu verlieren. Sie redete mit mir nicht anders als Harriet. Im Grunde sprachen alle Frauen mit mir so wie Harriet, und die Männer erst recht. Man verdächtigte mich, insgeheim womöglich ein Rechter oder zumindest ein latenter Flüchtlingsfeind zu sein. Dagegen mußte ich endlich etwas tun.

Der Tip, den mir Holm Friebe gegeben hatte, war dabei, wie sich bald herausstellte, Gold wert, nämlich die Notunterkunft in der nahen Marienburger Straße, nur 50 Meter von meiner eigenen Notunterkunft, ich meine Wohnung, entfernt!

Ich ging sofort hin.

Es war wieder eine Turnhalle, aber eine mitten in einem Wohnbezirk. Jemand hatte auf ein Bettlaken mit krummen Buchstaben ›Welcome Refugees‹ gemalt und aus dem Fenster gehängt. Auch andere bunte Plakate erinnerten an die fröhliche Hippie-Zeit. Zudem waren die Turnhalle und alle umliegenden Gebäude, meist Neubauten, mit Millionen Graffitis besprüht. Man sah die Migranten schon von weitem. Sie standen in kleinen Grüppchen zusammen, rauchten, redeten und lachten wie Leute an einem guten Ausgeh-Abend. Mitten unter ihnen tummelten sich Jungen und auch Mädchen. Tollkühne Buben rasten mit Tretrollern auf der befahrenen Straße hin und her, ohne Aufsicht, immer direkt in die erschreckt bremsenden Autos hinein. Die Jungs übten wohl noch. Rollerfahren hatte es im Krieg nicht gegeben.

Ich ging einfach in das Gebäude hinein und ignorierte einen kleinen, dicken, unsicheren Mann, der wohl ›die Tür machte‹, wie es im Clubbing-Deutsch geheißen hätte. Er kam mir aber hinterher und stellte mich zur Rede. Ich gab vor, das Büro zu suchen.

»Das Büro bin ich«, sagte der Migrant.

»Paßt!«

»Was willst du?«

»Ich bin Anwohner.«

»Okee …?«

»Ich wohne hier um die Ecke und will helfen.«

Ich zeigte mit dem Finger in die Richtung meiner Wohnung.

»Wie wäre es mit Küchendienst?«

»Ja, gern.«

»Da brauchen wir immer Leute. Geh einfach den Gang durch bis zur zweiten Tür.«

»Allerdings bin ich verheiratet, und meine Frau kocht immer.«

Er meinte, ich solle trotzdem hingehen. Es handele sich doch nur um eine Essensausgabe, ich müsse nicht kochen. Ich ging durch einen hellen Raum mit Tischen und Sitzgelegenheiten. Die Migranten saßen oder standen locker herum, Kinder und Erwachsene bunt gemischt, auch eine Menge Kopftuchmädchen im Pubertätsalter darunter. Es sah wie eine Super-Gesamtschule aus, mit Schülern von der ersten bis zur dreizehnten Klasse, und alle gerade lärmend in der großen Pause. Das war schon einmal nicht schlecht.

Ich sagte, ich sei der Neue und wolle erst einmal zusehen, wie es so laufe. Eine ältere blonde Frau stand an einer provisorischen Theke und verteilte Flugzeug-Essen und Bananen. Sie war etwa fünfzig Jahre alt und Türkin, sprach aber ein charmantes, gebrochenes Deutsch, da sie seit vierzig Jahren in Berlin lebte. Ich mußte Schutzhandschuhe aus Latex überstreifen und ein Namensschild anfertigen.

»Ich heißen Feliz. Die Glückliche!« sagte sie. Eine zweite Frau namens Valentina war noch im Raum, offenbar eine Deutsche, die vom Typ her an die ehrenamtliche Helferin in Kreuzberg erinnerte. Aber sie war im Gesicht schöner und optimistischer. Sie erzählte, gerade eine Krampfadern-Operation hinter sich und Mühe beim Stehen zu haben.

»Na, da komme ich ja gerade recht«, sagte ich. Ich hatte mich auf einen Stuhl gesetzt, um den Frauen besser beim Arbeiten zusehen zu können. Ich wollte ja ein gut ausgebildeter ehrenamtlicher Helfer werden. Keine halben Sachen, das war mein Motto.

Es kamen vor allem Kinder, und die waren naturgemäß fast alle niedlich. Große Augen und immer zu Streichen aufgelegt. Ein Mädchen kam mehrfach und holte Zuckertütchen ab. Und Bananen. Am Ende hätte sie damit einen eigenen Laden aufmachen können. Man mußte die Migranten auf Deutsch und mit deutlicher Aussprache ansprechen, lernte ich. Und wirklich – viele konnten schon ein paar Worte akzentfrei verwenden. Es gab neben dem Flugzeug-Essen und den Bananen noch Äpfel, Brötchen, Käse und Marmelade. Das Flugzeug-Essen war streng vegetarisch, da sich die Bewohner vor Schweinefleisch ekelten. Außerdem wurde schwarzer Tee ausgeschenkt. Der Raum der Essensausgabe war nicht größer als ein Geräteschuppen und mußte doch für über zweihundert Flüchtlinge reichen. Es kamen nicht sehr viele, vielleicht drei pro Minute, und so war der Job zu schaffen, selbst für einen von Natur aus übersensiblen Menschen wie mich.

Ich stand auf und stellte mich probeweise an den Tresen. Die Flüchtlinge kamen und deuteten stumm auf die Bananen oder die Brötchen. Ich sagte:

»Ah, eine Banane, der Herr? Kein Problem, bitte schön!«

Und überreichte mit großer Geste die vollkommen unreife, grüne Banane.

»Dunge«, sagte der Migrant, »danke« meinend.

»Und darf es denn sonst noch etwas sein? Ein Brötchen? Ein anderer Nahrungsartikel? Ein vegetarisches Essen vielleicht, garantiert OHNE Schweinefleisch?«

Er schüttelte den Kopf und ging. Ein Mädchen kam. Ich war ganz bei ihr.

»Junge Frau, wie kann man helfen?«

Sie besah das in Plastik verschweißte Flugzeug-Essen und verzog das Gesicht. Ich bot Brötchen, Obst, Käse und Tee an. Aber sie deutete stattdessen auf ein an der Wand angebrachtes Plakat mit Zeichnungen. Dort waren die Lebensmittel als Zeichnungen zu sehen, darunter die Worte auf Deutsch, Arabisch und Farsi. Sie wollte Marmelade haben, wohl für das Brötchen. Auf Arabisch hieß das anscheinend ›assel‹. Ich sagte:

»Gnädiges Frollein wollen ein wenig ASSEL? Warum auch nicht? Bitte gleich, bitte schnell!«

Ich griff in einen großen Topf mit Honig-, Marmelade-, und Butterteilchen. Dann lächelte ich sie intensiv an. Sie trug ein Kopftuch, das in ein geschlossenes Kleid überging und den Körper großenteils bedeckte. Sie lächelte mißmutig, so daß sich in das Lächeln Verachtung mischte. Ich nahm es ihr aber nicht übel. So sah Coolness in allen Kulturkreisen aus, das war in Ordnung.

Ich kam mit der älteren Frau, also Feliz, ins Gespräch. Sie hatte eine gütige Art und faßte alle Kinder an. Die Kleinsten nahm sie hoch und drückte sie eine Sekunde lang an sich. Es sah sehr natürlich aus, weder über- noch untertrieben. Ich konnte das natürlich nicht machen. Noch nicht. Sie sagte, vor vierzig Jahren, als sie nach Deutschland kam, habe es so etwas Schönes leider nicht gegeben. Die Flüchtlinge hätten es gut, jedenfalls diese. Nebenan waren zwei Schulen mit ausgedehnten Spielplätzen. Tausend Kinder tobten, lärmten und spielten in unmittelbarer Nähe, und es gebe schon Klassen für die Flüchtlingskinder. Die Notunterkunft bestand erst seit Mitte Dezember, also seit acht Wochen.

Die Zeit verging schnell. Die Kundschaft tröpfelte herein. Ein steter, gleichbleibender Fluß, wie im Ladenlokal. Die Leute waren in der Regel jung, arglos, höflich und ein bißchen freundlich. Manchmal kam es zu einem Augenkontakt, meistens aber nicht. Sie schienen uns Deutsche nicht auf der Rechnung zu haben und blieben ganz in ihrer Welt. Es störte mich diesmal aber nicht. Hatte ich mich als Kind für die Lehrer und Aufsichtspersonen interessiert, wenn es ein Klassenfest gab? Nein.

Als aber einmal ein etwa fünfzehnjähriger Junge ganz normal und richtig »Dankeschön« sagte, haute es mich fast um. Er war die Ausnahme. Dabei wäre es so leicht gewesen, auch für die anderen.

Eine weitere Helferin kam, um die anderen abzulösen. Sie war etwa fünfunddreißig Jahre alt und trug Glatze. Chemotherapie, fuhr es mir durch den Kopf. Dann sah ich ihr Punk-Outfit, ihren muffeligen Jeansanzug und ihre maskulinen Bewegungen. Eine ewige Rebellin, dachte ich, und das war noch die günstigste Einordnung. Entweder sahen in Berlin alle irgendwie daneben aus, ich ja auch, oder die Leute mit Helfersyndrom hatten alle eine gewisse Abweichung, auch Schaden genannt. Als ich Feliz darauf hin betrachtete, verwarf ich die These wieder. Diese nette Mitbürgerin war einfach nur menschlich.

Die Essensportionen lagerten in Kunststoff-Containern und waren, wenn man eine herausholte, kochend heiß. Ich mußte sie auf eine Pappe stellen, da man sie nicht anfassen konnte. In mehreren Schränken lagerten die Käse- und Aufstrich-Teilchen sowie Säfte, Milch und Tee. Vor allem die Käseteilchen gefielen mir, »Edel Sahne« von »Milkana«. Wenn ich dazu an die frischen Brötchen und die kühle Butter-Portionen dachte, lief mir das Wasser im Munde zusammen. Auch Joghurt gab es. Aber ich spürte, daß es nicht angebracht war, etwas von den Sachen zu konsumieren, die für die Flüchtlinge gespendet worden waren. Ich hielt mich zurück, obwohl mein Appetit immer größer wurde. Ich wollte keine Extrawurst beanspruchen, sondern ein guter ehrenamtlicher Helfer werden, wie alle anderen auch.

Mein iPhone 6 S Plus hatte ich extra zu Hause gelassen, ebenso mein Portemonnaie und die goldene Rolex von 1958, die mir mein Vater geschenkt hatte, und so konnte ich niemanden meiner Freunde anrufen und von meiner Wandlung zum Flüchtlingsunterstützer in Kenntnis setzen. Als ich aber eine Pause brauchte und kurz in die Geheimwohnung wechselte, rief ich gleich Jan Küveler an. Wir verabredeten uns auf der Stelle. Bei der großen Präsentation von »Mimikry« wollten wir uns sehen, am Freitag. Das war das neue Buch von Holm Friebe, bei dem tout Berlin mitgemacht hatte und das alle feiern wollten.

Um mich nicht zu überanstrengen, hatte ich an dem Tag, diesem Party-Freitag, nicht gearbeitet. Ich arbeitete eigentlich ohnehin nie, denn Schreiben empfand ich niemals als Arbeit, sondern als Vergnügen, aber diesmal ging ich nicht einmal ans Telephon oder an den Computer. Ich saß nur im Sessel und dachte an nichts. Dann las ich »Erhörte Gebete« von Truman Capote, wie immer bei Klassikern nur eine Seite. Ich wollte im Restaurant essen, um eine gute Grundlage zu haben. Ich erinnerte mich daran, daß Agnes ebenfalls auf einer Party war, und fuhr mit dem Taxi erstmal dorthin. Es war eine Vernissage in Kreuzberg, die einer der Draschan-Brüder kuratierte.

Das Taxi fuhr durch die einschlägigen Straßen des neuen Amüsierviertels. Wieder atmete ich die sprichwörtliche Berliner Luft ein, diese Stimmung von Völkerverständigung und jugendlicher Befreiung. In der Galerie war ich der erste Besucher. Selbst Agnes war noch nicht da.

Ich photographierte die Werke, um später meine Anwesenheit beweisen zu können. Stefan Draschan begrüßte mich. Andere Künstler und Kunstkritiker trafen nun ein und suchten das Gespräch. Gegenüber dem Galeristen tat ich so, als überlegte ich insgeheim ganz ernsthaft, eine Arbeit kaufen zu wollen. Ich erkundigte mich umständlich nach dem Preis einer Installation und umkreiste diese wie ein Autokäufer einen ins Auge gefaßten Gebrauchtwagen. Der Galerist bekam erkennbar Herzrasen, als er den Preis nannte. Ich sagte:

»Ich mußte gerade an eine vierfach überzeichnete Aktie denken, vor dem Börsengang, an der ich dran war, wissen Sie, letzte Woche.«

In der Kunst-Welt liefen immer schon, seit der Antike, nahm ich an, bezaubernde Frauen herum. Welt der Kunst und schöne Frauen, das war fast dasselbe. Hier sprach mich ein schneewittchenhaft schönes Mädchen mit den Worten an, es freue sich ja so, mich wiederzusehen. Ich freute mich noch viel mehr, so sehr, daß ich vergaß, nach ihrem Namen zu fragen. Aber später tauchte sie bei meiner eigenen Veranstaltung auf, also der »Mimikry«-Lesung, bei der ich ja mit auf der Bühne saß, zusammen mit Holm Friebe, Philipp Albers, Jan Küveler und Thomas Draschan.

Agnes erschien. Ich machte mir einen Scherz, indem ich sagte, ihre Mutter sei bereits gekommen. Ein gedankenloser, böser Scherz, der eher *MICH* hätte in Panik versetzen müssen, denn ich hatte mit Agnes' Mutter seit der Geburt nicht mehr gesprochen. Statt dessen verfiel Agnes in einen schweren Angstzustand. Ich legte noch nach:

»Laß dir nichts anmerken, sie ist ziemlich betrunken. Mir macht es ja nichts aus, aber ich glaube, es ist ein wenig peinlich. Der Galerist ist darüber nicht sehr erfreut, der Spießer. Warum soll die alte Frau sich nicht ein bißchen danebenbenehmen, nicht wahr?«

»Wir haben – seit – Jahren keinen – Kontakt mehr!« stieß Agnes hervor, in Schnappatmung. Ich spürte, daß sie wirklich entsetzt war, und löste den bösen Scherz auf.

Ein Taxi brachte mich zur »Mimikry«-Lesung, Agnes blieb zurück.

Etwa fünfhundert Medienleute freuten sich auf unendlich viel Spaß. Auf meinem Pullover klebte immer noch das Kreppband mit meinem Namen, das ich im Flüchtlingsheim getragen hatte, und jetzt machte ich es hastig und verschämt ab. Von den Redakteuren, Lektoren, Herausgebern, Literaturagenten und Autoren wollte wohl keiner mit dem Flüchtlingsthema belästigt werden. Ich sprach im Laufe des Abends mit unzähligen von ihnen, doch nicht ein einziges Mal kam die Rede auf das häßliche Dauer-Sujet der Deutschen. Nicht einmal Jan Küveler wollte Details wissen.

Wußten die Leute bereits all das, was ich mir gerade erst mühsam aneignete? Etwa den Gedanken, daß wir mit den

Flüchtlingen nicht anders redeten als mit unserer eigenen Unterschicht, nämlich gar nicht?

Die deutsche Unterschicht studierte ich normalerweise immer vor dem Fernsehapparat der Geheimwohnung. Dort stand ein steinaltes Röhrengerät, das nur zehn Programme empfangen konnte, drei davon die Sender des Unterschichtsfernsehens, also die Privatsender RTL, RTL2, Super RTL. Seit Jahren nahm ich mir immer wieder vor, wenigstens ein paar Minuten auf diesen Ferkel-Kanälen zu verweilen, eben zu Studienzwecken. Es gelang mir nie. Nach drei Sekunden zappte ich weg. Länger zu schauen hätte mir eine Depression eingetragen – neben der Erkenntnis, daß die Mehrheit meiner Landsleute ein durch und durch niederträchtiges und sexistisches Pack sinnloser Alkoholiker war, das nicht einmal Deutsch sprach, sondern Pennerjargon. Es war klar, daß man dazu lebenslang strikt Distanz hielt. Seit dem Ende des Sozialismus und dem Durchmarsch des totalen Kapitalismus waren große Teile der Bevölkerung einfach vertiert. Als ich an diesem Morgen auf RTL gezappt hatte, hörte ich zum Beispiel folgende sieben Sekunden:

»… wassu nich allet eklig hier, de Schlampe, wat? Verstehsde dit, äh? Nix sauber, voll de Schmutz, wi man so blos lebe kann, nä!, guck ma hier, bäh …«

Das war die Sendung »Frauentausch«, und eine busenquillende, humpelnde Proll-Tussi bewertete die Wohnung einer anderen Frau.

Ich sollte mich also nicht beklagen, zu den neuen Zuwanderern keinen Draht zu bekommen, da ich doch zur eigenen Unterschicht ebenso keinen hatte. Natürlich kannte jeder Redakteur, Autor und Medienmensch einen Flüchtling und pries ihn zu Recht als wunderbaren Menschen. Auch ich kannte so einen, nämlich Issu Dada aus Syrien, Richter aus Damaskus. Das waren aber immer Leute aus der eigenen sozialen Schicht.

Das waren die oberen Zehntausend der anderen Kultur. Diese andere Kultur war der unseren verblüffend ähnlich. Leute, die Bücher lasen, liberal dachten, Popmusik hörten und niemals Gewalt ausübten, schon gar nicht gegen ihre eigenen Frauen und geliebten Töchter. Wir schlossen nun alle von diesem einen Prozent der Elite auf die übrigen 99 Prozent. Ein Fehler. Ich spürte es jetzt, hier im Radialsystem. Wenn ich von meiner Küchenarbeit in der Notunterkunft erzählte, schalteten alle innerlich sofort ab und verabschiedeten sich schnell.

Bei dem vorgestellten Buch »Mimikry« ging es um ein literarisches Gesellschaftsspiel, das zu erklären zu weit führen würde. Wichtiger für mich war, daß auch Ronja von Rönne auftauchte, das It-Girl des abgelaufenen Jahres 2015. Sie wirkte aber verschnupft, schlechtgelaunt und soziophob, schirmte sich mit einem Kranz blonder Freundinnen ab und begrüßte demonstrativ niemanden.

Der Abend lief auf mich zu.

Bei allem, was ich sagte, bekam ich dankbaren Applaus, und am Ende schien es so, als hätte man nicht ›Bibi‹ Gabriele May, sondern mich zum It-Girl des Jahres 2016 und damit Nachfolger von Ronja von Rönne gekürt. Ich wußte nicht, woran das lag. In den Gesprächen zwischen den Runden hörte ich dann ein dutzend Mal, mein Buch »Im Rausch der Jugend« und meine Reportagen für die »Süddeutsche« am Anfang des Jahrtausends hätten prägende Wirkung auf mein Gegenüber gehabt. All diese Leute mußten damals Studenten oder noch Schüler gewesen sein. Jetzt saßen sie auf wichtigen Posten.

Da war sie endlich wieder, die Schneewittchen-Fee von vorhin. Diesmal fragte sie mich, ob sie mich irgendwohin mit dem Auto mitnehmen könne. In solchen Momenten war ich immer ganz erfreut. Das lag daran, daß mir mit Harriet eine überaus attraktive Frau zur Seite stand und ich deshalb niemals den Mißverständnissen von geäußerten und tatsächlichen Angeboten nachgehen mußte. Ich würde also nie erfahren, ob diese schlanke, elastische, federleichte Frau, deren Namen ich nicht wußte, tatsächlich mit mir Auto fahren, mir weitere Komplimente machen, mir die prägende Wirkung von meinen Büchern attestieren, mir ihren unausrottbaren Vaterkomplex gestehen und mich ins nächste ›Motel One‹ entführen würde. Gewiß, ich sah gut aus. Aber seit meiner Zeit vor Harriet, als ich alleinstehend leben mußte, übrigens zum ersten Mal seit der Pubertät, wußte ich, daß das nicht reichte. Berlin war streng seniorenfeindlich. Alles über fünfundvierzig wurde empört von der Bettkante gestoßen. Grundsätzlich. Ohne Ausnahme. Zärtlichkeiten mit solchen Leuten galten als ebenso ungehörig und strafwürdig wie solche mit Personen unter sechzehn Jahren.

Aber nun mußte ich daran nicht denken. Ich war von Geburt an monogam und lebte glücklich mein Leben zu zweit. Selbst Agnes, die ja mit mir blutsverwandt war und somit Teil meiner erheblichen Eigenliebe, wurde nicht von mir begehrt. Also fast nicht. Im großen und ganzen war es mit ihr so gut wie nie zu sexuellen Übergriffen gekommen.

Vergnügt ging ich weiter durch den ausufernden Großkomplex des Radialsystems – es handelte sich um ein ehemaliges Wasserwerk aus der Kaiserzeit – und schüttelte Hände, gewährte Umarmungen und hatte für jeden Medienberufler ein gutes Wort. So etwas konnte ich. Mein Vater war Berufspolitiker gewesen.

Eine bestimmte Blondine wollte allerdings nicht von mir begrüßt werden. Sie hieß Anja Waahr und sah aus wie die Sängerin Madonna mit zwanzig und superblondierten Haaren. Also mehr als heiß. Sie beachtete mich schon den ganzen Abend nicht. Nun hatte ich im Laufe der Stunden einiges über sie erfahren. Sie war die Lektorin des gefürchteten Schriftstellers Johannes Bessing. Von ihm hieß es, er teile mit mir nicht nur den Vornamen, sondern auch gewisse andere Eigenschaften. Ich wollte Bessing daraufhin unbedingt kennenlernen, was aber nicht sofort gelang. Als ich sah, daß Anja Waahr mit meinem Neufreund Jan Küveler zusammenstand, stellte ich mich dazu.

»Ihr kennt euch?« fragte ich harmlos.

»Ja«, hechelte Küveler, »das ist Anja, für die ich immer schon ziemlich geschwärmt habe.«

»Verstehe ich vollkommen. Und ist es umgekehrt ebenso?« fragte ich aufgeräumt.

»Naja, ich halte ihn für einen Sexisten, ehrlich gesagt.«

»Oh ja, das ist er! Genau wie ich. Wobei ich hoffentlich der größere Sexist bin.«

»Nein, ich bin der größere Sexist«, beschwerte sich Jan. Er hatte das Wort als Kompliment verstanden. Anja Waahr begriff in dem Moment, daß es nichts Langweiligeres als den Vorwurf gab, sexistisch zu sein, und revidierte ihre Position augenblicklich.

»Wir sind alle drei Sexisten, alle gleich viel. Prost!«

Wir stießen mit unseren Gläsern an.

Alkohol und Essen waren an diesem Tag umsonst. Der schwerreiche Holm Friebe, Sohn eines rheinischen Unternehmers, bezahlte alles, also die Firma, die er zusammen mit Philipp Albers leitete und die schon jetzt erfolgreicher war als die des Vaters. Der Vater war übrigens anwesend, ebenso die Mutter, der neue Freund der Mutter und der Freund des neuen Freundes der Mutter und schließlich auch die Frau von Holm Friebe selbst sowie die geschiedene ehemalige Frau von ihm. Alle waren da, sogar eine ältere Schwester glaubte ich zu erkennen. Und natürlich, fast hätte ich es vergessen, Jens Friebe, der ehemalige Pop-Star der Familie und jüngere Bruder. Von Philipp Albers sah man ebenfalls einen jüngeren Bruder, der von manchen als mißraten, von anderen als genial und von allen zusammen als ungewöhnlich nett beschrieben wurde.

Alle hatte ich früher ein bißchen gekannt, im Nuller-Jahrzehnt, vor meinem Umzug nach Wien. Damals wußte ich auch noch, wie alle hießen, etwa der überaus nette und onkelhaftschrullige jüngere Albers-Bruder, und was sie machten, und ich kannte das neueste Album von Jens Friebe, dem Pop-Star. Zu meiner Überraschung befanden sich fast alle diese Gestalten nun, in den 10er Jahren, im Aufwind. Sogar der Vater von Holm Friebe sah – noch – besser aus als damals und wäre glatt als Joachim-Gauck-Double durchgegangen. Bei keinem kam mir das reflexhafte »Na, auch alt geworden« in den Sinn. Offenbar hatte Berlin wieder einmal oder immer noch Hochkonjunktur. Und dazu gehörte irgendwie zwingend, daß niemand über Politik sprach. Und daß alle mit mir sprachen. Es war noch nicht Mitternacht, als ich schon drei Angebote von Berliner Verlagen hatte, doch bitte zu ihnen zu wechseln.

Auch Johannes Bessing hatte eine Idee zur Zusammenarbeit. Der Mann, der mir angeblich so ähnlich war, wollte ein Buch mit dem Namen »Ping Pong« mit mir schreiben. Er stieß erst spät zu der Party. Bekannt für seine Komplimente, hörte ich ihn nun sagen, ich mache einen überaus freundlichen, ja verblüffend angenehmen Eindruck auf ihn. Ich hatte schon vier Campari-Red-Bull getrunken und antwortete weit ausholend:

»Das wird so sein. Denn so fühle ich auch. Ich empfinde immer die wärmsten Gefühle für den Menschen, mit dem ich gerade spreche. Da kommt mein wahres Ich zum Vorschein, und das ist ohne Verstellung, rein und lauter, ganz und gar menschenfreundlich. Das ist Johannes Lohmer! Leider besitze ich daneben aber noch eine abgespaltene zweite Identität, was schlimmer ist, als es klingt, denn die meisten von uns besitzen ja mehrere Identitäten. Ja, das Dumme ist nur, daß dieses zweite Ich genauso heißt wie das erste, nämlich ebenfalls Johannes Lohmer. Beide Ichs heißen so, obwohl sie nichts miteinander zu tun haben! Ja, und das letztere schreibt eben Bücher.«

»Mein Problem ist ein anderes«, antwortete Bessing, »ich sage immer alles, was ich denke. Ich bin überehrlich, und das erträgt die Gesellschaft nicht.«

Das konnte stimmen. Der Mann war in der Tat äußerst unbeliebt, und dafür mußte es einen Grund geben. Ich hatte immer auf Falschheit getippt, da er doch so freundlich auftrat. Aber das hätte nicht gereicht, denn auch andere waren falsch, ohne deswegen derart unbeliebt zu werden wie Johannes Bessing. Wir unterhielten uns sofort sehr angeregt. Allerdings war es schon schwindelerregend, wie umfassend und präzise er jeden Mitbürger, auf den die Sprache kam, analysierte, denunzierte und bloßstellte. Ich konnte dabei in keiner Weise mithalten, denn ich stand ja in meiner ersten Identität vor ihm und dachte gut über alle Menschen. Hätte ich nicht schon zwei Promille im Blut gehabt, wäre ich in unfähiges Stottern ausgebrochen. Es war wirklich ganz gegen meine Art, Freunde und Bekannte so kalt und gnadenlos nackt zu zeichnen. Vor allem dachte ich – zu Unrecht –, daß er von mir eine Gegenleistung erwartete, ein ebenso nüchternes Dekonstruieren aller gerade Anwesenden, daß er also dachte, ich sei so wie er, da doch ebenso unbeliebt. Aber es stimmte nicht. Ich war anders und noch nicht einmal unbeliebt. Jedenfalls nicht in diesem Rahmen. Die deutsche Buch- und Medienprominenz hatte sich zu einem Insider-Treffen versammelt, und da gehörte ich dazu. Bessing dagegen wurde gemieden. Aus flackernden Augen prüfte er die Umstehenden, ob einer gleich auf ihn zutreten und ihn ohrfeigen würde. Außer mir sprach nur die blonde Super-Sirene Anja Waahr mit ihm. Er war so unbeliebt, daß man fast neidisch werden konnte. Ein Held!

Ich wurde von ihm fortgespült. Agnes war wieder da. Ihrer eigenen Party der Kunstschaffenden war wohl die Luft ausgegangen. Zum ersten Mal seit unserem ersten Zusammentreffen in Italien war ich wieder so angetrunken wie damals. Ich hatte es seitdem vermieden, mich in ihrer Gegenwart so gehenzulassen. Es war damals zu gewissen Grenzüberschreitungenn gekommen, für die ich mir allerdings keine Schuld gab. Agnes sah ihrer Mutter nicht nur ähnlich. Mehr sollte man dazu nicht sagen, jedenfalls, wenn man nicht Johannes Bessing war, der furchtbare Richter. Agnes sah die vielen Leute im Radialsystem, und sie hatte eine halbe Stunde gebraucht, um mich überhaupt zu finden. Da sie immer auf rührende Weise das ganz, ganz Offensichtliche aussprach, sagte sie nun folgerichtig:

»Da sind ja SO VIELE Leute hier!«

»Oh ja. Und sogar Ijoma Mangold ist hier.«

»Wer?«

»Ijoma Mangold. Ein Literaturkritiker. Er saß mit mir auf dem Podium und hat den Saal gerockt.«

»Cool.«

»Und Truman Capote.«

»Wer?«

»Egal. Wie war deine Party? Wie bist du hergekommen? Du hast dich doch nicht von fremden Männern aus Nordafrika und dem arabischen Raum anquatschen lassen?«

Sie lachte. Dann sprach sie über einen Galeristen, der sie den ganzen Abend verfolgt hatte. Ein schmächtiger Mann mit schütterem Haar, ich kannte ihn, und er wurde mir sofort unsympathisch. Agnes beschrieb ihn als gebildet und unsicher. Wie immer, wenn sie mich zu fassen kriegte, wollte sie von mir wissen, welcher Mann im Raum zu ihr paßte. Sie war besessen von der Frage. Sie bekam praktisch täglich Angebote. Schließlich entsprach sie zu 100 Prozent der Männerphantasie von der coolen Blonden. Vielleicht war sie deswegen beziehungsunfähig. Agnes erzählte von dem verliebten Galeristen, der schon zwei Kinder hatte und ein eifersüchtiges Weib. Nun sagte sie wieder, wie schon öfters:

»Ich verstehe nicht, warum Leute eine Beziehung eingehen, wenn sie dabei eingeschränkt werden.«

Ich war nicht so betrunken, daß ich nicht mehr gewußt hätte, ihr das schon oft erklärt zu haben. So begnügte ich mich mit der Kurzform: Beziehung definiere sich als Einschränkung und sei besser als Alleinsein, so wie Aspirin besser sei als Kopfschmerzen.

Damit wandte ich mich erneut an Jan Küveler, der gerade vorbeikam, übrigens nicht ganz zufällig, denn er hatte die Blondine an meiner Seite entdeckt. Wir unterhielten uns über italienische Filme. Ich hatte gerade eine Retrospektive auf der Berlinale gesehen, die seit einigen Tagen lief. Im italienischen Film der 50er und frühen 60er Jahre blühte das, was man später Sexismus nannte, in ganz besonderer Weise, und das mußte ich Jan, mit dem man kongenial über ALLES reden konnte, unbedingt mitteilen.

Ich schloß:

»Das entscheidende Wort scheint mir ›Ragazze‹ zu sein, zu deutsch ›Mädchen‹. Diese jungen Frauen befanden sich vierundzwanzig Stunden am Tag im Modus des Angefaßt-Werdens. Es ist unglaublich. Und es scheint ihnen nichts ausgemacht zu haben. Die Männer klebten an ihnen wie Fliegen. In der Straßenbahn, im Bus, auf der Straße, im gesamten öffentlichen Raum. Ein einziges Hingreifen, Schnappen, Festhalten, Anquatschen. Und die Ragazze sahen bombe aus, lachten, flirteten, antworteten cool und schlagfertig, hatten kaum einen Fetzen am tollen Körper und jeden Abend blaue Flecken. Wie erklärt man sich das alles?«

Jan hatte natürlich eine Theorie dafür, aber Agnes kam ihm zuvor:

»Manche Frauen hätten es bestimmt lieber gehabt, wenn man sie nicht dauernd begrapscht hätte.«

Das war zwar typisch Agnes, also das ganz und gar Offensichtliche im Gewand einer Aussage, aber Jan, ein Mann, der den Alkohol noch mehr liebte als ich, reagierte hocherregt darauf, als hätte gerade Albert Einstein gesprochen. Ich verstand die Situation und ließ die beiden allein. Thomas Draschan war nicht weit.

Der Mann war bekanntlich Wiener, wirkte auf dem deutschen Parkett etwas weniger galant als sonst und hatte sich auch noch den Arm gebrochen. Oder die Hand. Der Gips lugte aus einem Skipullover hervor.

Eigentlich war der große Künstler Draschan eine unbiegsame, angsteinflößende Eiche. Ein Mann wie ein Orkan, 2 Meter groß und breit. Die Haare standen ihm ab, als sei gerade der Blitz in sie gefahren. Doch nun wirkte die ganze Erscheinung derangiert. Ging es ihm nicht gut? Das hätte mir leidgetan, denn ich mochte ihn. Er hatte die elektrisch aufgeladenen Haare gefärbt, was seltsam mißglückt aussah. Eigentlich waren es schwarze Locken gewesen, nun waren sie brünett und glatt. Dem Gesicht sah man an, daß ihn der gebrochene Arm schmerzte. Nun verriet er mir die Unfallursache: Er war mit jugendlichen Skatern unterwegs gewesen, war selbst Skateboard gefahren, bis es ihn mit 80 Stundenkilometern aus der Kurve hob. Bedachte man, daß Draschan im fünften Lebensjahrzehnt stand, war die Story peinlich. Sie mußte gerade erst passiert sein, denn das Teenager-Outfit trug er noch immer: einen Geweih-Pullover, löchrige Jeans und ein vielfach geschlungenes Palästinensertuch um den Hals. So konnte er als Comedian im Privatfernsehen auftreten, aber auch hier? Kein Wunder, daß er kaum Beachtung fand, aber ein guter Grund, daß ich mich um ihn kümmerte. In Wien würde er sich daran erinnern. Dort galt er als der erste Salonmaler der dort noch existierenden Bourgeoisie. Er hatte viel für mich und Harriet getan. Vielleicht würde es einmal meine moralische Pflicht werden, Draschan zu promoten, also auch in Deutschland durchzusetzen, sozusagen als ›ersten bedeutenden Salonmaler des 21. Jahrhunderts‹. Ich mußte es tun, weil es sonst keiner tat.

Jan Küveler zum Beispiel hatte anderes zu tun. Er war einfach zu schade für so etwas. Seine Brillanz begeisterte mich immer wieder, also seine ansteckende gute Laune und Lebenszugewandtheit. Allen Kunstgattungen war er gleichermaßen zugetan, sogar dem Theater, das er selbstverständlich haßte, aber wieder so eloquent, einfallsreich und – eben – klug, daß selbst ich nicht anders konnte, als mir jedes Stück, das er zermalmte, doch noch anzusehen. Natürlich hatte er unendlich viele Freunde und gewann täglich neue dazu, auf die leichteste Art. Er war einfach völlig unvoreingenommen und furchtlos, ohne jegliche Angst vor Nähe oder davor, ›sich etwas zu vergeben‹. Wahrscheinlich machte er sich einfach schneller Freunde, als seine Feinde reagieren konnten. Denn selbstverständlich kollidierten seine undogmatischen Ansichten ständig mit allen korrekten Lehrmeinungen.

Und, um das Wichtigste zuletzt zu nennen: Küveler hatte ein gutes Auge für Frauen. Immer wenn ich nach der ersten Viertelstunde der Verwirrung die einzige Frau im Partyareal entdeckt hatte, die wirklich ›hot‹ war, saß diese schon auf seinem Schoß und blies ihm Luftringe um die freche Nase. Oder leierte ich so einer Schönheit aufwendig die Handynummer aus dem Kreuz, präsentierte sie stolz Jan Küveler, der dann verlegen flüsterte, die hätte doch auch ER mir geben können. Diese Eigenschaft, also ein gutes Auge für Frauen zu haben, war für mich, solange ich denken konnte, das sicherste Zeichen dafür, einen Menschen vor mir zu haben, den ich bestimmt mögen würde. Diese Leute hatten begriffen, worum es ging. Konkreter, sie wußten von dem beispiellosen Glück, das die tollen Frauen in einem entfachten. Die wirklich guten

Frauen waren übrigens immer die zugleich schönsten und anständigsten – eine gar nicht so seltene Mischung. Mit den nicht so schönen und unanständigen Frauen trudelte man dagegen immer nur in eine Spirale von schlechten Gesprächen, sportlichen Liebesakten und sinnlosen Familien- und Karriereplanungen, kurz: in eine Lebensdepression, die doch gar nicht nötig war!

Ich atmete tief durch und sah mich um. Jetzt holte ich mir erstmal einen weiteren Drink!

Ich war wirklich rührselig geworden. Als ich jetzt Holm Friebe sah, überfielen mich auch ihm gegenüber die wärmsten Gefühle und Erinnerungen. Ich kannte den Begründer der Digitalen Boheme schon so lange. Was hatte dieser verantwortungsvolle Mensch nicht alles für andere getan, für uns, für diese hundert oder zweihundert jungen Kreativen, die das Rückenmark der Berliner Republik ausmachten, ohne es zu wissen. Schreiber, Werber, Start-up-Unternehmer, Ideenverfolger, neue Theoretiker, erfolgreiche Nerds, erfolgreiche Literaten, Verlagsgründer, einflußreiche Journalisten. Nur das Fernsehen und der deutsche Film fehlten. Wahrscheinlich, weil dieser Bereich der dümmste war – entweder politisch korrekt dumm oder gehirnentkernt Boulevard-dumm. Zwischen Veronica Ferres als Verfolgte des Nazi-Regimes und der großen Matthias-Reim-Gala gab es nur noch Til Schweiger, und für dessen Blödheit gab es noch nicht einmal ein Wort. Deswegen fehlten die Vertreter dieser Zunft, etwa Drehbuchautoren oder Produzenten und leider auch Schauspielerinnen. Aber das Theater lieferte da schon immer die besseren Vertreter, das war sicher. Etwa Marie-Luise Schärdinger, die ich jetzt sah und die in Herbert Fritschs »Der eingebildete Kranke« das Hausmädchen gespielt hatte. Auf der Premierenfeier waren wir uns nähergekommen.

Holm Friebe, wie gesagt. Ein leiser, niemals sich aufdrängender, sondern aus dem Hintergrund agierender Mann, der mit so vielen Playern im Kontakt stand, die stärker glänzten als er. Holm war nicht höflich, und er kannte keine Schnörkel. Am Telephon sagte er noch nicht einmal hallo, sondern kam gleich zur Sache. Er betrieb immer zehn Projekte gleichzeitig, ohne sich anzustrengen. Und er sah, wenn jemand strauchelte. Ich hatte ihn immer in dem Bild mit dem Hirten und der Schafherde gesehen. Oder als Internatsleiter für gefährdete Jugendliche. Das hätte er gut gekonnt, das wußte ich. Vielleicht hätte er DAS unbedingt werden müssen und lebte statt dessen nur das zweitbeste für ihn mögliche Leben. Er war durchaus etwas schwermütig. Also ganz anders als Jan Küveler. Sogar Holms Liebesleben wirkte wenig glücklich. Jedenfalls kam er immer wieder und relativ schnell an den Punkt ratloser Auflösung. Die Frauen fielen ihm zu, da er jenen seltenen Männertyp verkörperte, den es in Deutschland nur einmal, und zwar in der Person Peter van Eycks, gegeben hatte: blond, aber herb und melancholisch. In Österreich hatte Oskar Werner diesen Typ dargestellt. Von ihm wußte man auch, daß er allen Wienerinnen das Herz brach, aber irgendwann damit aufhörte, weil es zu nichts führte.

Daß Friebe nun mit einer ihn an Körpergröße fast überragenden Frau, die alle für Cate Blanchet hielten, liiert war, hieß wohl nur, daß er die alten Bahnen verlassen hatte. Er war nicht mehr der Frauentöter, sondern ließ sich gern und gutmütig am Gängelband durch den Alltag führen. Im wahrsten Sinne auf Augenhöhe begegnete er einer Partnerin, die ihn nicht bewunderte, aber vielleicht mehr liebte als die verknallten Beautys vorher. Ich wünschte es ihm von Herzen in diesem Moment. Aber kaum hatte ich das getan, stieß ich auf seine letzte Ex-Frau. Und das war Catrin Sieger. Sie stand urplötzlich vor mir. Phantastisch sah sie aus!

»Du – hier … Wahnsinn!« sagte ich.

»Wir haben uns ja lange nicht gesehen!« sagte sie.

»Ja, das ist wahr!« sagte ich. Ihre strahlenden Augen waren wie eine aufgehende Sonne: Das hatte Holm selbst einmal gesagt, im ersten Jahr ihrer Beziehung. Und er neigte sonst niemals zu solchen Sätzen. Es hatte ihn erwischt, damals.

»Warum rufst du nicht einmal an? Immer noch dieselbe Nummer. Oder Facebook ...«, sagte sie ehrlich erfreut.

»Ja, das tue ich. Unbedingt!«

Ich überlegte, daß ich ihre Nummer gar nicht mehr hatte.

»Wie lange bist du jetzt weggewesen?« wollte sie wissen.

»Wir haben vor allem in den Nuller-Jahren Kontakt gehabt, nicht wahr? Jetzt dagegen sind die ... 10er Jahre? Sagt man so?«

»Genau! Die 10er Jahre!«

Wir kamen ins Gespräch. Ich erzählte von Wien und von Harriet, die eine besonders attraktive Frau sei – was Catrin Sieger allerdings schon zur Genüge wußte. Ich hatte etwa fünftausend Photos meiner Frau ins Netz gestellt, im Laufe der Jahre, eine Marotte von mir.

»Alle wissen, daß sie schön ist«, sagte Catrin etwas gehetzt. Ich merkte, daß sie sich nicht frei fühlte, da ihr Ex-Mann und seine neue Frau sich in der Nähe befanden. Im Gegensatz zu ihm hatte sie keine Begleitung. Sie wirkte schutzlos und schien um die nackten Schultern herum zu frieren. Sie war wohl auch dünner geworden. Jemand hätte ihr den Arm reichen müssen, aber ich war der letzte, der es sich mit Cate Blanchet verderben wollte. Holm selber hätte es wohl gern gesehen, wenn ich seiner armen Ex etwas Mut zugesprochen hätte. Aber die neue Frau konnte unmöglich schon so souverän sein. Dafür sah Catrin Sieger einfach zu gut aus. Sie strebte bald dem Ausgang zu, winkte noch in 10 Metern Entfernung und rief:

»Wir beide sind die 10er Jahre!«

Das war wirklich nett. Vielleicht würde ich ihr tatsächlich eine sogenannte Freundschaftsanfrage schicken, was ich bis dahin noch nie gemacht hatte. Ich war erst seit 2009 auf Facebook und hatte erst knapp unter tausend Freunde. Damit konnte ich wenig Staat machen, und vielleicht war es besser, sie merkte das nicht. Als Erfolgsautor mußte ich von Rechts wegen eine fünfstellige Zahl an Facebookfreunden haben und ebenso viele Follower auf Twitter. Bei Twitter war ich gar nicht. Ich hatte mit Facebook aufgehört, mich am technischen Fortschritt zu beteiligen – dachte ich, während ich weiter an meinem Drink nuckelte, mit Hilfe eines Strohhalms, und dabei seelenruhig einem Mann entgegensah, der mit Agnes auf mich zustiefelte. Eigentlich wurde er von Agnes gezogen, die mich als Ziel bestimmt hatte. Als beide vor mir standen, stellte sie ihn mir vor, und es war natürlich der unattraktive, etwas ältlich wirkende Galerist, der sie bereits auf der Vernissage verfolgt hatte. Als Antwort darauf hörte ich mich nun etwas sagen, was mir selbst deutlich machte – ich hatte immer eine präzise arbeitende Selbstkontrolle –, daß ich zuviel getrunken hatte:

»Freut mich. Aber kümmern Sie sich bitte um Ihre eigene Tochter und lassen Sie mir die meine.«

Agnes hatte mir erzählt, daß er eine Tochter hatte und einen Sohn dazu. Der Sohn war sogar mit der Tochter der Geliebten von Thomas Draschan zusammen. Vielleicht wurde mir das alles zu intim oder zu beengt, jedenfalls wurde ich ausfallend. Da das nicht zu mir paßte, trat ich den Rückzug an.

Agnes meinte später einmal, meine Reaktion habe ihr gefallen, sei aber womöglich etwas zu direkt gewesen.

10.

WIR KOMMEN, NEUKÖLLN!

Ronja von Rönne hatte gekocht. Für ihre Eltern, glaube ich, oder ihre ganze Familie. Wir gingen die Auguststraße in Mitte entlang, dieser Herr mit dem unaussprechlichen Namen und ich.

»Möchten Sie lieber ein Taxi nehmen, Herr Lohmer?« fragte er mich. Ich hatte verzweifelt versucht, mir den Namen einzuprägen und zu merken. Hoffentlich war es nur ein Pseudonym.

»Klar nehmen wir ein Taxi, Herr …«

»Cymtschylbulck.«

»Bitte noch einmal.«

»Cyl-schymck-bulk!«

»Entschuldigung, so geht das nicht. Ich biete Ihnen hiermit das du an. Wie ist denn der Vorname?«

Er nannte ihn mir. Ganz normal Günter.

Ich holte meinen Flachmann aus dem Mantel, und wir tranken Brüderschaft. Eigentlich kannte ich den fremden Mann nicht, sah ihn erst zum zweiten Mal, aber wir verstanden uns, und er war Ronjas Verleger. Sie wohnte in der Torstraße, und die war elend lang. Da konnte ein kräftiger Schluck aus meiner ehemaligen Shampooflasche, die mir als Flachmann diente – ich hatte sie gut ausgespült –, nicht schaden. Doch das Taxi kam sofort. Günter hatte innere Widerstände, aus der eierlikörfarbenen Plastikflasche zu trinken. Er war noch jung.

»Eigentlich habe ich keinen Hunger«, sagte ich, »aber bei Ronja in der Wohnung ist es auf jeden Fall gemütlicher als in einem Lokal. Ist sie denn schon aufgeregt?«

»Ich finde es sagenhaft, wie souverän sie mit dem Druck umgeht, Herr Lohmer«, flüsterte Günter.

»Sag einfach Jolo zu mir!«

Wir sprachen über Ronja, die ihren großen Tag hatte. Ihr Roman »Wir kommen« sollte der Weltöffentlichkeit vorgestellt werden. In einer Stunde. In solch einer Lage noch seelenruhig für die Eltern und die drei jüngeren Geschwister zu kochen zeugte in der Tat von beispielloser Nervenstärke. Aber bei den Von Rönnes wurde, wie oft im alten deutschen Adel, auf Disziplin von klein auf Wert gelegt. Zwischen Kindern und Erwachsenen wurde da nicht unterschieden, das hatte man seit dem Mittelalter so gemacht. Zudem war die Familie bettelarm. Um die Schlösser und Ländereien erhalten zu können, mußten selbst die Kleinsten Kinderarbeit leisten. Ronja selbst hatte dergleichen einmal behauptet, glaubte ich mich zu erinnern, oder etwas Ähnliches. Es war auf ihrem Blog »Sudelheft« gewesen, der sie bundesweit bekannt gemacht hatte. Sie hatte sich gegen Vorwürfe von Volker Beck zur Wehr gesetzt, der alle möglichen Adelsklischees bedient hatte. Ja, Volker Beck, der Cristal-Meth-Typ.

Ronja von Rönne ist ein Mensch, der gut aussieht, gut schreibt, viel zu sagen hat und einer ganzen Generation eine neue Stimme gibt. Von alldem hat Volker Beck nur das ›von‹ zwischen den Namensteilen wahrgenommen. Das spricht eindeutig gegen diese Droge. Marihuana oder sogar Kokain wäre die bessere Wahl gewesen.

Es gab natürlich keinen Lift in dem typisch verkommenen Ostberliner Altbau. Wir stiefelten hundertachtundzwanzig

Treppen bis ins Dach hoch. Günter ging im vierten Stock die Luft aus. Ich half ihm die letzten Stufen nach oben.

»Ich mag keine Treppen, Herr Lohmer«, jammerte er. Aber wir hörten schon Partygeräusche, das Lachen von gutgelaunten Menschen. Es waren alles Angehörige der Ronjafamilie. Sie staksten durch ein Chaos aus Koffern, brennenden Kerzen, Antiquitäten vom Flohmarkt, ungemachten Betten und rasch hingeworfenen Kleidungsstücken. Ich kannte diese Atmosphäre aus Kreuzberg, wo ich einmal für einige Wochen bei Nichte Hase und ihren Freundinnen untergebracht gewesen war. Damals war ich fünfundvierzig gewesen, und deshalb rief ich jetzt beglückt aus:

»Ach, man müßte noch einmal fünfundvierzig sein!«

Günter knurrte beleidigt, ich solle das nicht sagen, denn ER sei fünfundvierzig. Ich hatte ihn wohl etwas zu sehr von oben herab behandelt, von der Position des deutlich Älteren aus, dabei war er gar nicht soviel jünger als ich.

Ronja sah wie immer entzückend aus, steckte im ›Kleinen Schwarzen‹, also einem klassischen, kargen, unspektakulären, einteiligen Minikleid, das ihre schönen Beine betonte. Sie war ja im Zweitberuf ein gefragtes Photomodell, was man sofort verstand. Die vollen Haare hatte sie hochgesteckt. Sie rannte hin und her, um den Laden zu schmeißen, und rauchte dabei Kette. Man hatte nicht das Gefühl, daß sie sich wichtig machte oder daß sie überhaupt etwas auf ihre Wirkung gab. Ihr Selbstbewußtsein kam aus einer anderen Welt und anderen Zeit. Sie achtete nicht auf sich, sondern auf die anderen. Vor allem ihre jüngeren Schwestern Celine und Anna Sophie lagen ihr am Herzen. Die beiden standen plötzlich vor mir, umkreisten mich und lachten viel. Herzensgute Kinder.

Sie wollten wissen, wer ich war. Ich erklärte es ihnen. In meinem Rücken krächzte ein absurd großer Papagei. Ich konnte es kaum glauben, denn ich hatte so etwas zuletzt als Kind im Tierpark gesehen. Er sagte ganze Sätze, und diese ausgesprochen deutlich. Es machte ihm offensichtlich Spaß, uns zu verblüffen. Die Sätze waren natürlich Beschimpfungen. »Knallkopp! … Idiot! … Heil Hitler! … Hallo! …« Ich mußte daran denken, daß auch Winston Churchill einen Papagei besaß, der erst vor zwei Jahren gestorben war. Die Tiere lebten ewig. Ich wandte mich wieder an die adeligen Kinder.

»Also du bist… Celine? Wie Celine Dion?«

»Ja! Meine Mutter mochte das Lied total …«, prustete sie los. Es ging um den Song aus dem Leonardo-di-Caprio-Film »Titanic«. Gerade hatte Leo den verdienten Oscar dafür – und für sein Lebenswerk – bekommen.

Ronja setzte mich zu ihrem Vater an den Katzentisch. Wir aßen eine gute Suppe mit Königsberger Klopsen und Kapern, ein altes Familiengericht aus dem Krieg. Der Vater stellte sich als gutmütiger, unaggressiver Mann mit guten Manieren heraus, der alles lässig nahm. Der Ruhm seiner Tochter war ihm nichts Besonderes. Gab es etwas Normaleres in der Welt des Bürgertums, als medialer Superstar zu werden? Was denn sonst? Der Adel zog weiter unbeeindruckt seine stillen Bahnen durch die Jahrhunderte.

Ich verabschiedete mich, weil ich noch mit meinem Neffen Elias telephonieren wollte, und mit Stella Haffmans. Elias war der Sohn Jutta Winkelmanns, Stella die Tochter Gerd Haffmans. Beiden ging es nicht gut. Ich hatte sogar Angst, sie könnten sterben. Biographisch gesehen waren sie Ersatzvater und Ersatzmutter für mich gewesen. Ich wollte es ganz ruhig um mich haben beim Telephonieren, und der Papagei wäre fehl am Platz gewesen. So zog ich mich in ein leeres Café in der Torstraße zurück. Totgesagte leben länger, sagte man ja, und dieses Wort tat auch jetzt seine Wirkung. Ich erfuhr, daß beide noch unter uns weilten.

Meine Stimmung stieg, und ich stürzte mich ins Nachtleben.

»Wir kommen« wurde im Theater »Haus am See« am Rosenthaler Platz uraufgeführt. Der ganze Platz mit seinen zig zuführenden Straßen war ein einziger Ameisenhaufen. Aus allen Richtungen strebten die jungen Leute auf das kleine Off-Off-Theater zu. Innen war schon jeder Zentimeter besetzt, draußen ballten sich die Massen wie die Flüchtlingstrecks an der griechisch-mazedonischen Grenze. Die Leute wollten rein, ganz klar. Sie konnten es nicht fassen, daß so früh am Abend – es war erst 21 Uhr – schon alles vorbei sein sollte für sie. Alle wieder zurückschicken? Das war keine realistische Option. Sie waren von so weit her gekommen und ließen sich nun nicht mehr abhalten. Sie hatten Ronja von Rönne im Fernsehen gesehen und versprachen sich von ihr ein neues, besseres Leben. In ihren Heimatgebieten herrschten nur geistiges Elend und sinnloser Alltag. Die meisten waren junge Männer. Ich kam aber trotzdem hinein, weil mich zwei wachhabende Türsteher erkannten und mir, laut über die Köpfe der Verzweifelten hinweg, »Herr Doktor Lohmer!« entgegenbrüllten. Ich fühlte mich geschmeichelt. Mit meinem dicken beigefarbenen Altherren-Mantel, der meinen Leib wie ein Panzer umgab, drängte ich mich zum Eingang.

Drinnen begrüßte mich mein Zwillingsbruder im Geiste Johannes Bessing überschwenglich. Wir gerieten auf der Stelle in eine rasende Debatte, aus der uns nur Heike Melba Fendel reißen konnte. Sie hatte Ronja ein bißchen unterstützt, als diese noch kein Mensch kannte, obwohl sie bereits die jüngste Redakteurin der Tageszeitung »Die Welt« war, die es je gegeben hatte. Erst als ihre Erfolge als Photomodell ruchbar wurden, begann die Hetze gegen sie. So etwas war für FeministInnen anscheinend die schlimmste mögliche Vorstellung. Nicht für

Alice Schwarzer, die sich über eine so kluge Person wie Ronja maßlos freute, aber für alle anderen Linken. Alice Schwarzer selbst war ja keine Linke, sondern der führende Kopf der Aufklärung in Deutschland. Ginge es nach ihr, würde Ronja eines Tages die zweite Bundeskanzlerin nach Merkel werden. Eine, die man nicht ›Mutti‹ nennen würde.

Philipp Albers begrüßte mich, und nicht nur er, ich mußte viele Hände schütteln. Doch wo war Holm Friebe? Und wo Jan Küveler?

Ich konnte darüber nicht nachdenken, weil die Show begann. Die Verlegerin, eine junge trinklustige Frau, die Peter Schindel, unseren zurzeit wichtigsten Schriftsteller, großgemacht hatte, hielt die Einleitungsrede. Das konnte sie mehr als perfekt und frei sprechend. Schon bei der Präsentation von »Mimikry« hatte sie eine halbe Stunde brilliert, ohne auch nur einmal aufs Papier zu sehen. Um ganz genau zu sein: sie hatte überhaupt kein Papier dabeigehabt. So auch diesmal. Ich hatte schon Angst, sie könne Ronja das Wasser abgraben. Als diese dann aber zu sprechen begann, war es, als würde ein Gewitter niedergehen, mit Blitz und Donner. Mit ihrer kehligen Stimme riß sie alle Zuschauer vom Hocker. Nun sah alles alt aus, was es jemals vor ihr gegeben hatte. Ein neues Zeitalter begann.

Es wurde total still im überfüllten Saal. Als die Kellner-Trottel weiter klirrend und scheppernd mit Geschirr um sich warfen und Gläser zertrümmerten, stürzten sich junge Männer auf sie und wollten sie am liebsten gleich am Querbalken der Decke aufhängen. Auf dem Buchumschlag von »Wir kommen« stand, es handele sich bei dem Roman um eine neue Stimme in der deutschsprachigen Gegenwartsliteratur. Das war wohl die Untertreibung des Jahres. Dann stand da noch, diese Stimme sei schnoddrig, frech, respektlos und so weiter. Worte aus dem Sprachmuseum! In Wirklichkeit gab es noch keine Worte für das Phänomen.

Ronja erzählte Begebenheiten aus ihrer Kindheit und Pubertät, und zwar aus der Täterperspektive, wobei Sexuelles nicht schamhaft ausgespart wurde. Wie sollte man Mißbrauch geißeln, wenn er von einer Dreizehnjährigen ausging? Aber das war nicht der Hauptstrang. Es ging um einen übersensiblen Menschen, der an der Welt erstickte oder fast erstickte oder erstickt wäre, wenn er nicht wie um sein Leben dagegen angeschrieben hätte. Das Muster hat es wahrscheinlich schon in früheren Jahrhunderten gegeben, aber nicht in diesem.

Die Leute hörten fassungslos zu. Sogar Günter hatte Tränen in den Augen, die er verbergen wollte, indem er sich im dunkelsten Teil des Theaters versteckte, nämlich unter der in den Raum ragenden Treppe. Das Besondere an der Darbietung war wahrscheinlich die unglaubliche Kongruenz des Inhalts mit der sicheren, knabenhaft dunklen, oft drohenden Stimme. Hier las jemand sicherer als Klaus Maria Brandauer nach sechzig Jahren Burgtheater-Erfahrung. Wie war das möglich? Daß Lesen eine Kunst war, wußte ich nur allzu gut.

Brandauer hätte nun zwei Stunden durchgewalzt. Dann vier Zugaben, zwölf Vorhänge, Jubelrufe, Blumen, Autogramme, Bussi-Bussi, Winken im Taxi. Ganz anders unsere Debütantin. Nach zwanzig Minuten war Schluß. Sie stand auf, dankte artig und ging in aller Ruhe hinter die Bühne. Ich persönlich bedauerte das nicht, denn ich hatte während der Lesung vor allem Lust auf das Buch bekommen, das mir Ronja in ihrer Wohnung in die Hand gedrückt hatte und das ich so bald wie möglich in ganzer Länge – nicht nur Schnipsel wie in der Lesung – selbst lesen wollte. So kürzte ich die anschließende »soziale Situation« vor dem Theater und auf dem Rosenthaler Platz ab und fuhr nach einigen wenigen Plaudereien mit Anja Waahr, Jan Schmidt-Garre, Catrin Sieger, Christof Albers, der reizenden Franziska vom ›Aufbau‹ Verlag und natürlich Johannes Bessing nach Hause. Wo der schönste Teil des Tages begann. Nämlich die Lektüre des ganzen Buches »Wir kommen« in einem Rutsch.

Als es hell wurde, war ich in der Gegenwart des Jahres 2016 angekommen. Und was soll ich sagen, sie gefiel mir. Es war eine Welt ohne Flüchtlingskrise, die die junge Schriftstellerin, Jahrgang 1993, mir aufzeigte. Die jungen Leute schienen sich für das Thema kein bißchen zu interessieren.

Tatsächlich aber war die – später auch so genannte – große deutsche Flüchtlingskrise auf ihrem Höhe- und Scheitelpunkt. Deutschland befand sich wenige Tage und Stunden vor angeblich sehr wichtigen Landtagswahlen.

Im Fernsehen wurden pausenlos die ›häßlichen Bilder‹ gezeigt, von denen der smarte österreichische Außenminister seit einem halben Jahr gesprochen hatte. Seiner Ansicht nach waren ›die häßlichen Bilder‹ unvermeidlich bei einer Grenzschließung, doch sei es besser, sie nach einer Million Migranten zu erleben, als nach zwei oder drei Millionen. Die deutsche Regierung gab ja bereits ungerührt preis, mit 3,6 Millionen Flüchtlingen binnen vier Jahren zu planen. In dieser Kalkulation war Merkel immer noch Kanzlerin und zum dritten Mal wiedergewählt, wie Adenauer und Kohl. Kein Wunder, daß die Gesellschaft langsam durchdrehte. Es war aber so, daß die Völker des übrigen Europas irgendwann die Geduld verloren, ihre Regierungen eine nach der anderen abwählten – ein bei uns undenkbarer Vorgang – und ihre Staaten so zu einer Richtungsänderung zwangen. Wann hatte Demokratie jemals so effektiv und gut funktioniert wie jetzt? Die neuen Regierungen schlossen einfach die Grenzen, und basta.

Die nächsten gesamtdeutschen Wahlen lagen noch in weiter Ferne, die Merkel saß fest im Sattel, und sechshundertdreiundsechzig von sechshundertdreiundsechzig Abgeordneten unterstützten felsenfest ihre Politik der Willkommenskultur. Die anstehenden Landtagswahlen konnten nur psychologische Bedeutung haben. Jeder, der wollte, wußte die Ergebnisse bis zur dritten Stelle hinter dem Komma schon im Voraus. Trotzdem zitterten alle vor diesem Wahltag – wie die kochende Hausfrau in der Küche an Heiligabend vor der anrückenden Familie samt Schwiegermutter. Die Spannung stieg ins Unermeßliche.

Es war, wie gesagt, eigentlich völlig unsinnig. Die Flüchtlingskrise war gelöst, durch unsere Nachbarn in der EU, aber Angela Merkel gab immer noch nicht auf! Mit der Türkei wurde vereinbart, statt der gestoppten illegalen Einwanderung demnächst eine legale einzuführen, und zwar im großen Stil. Die Türkei solle alle Flüchtlinge erst einmal zurücknehmen, aber dann in festgelegten Kontingenten, auf ganz Europa verteilt, wieder losschicken. Als Dankeschön sollte die Visafreiheit für 80 Millionen Türken eingeführt werden sowie die zügige Verhandlung über einen EU-Beitritt der Türkei. Die zehnfache Menge an Zuwanderern zu den jetzigen Zahlen war danach möglich, aber es gab keine ›häßlichen Bilder‹ mehr.

Wie reagierten die Bürger darauf? Gespannt wartete ich auf die Wahlergebnisse, wie alle anderen, als könnten sie anders ausfallen als erwartet. Ich würde dann, wie alle anderen, völlig überrascht tun und Ach und Weh klagen: ›Die Rechtspopulisten bei 12 Prozent, oh Gottogott, das hat ja nun wirklich niemand für möglich halten können! Was für ein Schock, was für eine Schande!‹ Warum wir uns alle so verhielten, wußte ich nicht.

Vor diesem Wahlsonntag traf ich Jan Küveler, den Cheerleader der sogenannten ›fabelhaften Springer Boys‹. Mit dem Ausdruck ›fabelhafte Springer Boys‹, ich sagte es schon, waren ein gutes Dutzend junger Feuilleton-Redakteure gemeint, die fabelhaft gut schrieben und dazu fabelhaft viel Geld verdienten – eine Kombination, die es seit den frühen 90er Jahren nicht mehr gegeben hatte.

Mit Küveler fuhr ich im Paternoster in den neunzehnten Stock des Axel-Cäsar-Springer-Buildings und betrat den Officer's Room. Das war ein holzgetäfelter Raum im Stil alter englischer Herrenclubs – und es war auch ein solcher gewesen! Springer hatte in den 80er Jahren, als das Gebäude der »Times« abgerissen wurde, den dortigen Herrenclub-Raum der »Times« aus dem Jahre 1785 gekauft und nach Berlin transportieren lassen. Dort setzten wir uns nun in einen der riesigen, bequemen Ledersessel, groß genug für die Leibesfülle bedeutender Premierminister, Schatzkanzler und Chefredakteure. Neben uns versank der kleine Stefan Aust in einem der Churchill-Sessel.

Wir tranken – auf Kosten des Hauses – die Axel-Cäsar-Springer-Hausmarke. Das war ein Weißwein, und obwohl ich sonst nie Wein trank, machte ich, aus einem unerklärlichen Instinkt heraus, eine Ausnahme. Sonst wurde mir bei Weißwein nur schlecht. Außerdem wirkte er bei mir alles andere als stimulierend. Gedanklich brachte ich das Getränk mit allen Bevölkerungsgruppen zusammen, die ich haßte, zum Beispiel rechte Immobilienmakler oder frühpensionierte linke Gymnasiallehrer. Wie sollte also dieses Getränk bei mir zu guter Laune führen?

Und doch war es so. Der alte Springer hatte einfach Geschmack. Sicher war auch jede Flasche unbezahlbar für den normalen Nichtmitarbeiter. An meinem Jackett prangte ein großer Springer-Ausweis, den Küveler mir besorgt hatte. Ich legte mir keine Zurückhaltung auf und griff beherzt zu, wenn eines der vielen Springer Bunnys mit einem Tablett neuer Gläser vorbeitänzelte.

Ich war erstaunt, wie alt Stefan Aust aussah. Ein Leben lang war er der große Gegenspieler Springers gewesen. Erst in der Form von Augstein, dann in eigener Mission. Aust und Augstein verwechselte ich immer, zumindest jetzt unter Weißweineinfluß, weil die Namen so gleich klangen, sie waren für mich eine Person, so wie Axel Springer und Friede Springer. Seit 1945 waren sie am Start und bekämpften sich. Erst ganz am Ende, vor wenigen Jahren, hatte Augstein-Aust das Lager gewechselt. Beim »SPIEGEL« hatten sie ihn weggemobbt. Aus seiner eigenen Zeitschrift! Seitdem baute er die Springerzeitung »DIE WELT» zur besten deutschen Zeitung auf. In Insiderkreisen flüsterte man bereits, die »WamS« sei die neue »FAS«. Damit meinte man, daß die springereigene »Welt am Sonntag« inzwischen das beste Feuilleton des Landes besaß.

Undeutlich registrierte ich, daß sich der Redakteur Frederic Schwilden zu uns setzte. Nun schlug Küveler vor, gemeinsam einen Beitrag zu verfassen, was wir auch taten. Wir entwarfen den später legendär gewordenen ›Blurbomat‹. Das war eine Maschine, die selbständig Klappentexte schreiben konnte. Hundert kurze Euphemismen wurden so angeordnet, daß sie vermischt und zu knackigen Sätzen kombiniert werden konnten. Jeder beliebige Roman konnte auf diese Weise so inspirierend wie nichtssagend angepriesen werden. Eine großartige Sache.

Frederic Schwilden, von dem das bösartige Gerücht im Umlauf war, er sei womöglich nicht hundertprozentig heterosexuell veranlagt, wollte die fertige Seite sofort zur Grafik bringen. Als ich aufstehen wollte, um ihn zu verabschieden – natürlich mit einem herzhaften Händedruck und keiner schwulen Umarmung –, stellte ich fest, daß ich nicht mehr hochkam. Aber er ließ sich nichts anmerken, so wie ich das Gerede über seine latenten Bedürfnisse großzügig ignorierte. So war ich, der Sohn eines liberalen Politikers. Leben und leben lassen, das war meine weinselige Devise. Außerdem war es alles andere als sicher, daß die Unterstellungen der Wahrheit entsprachen. Schilden war ein hübscher Junge, hochgewachsen, blond, lustig – warum sollte er sich nicht für Frauen interessieren? In dubio pro reo. Ich griff mir noch ein Glas Weißwein.

Später riefen wir ein Taxi und fuhren zu Elena Plaschg, die Jan gern kennenlernen wollte. Dort saßen noch zwei weitere Frauen, eine davon aus Frankreich, besser gesagt aus Luxemburg. Sie hatte dunkle Locken und trug ein schwarzes Paillettenkleid mit Netzstrümpfen. Das sah nicht nur gut aus, sondern war es auch. Die Frau sprach mit einem starken französischen, in Wirklichkeit luxemburgischen, Akzent und wirkte somit aufregend. Sie war wirklich das, was unsere Väter und Großväter ›eine dolle Frau‹ genannt hätten, ›ein Rasse-Weib‹, oder ›eine Bombe im Bett‹. Diese absolute Granate setzte bei Küveler Tonnen von Testosteron frei. Er war nicht wiederzuerkennen. Die Frau erzählte krachend Witze, und er sprang vor Freude auf dem verlotterten Ehebett der Plaschg auf und nieder wie ein Dreijähriger auf dem IKEA-Trampolin. Dazu ging eine Flasche Campari herum. Schade, daß wir Frederic Schwilden nicht mitgenommen hatten. Hier, so dräute mir, innerlich kichernd, hätte er seine wahre Orientierung wiedergefunden!

Oder auch nicht. Denn es kam tatsächlich noch, sozusagen mitten in der Orgie, zu einer politischen Kampfdiskussion über die Flüchtlingskrise. Das machte alle binnen einer Stunde wieder nüchtern. So ärgerlich das womöglich war, so konnte ich später immerhin sagen, daß es eine historische Stunde, nämlich meine letzte Diskussion zum Thema gewesen war. Aus Gründen, die sogleich dargelegt werden, verschwand kurz darauf das Flüchtlingsthema aus der öffentlichen Debatte.

Es kamen die Wahlen, und sie gingen genau so aus wie erwartet. In einem Bundesland gewann die SPD triumphal, in dem zweiten die CDU, in dem dritten die Grünen. Ungefähr jeder achte wählte die rechtspopulistische Partei, die umgehend isoliert und von jeder politischen Mitwirkung ausgeschlossen wurde. Aber nur wenige Tage zuvor war ja etwas viel Wichtigeres passiert. Der junge smarte Außenminister Österreichs hatte die Flüchtlingswelle tatsächlich gestoppt.

Was? Wie? Ganz einfach: Er hatte die Grenze geschlossen. Daraufhin taten es ihm die anderen Staaten gleich. Innerhalb von Stunden gingen überall die Schlagbäume nieder, und niemand kam mehr herein. Meistens gab es noch nicht einmal Schlagbäume, und es genügte die bloße Ankündigung.

Die große Flüchtlingskrise war damit beendet. Natürlich saßen jetzt diejenigen in der Falle, die es noch bis Griechenland geschafft hatten, aber nicht weiter. Es waren aber weniger als erwartet. Nicht Hunderttausende, sondern weniger als zehntausend. Die hätten eigentlich gut dort bleiben können, aber sie wollten eben unbedingt nach Deutschland. Jetzt zeigte sich deutlicher denn je, daß es ihnen nicht um Flucht vor Krieg, Hunger und Terror ging, sondern um das deutsche Sozialsystem: Die Leute drehten nämlich regelrecht durch. Sie weigerten sich, die bereitgestellten warmen Unterkünfte mit Betten, Duschen, Küchen und Spielplätzen zu betreten. Sie blieben lieber im Schlamm vor der geschlossenen Grenze, brachten ihre Kinder in Lebensgefahr und produzierten die ›häßlichen Bilder‹, die Außenminister Sebastian Kurz kopfschüttelnd vorausgesagt hatte. Von denen er sich aber nicht beeindrucken ließ.

Anders die deutsche Medienwelt: Wie konnte man nur so unmenschlich sein! Der deutsche Altpolitiker Norbert Blüm legte sich eine Nacht lang zu den Ausharrenden im Grenzort Idomeni an der griechisch-mazedonischen Grenze und schrieb in der »ZEIT« fünfundzwanzigtausend aufrüttelnde Zeichen darüber. Er beschwor »die Wohlstandsdame in Wien«, die sich vom »Herrn Geheimrat in der Oper« die speckige Hand küssen ließ, während das dürre, hungernde dreijährige Flüchtlingskind neben ihm, Norbert Blüm, die Welt anklagend, im Schlamm bitterlich weinte. Ich rieb mir die Augen. Das war ja fast schon Satire. Konnte man wirklich dermaßen verkitscht die Welt sehen und dafür mehrere Seiten in einem seriösen Feuilleton kriegen? Offenbar. Das deutsche Gemüt hatte endgültig jedes Maß verloren.

Das nützte ihm aber nichts mehr. Ganz Europa atmete auf, wie beim Erwachen aus einem entsetzlichen Alptraum. Die weiteren 3,6 Millionen Flüchtlinge, die Deutschland freudig willkommen heißen wollte, blieben in Asien und Afrika. Im Ausland hieß es, die Österreicher hätten für Deutschland die Drecksarbeit erledigt, und Frau Merkel solle ihnen dafür dankbar sein. Das war sie aber nicht. Sie war stinksauer. Es kam zum Bruch zwischen den beiden Staaten, die bis dahin am engsten zusammengearbeitet hatten.

Für mich ergab sich eine neue Lage.

Ich mußte mich nicht länger vor den Flüchtlingen fürchten, also vor weiteren Millionen, und konnte anfangen, sie zu mögen. Ich hatte ja von Anfang an gedacht, daß eine Million Syrer unserer Seniorengesellschaft verdammt guttun würden, aber zusätzliche fünf Millionen Fremde vom Ende der Welt mitnichten. Mit klopfendem Herzen wandte ich mich den Gästen zu, um bei der Integration zu helfen.

Als erstes ging ich wieder zu meinen Leuten in der Notunterkunft in meiner Wohnstraße. Ich war allzu lange nicht mehr zum Küchendienst angetreten. Nun sah ich, daß sie sich bereits vollständig selbst verwalteten. Im ganzen Trakt sprach kein Mensch mehr Deutsch oder Englisch. Das machte aber nichts. In der Küche tobten die Kinder herum, ohne viel Schaden anzurichten. Es waren noch dieselben Kinder wie im Februar. Ich erkannte sie wieder, sie mich nicht. Einmal nahm ich meinen Nachbarn und Star-Armenanwalt Doktor von Mundt mit, dessen Kinder vorher die große Turnhalle benutzt hatten. Er wurde etwas wehmütig. Seine Frau hatte ihn vor nicht allzu langer Zeit verlassen und war mitsamt den beiden kleinen Buben in die sichere Schweiz ausgewandert. Dann packte er mit an, schleppte Getränke und Lebensmittel hin und her. Zu Gesprächen kam es nicht, weil keiner den anderen verstand, wir nicht die, und die nicht uns. Es gab nur Augenkontakte. Die Kinder waren überaus süß, auch wenn die etwas älteren Jungs die kleineren Mädchen herrisch herumstießen. Früh übte sich, wer einmal ein Macho-Arschloch werden wollte. Aber was ging das uns an? Wir hatten andere Pläne.

Als nächstes wollte ich Migranten in Neukölln kennenlernen, also Leute, mit denen man *reden* konnte. Dazu traf ich meinen Freund Thomas Lindemann, der gerade ein begeistertes Buch über Neukölln geschrieben hatte. Es hatte den etwas uneleganten Titel »Tschüß Langeweile – unser Umzug nach Neukölln«. Darin beschrieb er das absterbende Leben in dem bürgerlichen Viertel, in dem er vorher mit seiner Frau und den drei Kindern gelebt hatte. Zuletzt war die Miete zu teuer geworden, und sie zogen nach Neukölln. Ich mußte an den Staatskünstler Stefan Draschan denken, der ähnliches erzählt hatte.

In der S-Bahn, die mich vom Bötzowviertel, in dem ich wohnte, nach Neukölln brachte, saßen und standen nur Ossis. Ich hatte ganz vergessen, daß es sie gab. Allein in Berlin befanden sich davon mehr als eine Million. Also mehr, als es Flüchtlinge in ganz Deutschland gab. Und diese Ossis sahen weit gefährlicher aus als die Syrer. Die jungen Männer wirkten nicht selten verwahrlost, alkoholisiert, ohne Arbeit und gewaltbereit. Manche schienen echte Psychos zu sein, Leute, die auch ohne Drogen überschnappen konnten. Kein Wunder:

Im Osten hatte seit drei Generationen eine verheerende soziale Selektion geherrscht. Dazu sechzig Jahre Diktatur. Die Besten waren immer weggegangen, die Schwachen geblieben. Nach dem Mauerfall waren dann noch einmal 20 Prozent der Fleißigsten und geistig Wendigsten weggegangen. Der Rest sah schrecklich aus.

So sah ich das, und deswegen war ich der größte Antirassist, den es geben konnte. Manche meiner Freunde hatten ja gedacht, ich hielte Schwarzafrikaner für problematische Mitbürger, weil sie andere Gene hätten als Deutsche. Weit gefehlt! Die Ossis hatten dieselben Gene wie ich, waren aber weit problematischer als jeder Ausländer. Nein, das Soziale war entscheidend, aber genau deswegen mußte man es berücksichtigen, also den Grad der Zivilisation. Diese Haltung war das Gegenteil von Rassismus. Trotzdem wurde jedem, der das Wort ›Zivilisation‹ auch nur flüsterte, die Rassismuskeule über den Kopf gezogen.

Aber zum Glück war die Debatte ja vorbei. Das Leben begann von neuem, und wie bestellt zog pünktlich der Frühling ein ins Land. Die Bäume blühten, die Menschen begannen sich wieder anzulächeln, und was mir Thomas Lindemann in Neukölln zeigte, gefiel mir nicht schlecht. Als erstes nahmen wir einen koscheren Kaffee in einem kleinen jüdischen Laden. Dazu aßen wir einen koscheren Keks.

»Juden in Neukölln? Wie geil ist DAS DENN?« fragte ich erstaunt. Ich hatte bis dahin geglaubt, der Stadtteil sei fest in der Hand antisemitischer Muslime.

»Nö, das geht ganz normal hier. Die sind alle friedlich.«

Lindemann erzählte über seine Besuche in den Moscheen im Viertel. Er hatte erlebt, daß die Religion die Leute ungemein beruhigte. Vielleicht machte sie sogar den entscheidenden Unterschied aus. Gewalttätig seien eigentlich nur die verbliebenen atheistischen Deutschen in Neukölln, die Türken und Araber eher kaum. Wobei es auch zwischen Türken und Arabern Unterschiede gebe. Die Türken seien länger da und sprächen alle gutes Deutsch, die Araber fast nie. Oft könnten Türken die Araber nicht leiden, weil sie ihnen noch so unterentwickelt vorkämen. Viele Türken würden Deutschland echt geil finden und stolz sein, hier zu wohnen und nicht irgendwo in der Wüste.

Der jüdische Mitbürger brauchte lange für den Kaffee. Seine Hände zitterten. Er schien überhaupt ziemlich viel Angst zu haben. Leider sah er wie ein orthodoxer Jude aus, also langbärtig und dunkel. Trotzdem spürte ich, ohne sagen zu können, wieso, daß er unmöglich als Salafist wahrgenommen werden konnte. Das machte seinen Alltag unter zweihundertfünfunddreißigtausend Muslimen in Neukölln womöglich heikel – ich wußte es nicht. Als ich mit ihm ins Gespräch kommen wollte, stockte es, da er kein Deutsch konnte und kaum Englisch. Warum wohnte er hier? Ich bekam es nicht heraus.

Wir gingen die Hermannstraße entlang. Wie Thomas gesagt hatte, wirkte alles unendlich viel lebendiger als in Mitte oder im Prenzlauer Berg. Wir sahen viele wirklich wunderschöne türkische Mädchen, unverschleiert und ohne Kopftuch, meist damit beschäftigt, jüngere Geschwister zu leiten und zu bewachen. Warum nur hatten alle Türken so viele Kinder? Doch nicht etwa des Kindergeldes wegen, denn das hätten ja auch Deutsche bekommen? Verbot ihre Religion die Abtreibung? Auch das wußte ich nicht. Aber ich sah, daß viele Kinder ein Glück bedeuteten. Dieses Glück fehlte den deutschen Klein- und Rumpffamilien. Die Türken lebten sichtbar gern, sie befanden sich in ›warmen‹ Verbänden, wie man heute sagte. Auch das Alkoholverbot erschien mir nun sinnvoll zu sein. Warum saufen, wenn es zu Alkoholismus, Scheidung, Einsamkeit und Pennertum führte? Die wenigen deutschen Althippie-Wracks, Ex-Junkies und torkelnden Hartz-IV-Rentner, die wir auf der Hermannstraße sahen, ließen ahnen, warum die Türken gut auf Alkohol verzichten konnten.

Thomas Lindemann wohnte in der Nogatstraße, nur 100 Meter von der S-Bahn-Station Hermannstraße entfernt, und so konnte ich ihn in nur 16 Minuten erreichen, nämlich, indem ich in die Ringbahn einstieg, die wiederum neben meiner Haustür lag. Ich fuhr nun öfter nach Neukölln, und einmal ging es mir so wie ihm in seinem Buch. Von einem Moment zum anderen ertrug ich mein eigeneres Öko-, Bio- und Wellnessviertel nicht mehr, und ich sprang, ohne nachzudenken, in den Zug. Diese neuen deutschen Eltern im Prenzlauer Berg mit ihren rechthaberischen Gesichtern, furchtbar. Leute, die ohne den Umweg über Leistung und Lebenskampf direkt vom Behütetsein der Kindheit zum Behütetsein des Rentenalters umgeschaltet hatten. Das waren Menschen ohne Lebenserfahrung, so kam es mir nun vor. Sie setzten mit großem Trara Kinder in die Welt, bevor sie sich selbst ernähren konnten, wurden vom Staat und von den Großeltern ausgehalten, aber in jedem Gesicht standen Ideologie und eingelernte Meinung. Ihre Gehirne lagen offen vor einem, sozusagen, und das war irgendwie obszön. Ich hielt es nicht mehr aus.

Thomas Lindemann wurde mein neuer Freund in Berlin, geradezu mein Anker in der sich ständig ändernden Stadt. Der Mann strahlte immer Ruhe aus, selbst wenn er haarsträubende Geschichten erzählte. Etwa daß seine Kinder anfangs traumatisiert wurden im neuen Problemstadtteil. Dauernd kamen sie ohne Jacke oder Schultasche oder Handy nach Hause, weil ihnen das abgenommen wurde, und das Taschengeld sowieso. Aber Thomas machte gleichzeitig und vom ersten Tag an auch gute Erfahrungen. So gab es eine Stelle, wo er zuverlässig die abgepreßten Sachen zurückbekam, nämlich bei einem türkischen Kioskbesitzer, der für die entsprechenden Kinderbanden pädagogisch verantwortlich war. Ja, es gab in der türkischen Gesellschaft viel zuverlässigere Regeln und ethische Standards als in der deutschen, was nicht zuletzt an der Religion lag.

»Bist du hier glücklich?« fragte ich ihn einmal.

»Tja … hm … glaub schon. Im Prenzlauer Berg waren die Probleme Schreibkrise und Depression. Hier hat man andere Sorgen, Schlägereien, Alkohol und so, und das tut dem Denken gut.«

»Hast du nun einen neuen Freundeskreis?«

»Früher haben wir über Spielstraßen diskutiert und ob die SPD dabei hilft. Darüber redet hier niemand. Der Freundeskreis wandelt sich sehr. Die alten Freunde kommen nicht nach Neukölln. Die fahren nicht in dieses Viertel.«

»Also mußt du zu ihnen fahren.«

»Wir waren ja auf so einer Schule ohne Noten …«

Er erzählte ausführlich über die damalige Waldorfschule seiner Kinder. Das Niveau sei dort überraschend niedrig gewesen. Freies Lernen, jedes Kind sollte sich sein Lernen selbst organisieren und so weiter. Man behandelte die Schüler fast wie Studenten, und so lief das Ergebnis auch entsprechend auf eine Niveauabsenkung hinaus. In Neukölln dagegen herrschen fast archaische Zucht und Ordnung. Die meisten Migrantenkinder seien aufstiegsorientiert, so wie bei uns in der Nachkriegszeit. Die wollten später alle unbedingt einen Benz fahren. Seine Kinder hätten Mühe, da mitzukommen. Andererseits gebe es auch einen Anteil aus ganz fernen Ländern, Bangladesh, Pakistan, Afrika, die würden kaum lernen.

Wir gingen oft die »Arabische Meile« entlang, das war die Sonnenallee vom Hermannplatz bis zum Hilsenbruchplatz. Oder wir setzten uns in ein türkisches Café auf der Hermannstraße. Etwa einen Kilometer lang gab es hier praktisch ein Café neben dem anderen, fast immer mit Tischen auf der Straße, jetzt im Frühling. Die Sonne schien, und die jungen

Männer hatten ihren Spaß. Man sah sie im Dutzend zusammensitzen und bestens gelaunt Witze machen. Es war wie eine Abwandlung oder männliche Entsprechung zu dem Song »Girls just wanna have fun«.

Die Cafés waren offenbar entweder für junge Männer reserviert, oder für ganz alte. Frauen sahen wir nie, die durften sich wohl nicht ausruhen. Manchmal schleppte eine schwere Tüten und ein paar Neugeborene vorbei. Diese Welt war eine Männerwelt, die der Harriet sicher mißfallen hätte, aber da ich ein Mann bin, fühlte ich mich in ihr wohl. Frauen wurden ganz schön verachtet, glaube ich, aber das war ja nur die eine Seite der Medaille. So lieblos das schwache Geschlecht behandelt wurde, so liebevoll das eigene. Sobald ich einen Blickkontakt mit den jungen Muslimen hatte, strömten mir Liebe und Vertrauen entgegen, eben weil ich das richtige Geschlecht hatte. Eine schöne Erfahrung.

Die Jungs verhielten sich untereinander nett und höflich. Kam ein neuer hinzu, begrüßte er jeden einzelnen mit einem ausholenden, dramatischen, laut klatschenden Handschlag. Er ging von Kumpel zu Kumpel, egal, wie lange es dauerte. Und wenn er wieder ging, wiederholte sich der ganze Vorgang.

Sie sahen auch gut aus. Wie Christiano Ronaldo, zumindest trugen sie alle seine Frisur. Schwarz glänzend, kurz, akkurat. Ich ließ mir von einem den Friseur nennen; er lag nicht weit entfernt in der Hermannstraße.

»Isch weiß nicht, ob er kann heute. Mußt du sagen, Mustafa hat disch geschickt, kriegst du sofort Termin!«

Thomas erzählte mir weitere, manchmal auch irritierende Dinge. So habe er in der neuen Umgebung erst lernen müssen, wer ein ›Opfer‹ sei und wer nicht. Das sei das Entscheidende. Alle würden das so wahrnehmen. Daraufhin nahm ich manchmal eine Stunde in Opferkunde. Wir beobachteten Menschen, und ich mußte raten, wer Opfer war und wer nicht.

Wir tranken köstlichen Tee, der viel besser, herber, stärker und aufputschender war als unser deutscher Kaffee, und aßen dazu weichen süßen Bananenkuchen, beides mit Preisen an der Nullgrenze. Mit einem 5-Euro-Schein konnten wir die gemeinsame Zeche eines Nachmittags bezahlen.

Neukölln war eine faszinierende, multikulturelle Komplett-Parallelgesellschaft, mit nur einer Ausnahme: Die Schwarzen gehörten nicht dazu. Mit denen sprach niemand. Sie wirkten wie von einem anderen Stern. Daß die Muslime sie nicht beachteten, um es gnädig auszudrücken, war mir schnell klar. Aber was bedeutete das, vor allem in Bezug auf die Zukunft? Nachdem die Balkanroute geschlossen worden war, kamen die Flüchtlinge über Italien nach Europa. Und diesmal waren es keine Syrer mehr, sondern Afrikaner. Hunderttausende waren auf dem Sprung. Wie würde die Willkommenskultur diesmal reagieren? Daß unsere syrischen Kriegsflüchtlinge, Ober- und Mittelschicht ihres Landes, zu uns und unserem Kulturkreis gehörten, seit zweitausendfünfhundert Jahren, wurde mir nie so augenfällig wie jetzt, mit Thomas Lindemann im Türkencafé. Man mußte sie mögen, die gut organisierten, cleveren jungen Männer, die alle so vorbehaltlos nett lächelten wie Claudio Pizarro und die oftmals im neuen Audi Q7 für 85 000 Euro vorbeifuhren. Oder den dicken türkischen Papa im hellgrauen Adidas-Trainingsanzug, der vier Buben über die Straße schob. Gut frisiert auch sie. Aus allen würde etwas werden. Sie waren vernetzt, fleißig, moralisch gefestigt in einer vitalen Religion, und sie waren froh, in Deutschland zu sein. Thomas sagte, sie seien enorm stolz, daß sie hier lebten und nicht mehr in Anatolien. Daß sie Deutschland absolut geil fänden. Aber die neuen Mitbürger aus dem schwarzen Kontinent? Man konnte nur verschämt die Augen niederschlagen.

»Sag mal, Thomas, wo ist eigentlich der IS?« fragte ich etwas deppert, um das Thema zu wechseln.

»Was?«

»Der IS, die ISIS, der Islamische Staat!«

Er machte klar, daß die Leute hier andere Interessen hätten. Verrückte wie diese Prediger würden sie verscheuchen wie lästige Fliegen. Einmal sei ein Werber des IS in ein Café gekommen, habe man ihm erzählt. Den hätten sie mit abgebrochenen Stuhlbeinen wieder hinausgeprügelt.

»Aber es gibt doch hier – gerade hier – diese berühmte Moschee mit den Haßpredigern?«

»Die Al-Nur-Moschee, ja. Um 13 Uhr ist da am Freitag immer das Freitagsgebet. Ich bin da selbst schon gewesen. Ich kenne sogar den Imam. Ein feiner, ordentlicher Herr.«

»Und?«

»Es ist nicht meine Welt, ich meide die religiösen Kreise. Aber wir leben in bester Nachbarschaft miteinander.«

»Aber die Haßprediger!«

»Da predigen keine mehr von außerhalb. Die haben das sofort abgestellt.«

»Alles nur Panikmache? Und deine Frau muß keine Burka tragen demnächst oder eines Tages?«

Wir lachten. Seine Frau Julia stammte seit vier Generationen aus Hamburg. Ich sah auch keine einzige Burkafrau in Neukölln. Thomas meinte sogar, der Imam würde seinen Muslimen von derlei Bekleidung strikt abraten.

»Trotzdem. Sind nicht die muslimischen Jugendlichen und Schüler anfällig für den IS? Stichwort Pop-Dschihadismus?«

»Oh. Das weiß ich jetzt gar nicht. Da muß ich einmal meine Buben fragen.«

So war er, der gutherzige Freund. Ich kannte ihn schon lange, noch aus meinen Tagen als Volontär der »WELT« im Hamburger Stammhaus. Er hatte nie eine ›Meinung‹, denn alles, was er sagte, war immer selbst Erlebtes.

Sosehr er gerade den Problemkiez mochte, litt er doch

manchmal unter einem Kulturschock. So schickte er das älteste der drei Kinder plötzlich zum Klavierunterricht. Abends begann er den Kleinen aus der Bibel vorzulesen. Im Prenzlauer Berg hatte er sie nicht einmal in den Religionsunterricht geschickt, den die Schule auch gar nicht anbot. Jetzt hatte er auf einmal Angst, sie könnten sprachlich verwahrlosen und »isch« statt »ich« sagen. Sein bildungsbürgerlicher Reflex ließ ihn erst zur Bibel greifen, später zu Thomas Mann und Knut Hamsun. Am Ende würde er ihnen aus Benjamin von Stuckrad-Barre vorlesen. Direkt nach dem Kampfsportunterricht, in den er sie – auf ihren verzweifelten Wunsch hin – schickte.

»Hast du gar keine Angst um sie? Tun sie dir nicht leid? Sie haben doch alle ihre Freunde verloren!«

»Es geht ihnen jetzt besser. Die Welt in Mitte oder im Prenzelberg ist auf fast schon perverse Weise auf Kinder ausgerichtet. Die Kinder haben ganz viele Termine da. Das wird per WhatsApp verabredet, und die müssen einen komplizierten Terminplan einhalten. Die sind in zig Kursen, vom Fechten bis zum Ballett. Hier muß sich keiner verabreden, es sind eh alle auf dem Bolzplatz.«

Plötzlich war ich restlos überzeugt. Ich mußte auch in diese Gegend ziehen! War mir nicht längst schlecht geworden von dem unnatürlichen Getue der Wellness-Deutschen? Selbst ihre Fremdenfreundlichkeit war ein Mißverständnis. Ich machte es doch selbst vor. Ich war ein offizieller Refugeewelcome-Helfer und verteilte Lebensmittel in der Notunterkunft, hatte aber in Wirklichkeit keinerlei Berührungspunkte mit den armen Teufeln. Ich war froh, wenn sie aus der Turnhalle wieder verschwanden. Keinen hatte ich kennengelernt, kein einziges echtes Gespräch war mir gelungen, nicht einmal ein laut klatschender Macho-Handschlag.

Wir gingen durch die kleineren Straßen. Eine urbane Gegend, viele Geschäfte auch hier, auch solche, die ›bei uns‹ schon ausgestorben waren, etwa Fernsehgeschäfte. Wir gingen in eines hinein und bestaunten die großen, stolzen, intakten Grundig- und SABA-Farbfernseher, mit Zimmerantenne und sogar Video-Abspielgerät. Es gab Leihhäuser und immer wieder Herrenfriseur-Geschäfte. Der Flat Top mußte stimmen, jeden Tag, da durfte man nicht nachlässig werden.

Wenn uns langweilig wurde, setzten wir uns einfach wieder hin und spielten das ›Opfer‹-Spiel. Welcher Passant war es und wer nicht? Der Mats-Hummels-Typ mit den ängstlich hochgezogenen Augenbrauen und der Jute-Tüte? Opfer. Der AfD-Rentner mit dem stechenden Blick, dem signalgelben Anorak und dem Gehhilfe-Wägelchen? Täter. Der junge Mann mit Topfschnitt, blinkenden Äugeln und wucherndem Sido-Bartwuchs? Opfer!

Die unvermeidliche türkische Hochzeit trompetete vorbei. Fünf neue Audi Q7 hielten die Turbo-Tröten im Dauerbetrieb. Noch nie hatte ich so viele der Audi-Spitzenmodelle gesehen wie in Neukölln. Man konnte denken, die Produktlinie wurde nur für diesen Stadtteil gefahren. Die Braut war übrigens blond.

11.

PARTEITAG

Ich sah ihn noch ein paarmal, den Audi Q7, die getönten Scheiben heruntergefahren, die aggressive Hiphop-Schimpfmusik nach draußen dröhnend, immer mit einem jungen Mann am Steuer, oder mit mehreren jungen Männern. Warum konnten sich diese Burschen so teure Autos leisten? Warum fuhr ich mit achtzehn keinen Maserati, sondern den Käfer meines Vaters?

Aber mit diesen irgendwie spießigen Fragen qualifizierte ich mich fast schon für den Parteitag der siegreichen Rechtspopulisten, den Harriet und ich besuchten. Er fand in Stuttgart statt. Harriet war für ihre Zeitung da, und als sie mich am Telephon fragte: ›Schatz, gehen wir Nazis schauen?‹, begleitete ich sie.

Für mich war es eine schöne Gelegenheit, endlich wieder einmal meine attraktive Frau zu sehen. Bis Stuttgart war es ein weiter Weg, egal von wo aus. Wer fuhr schon freiwillig dorthin? Aber eine kleine Fluggesellschaft namens Eurowings bot der Harriet einen Direktflug von Wien aus an, und ich fuhr morgens knapp nach dem Sonnenaufgang, jedenfalls gefühlt, mit der Bahn ab Berlin.

Gebucht hatten wir ein Hotel direkt im abgesperrten Messe-Areal, wo der Parteitag sich eingemauert hatte, wie wir nun sahen. Wir kamen fast zeitgleich an und befanden uns in einem Niemandsland, im ruhigen Auge des Orkans. Das Messegelände war Teil des kleinen Flughafens, mehrere tausend Polizisten bewachten es, und es herrschte die übliche Ruhe jener abseits der Stadt gelegenen Provinzflughäfen. Allerdings demonstrierten Heerscharen von Antifa-Kämpfern, Linken, Spontis und Autonomen gegen die Veranstaltung, rannten gewaltsam gegen die vordersten Polizeiketten an, was wir aber weder hörten noch sahen. Es waren bereits siebenhundert Menschen festgenommen worden.

Die rechtspopulistische Partei nannte sich »Alternative für Deutschland« und hatte, wie alle Parteien, ein Kürzel, das hieß AfD. Wir tappten über ein langes Flugfeld auf die einsam wirkende Messehalle zu. Es war kalt, menschenleer, und die abgestellten hundert Mannschaftswagen der Polizei machten das Bild auch nicht freundlicher. Offenbar waren die Beamten von hier aus zu ihrem Einsatz aufgebrochen. Wir durchliefen mehrere weiträumig aufgestellte leichte Sperrgitter, wiesen uns als akkreditierte Journalisten und deutsche Staatsbürger aus, wurden bis auf die Unterhose durchsucht und betraten den Vorraum der schmucklosen Betonhalle. Sie wirkte wie eine neuzeitliche Kathedrale im Rohbau, mit kleinen, vereinzelten Menschen, die verloren herumstanden. Aber man hörte nun wenigstens aus der Ferne erste Töne, die wie ›Parteitag‹ klangen. Eine überschnappende Stimme, ein zustimmendes, dunkles Massengeblöke, höhnisches Lachen. Wir waren richtig, hier war die AfD. Wenige Kontrollen später sahen wir sie, die zweieinhalbtausend Mitglieder.

Wie im Innern eines Kernkraftwerks – das ja von außen auch so trostlos aussah – wurde in diesem menschlichen Hochofen politische Energie produziert. Ich staunte nicht schlecht. Was für ein Auftrieb, was für eine freudige Erwartung!

Wir gingen zügig die lange gerade Strecke bis zum Podium vor, wohl 100 Meter, und auf dem Podium saß gut sichtbar und cool die Vorsitzende Frauke Petry. Wir setzten uns auf die reservierten Presseplätze, genau ihr gegenüber, und starrten sie an. Sie sah wie eine Riefenstahl-Phantasie aus, die Augen halb geschlossen, ins Unendliche gerichtet, das markante Kinn nach vorn gereckt und den Kopf nach hinten. Da hätte Mussolini noch etwas lernen können. Sie wirkte aber auch wehmütig, zwischendurch.

Dann zwang sie sich ruckartig wieder zur Riefenstahl-Haltung. Leider sah sie nicht nur in der Pose, sondern auch sonst blendend aus, im wahrsten Sinne des Wortes. Die armen, unglücklichen, älteren, von ihren Frauen und Familien verlassenen Männer im Saal – eben die typischen Rechtspopulisten – waren von ihr hingerissen. Auch ich sah geradezu gebannt zu ihr hinauf, obwohl doch Harriet neben mir war. In der Riefenstahl-Haltung wirkte Frauke Petry frisch und alterslos jung, die Sorgenfalten waren dann weg. Dabei wußten alle, daß sie gerade einen erbitterten Machtkampf bestehen mußte. So stand es nicht nur in den Zeitungen. Sie hatte nämlich gerade das getan, was den zu 90 Prozent männlichen Mitgliedern widerfahren war, nämlich ihren Mann und ihre vier Kinder verlassen, zugunsten eines Jüngeren. Und dann hatte sie diesen Liebhaber flugs in den Vorstand der Partei gehievt, gegen alle Satzungen. Ausgerechnet dieser Typ trat nun, kaum daß Harriet und ich uns gesetzt hatten, an das Mikrophon und las eine Grußadresse aus Österreich vor. Denn dort, in Österreich, hatte ein Rechtspopulist gerade den ersten Wahlgang der Präsidentschaftswahlen gewonnen, und zwar ›haushoch‹. Frauke Petrys Lover durfte die freudige Nachricht hier vortragen, das war geschickt. Die Menschenmasse tobte mächtig. Es klang, als würde sie auch dem Überbringer der Botschaft zujubeln, was gar nicht der Fall war. Aber der Punkt ging an Petry. Sie lachte ihm verliebt zu, dann nahm sie wieder ihre Haltung ein und blickte zur Decke.

Wo schaute sie eigentlich immer genau hin? Ihr Blick

mußte die Lichtteppiche treffen, die 3 Meter unterhalb der hohen Saaldecke hingen. An diesem imaginären Punkt hing sie viertelstundenlang fest. Dann stand sie einmal auf und ging durch die vorderen Reihen des Publikums. Ich begrüßte sie und ließ mich mit ihr photographieren. Nun wirkte die große Vorsitzende eher warmherzig, menschlich und kleinwüchsig. Gerade als ich ihr die Hand gegeben hatte, verlor sie einen Schuh, und so sah man ihre geringe Körpergröße von nur 1,68 Metern. Sie war wohl ziemlich übernächtigt. Am Podium schien sie manchmal für Sekundenbruchteile eingeschlafen zu sein. Nun plauderte sie gemütlich mit Bekannten, ganz wie Mutti Merkel es auch tat. Bestimmt war sie eigentlich eine nette Person. Harriet verabredete sich mit ihr zum Interview.

Natürlich durfte ich Harriet gegenüber niemals sagen, daß ich Frau Petry ›nett‹ fand, oder, noch schlimmer, ›attraktiv‹, oder, am schlimmsten, ›politisch okay‹. Das wäre das Aus unserer ›harmonischen Ehe‹ gewesen. Aber ich mußte auch nicht das Gegenteil äußern, da es für Harriet ohnehin selbstverständlich war, die Nazis zu hassen. Denn das waren die AfD-Wähler für sie. Lupenreine Nationalsozialisten, direkte Enkel Adolf Hitlers.

Harriet wurde allerdings auch ständig sexuell belästigt, was mir ja nicht passierte. Sie klagte, ständig von so vielen Blicken getroffen zu werden wie noch nie zuvor in ihrem Leben. Sie ging sogar auf die Toilette, um zu sehen, ob sie vielleicht irgendwo einen peinlichen riesigen Fleck auf dem gelben Minikleid hätte. Wirklich andauernd wurde sie »angequatscht«, von nahezu jedem dieser entsetzlichen deutschen Provinzmänner. Ich glaubte es ihr sofort. Man mußte sich diese armen Idioten nur ansehen.

Andererseits weckten sie in mir Mitleid. Den ganzen Tag harrten sie geduldig aus, um Basisdemokratie zu lernen, wie nachsitzende Schüler. Die Leute, obwohl zumeist in meinem

Alter, waren wohl ihr ganzes Leben lang nicht politisch gewesen. Nun auf einmal holten sie gutmütig und fleißig alles nach, was ich in meiner Jugend fast traumatisierend kennengelernt und rasch abgestreift hatte: Geschäftsordnungsanträge, Eingaben, Änderungswünsche, Grundsatzpapiere, Enthaltungen, Wortmeldungen, Vorstandsbeschlüsse und so weiter. Mehrere tausend Anträge wurden auf diesem Parteitag mit Engelsgeduld diskutiert und zur Abstimmung gebracht. Unfaßbar. Und immer blieb kein Stuhl frei, war der Saal bis auf den letzten Platz gefüllt.

Trotzdem war das für mich eher enttäuschend. Ich spürte nichts von einer radikalen Partei. Wann immer es radikal wurde, trat ein Gegenredner an das Mikrophon und erzwang einen lauwarmen Kompromiß. Man konnte sich noch nicht einmal darauf einigen, ob der Islam nun zu Deutschland gehörte oder nicht. Das Ganze hatte die Anmutung einer Selbsthilfegruppe. Es war durchaus eine Bewegung, und gerade deswegen menschelte es überall, und die harten Positionen schmolzen ab wie letzter Schnee im Frühling.

Ich brauchte kurz frische Luft, und vor der Halle, auf dem leeren Flugfeld, saßen nun fünf Jugendliche, wahrscheinlich männlichen Geschlechts, die es wundersam durch die Polizeisperren geschafft hatten. Sie saßen auf dem Boden und bliesen Trübsal. Ich hatte eine große Lacktasche umgehängt, auf der die Deutschlandfahne glänzend und unübersehbar aufgedruckt war. Dazu trug ich den AfD-Presseausweis am Jackett. Ich ging nun extra zackig auf sie zu, blieb vor ihnen stehen und rasselte:

»Weitermachen!«

Ich musterte die pubertären Antifakämpfer. Einer von hinten sagte schließlich:

»Wollen Sie mit uns reden?«

Ich mahlte mit den Zähnen.

»Habe leider keine Zeit, Kameraden!«

Sie sahen mich an und wirkten deprimiert. Drei künstlich dramatische Sekunden verstrichen. Dann sagte ich, in die Stille des leeren Flugfeldes hinein:

»Deutschland braucht euch!«

Dann ging ich weiter.

Das hatte ich wohl gebraucht. Der Parteitag begann nämlich bereits recht langweilig für mich zu werden. Vor allem stieg meine Abneigung gegen den Impuls, die Leute wahrzunehmen und diese Bewegung für mein Buchprojekt zu beschreiben. Das konnte nämlich nur die übliche abfällige Beschreibung werden.

Vom Alter her waren eigentlich alle Dekaden fast gleichmäßig vertreten, aber es wirkte nicht so. Selbst die Jungen trugen oft klassische Anzüge, allerdings solche, die anscheinend aus der Altkleidersammlung der Caritas stammten. Es fehlte offensichtlich an Geld. Niemand schien ein ordentliches Gehalt zu beziehen. Dennoch unterschieden sich die Leute in ihrem Dresscode von der Unterschicht. Statt teure Nike-Treter trugen sie 10-Euro-Schuhe von Deichmann. Die Haare waren selbstgeschnitten, der zeitlose trübe Faconschnitt, nicht jene kurzen und dennoch phantasievollen Kreationen, die von den Fußballstars herkamen. Manche Männer steckten in karierten, kurzärmeligen Baumfäller-Hemden und waren auf dem erotischen Markt chancenlos. Sie blamierten sich zwar nicht in abstoßenden Adidas-Trainingsanzügen wie Fidel Castro oder abgehängte Frührentner in Frankfurt an der Oder, aber wahnsinnig schlecht gekleidet sahen auch sie mit ihren Billigjeans und alten Zeltsakkos aus. Und, ganz wichtig, es fehlte ihnen vollkommen an dem für die Unterschicht typischen Muskel-Kult. Zehn Millionen Geringverdiener frequentierten inzwischen die muskelbildenden Fitneß-Center – nicht so die blaßen AfD-Mitglieder im Saal. Daher herrschte ein Abgrund zwischen ihnen und der coolen Sexyness auf dem Podium, die nicht nur von der jungen Vorsitzenden und Gottesanbeterin ausging. Auch andere Frauen aus dem Vorstand hatten Charisma und eine körperbetonte positive Ausstrahlung. Ergänzt wurden sie noch von einem extrem smarten jungen Mann, der gerade bei einer Landtagswahl 25 Prozent aller Stimmen bekommen hatte.

Unten also diese seltsam Zukurzgekommenen oder ohne eigenes Zutun in Not Geratenen, für die die Soziologie noch den richtigen Fachbegriff erfinden mußte und die sich selbst wohl erst einmal »Wir sind das Volk« nannten – ein Segment unterhalb des absteigenden Bürgertums und oberhalb der arbeitslosen Unterschicht. Oben auf der Bühne die Akademiker, die geschliffene Rhetorik, die perfekte Aussprache, die gesund ernährten und sportlich fitten Führungskräfte.

Dazwischen, als dritte Menschenart, konnte man noch die gut hundert Photojournalisten im Saal ausmachen, traditionell die häßlichsten Menschen seit den Neandertalern. Warum Pressephotographen und Kameramänner des Fernsehens immer wie alte Junkies im Endstadium aussehen mußten, war mir immer schon ein Rätsel gewesen. Wahrscheinlich, weil ihr Beruf so unbeschreiblich langweilig war.

Der einzig wirklich brisante Satz im AfD-Programm war die Forderung nach einer festen Untergrenze von zweihunderttausend Migranten im Jahr. Auch er wurde in der Diskussion zerfasert und schließlich gestrichen. Zwei lange Tage lang ging das so. Zum Glück verlor Harriet nicht ihre gute Laune. ›Nazis schauen‹ blieb ihr ein großes Vergnügen, eine nicht nachlassende Aufregung. Ich fand längst, einer Art evangelischem Kirchentag früherer Epochen beizuwohnen, einer rührenden Graswurzelbewegung, und fühlte mich fehl am Platz. Am Ende des ersten Tages riß mich wenigstens die Nachricht hoch – von Frauke Petry selbst verkündet –, die Jugendorganisation der Partei, nämlich die AJ, gebe eine tolle Party in der

Stadt. Wir versuchten sofort, Mitglieder dieser AJ zu finden, um sie anzusprechen. Aber wir sahen nirgendwo einen jungen Menschen. Kein einziger Jüngling um die zwanzig oder fünfundzwanzig, und erst recht kein Mädchen. Es mußte sich um eine Party ohne Teilnehmer handeln. Harriet hatte auf einen Haufen Jungvolk mit Gitarre, kurzen Hosen und weißen Hemden gehofft, umsonst. Deswegen gab es wohl auch noch keine BDM-Neugründung.

Dafür kamen wir an der Hotelbar mit einem vermeintlichen Neo-Nazi ins Gespräch. Der Mann hatte, wie so viele dieser alleinstehenden älteren Herren, Harriet angebraten, als ich kurz nicht neben ihr stand. Natürlich drängte ich mich dann bald dazwischen, um sie zu ›retten‹. Ich merkte nun, daß Harriet, wenn es um ihre Reportage ging, durchaus ein wenig Kreide fressen konnte. So hielt sie meistens nur ihr hübsches Gesicht hin und ließ den Gesprächspartner reden. Er lief aus wie ein Camembert im Sommer. Ein 68er sei er früher gewesen, mit langen Haaren bis zur Schulter, ein echter Linker. Als er vor zwei Jahren die AfD für sich entdeckte, habe er Freunde verloren, die er vierzig Jahre lang gehabt habe. Tränen standen ihm in den hellblauen Augen. Ich mochte ihn.

Das Römische Reich sei ausgestorben, weil die Römer lendenlahm geworden seien, führte er aus, und heute sei es ebenso. Dieser Prozeß sei wie ein Wimpernschlag vor der vieltausendjährigen Geschichte der Menschheit. Die Männer eines Volkes würden lendenlahm, und dann …

Dann kamen die Flüchtlinge, ergänzte ich in Gedanken. Und die Weibchen folgten ihnen willig! Tja, da mußte man besser die Grenze schließen. Um ihn zum Weiterreden zu bewegen, sah ich ihn freudig an, was Harriet, die neben mir saß, nicht sehen konnte.

Wir fragten nach den Unruhen, von denen wir bis dahin nur gerüchteweise gehört hatten, und er packte aus.

»Die Merkel hat fünfzig Busse mit bezahlten Randalierern geschickt. Die kriegen Geld dafür. Vom Staat. Vom System. Ja. Vom Merkelstaat. Die haben ja auch sonst nichts zu tun. Das sind junge Leute und Faulenzer, Kinder eigentlich, und dann geht's los, immer auf die Knochen der Polizeibeamten. Die hatten heute wirklich einen beinharten Job, die können einem leid tun. Siebenhundert haben sie festgenommen, an einem Tag, das ist echt harte Arbeit. In der Nacht lassen sie viele wieder frei, die sind dann gleich wieder da, das muß man jetzt abwarten, ob die bis zum Hotel kommen. Dann wird's ungemütlich, auch für Sie ...«

Harriet sah ihn schmachtend an, beugte sich mit wogender Brust vor. Er erzählte uns alles, was er wußte.

Später beschwerte sich Harriet bei mir über ihn, den »alten Chauvi«. Er habe ihr auf den Busen geschaut. Überhaupt seien diese Tage für sie wie die Silvesternacht von Köln. Tausendfache Übergriffe. Eine sexuell extrem aufgeladene Atmosphäre, in der Vergewaltigungen quasi in der Luft lägen. Überall sähe sie »Brüderle«. So hieß ein gutmütiger, dicker alter Politiker, der einmal eine Journalistin in einen beispiellos skandalösen sexuellen Vorfall verwickelt hatte.

Es waren also etwa zweitausendfünfhundert Brüderles im Gebäude, als wir es am zweiten Tag betraten. Eine Armee von Lustgreisen, die meine gutgebaute Frau mit Blicken auszogen. Kein intimes Detail entging ihren Röntgenaugen. Voller Stolz schritt ich mit ihr die Reihen ab.

Aber eigentlich machte sich Harriet etwas vor. So schlimm und vor allem so alt waren diese ganz normalen, abgehängten Kleinstädter nicht. Egal. In zehn Jahren würden sie die Klientel der Linkspartei übernommen haben und eine reine Ostpartei sein. Philosophisch gesehen waren es nämlich zwei Generationen, denen die Erfahrungen der alten Bundesrepublik fehlten. Ihre Identität war künstlich und bezog sich auf ein deutsches Jahrhundert zwischen 1870 und 1967. Das war durchaus dem Vorgang ähnlich, den Muslime durchliefen, wenn sie das 7. Jahrhundert für ihre neue, künstliche Identität hernahmen.

Das Gewese im Saal nervte mich zusehends. Die Leutchen betrieben ihre neuentdeckte Basisdemokratie mit einem Fanatismus, der nicht mehr feierlich war. Ich hörte nur noch Antragschinesisch:

»Ich beantrage laut Antragsbuch 842 Punkt 9.3, Absatz G wie Gustav, Ziffer elf Zusatz d wie Dora, den Basispunkt ›Ende der Debatte‹ vor den Tagesordnungspunkt Neun – Adoptionsrecht – vorzuziehen, und beantrage dazu Gegenrede und Abstimmung ...«

Weitere sechs Stunden später litt ich unter Depressionen. Im Hotel, in das ich mich zurückzog, wurde es auch nicht besser, da ja dieser ganze Messe-und-Flughafen-Kosmos am Rande Stuttgarts ein einziges Trauerspiel war. Von den vielen Tausend gewaltbereiten Demonstranten sahen wir leider wieder nichts. Was hätte ich jetzt darum gegeben, in die Auseinandersetzungen zwischen Staat und Rebellen geraten zu dürfen!

Abends, wieder zu Hause in Wien, in der goldenen Stadt der Kaiserin Sissi, suchten wir im Fernsehen nach den Demonstrationen. Erst bei »Russia Today« wurden wir fündig. Die Top-Meldung in den Nachrichten, Breaking News, mehrere Minuten, viele Ausschnitte und Statements, brennende Autos, brutal zuschlagende Polizisten, Wasserwerfer, Hilfeschreie, ein Interview dazu mit Frauke Petry.

In den deutschen Sendern nichts davon.

12.

KAMPF UM DIE HOFBURG

Eines Tages, nur wenige Wochen später, trat der Kanzler der Republik Österreich zurück. Warum? Das konnte man nicht so recht sagen, aber es hatte mit den Umwälzungen der Präsidentschaftswahl zu tun. Man näherte sich der wichtigen Stichwahl. Der Kandidat der Rechtspopulisten hatte mehr als dreimal so viele Stimmen wie der Kandidat der Regierungspartei bekommen, im ersten Wahlgang: 10 Prozent für den Sozialdemokraten, 35 Prozent für Doktor Norbert Hofer aus dem bäuerlichen Burgenland.

Nun meinte meine bildschöne Frau, wir sollten auch diesem vermeintlichen Neo-Nazi einen Besuch abstatten. Sie hatte seine Adresse ›herausrecherchiert‹. Da gerade mein Lieblingscousin Spundi in Wien war, um mich zu besuchen, machten wir zu dritt einen schönen Ausflug in die Provinz.

Wir fuhren mit zwei Autos, da Spundi anschließend ins südliche Klagenfurt weiterfahren wollte, um an der dortigen Universität ein Seminar zu leiten. Er war Professor für Psychotherapie, ein später Schüler im Geiste Alfred Adlers, dem Konkurrenten Sigmund Freuds. Ich freute mich, im ersten Auto mit Spundi zu sitzen, ohne die politisch vorbelastete Gattin, und so einmal nach Herzen politisieren zu können. Ich verstand mich gut mit Spundi, da konnte nichts schiefgehen.

»Wie findest du eigentlich die Merkel?« begann ich.

»Gut. Sehr gut. Ich finde sie wirklich durch und durch gut, toll, ganz wunderbar. Echt jetzt.«

Er atmete tief durch. Ich spürte, wie bewegt er war, bei diesen Worten. Wahrscheinlich hatte er noch nie zuvor in seinem Leben über einen Politiker so gesprochen.

»Sie hat Glück, daß Österreich die Balkanroute geschlossen hat. Sonst wäre schon die nächste Million Muslime unterwegs«, gab ich zu bedenken.

Spundi setzte ein wichtiges Gesicht auf, um mich mit folgender Erkenntnis zu überraschen:

»Weißt du, es gibt – was viele nicht berücksichtigen – nicht nur einen Islam. Es gibt verschiedene Ausformungen. Der Islam in Indonesien ist anders als der der Sufis, und der wiederum ist anders als …«

Ich unterbrach hastig.

»Aber interessant ist eben nur das Gemeinsame aller Islamismen. Zum Beispiel, daß es keinen der heutigen Kriege und Krisenherde ohne den Islam geben würde.«

»Ja, das stimmt«, gab er mir beeindruckt recht. Das war nämlich das Gute an Spundi, daß er, anders als die politisch festgelegte Harriet, neue Argumente annehmen konnte. Nur solche Leute waren echte Gesprächspartner. Dafür sah Harriet aber auch wesentlich besser aus als Spundi.

»Siehst du, und die Merkel hatte ja schon 3,5 Millionen weitere Muslime fest eingeplant für Deutschland. Stell dir das einmal vor!«

»Verstehe ich jetzt nicht. Was ist daran falsch?«

Mir blieb die Spucke weg. Da mir darauf nichts einfiel, sprach er weiter.

»Schau mal. Wir sind 80 Millionen. Stelle dir einmal achtzig Menschen auf einem Haufen vor. Stell dir vor, dort an der Bushaltestelle für den Postbus warten achtzig Menschen.

245

Dann kommen noch drei und ein Kind dazu. Werden die dadurch etwa überrannt?«

»Spundi, die Migranten verteilen sich nicht über das ganze Land, die gehen in die großen Städte, wo schon die anderen Migranten sind, und bleiben unter sich. Was ich übrigens sympathisch finde, ich würde es auch so machen. Als Migrant würde ich dorthin ziehen, wo du schon bist mit unseren Leuten, nicht zu blöden Fremden, die mich gar nicht kennen!«

Er schmunzelte, da er meine Rede für einen Scherz hielt. Denn das war wiederum das Bedauerliche an Leuten wie Spundi: Sie hielten jeden Gedanken, der im Widerstreit zu den festen Glaubenssätzen unserer Kultur stand, für nicht ernstgemeint.

So schwiegen wir einige Augenblicke. Das hügelige, sattgrüne Burgenland zog an uns vorbei. Eine idyllische Gegend, durchaus beruhigend. Das kleine Dorf, das wir suchten, hieß Pinkafeld. Ohne Navi wäre es nicht zu finden gewesen. Endlich sagte Spundi, den Lauf der Geschichte könne man nicht aufhalten, aber man könne sich ihm stellen. Das römische Reich hätte auch nichts gegen die Völkerwanderung tun können. Ich widersprach natürlich auf der Stelle.

»Und ob die etwas dagegen tun konnten, ein halbes Jahrtausend lang und höchst erfolgreich. Völkerwanderung ist sozusagen immer. Deswegen gab es den Limes, und heute gibt es den Grenzzaun in Mazedonien.«

Er schmunzelte wieder. Nachsichtig schüttelte er den Kopf.

»Wenn sie die Balkanroute schließen, suchen sich die Flüchtlinge eben andere Wege. Du kannst da kein Tor zumachen.«

»Wieso nicht? Man kann unten die Haustür abschließen, wenn Kriminelle nachts herumschleichen, wie das jetzt übrigens der Fall ist. Gegenüber am Praterstern wurde vorgestern eine Studentin von drei Afghanen vergewaltigt.«

»Auch Deutsche vergewaltigen. Wenn du unten die Tür abschließt, kommen sie durchs Fenster.«

»Sie kommen nicht durchs Fenster! Das hat es zuletzt in bayerischen Heimatfilmen der 50er Jahre gegeben, daß jemand durchs Fenster kommt!«

Erneut dieses Schmunzeln. Es wich gar nicht mehr aus seinem Gesicht. Ich machte meine Stimme tiefer und ernster:

»Es geht nur um die Balkanroute, alles andere sind Rinnsale.«

Er schluckte. Ich merkte, wie er einen richtigen Gedanken verarbeitete. Wenn die anderen Fluchtwege nur Rinnsale waren, gab es vielleicht doch keine Völkerwanderung mehr. Aber schon flog ihm innerlich das nächste Schlagwort zu, und er verkündete staatsmännisch:

»Es ist alles nicht mehr so einfach wie früher, mein Lieber. Die ganze Welt ist komplizierter, ja komplexer geworden. Im Zeitalter der Globalisierung, in das wir immer mehr hineingeraten, sind eben nicht nur Waren und Güter überallhin transportierbar, wie alle zu Recht annehmen« – er machte eine bedeutungsschwere Kunstpause – »sondern auch Menschen.«

Das war schnell gekontert:

»Die Globalisierung gab es immer schon. Nichts war immer schon so leicht transportierbar wie Menschen. Seit Adam und Eva schon. Noch nie hat es eine Gesellschaft ohne weltweiten Handel gegeben!«

»Wer sagt das? Du? Thilo Sarrazin?«

»Karl Marx zum Beispiel.«

»Karl Marx, so, so.«

Er lächelte mokant. Das war für ihn jetzt unter Niveau. Er beschied mich lediglich, wohl um das Thema abzuschließen, quasi als schönes Schlußwort, daß Rom am Ende untergegangen sei, trotz Limes.

»Nicht deswegen! Sondern weil das Christentum kam. Weil nun alle gleich waren, der schädelspaltende Barbar genauso

247

wie der sieben Sprachen sprechende Kaufmann und Kunstmäzen. Die zivilisatorischen Unterschiede wurden geleugnet, sie zählten nichts mehr, nicht vor Gott. Wie heute bei den Gutmenschen!«

Nun lächelte Spundi nicht mehr, sondern bebte vor Lachen. Und ich wurde erstmal still. Ich sagte lieber nicht mehr, daß damals das Scheißchristentum denselben Job besorgte wie inzwischen der Islam. Ich war verunsichert. Vor allem das Wort ›Sarrazin‹ hatte ein schlechtes Gewissen bei mir ausgelöst. Ich hatte mir nämlich blöderweise gerade sein Buch »Wunschdenken« zuschicken lassen. Ich hätte dafür niemals Geld ausgegeben, aber als Autor bekam man diese Sachen ja umsonst. Jetzt fühlte ich mich ertappt, auch wenn es dafür keinen logischen Grund gab. Sah ich wie jemand aus, der Sarrazin las? Ich mußte mich rechtfertigen:

»Übrigens, wo du Sarrazin erwähnst: Damit habe ich nun definitiv NICHTS zu tun.«

»Der pauschalisiert ja auch nur. So schlimm ist es bei dir nicht. Du hast wenigstens Humor.«

»Ja, das ist wohl so.«

»Furchtbar, diese Pauschalurteile bei Sarrazin. Ich kann das gar nicht ertragen.«

»Ja, ja. Ein übler Bursche. Aber eigentlich pauschalisiert er nicht, sondern tut, wenn auch in krankhafter Weise, das Gegenteil, er differenziert bis zum Umfallen.«

»Was!?« fragte Spundi verärgert.

»Doch, doch, ich gebe dir gern ein Beispiel. Er würde nicht sagen: ›Die Schwarzafrikaner sind dümmer als Deutsche‹, sondern ›Nicht die Schwarzafrikaner sind dümmer als Deutsche, sondern diejenigen südlich der Sahelzone, aber nur jene, die östlich von Mali wohnen und über fünfundzwanzig Jahre und weiblich sind sowie drei Kinder haben und einen kolonialhistorischen Hintergrund und sich vor Vollmond fürchten: Diese

248

sind mit einer Wahrscheinlichkeit von 62,2 Prozent dümmer als Deutsche und auch nur in der Zeit zwischen Ostern und Pfingsten.‹ So ist Sarrazin. Und bis zu diesem Satz braucht er noch zwanzig Seiten Vorwort.«

»Woher weißt du das alles?!« fragte Spundi entsetzt. Ich gab vor, in einer Podiumsdiskussion einmal gegen diese verblendete Sichtweise angetreten zu sein. Er murmelte, dabei zu bleiben, daß Sarrazin aus nichts als Pauschalurteilen bestehe.

Das Politisieren mit ihm frustrierte mich keineswegs. Es war doch interessant, wie mein Cousin sämtliche konsensualen Denkmuster unserer Mediendemokratie so selbstverständlich wie leicht und felsenfest in seinem Bewußtsein implantiert hatte. Wahnsinn! Der dachte das alles wirklich, was die prominenten Talkshows den Bürgern vorgaben. Ich war fasziniert.

Wieder sah ich auf die vormoderne Landschaft. Vielleicht war es zielführender, ein bißchen über den braunen Präsidentschaftskandidaten zu sprechen, der hier seine Heimat hatte.

»Wie findest du denn diesen Hofer?« fragte ich schließlich.

»Wen?«

Ich erklärte es ihm noch einmal. Spundi runzelte die Stirn. Ein rechter Populist an der Spitze des Staates, mit der Macht eines Hindenburg. Keine schöne Sache. In seinem Gehirn mahlte es. Aber er sagte nichts mehr, es gab noch keine verbindlichen Vorgaben von Anne Will zu dem Thema.

So versank ich in Gedanken, während wir uns alles ansahen, das Burgenland, das Dorf des Kandidaten, seine Leute dort, sein Haus und seinen Hof. Es kam mir auf einmal so vor, als könne ich Norbert Hofer verstehen.

Warum soll jemand, der im Paradies wohnt, etwas anderes wollen, als dieses Paradies zu erhalten? Warum soll er sich für Fremde aus anderen Welten, für Flüchtlinge, Syrer, Hungernde aus Afrika oder Langzeitarbeitslose aus der fernen

Hauptstadt einsetzen? In Pinkafeld war es schön, hier hatte der liebe Gott sein Zuhause. Die Straßenschilder wiesen zum Zahnarzt, zum Kinderarzt, zu »Fußpflege Inge« oder anderen dörflichen Institutionen. Man sah, auch ohne Hinweisschild, das pittoreske Rathaus, das angemessen wuchtigplumpe Kriegerdenkmal, den sprichwörtlichen Brunnen vor dem Tore, die Kirche, das Stadtmuseum und den kleinen süßen Bahnhof. Man traf auf Kindergärten, zwar ohne Kinder, aber mit zufriedenen Rentnern auf der Bank. Alles wirkte wie eine einzige riesige Märklin-Modelleisenbahnanlage mit ›Faller‹-Häuschen aus den seligen 50er und 60er Jahren.

Es war einfach herrlich. Das Paradies eben.

Blühende Obstbäume standen herum, frei und unkoordiniert statt industriell in Reih und Glied, und statt betonierter Straßenbefestigungen lappten endlose Wiesen mit Feldblumen an den Asphalt der Dorfstraße. Ein bißchen entvölkert sah es schon aus, das schlafende Pinkafeld, wie im Märchen von Dornröschen, aber es war ja auch Sonntag. Wo in anderen Städten Kanalröhren für die Abwässer unschön neben dem aufgerissenen Bürgersteig lagen, feierte hier die Natur ihr heilendes, zeitlos unhistorisches Wesen, unbeeindruckt von der Moderne und ihren rabiaten Strategen. Man hatte das Gefühl, daß hier kein Mensch eingegriffen hatte, seit Goethes Zeiten. Weil einmal jemand »Stop« gesagt hatte zum Fortschritt und zur Zerstörung. Ein Magier, ein Geist, ein zukünftiger Bundespräsident? Und ich ahnte, daß Doktor Norbert Hofer derjenige sein konnte, der dieses »Stop« auch für ganz Österreich sagen würde.

Was scherten uns die streikenden Arbeiter in Frankreich, diese alte hochprivilegierte Kaste, die Reifen anzündete und Straßensperren errichtete? Sollten sie ihren Unfug unter sich ausmachen. Was scherten uns die Millionen Schwarzen, die kommen wollten und dieses Paradies zertrampeln würden?

Noch zwitscherten die Vögel. Nachts leuchteten wahrscheinlich die Sterne noch so hell, daß man sie greifen zu können glaubte. Unter den ausladenden Bäumen saßen dann Verliebte und keine marokkanischen Drogendealer.

Eine Katze schlich gemütlich durch den Hof wie eine Janosch-Phantasie. »Oh wie schön ist Pinkafeld, ganz im Gegensatz zu Panama«, schien sie zu denken. Und zu lächeln, wenn Katzen das könnten.

Zwei dreizehnjährige Mädchen in Boxershorts sprangen auf einem Trampolin auf und ab, unermüdlich und offenbar mit nicht nachlassender Freude, meterhoch, ohne dabei Geräusche zu machen. Es war ein seltsames Bild. Sie hüpften stumm hoch und nieder, die langen Haare wehten, die schlanken Körper schienen sich beim Aufstieg zu dehnen – in Schwarzweiß wäre es eine Sequenz des Olympia-Films von 1936 gewesen. Was für ein Ausdruck von Glück! Die eine war die Tochter des künftigen Bundespräsidenten. Vielleicht saß er gerade in einem der Nebengebäude des weitläufigen Anwesens und schaute zu.

Ja, die Hofers hatten nicht nur ein Haus, sondern ein Anwesen. Aber kein protziges, kein selbstgeschnitztes kleines Schloß wie Oskar Lafontaine in Saarbrücken, ganz im Gegenteil. Alles strahlte Bescheidenheit, Schlichtheit und geringen Kapitaleinsatz aus. Es gab Asphaltwege innerhalb des Areals, einen Innenhof, bestimmt auch weitere Tiere, viel sprießendes Grün, alte Bäume, Schuppen aus Holz, kleinere Häuser. Aber keine elektronisch gesicherte Tiefgarage mit dem sonst für Spitzenpolitiker üblichen 100 000-Euro-Statusauto. Vom Stil her wirkte die Anlage fast spanisch. Niedrige Gebäude, rotbraune Ziegeldächer, alte Bausubstanz, ockerfarbene Wände. Und natürlich eine Mauer drumherum, nicht hoch und abweisend, nur bis Brusthöhe, aber beschützend. Sonst hätten die jungen Mädchen gar nicht so arglos herumhüpfen können. Und vor dem Eingang standen zwei brave Polizisten in Uniform. Sie beschützten zusätzlich. Keine furchteinflößenden Security-Monster mit schwarzen Masken und entsicherter Kalaschnikow, sondern Menschen mit freundlichen, den Kindern bekannten Gesichtern.

Die Sonne ging unter, die Wolken lagen tief, der erste warme Sommertag des Jahres 2016 ging zu Ende. In Pinkafeld, dem völkischen Paradies namens HEIMAT.

Ich riß mich hoch. Ich hatte mich ganz meinen Beobachtungen hingegeben, weil Harriet einen Text über Hofer schreiben mußte.

Normalerweise hätte ich nun den Hof betreten, wäre ruhig auf das Trampolin zugegangen und hätte die Kinder herzlich begrüßt, ganz der nette Postbote außer Dienst oder der Wandersmann, der nach der Zeit fragt. Dabei hätte ich dann das auf lautlos gestellte iPhone 6 s Plus bedient. Aber eine natürliche Scheu hinderte mich daran. Oder die freundlichen Beamten auf der Straße. So ging ich lieber zu ihnen und begann etwas Smalltalk.

»Na, Herr Wachtmeister, Sie beschützen unseren neuen Bundespräsidenten?«

Der Mann hob die Schultern, dann nickte er. Er wollte etwas entgegnen, aber es kam nur ein Laut heraus:

»Hmm-m-mi.«

Ich wandte mich an den Kollegen.

»Gut, daß wir ihn haben, jetzt, den Hofer.«

Auch er nickte, aber anders. Er nickte auf- und abfedernd mit dem ganzen Oberkörper. Dann wackelte er mit dem Kopf und machte große Augen, was wohl heißen sollte, daß er gern mit mir plaudern würde, aber im Dienst nicht dürfe. Ich zwinkerte ihm zu, um zu signalisieren, daß ich ihn verstand und auf seiner Seite war. Er zwinkerte zurück. Die Katze trabte auf uns zu.

Ebenso Spundi und Harriet. Ich ging weg, um nicht Zeuge der kommenden häßlichen Szene zu werden. Die beiden wurden natürlich vertrieben. Spundi beschwerte sich dann im Auto über das Wort ›Lügenpresse‹. Er sei Professor für Psychiatrie und kein Journalist.

Wir kehrten in einem Gasthof im Burgenland ein, nahmen uns ein Doppelzimmer und ein Einzelzimmer für den Cousin. Das Fernsehen lief noch über Hausantenne und brachte nur das Staatsfernsehen. Der Kanzlerrücktritt beherrschte die Nachrichten und bescherte uns eine Sondersendung nach der anderen. Spundi ging etwas gelangweilt zu Bett und fuhr frühmorgens nach Klagenfurt weiter. Beim nächsten Mal würde er gewiß wissen, was man von Hofer zu halten hatte. Wir wußten es schon jetzt, aber was konnte man dagegen tun?

Waren die Machtübernahme und damit folgend der faktische Staatsputsch der Neofaschisten noch zu verhindern?

Harriet versuchte es. Sie war es gewesen, die durch die Coverstory »Werner, bitte laß los« den Kanzler zum entnervten Rücktritt getrieben hatte. Werner Faymann, so hieß es, war buchstäblich der Kragen geplatzt, als er das am Samstag las.

Auch über diesen vermeintlichen Neofaschisten Norbert Hofer schrieb sie alsbald die Titelgeschichte in ihrem Nachrichtenmagazin, wozu unser Ausflug in seine idyllische Landwelt nützlich war. Von Woche zu Woche schrieb sie eifriger, länger und fanatischer über ihn.

Ob es an ihr lag, daß ihr die ganze Republik dabei folgte, oder ob Harriet nur selbst einem Trend folgte? Jedenfalls stieg das politische Fieber an, in diesem Mai des Jahres 2016, ganz ähnlich wie in Deutschland zwei Monate zuvor bei den verhängnisvollen Märzwahlen, als die AfD 20 bis 30 Prozent der Stimmen holte. Es war interessant zu sehen, wie erst die Medien verrückt wurden und später, recht spät, auch die Menschen. Irgendwann begriff ich, daß hier tatsächlich eine soziale

Klasse – nicht eine politische – um die Macht kämpfte. Das passierte, als ich den Volkstribunen H. C. Strache bei einer Rede in einem Arbeiterbezirk beobachtete.

Die Medien, allen voran das Staatsfernsehen, hatten den Führer der Unterschicht natürlich seit Jahrzehnten verteufelt. Er war der Nachfolger des ebenso berüchtigten Jörg Haider, der die Rechtspopulisten von einer Splitterpartei zur zweitgrößten Fraktion im Parlament führte, bis man Gerüchte über eine möglicherweise latente homosexuelle Neigung gestreut hatte und sein Auto mit Höchstgeschwindigkeit an einem Baum zerschellte. Zu seiner Beerdigung kamen mehr Menschen als zu der von Kaiser Franz-Josef. »Die Sonne ist vom Himmel gefallen«, klagten seine Anhänger. »Man hat mir meinen Lebensmenschen genommen«, weinte sein Erster Sekretär, der seitdem als heimlicher Liebhaber gehandelt wurde, zu Unrecht, wie er mir einmal gestand.

Also, H. C. Strache war nun der Nachfolger und neue Führer. Obwohl selbst seine Gegner seufzten, er sei »nicht so gut« wie Jörg Haider, nicht ganz so diabolisch, geschickt und menschenfischerhaft, machte er seine Sache in meinen Augen super. In Deutschland hatte es so eine Figur seit siebzig Jahren nicht mehr gegeben. Das ideale Feindbild. Ein Schreihals, in den man als Linker alle faschistoiden Phantasien projizieren konnte. Das brachte nun allerdings das Problem mit sich, daß er sich dadurch überdeutlich von jenem Norbert Hofer unterschied, dem Kandidaten für die Präsidentschaftswahl. Hofer, obwohl in derselben Partei, war freundlich und sanft. Ein Lämmchen. Alle mochten ihn. Er sprach leise, mit Bedacht und warmherzig. Er ging am Stock und litt an einer teilweisen Lähmung der Beine. Man konnte ihn sich nicht als einen Rabauken vorstellen, der auf Minderheiten einprügelte. Sein liebes Gesicht strahlte Nachsicht aus. In seinen Reden setzte er sich sogar für Behinderte ein.

Für die linken Staatsmedien ging es folglich darum, seine vernünftige Ausstrahlung als Fälschung zu interpretieren. Es sollte der Eindruck entstehen, Hofer sei janusköpfig und deswegen besonders gefährlich. Er sehe aus wie ein Mensch, rede wie ein Mensch, sei aber heimlich ein faschistischer Dämon. Irgendwie klappte das anfangs nicht. Der angebliche Nazi bekam über 35 Prozent im ersten Wahlgang. Für die Stichwahl mußte man sich ein paar andere Tricks einfallen lassen. Hofer, der verständnisvolle Gentleman, mußte in die Schmuddelecke des Außenseiters zurückgestupst werden.

Aber wie?

Man mußte ihn in eine mediale Schlägerei verwickeln. Wem würde man die Schlägerei zurechnen, später, nach Abschalten der Live-Kameras? Natürlich dem Außenseiter. Und so geschah es. Vierhunderttausend Zuschauer sahen eine Sendung, in der der Gegenkandidat, ein gewisser Herr Alexander Van der Bellen, dreiundsiebzig Jahre alter Vertreter der alteingesessenen Eliten, vornehm und distinguiert von Geburt an, wie ein Geistesgestörter auf den freundlichen Hofer losging und ihn eine geschlagene Stunde lang nicht zu Wort kommen ließ. Das hatten die Berater so verordnet. Auch die Zeitungen hatten seit Wochen mehr Härte und Offensivgeist von dem alten Herrn gefordert. Er solle Hofer attackieren. Er solle nicht mehr so vornehm und distinguiert sein, denn das könne Hofer besser. Außerdem liege Hofer 14 Prozentpunkte in Führung, da müsse man angreifen, wie im Fußball.

In Österreich waren die Fußballvergleiche noch nervtötender als in Deutschland, ebenso die Verweise auf Spiele aller Art. Politische Wettbewerbe wurden grundsätzlich wie Castingshows behandelt. Es blühte eine Zunft der politischen Sportberichterstatter, die täglich atemlos darüber spekulierten, wer gerade in guter Form sei, die bessere Figur mache oder sich taktisch raffinierter verhalte als der Gegner. Solche windigen Figuren – sie traten im Fernsehen als Professoren auf – gab es in Deutschland nicht. Österreich war eben das Land des Theaters.

Die Polit-Coaches hatten den alten Van der Bellen dermaßen brutal unter Druck gesetzt, endlich die »Abteilung Attacke« gegen den lämmchenhaften Behinderten mit dem lieben Gesicht loszulassen, daß er es schließlich also tat. Wann immer Hofer etwas sagen wollte, plapperte Van der Bellen drüber. Es sah entsetzlich aus, künstlich und kindisch. Van der Bellen hockte vornübergebeugt am Tisch, an dessen Kante er sich mit seinen zitternden und fleckigen Greisenhänden festhielt, und redete und redete monomanisch, immer im Vorwurfsdauerton. Hofer saß in seinem Sessel, lehnte sich zurück, stöhnte, sagte nur noch:

»Können wir jetzt endlich ernst werden?… Können wir bitte endlich mit der Sendung beginnen?«

Eine Zumutung für die Zuschauer, die bald abschalteten. Am Ende waren von den vierhunderttausend noch dreiundzwanzigtausend übrig. Doch selbst wenn alle bis zum Ende geguckt hätten, waren das nur 5 Prozent der Gesamtbevölkerung. 95 Prozent der Österreicher hatten die Sendung nicht gesehen, wurden aber anschließend mit Berichten über den »Fernsehskandal« überzogen, mit der »Schlammschlacht«.

»Die Schlammschlacht« dominierte als Thema die letzten Tage vor der Wahl. Kommentatoren aller Zeitungen und des Fernsehens empörten sich über den Verlust der politischen Kultur im Land. Die beiden Kandidaten hätten sich zerfleischt, so könne es nicht weitergehen, im Grunde könne man keinen der beiden mehr wählen, aber dann natürlich lieber noch Van der Bellen, das kleinere Übel. Jeder dachte, die Schuld an der Schlammschlacht könne natürlich nur bei Hofer liegen, dem heimlichen Nazi, dem gesellschaftspolitischen Underdog, dem gefährlichen Falschspieler mit dem üblen rechtspopulistischen

Stallgeruch. Das ging ein paar Tage so. Dann lagen beide Kandidaten in den Umfragen Kopf an Kopf.

In den sozialen Netzwerken tat sich etwas. Ich bekam Mails von Freunden, die mich aufforderten, ja anflehten, Van der Bellen zu wählen. Erst war es eine, dann, nur Stunden später, waren es schon zwanzig. Jeder meiner Freunde schickte diese Mails. Es war eine Bewegung. Auf der Straße taten sich junge Leute zusammen und malten eigenhändig Sprüche für Van der Bellen auf Pappkartons. Andere griffen zur Gitarre und erfanden einen Ad-hoc-Werbesong für den grünen Politiker – Van der Bellen war Grüner –, den sie mit Inbrunst den Passanten vortrugen. Solche Szenen hatten zuletzt unsere Eltern und Großeltern beim Mißtrauensvotum gegen Willy Brandt vor vierundvierzig Jahren erlebt. Auch daran, also daß es fast ein halbes Jahrhundert her war, erkannte ich, wie lange das herrschende Milieu schon an der Macht war. Plötzlich eskalierte diese Herrschaft sogar noch zur revolutionären Stimmung, wenigstens für Stunden. Auf einmal waren ALLE für Van der Bellen und standen wie EIN Mann hinter ihm.

Es wurde zudem gerade richtig warm, das Thermometer steuerte auf 30 Grad zu. Es waren die ersten Sommertage des Jahres. Alle strömten nach draußen. Ich bekam einen Anruf meiner Managerin Rebecca Winter, die spontan mit mir in ein Gartencafé gehen wollte. Ein solches Ansinnen hatte sie noch nie zuvor gehabt. Wir hatten beruflich nichts zu besprechen, und so vertröstete ich sie auf den nächsten Tag. Ich hatte nämlich schon Harriet zugesagt, mit ihr zur Abschlußkundgebung von Norbert Hofer zu gehen. Ich wollte sie dort beschützen. Harriet glaubte nämlich, nach ihrer Berichterstattung über den »braunen Haufen« dort nicht sehr willkommen zu sein. Da sie öfters im Staatsfernsehen auftrat, immer in Talkshows, die die »rechte Gefahr« zum Thema hatten, war sie keine Unbekannte.

Wir fuhren also zum Viktor-Adler-Markt, der Heim- und Brutstätte der Rechtspopulisten oder der Rechtsradikalen, wie es nun wieder hieß. Schon von weitem sahen und hörten wir die vertrauten Signale, also die blauen und weißen Fähnchen, die überdrehten Lautsprecher, die Unterschichts-Schunkelmusik, die »Aber bitte mit Sahne« von Udo Jürgens und »Ich war noch niemals in New York« zum besten gab. Jene Leute, die man in Österreich ›Sandler‹ nannte, bestimmten das Straßenbild, an deren Rändern sich bereits beängstigend hohe Berge leerer Bierdosen befanden. Ich merkte sofort, daß es hier nicht um «rechts‹ versus ›links‹ ging, sondern um ›unten‹ versus ›oben‹. Abitur hatte hier niemand.

Als erstes stieg ein Matador namens Gudenus aufs Treppchen, ein erst dreißigjähriger Mann mit einem aufgepumpten Körper und einem Quadratschädel. Sein Unterkiefer war wohl zweimal so breit wie der von Arnold Schwarzenegger. Seine etwa viertelstündige Rede bestand nur aus abstrakten Beschimpfungen der Oberschicht. Die da oben, die Eliten, die Schickeria, die abgewirtschafteten Regierungsparteien, der linke Kanzler, der linke Bundespräsident, der linke Parlamentspräsident, der linke Präsident des Rechnungshofes, das ganze System: zum Speibm!

»Speibm« ist der mundartliche Ausdruck für Kotzen.

Der junge Blödmann trat zum Glück bald wieder ab, ohne viel Applaus übrigens, und die parteieigene Band spielte das nächste Udo-Jürgens-Medley. Harriet hielt sich die Ohren zu. Dann spielten sie die Parteihymne »Immer wieder Österreich«. Das war schon besser. Die Leute sangen mit und hielten große mitgebrachte Österreichfahnen hoch, viele auch Schals mit der Aufschrift »H.C. Strache«. Ich wippte mit den Füßen. Ein guter Song.

Harriet warf mir einen tötenden Blick zu. Ich flüsterte:

»Tun wir lieber so, als würden wir dazugehören.«

»Aber nicht mitmachen! Bei dem Nazi-Lied!«

Norbert Hofer kam auf die Bühne und trat vor das Mikrophon. Anders als Hitler, der immer spannungsheischend lange vor dem ersten Wort gewartet hatte, begann er sofort zu sprechen. Ich hörte die unsichere Stimme eines jungen Mannes, dem ich irgendwie abnahm, daß er wirklich überwältigt war von so viel Zustimmung. Man hatte ihn ja frenetisch begrüßt. Nun gab er viele treuherzige Versprechen ab, und wieder glaubte ich, daß er sie ernst meinte. Er wolle ihr Schutzherr sein und auf sie aufpassen, auf die Österreicher. Hofer sprach mit dieser rührenden, weichen Stimme. Er war ja erst vierundvierzig Jahre alt, für einen Politiker war das noch das Kindesalter. Nun sprach auch er von der Elite und daß sie abgehoben sei. Er sprach stockend und langsam, und um ehrlich zu sein: zu langsam. So konnte er die Leute nicht mitreißen. Außerdem führte er umständlich aus, warum er gegen den TTIP-Beitritt sei, und gegen eine Aufnahme der Türkei in die Europäische Union und für die Einführung der direkten Demokratie.

Die Leute aus der Gosse, die anfangs noch wie die Ochsen »Hofer, Hofer!« gebrüllt hatten, interessierten sich nicht die Bohne für die direkte Demokratie und wurden unruhig. Sie begannen sich lauthals mit ihren Umstehenden zu unterhalten. Hier und da brachen Streitereien aus.

Es waren viele tausend Menschen auf dem weitläufigen Platz. Trotzdem blieb in der Mitte eine schmale Gasse frei, durch die sich Anwohner zwängten, die zu ihren Wohnungen strebten und sich nicht für Politik erwärmten. Das waren vor allem Muslime. Deutlich erkennbar als solche waren natürlich nur die kopftuchtragenden oder gänzlich verschleierten Frauen, die nach draußen durften, da gerade Marktzeit war. Ich registrierte mit Wohlgefallen, daß keine einzige belästigt oder krumm angesehen wurde. Die Rechtsradikalen schienen weniger haßerfüllt zu sein als gedacht.

Nachdenklich gingen wir nach Hause, ohne das Ende der Veranstaltung abzuwarten, die irgendwie zerbröselte. Harriet äußerte sich aber ungebrochen kämpferisch:

»War er nicht noch viel, viel scheußlicher als erwartet? Zum ersten Mal fand ich ihn richtig gefährlich. Das war mir früher gar nicht so deutlich geworden.«

»Aber du hast es doch geschrieben?«

»Aber erst heute auch richtig ... erlebt und gefühlt!«

Tags darauf traf ich dann wie besprochen Rebecca Winter, meine Managerin. Ich erzählte ihr natürlich von der Veranstaltung. Sie schrie entsetzt auf:

»Du gehst zum HOFER?!«

»Ich hab nur die Harriet begleitet.«

»Bäh! Igitt! Pfui! Warum tut ihr das?«

»Sie muß doch darüber schreiben ...«

»Muß sie nicht! Was soll das! Warum drauf auch noch aufmerksam machen!«

»Man nennt das Pressefreiheit ...«

»So a Schaas! Das nutzt den Rechten doch nur.«

»Um rechts oder links geht es gar nicht, eher um unten und oben. Und Van der Bellen gewinnt doch. Die Bourgeoisie hat ihre Schäfchen wieder ins Trockene gebracht.«

»Bist du jetzt RECHTS, oder was?!«

Ich merkte, daß sie betrunken war. Aus ihrer Prada-Sacktasche zog sie eine halbleere Flasche Taittinger-Champagner und nahm einen tiefen Schluck. Das war recht ungewöhnlich für die sonst überaus gutierzogene Österreicherin.

»Nein, ich bin nicht rechts, ich bin natürlich für Van der Bellen. Schon aus Eigeninteresse. Das sind unsere Leute, das sind wir.«

Der Gedanke, daß ich selbst wie kein zweiter zur Schickeria gehörte und meine Pfründe bei Van der Bellen in guten Händen lagen, schmerzte mich, aber ich ließ es mir nicht anmerken. Die Managerin setzte auch patzig einen Schlußstrich unter das Thema:

»Ich bin nicht mehr nüchtern, ich red heut nicht mehr über Politik.«

Damit erhob sie sich abrupt, lief unkoordiniert zum Kellner und bestellte »a mal a geile Musik«. Der Mann nahm das sogar ungerührt zur Kenntnis, worauf wenig später die verstaubte Spaßband aus den 90er Jahren »Men at work« aus dem Lautsprecher säuselte. Die Managerin, eine Frau von fünfundvierzig Jahren, begann zu grooven. Ich bekam eine Gänsehaut und wünschte insgeheim, daß das Schauspiel aufhörte. Als der Kellner wieder in der Nähe war, trat ich rasch auf ihn zu und flüsterte in sein rechtes Ohr:

»Haben Sie auch Sachen von Udo Jürgens?«

Natürlich hatte er. Ich setzte mich wieder. Entgegen ihrer forschen Ankündigung blieb sie aber bei der Politik. Ob ich die vielen Unterstützer gesehen hätte? Sie meinte jene Van der Bellens, die übrigens in ganz Wien jedes einzelne Hofer-Plakat zerstört hatten. Darauf angesprochen, meinte Van der Bellen einmal, diese Phänomene gebe es auf beiden Seiten, leider. Das stimmte nicht. Ich fuhr an diesen sonnigen Frühsommertagen stundenlang Fahrrad und sah nur sauberste Van-der-Bellen-Hochglanzplakate ohne die geringste Verunzierung. Sie sahen ohnehin viel besser aus, viel hochwertiger, teurer und größer als die dilettantischen Hofer-Zettel. Der Adelsmann hatte offensichtlich viel mehr Geld.

»Ja, die Unterstützer ... Habe ich gesehen, super.«

»Also eines muß ich jetzt schon sagen. Und das betrifft auch das Ausland. Daß es möglich ist, daß über SIEBZIG Jahre nach dem Krieg ...« – sie machte eine Kunstpause, weil sie erstmal Luft holen mußte, um das folgende Ungeheuerliche überhaupt rauszukriegen – »daß da jemand allen Ernstes, in einem westlich demokratischen Land, im Alten Europa sozusagen, also jetzt für die Amerikaner, da zur Wahl steht, der in Zusammenhang steht mit diesen geistlichen Geschichten und äh, Wurzeln der Zeit aus, äh von dem ... von damals, dem Krieg ... den Nazis, das ist UNFASSBAR!«

»Ein Nazi ist er doch gar nicht«, rutschte es mir heraus.

Sie stoppte, sah mich einmal an, legte den Kopf etwas zur Seite und lächelte.

»Du bist mir ja einer.«

Die Nazihaftigkeit von Hofer war in diesen Tagen wohl zur alles bestimmenden letzten und religiösen Gewißheit für alle geworden. Ich sagte verbindlich, aber ohne die Hoffnung, verstanden zu werden:

»Nazis gibt es doch gar nicht.«

Rebecca lachte. Wir wechselten das Thema. Als sich später ein junger Maler zu uns setzte, erklärte sie ihm augenzwinkernd, ich sei ein lustiger Vogel, dem es manchmal Spaß mache, eine andere Meinung zu vertreten, nur um andere zu ärgern. Ich setzte ein verschmitztes Gesicht auf. Sie war eine gute Managerin. Es wäre ein Verhängnis für mich gewesen, sie zu verlieren.

Wieder allein, fielen mir viele Dinge ein, über die ich noch nie abschließend nachgedacht hatte. Nämlich über meine Wiener Freunde. Sie alle hatten eine seltsame Eigenschaft, für die ich kein Wort fand, vor allem keines aus der psychologischen Terminologie. Sie besaßen eine tiefe Freude am Einschlagen – englisch: ›bashing‹ – auf Menschen, die offiziell von der Gesellschaft zum Draufeinschlagen – englisch: ›bashen‹ – freigegeben worden waren. Das war an sich noch nichts Besonderes, und auch in Deutschland gab es ja dieses Phänomen.

Man mußte da nur an die öffentlich Gedemütigten der letzten Jahre denken, von Bundespräsident Wulff bis zu Thilo

Sarrazin, oder auch an den Minister, dem vorgeworfen wurde, was Inhalt jeder Doktorarbeit seit fünfhundert Jahren ist, nämlich das Abschreiben von früheren Doktorarbeiten. Das halbe Kabinett hatte denselben Makel, aber nur er, der Graf Guttenberg, war zum Abschuss freigegeben worden. Monatelang kübelte jeder Dreck auf ihm aus. Einfach, weil er es durfte. Bei Wulff war alles sogar noch ärger. Obwohl jedes Kind sehen konnte, daß Wulff ein ehrpusseliger Spießer mit hohen kleinbürgerlichen Moralwerten war, wurde er als korrupter FIFA-Scheich mit Geldwäscheanlagen auf drei Kontinenten gezeichnet, als Absahner mit Bräuten, Ferraris und Goldklunkern. Alles nur, weil er von den Medien geächtet worden war, und zwar vom »SPIEGEL« bis zur »BILD-Zeitung«. Man durfte draufschlagen, und man schlug drauf.

Der Unterschied zu Österreich lag woanders. In Deutschland wußten Leute wie meine Freunde und ich, daß das ungerecht war. Man ließ sich seine Freude an der »heute Show« trotzdem nicht nehmen. In Österreich dagegen zog jeder, der das Einschlagen problematisierte oder relativierte, den Haß seiner Freunde auf sich. Da gab es zum Beispiel den Fall des angeblichen Haider-Liebhabers. Noch zig Jahre nach Haiders Tod mußte der arme Kerl als Lachnummer in jedem zweiten Kabarett herhalten. Es war ein Volksvergnügen. Wenn ich nun sagte, das stimme doch gar nicht, der Mann sei ein weltoffener Grüner und noch nicht einmal schwul, wurde ich regelrecht angeschrien. Ich solle mich verziehen, wenn ich mit Leuten sympathisierte, die mit dem Obernazi »gschloffn hom«.

Da gab es kein Durchkommen. Es war keine Erörterung erlaubt. Dabei waren meine Freunde Intellektuelle reinsten Wassers. Und ihre Einstellung und Wut waren auch nach Jahren jederzeit abrufbar. Das Recht, diejenigen treten zu dürfen, die die Medien dafür freigegeben hatten, empfanden sie als ihr erstes und unveräußerliches Menschenrecht. Ja, diese legale und legitimierte Lust am Treten, am feixenden, schadenfrohen Fertigmachen, wie nannte man sie bloß? Was sagte Freud dazu?

Bekanntlich waren die Juden nirgends auf der Welt so gelitten, mit Rechten versehen, gleichgestellt und erfolgreich gewesen wie im K.-u.-k.-Österreich. Über Nacht, am 12. März 1938, erteilte die Regierung die Erlaubnis zum Juden-Bashing, und der Mob wütete gegen die Juden derart hemmungslos, daß die Deutschen von Berlin aus dem Treiben Einhalt gebieten mußten, was nicht mehr ganz gelang. Nie war in Deutschland der schadenfrohe Haß derart animalisch-kraß ausgebrochen wie im zivilisierten Wien. Das muß am Nationalcharakter gelegen haben. Meine Managerin berief sich wahrscheinlich unbewußt auf dieses Menschenrecht des österreichischen Nationalcharakters, wenn sie jetzt auf ›Hofer und die seinen‹ eindrosch und sich diesen Spaß von keiner Instanz der Welt mehr nehmen ließ. Der Unterschied zu meinen Berliner Freunden lag eben vor allem in der völligen, intellektwidrigen Weigerung, über die einzelnen Fälle zu diskutieren. Einem Berliner konnte man zu jeder Tages- und Nachtzeit anbieten, in den Diskutiermodus zu wechseln, nach dem Motto »Diskutieren wir doch drüber«, und selbst der verbissenste Linke oder Rechte würde sofort die Körper- und Gesichtshaltung ändern und sich angenehm erfreut darauf einlassen. Matthias Matussek KEIN Arschloch? Ist ja steil! Die Karten will ich seh'n!

Nicht so in der Alpenrepublik. Es gab niemals Berufung. Und Hofer war zum Nazi verurteilt worden. Mein Wiener Freundeskreis erwartete seine Machtübernahme voller apokalyptischer Furcht. Die Menschen hatten ganz reale Angst, er würde das Land verdunkeln und die Arbeitsplätze im Kulturbetrieb vernichten.

Harriets Angst war sogar begründet. Sie hatte es schon einmal erlebt, unter Jörg Haider, daß sie ihren Beruf nur noch sehr eingeschränkt ausüben konnte. Damals hatte ihr die gesamte schwarzblaue Regierung jeglichen Kontakt verweigert. Man nannte sie nur abschätzig »dös Kummerl«, die Kommunistin, weil sie als blutjunge Frau den kommunistischen Studentenbund geleitet hatte, übrigens auf spektakuläre Weise. Über Jahre konnte sie nun keinen der Amtsträger mehr interviewen. Keine leichte Situation für eine Redakteurin der Innenpolitik.

Die Präsidentschaftswahl wurde abgehalten. Als die erste Hochrechnung kam, sagte der beliebte Moderator Tarek Leitner, man solle sich hinsetzen, und zwar möglichst weit weg vom Tisch, weil man in Versuchung geraten könne, beim Hören der Hochrechnung in die Tischplatte zu beißen.

Beide Kandidaten hatten genau 50,0 Prozent erhalten. In der nächsten Hochrechnung lag Hofer bei 50,2 Prozent und sein Gegenkandidat folglich bei 49,8 Prozent. Das Fernsehen schaltete jedesmal in die Zentralen der beiden Lager. Bei den Grünen hatte man möglichst viele unterschiedliche Ethnien vor die Kamera geschoben, ein süßes Mädchen aus Eritrea, einen indischen Buben von zwölf Jahren, eine hübsche Kopftuchfrau, einen Mohr aus Schwarzafrika – und diese netten Mitbürger aus den Wiener Bobo-Bezirken sahen mit tellergroßen Augen, die sich mit Tränen füllten, in die Objektive des Staatsfernsehens. Es war schrecklich. Ich konnte nicht anders, als ergriffen zu sein und zu hoffen, daß am Ende der grüne Kandidat doch noch über den ›Nazi‹ siegen würde.

Nach etwa einer Stunde drehte sich tatsächlich das Blatt, und nun lag Van der Bellen mit 50,1 zu 49,9 Prozent vorne. Doch nach zwei Stunden war man wieder bei genau 50,0 zu 50,0 angelangt. Und so blieb es bis zum Schluß. Nun mußten die Briefwähler entscheiden, die jedoch erst am nächsten Tag ausgezählt wurden.

Harriet blieb bis Mitternacht in der Redaktion, um die

Geschichte über den Wahlausgang zu schreiben. Bis zuletzt hofften die Zeitungsleute auf ein Ergebnis. Umsonst. Das Heft ging ergebnislos in den Druck.

Da ich allein war, gestatte ich mir das Vergnügen, die Wahlparty der ›Faschisten‹ zu besuchen. Ich wollte sehen, ob der engere Kreis der Hofer-Anhänger auch so entsetzlich aussah wie die kleinen Leute und Pennbrüder bei der Obdachlosen-Veranstaltung am Viktor-Adler-Markt.

Und siehe da – das Bild konnte gegensätzlicher nicht sein. Frauke Petry war da, sozusagen von der ›faschistischen‹ Bruderpartei AfD aus Deutschland, und schon das verlieh der abendlichen Party mitten im berühmten Wiener Prater sofort Glamour. Der 50,0-Präsident Hofer kam mit seiner zweiten Frau und allen drei Töchtern, die sich alle bereits im tanzfähigen Alter befanden. Man spielte die beste Popmusik, die ich in diesem Jahrtausend gehört hatte, was sicher auch mit der phantastischen Verstärkeranlage zu tun hatte. Selbst das abgestandene 80er-Jahre-Gesäusel des Sängers Prince klang nun nicht mehr wie heutige Menopausen-Single-Musik. Die beiden Profi-DJs verwoben die besten klassischen Chart-Hits zu auf- und abschwellenden Klangteppichen, und sie machten es noch besser als die besten DJ-Stars im Berliner Berghain. Ich kannte mich da zufällig aus. Bruchlos ging ein Abba-Kracher von 1975 in »I don't care« von 2015 über, und das in eine seltene und neu gesampelte Falco-Spezial-Aufnahme seines letzten Albums. Es waren Soundwellen wie bei drogenintensiver Trance Music, über die sich auch noch ein glasklarer, lupenreiner Vollmond senkte; die Party fand größtenteils im Freien statt. Kulisse der feinen Nazi-Party war der urromantische Park des Praters mit seinen mächtigen blühenden Kastanienbäumen, in Sicht- und Hörweite der zeitlosen, bunten Spielzeugwelt der Karussels, Geisterbahnen und Hau-den-Lukas-Attraktionen.

Und dann eben, natürlich für jede Atmosphäre das Wichtigste, das junge Publikum. Noch nie hatte ich bei einer politischen Veranstaltung so viele heiße Boys and Girls ausgemacht, wobei letztere sogar die Mehrheit stellten. Und überhaupt so viele selbstbewußte ›deutsche Burschen‹, sprich junge Männer ohne Migrationshintergrund. Ich rieb mir die Augen. Man kannte das ja gar nicht mehr, daß diese Bevölkerungsgruppe noch Ruhe und Stolz ausstrahlte. Diese tiefe Selbstgewißheit war doch jungen Muslimen wie jenen, die ich in Neukölln gesehen hatte, vorbehalten.

Es war aber schwer, meine Eindrücke zu überprüfen.

Um ganz nah an die Prominenten zu gelangen, mußte ich an einem Dutzend Polizeibeamten vorbei. Im Freien tanzten die Teenager und etwas Älteren, die Erwachsenen saßen in einem rustikalen Holzbau namens »Alpendorf«. Zum Glück hatte ich noch meinen Ausweis vom AfD-Parteitag. Für die netten Polizisten sah das irgendwie gültig aus. Beide Parteien verwendeten dieselbe Graphik. Zudem steckte ich mir ein FPÖ Papierfähnchen ins Jackett.

Ich sah H. C. Strache, gewissermaßen der Austro-Mussolini des 21. Jahrhunderts, und war von seiner unangemessen ernsten Aura befremdet. Es war doch eine Party, und der eigene Kandidat hatte schon halb gewonnen, aber Strache irrlichterte mit geradezu entsetzten und besorgten Augen von Parteifreund zu Parteifreund. Man sagte ihm ja eine extreme Humorlosigkeit nach, wie Hitler, der sich selbst ebenfalls so ernst nahm und nur über seinen Schäferhund lachen konnte. Oder hatten H. C.s bierernste Sorgenfalten andere Gründe?

Ich dachte nicht darüber nach, sondern freute mich über eine politische Welt, die endlich einmal nicht von kurzhaarigen Frauen der Generation Sechzig plus beherrscht wurde, also dem Klüngel meiner lieben Harriet. In den letzten fünf Jahren hatte ich gewiß hundertmal die Emanzenszene der 70er Jahre präsentiert bekommen, von einer Frau, die eine volle Generation jünger war als die alten Suffragetten. Seltsame Geschichte, das. Und auch jetzt durfte ich hier nur sein, weil Harriet im Büro festklebte. Sonst hätte ich mit den Groupies des dreiundsiebzigjährigen Van der Bellen, der ja auch gerade feierte, geschwoft.

Ein irgendwie krank wirkendes Mädchen viel mir auf. Es rempelte immer junge Männer an und taumelte wieder zurück. Betrunken war sie wohl nicht, aber trotzdem geistig nicht auf der Höhe. Manchmal umarmte sie einen Burschen, aber nur kurz und mit gequältem Gesicht, oder sie machte einem einen Vorwurf, drehte aber ab, bevor er ein Gespräch beginnen konnte. Dann tanzte sie wieder, bis sie mit einem zusammenstieß. Sie war hübsch und trug ein über die Maßen freizügiges Dirndl. Die Burschen nahmen keine Notiz von ihr, was damit zu tun hatte, daß sie ihre Bewegungen nicht mehr koordinieren konnten. Ja, ich sah es jetzt deutlich, unsere Burschen waren vollkommen betrunken, so früh am Abend. Ob ich mich des schutzlosen Mädchens annehmen mußte? Immerhin hatte ich in Deutschland einen sehr anhänglichen Kritiker, der immer schrieb, meine Romane seien die eines lüsternen Onkels. Für ihn baute ich stets eine entsprechende Stelle ein, und die ließe sich jetzt bestimmt gut recherchieren. Andererseits konnte ich mich auch auf H.C. Strache oder Norbert Hofer werfen, und das würde dann nicht nur den anhänglichen Kritiker faszinieren.

Ich entschied mich für Strache und ging auf ihn zu. Er war kleiner, als ich ihn in Erinnerung hatte, etwa einen Meter achtzig. Wir hatten uns einmal nach einer Talkshow unterhalten, bei der ich zugegen sein durfte, vor drei Jahren. Er erkannte mich natürlich nicht wieder. Damals hatten wir über seine Aussichten bei der Parlamentswahl gesprochen, jetzt über die Norbert Hofers. Strache drehte ansatzlos auf, deckte mich mit drei, vier Erklärungen ein, die vernünftig und unpersönlich waren. Ich hätte jetzt intimer werden können, denn das war immer meine Stärke. Ich hätte ihm Komplimente machen können, oder darauf hinweisen, daß ich kürzlich Frauke Petry getroffen hatte. Doch dann fiel mir ein, wie sehr das Harriet schaden würde.

Wir gingen bald auseinander. Strache hatte seine neue Freundin dabei, eine Blondine wie aus der Werbung. Sie stand neben ihm, und ich knuffte ihm noch einmal anerkennend in die Seite. Auf der Bühne, neben den DJs, tanzten nun zwei dickbusige Exotinnen, die offensichtlich dazu angestellt waren. Ich grübelte, welche Idee die veranstaltende Neonazi-Partei damit verfolgte. Weltoffenheit? Tolenz? Stimmung?

Ich ging noch dreimal kreuz und quer durch die Reihen, und dabei ließ meine gute Laune nach. Die Leute interessierten mich nicht mehr, alles geheimnislose Normalos, selbst die Polizisten sahen nun aufregender und menschlicher aus.

Ich fuhr nach Hause.

Am Abend darauf war Norbert Hofer Geschichte. Der grüne Kandidat hatte ein Tausendstel mehr Stimmen bekommen und wurde Bundespräsident. Der Nazi-Spuk war vorbei, und der Zweite Faschismus – jedenfalls dieser – vorerst erloschen.

Das Leben ging weiter. Es war plötzlich alles langweilig geworden. Die fünfzig Fernsehteams aus dem Ausland zogen enttäuscht ab. Die Tage schleppten sich freudlos dahin, nunmehr ohne die Hysterie der politischen Auseinandersetzung. Das Lager der Gewinner verstummte, das der Verlierer ebenso. Ich rief meinen Freund Thomas Draschan an, immerhin ein grüner Abgeordneter. Er machte nur faule Scherze. Alle Hofer-Wähler würden nun standrechtlich erschossen und so weiter.

Der Gewinner erklärte, er werde nun auf die Wähler der unterlegenen Partei zugehen und mit ihnen reden. Das sollte nach Versöhnung klingen, so, als würde er wirklich mit ihnen über ihre Abneigung gegen den Islam reden wollen. Und ihren Wunsch, diese Bewegung nicht weiter ins Land zu lassen. Davon war er natürlich Lichtjahre entfernt. Er wußte noch nicht einmal, daß es ihnen darum ging. Niemand in seiner Partei, in seinem Milieu, wußte das. Dort dachte man, es ginge den Hofer-Wählern um ›Ängste‹, und die könne man mit guten Worten zerstreuen. Van der Bellen lud seinen unterlegenen Rivalen in die Hofburg ein. Dort wollte er mit ihm über alles ›reden‹, also in seinen Augen über eine bessere Versorgung der Flüchtlinge, eine raschere Registrierung, ein beschleunigtes Asylverfahren, eine zentrale Organisation der Unterbringung, ein effizient umgesetztes Nachzugsrecht für Angehörige, personenbezogenere und praxisnähere Sachleistungen, eine bessere Zusammenarbeit mit den Moscheeverbänden und den muslimischen Vertretern der Glaubenorganisationen und so weiter und so fort. Daß die Flüchtlinge aufgehalten werden sollten, darüber würde Van der Bellen nicht reden. Weil er sich solch ein Ansinnen schlicht nicht vorstellen konnte. Es sprengte buchstäblich seinen geistigen Horizont.

Auch in Deutschland wurde das Phänomen in ähnlicher Weise erklärt wie in den österreichischen Medien. Die Hälfte des Nachbarstaates hatte einen Faschisten gewählt? Unfaßbar, aber vielleicht gab es eine Antwort?

Die Partei ›Die Linke‹ hielt gerade ihren Bundesparteitag ab, und gab einen Kommentar zu Österreich ab. Das lag ja auf der Hand, denn die Linke hatte die Hälfte ihrer Wähler gerade an die rechte AfD verloren. Der Vorsitzende war also nahe am Schweißausbruch, als er ins Mikrophon schrie – und es war so, er schrie wirklich –, die neuen Rechten seien überhaupt nicht sozial. Nein, nur Die Linke sei sozial! Es folgten zwanzig Beispiele sozialer Taten, vom Mindestlohn bis zur krankheitsbedingten Lohnfortzahlung für alleinstehende Mütter im stillgelegten Untertagebau bei Steinschlag und Ernteverlust oder so ähnlich. Die tausend Delegierten klatschten brav. Sie ahnten nicht, daß die meisten Bürger an weiteren endlosen sozialen Wohltaten für angebliche Unterprivilegierte nicht interessiert waren, nicht jetzt, nicht im Angesicht Millionen Fremder, die gerade in die Schlauchboote stiegen.

Denn das war die wahre Nachricht. Sie waren da. Die Afrikaner kamen in Italien an. Das historische Übersetzen der afrikanischen Bevölkerung im großen Stil nach Europa fand gerade in diesen ersten Wochen nach der Wahl statt, also am Ende des Monats Mai des Jahres 2016. Die einzige Abgeordnete der Linken, die das mitbekam und darüber diskutieren wollte, Sarah Wagenknecht, bekam für diese »gar nicht gute Idee« eine kiloschwere Schokoladentorte ins vorher schöne Gesicht gerammt. Auch ich bekam es mit, seltsamerweise, obwohl man die entsprechenden Meldungen mit der Lupe suchen mußte. Eigentlich konnte man einzig durch die vielen Ertrunkenen auf diese Spur kommen. Über die fast täglich Hunderte von im Mittelmeer Ertrunkenen, über die natürlich groß berichtet wurde, tastete ich mich voran. Ab und zu fielen irritierende Sätze, etwa »Insgesamt kamen am Wochenende etwa viertausend Flüchtlinge in Italien an« oder »In dieser Woche erreichten zehntausend Flüchtlinge aus Lybien und dem restlichen Nordafrika die italienischen Küsten«.

Zehntausend?

Österreich hatte unter dem weitblickenden Außenminister Sebastian Kurz, wie erwähnt, seine Grenze zu Italien abgeriegelt. Dafür hatte er in der alten Regierung ein halbes Jahr lang hinter den Kulissen heftig ringen müssen. Unter der neuen Regierung von Kanzler Kern wurde dieses Projekt als erstes wieder aufgeweicht. Die Kontrollen wurden ersatzlos gestrichen. Der Außenminister dürfte entsetzt gewesen sein, aber der neue Kanzler wollte dem linksradikalen Flügel, der ihn gerade an die Macht geputscht hatte, einen Gefallen tun.

Dieser neue Kanzler wurde innerhalb weniger Wochen recht beliebt, auch solcher Dinge wegen. So etwas lief unter »Zeichen setzen«, »Flagge zeigen«, »couragiert zu Überzeugungen stehen«.

13.

DER ZWEITE FASCHISMUS

Der Frühling ging, der Sommer kam. Anders als im Jahr zuvor, merkte man nichts davon. Die Medien kamen von ihrem Dauerthema nicht weg, der Flüchtlingskrise, und das, obwohl längst die Fußball-Europameisterschaft vor der Tür stand.

Normalerweise nahmen die politischen Redakteure jetzt ihren Jahresurlaub und posteten launige Fußballkommentare auf ihren privaten Facebookseiten. Statt dessen verging weiter kein Tag ohne erregte Talkshows über den Islam und sein Frauenbild. Naja, irgendwie taten die nun wieder pausenlos auftauchenden Bilder morscher Fischkutter mit Hunderten Afrikanern ihre unterbewußte Wirkung. Man blieb in Alarmstimmung. Bis, ja bis zu dem Punkt, als es einem Rechtspopulisten gelang, beide Themen zu verbinden, also Flüchtlingskrise und Fußball. Besser gesagt war es ein Journalist, der sich das ausdachte. Er brachte einen Führer der AfD dazu, einen schwarzen Spieler der deutschen Nationalmannschaft zu beleidigen. Wörtlich ließ er sich zu der Aussage hinreißen, es gebe Menschen, die »einen Boateng als Fußballer gut finden, ihn aber nicht zum Nachbarn haben wollen«.

So konnte man allmählich zum Wesentlichen des Lebens zurückkehren, und irgendwann saß ich wieder mit Harriet zu Hause vor dem großen Fernsehapparat und diskutierte über Fußball. Und über Boateng. Ich persönlich fand ihn als Spieler eher unterdurchschnittlich – nicht wenige Spiele gingen durch große Schnitzer seinerseits verloren –, aber das durfte ich natürlich nicht sagen. Ich pries also seine Ruhe und Paß-stärke. Oft halte er die Abwehr zusammen. Mit dem Torwart verstehe er sich auch menschlich gut.

Harriet wartete auf mehr. Ich sagte, Boateng sei einer meiner liebsten Landsleute. Er sehe gut aus, verfolge das Zeitgeschehen und habe früher für einen Berliner Verein gespielt. Er setze sich für das Gemeinwohl ein. Er unterstütze Bewegungen, die den Armen und Kranken helfen würden.

Leider wußte ich nicht mehr, wie diese wohltätigen Vereine hießen, aber es stand immer in der Zeitung. Boateng war der Mann der Stunde. Wie Mesut Özul und Semi Khedira vor zwei Jahren, während der Weltmeisterschaft. Die beiden mußten damals für das neue multinationale Image herhalten, das die Politik dem deutschen Fußball verpaßt hatte. Seht, so hieß die Botschaft, so schön kann Integration klappen, auf dem Fußballfeld, also auch im übrigen Leben, etwa in einem Büro, in einer Hochschule oder in einem Chemie-Konzern. Man kann Großes leisten, auch ohne Deutschkenntnisse.

Harriet sah mich verliebt an. Sie mochte es, wenn ich gut über unsere Migranten sprach. So setzte ich meine Rede fort und betonte immer wieder, wie sympathisch mir der hochgewachsene Spieler mit den ghanaischen Wurzeln sei, und schloß mit dem Wort, Jerome Boateng sei für mich, trotz seiner Hautfarbe, ein komplett reinrassiger Deutscher, ja, eigentlich sei er noch mehr ein Deutscher als Thomas Müller, der in Wirklichkeit nur ein Bayer sei.

Harriet strahlte.

Sie war besonders schön in solchen Momenten. Zum Glück mochte ich Boateng wirklich, so daß ich nicht allzu sehr gelogen hatte. Boateng war tatsächlich ein ruhiger und paßgenauer Mann. Ich hätte ihn wahnsinnig gern zum Nachbarn gehabt. Er wirkte klug und ausgleichend auf mich. Er hätte mich im Treppenhaus ernst gegrüßt, was die Muslime aus der Parterrewohnung niemals taten, und er hätte Harriet besorgt und verantwortungsvoll die Tür aufgehalten, wenn sie die schweren Tüten mit unserem Wocheneinkauf ins Haus schleppte. Ich liebte Boateng, wirklich, vor allem seine große, schwarzgerahmte Brille, die außer ihm und New Yorker Intellektuellen niemand mehr trug.

Trotzdem war ich Harriet gegenüber ein Lügner. Ich sagte ihr nicht, daß er die Niederlage in der Champions League verursacht hatte, durch zwei Pässe direkt in die Beine des Gegners. Ich log Harriet jeden Tag an, seit vielen Jahren schon. Nie hatte ich ihr gesagt, zum Beispiel, was ich wirklich von Khedeira und Özil hielt. Da ich Harriet liebte und mit ihr schlafen wollte, redete ich ihr nach dem Mund, mal mehr, mal weniger. Ich log aus Liebe, sozusagen. Da sie als linksintellektuelle Top-Journalistin jeden Farbigen in der ehemals dumpfdeutschen Nationalmannschaft mit Herzblut und Begeisterung überschüttete, ja nur deswegen begann sich für Fußball zu interessieren, machte ich gute Miene zum mittelmäßigen Spiel. Ich fragte mich aber immer öfter, wie lange das noch gutgehen konnte.

Schon Minuten später kam es zur nächsten Zerreißprobe.

Wir sahen eine Sendung der österreichischen Star-Reporterin Antonia Rados. Sie hatte gleich vier verschiedene Kriegsschauplätze hintereinander besucht. Nämlich Tunesien, Lybien, Syrien und den Irak. Überall brannte es, von einem Kontinent zum anderen. Die Islamisten waren offenbar mühelos in der Lage, ganze Welten in Brand zu stecken, und überall war nicht nur kein Ende in Sicht, im Gegenteil: Es fing überall erst an.

In Tunesien, dem einzigen Vorzeigeland des Arabischen Frühlings, hatte eine Anschlagsserie zu einem Zusammenbruch des Tourismus und damit der Wirtschaft geführt. Millionen junger Männer waren nun ohne Arbeit und Perspektive. Sie lungerten herum und waren verzweifelt. Geld bot ihnen einzig der Islamische Staat, nämlich 6000 Dollar, und Waffen und Ausrüstung, sollten sie ›Kämpfer‹ werden wollen. Das Geld kam aus Saudi-Arabien und konnte niemals versiegen. Sie konnten auch 60000 pro Nase bezahlen und auch in zehn Jahren noch. Hier war also auf kein Ende zu hoffen. Ich schluckte trocken.

»Dieses Saudi-Arabien ist wirklich die Wurzel allen Übels«, murmelte ich.

»So simpel kann man das nicht sehen«, entgegnete Harriet scharf, »sonst schürt man nur wieder islam- und fremdenfeindliche Ressentiments. Die Lage ist weiß Gott komplizierter. Die Großmächte mischen am meisten mit!«

»Ja, Liebling ... natürlich!«

Bloß kein Streit.

Harriet trug ein enganliegendes, körperbetontes, geringeltes Sommerkleid, eine Art Ganzkörperstrumpf, und sie hatte wirklich eine gute Figur. Niemand in unserem Bekanntenkreis hatte auch nur annähernd so einen perfekten Körperbau. Wie ausgedacht, wenn ich die Augen schloß. Man konnte wahnsinnig werden.

Also konzentrierte ich mich wieder auf den Fernseher. Es war nur eine von diesen tausend Sendungen über den IS, die jeden Tag rund um die Uhr auf allen Kanälen in allen Ländern der Welt liefen. 500 Millionen Europäer sahen nun seit Jahren pausenlos diese Sendungen über Krieg und Wüste, den IS mit flatternden Fahnen, Pick-ups mit Maschinengewehren, Männer, Kämpfer, Gesten, Moscheen, Muezzin-Rufe, Bärte, wieder Wüste, wieder zerschossene Gebäude, Ruinen, Fahnen, Toyota Trucks, junge Männer, betende Männer, martialische Männer und Allahu-akbar-Rufe.

Man konnte es auch verdichtend zusammenfassen in Männer, Moscheen und Ruinen.

Nirgendwo sah man einmal etwas Intelligentes, Modernes, Funktionierendes, etwa eine Fabrik, die etwas herstellte, oder ein Opernhaus oder wenigstens ein Kino oder eine noch intakte Landwirtschaft. Immer nur Beten und Morden. Religion und Gewalt. War es nicht möglich, daß viele Europäer eine natürliche Abneigung gegen diese Population entwickelten, beim Ansehen dieser Sendungen? Und daß sie diese Leute nicht in Europa sehen wollten, selbst wenn nur jeder Zehnte von ihnen so abscheulich tickte wie diese ›Kämpfer‹? Daß sie, die Europäer, keine abstrakten »Ängste« hatten, die sie rechtspopulistisch wählen ließen, sondern ganz konkrete und reale Abneigungen? Ich hätte es gern Harriet gesagt, aber dann wäre es nicht mehr zum Sex gekommen an diesem Sonntagabend. Aber vielleicht konnte ich wenigstens mit meinem alten Lektor Nico Van der Huelsen einmal darüber reden? Ich blickte weiter auf Antonia Rados.

Sie war nun in Lybien. Dieser Staat war bereits eine Stufe tiefer gesunken als Tunesien und vollständig zerfallen. Hier schien jeder jeden umbringen zu wollen oder zu dürfen. Und wieder sah man keine einzige Frau, nur Männer, Männer, Männer – jung, bärtig, religiös und selbstbewußt. Die Reporterin tat noch immer so, als gäbe es etwas zu retten, als könne man ›helfen‹. Ein paar letzte Helfer von Hilfsorganisationen und NGOs sah man noch hier und da durchs Bild huschen.

»Eigentlich müßte man hinfahren und diesen furchtbar armen Menschen, die da im Schlamm verrecken, helfen, so wie man verhungernden Juden im KZ hätte helfen müssen«, sagte Harriet allen Ernstes.

Ich dachte, daß jegliche Hilfe falsch war, solange der politische Islam nicht nur nicht besiegt, sondern sogar gerade erst im Aufstieg begriffen war, wie man deutlich sehen konnte. Die fingen doch erst an! Der gesamte Maghreb und der übrige Nahe Osten kollabierten in den nächsten Jahren, und die wurzellosen Massen wurden in Todesmärschen nach Europa gedrückt. Antonia Rados knarrende, teilnahmslose Stimme schepperte aus den teuren Bose-Lautsprechern:

»Weibliche Häftlinge in den Gefängnissen werden stundenweise verkauft und vergewaltigt, das ist überall normal, um Geld zu verdienen ... Mütter geben ihre Söhne als Kämpfer ab und dürfen dadurch im Lager bleiben ... diese Mutter hat keine Söhne, sie kann daher keine Kämpfer geben und muß sterben ...«

Wieder Staub, Ruinen, zerschossene Wracks und posierende Kämpfer. Nichts als Trümmer, bis auf die Moschee natürlich. Und ein Bethaus und ein Fitneß-Center. Dort trimmen sich wieder die stolzen jungen Burschen. Schnitt. Der nächste Kriegsschauplatz. Irgendwo im Irak. Die Reporterin trifft einen radikalen Prediger. Danach einen, der angeblich nicht ganz so radikal sein soll. Schließlich einen, der ganz besonders radikal ist. Unterschiede zu entdecken fällt schwer. Dann endlich Syrien. Checkpoints, Betonwälle, staubige Salafisten mit finsteren Mienen hocken auf dem Boden, vor irgendwelchen zerschossenen Wrackteilen, und beten.

»Es sind trostlose Orte, in denen es nichts gibt, außer Moscheen ... Vor wenigen Jahren noch war es ein Tourismus-Paradies, doch heute ... überall ein Zerfall der Ordnung, der Wasserversorgung, des Arbeitsmarktes ... viele sind in den Djihad gezogen, einige zurückgekommen ...«

Die Reporterin spricht mit zwei Heimkehrern. Sie sagen zu der fremden Europäerin, keine Salafisten und Terroristen zu sein, sondern gemäßigt. Das Interview findet zu Hause statt. Alle Frauen tragen die extreme Burka und machen einen entsprechenden Eindruck: voll verängstigte Wesen in Gefangenschaft.

Am Ende der Besuch eines weiteren Flüchtlingslagers. Sterbende Menschen, blutende Kranke, verhungernde Kinder –

die Apokalypse. Harriet bricht in Tränen aus. Es scheint nicht aufzuhören. Ein Lager so groß wie das Saarland und ein Inferno, wie es sich selbst Dante nicht hätte ausdenken können. Die Hölle selbst. Schwenk auf gestrandete Afrikaner an der Mittelmeerküste, Tausende auf dem Boden kauernde junge Männer, die auf die Überfahrt nach Italien warten. Schwenk auf das Meer, quasi auf Europa, und Schluß.

Danach dann die süffisante Abmoderation einer Fernsehsprecherin mit dem beziehungsreichen Satz:

»Und in Europa baut man Zäune. Für Firmen, die Zäune bauen, ist die Flüchtlingskrise ein Milliardengeschäft.«

Dort das Elend, hier das Geschäft. Europa war schuld, nicht der Islam. Wir schalteten ab und gingen ins Bett.

Am nächsten Tag sprach ich tatsächlich mit Nico.

Er war schon in aller Frühe in den Verlag gekommen, in sein altes Büro im obersten Stock des Holtzbrinck-Buildings, und zwar mit dem Aufzug, den man für ihn extra vor zwei Jahren hatte bauen lassen. Seit den Anschlägen in Brüssel hatte ich zu Van der Huelsen, dem gebürtigen Belgier, ein fast schon freundschaftliches Verhältnis. Damals hatte es um ein Haar Teile seiner Familie erwischt, und seitdem sprach er manchmal mit mir über seine Angst vor dem ›Terrorismus‹. Nur heimlich und flüsternd, aber immerhin. Er sah es mir dann sogar nach, wenn ich stillschweigend das Phantomwort ›Terrorismus‹ durch ›Islamismus‹ ersetzte. Das war eigentlich ein Verstoß gegen die verbindliche Sprachregelung des stramm linken Verlages. Nico hatte erlebt, daß selbst in Kerneuropa ein Staat bis zum nahenden Zerfall destabilisiert werden konnte. In seinem alten Stadtteil Moelenbek herrschte de facto bereits der Islam.

»Paß auf, bei uns wird es auch noch soweit kommen«, hatte er einmal gesagt. Inzwischen war er aber wieder auf Linie. Als ich anrief, wirkte er wie früher.

Ich erzählte von der Sendung. Er kannte sie nicht, da er grundsätzlich kein österreichisches Fernsehen sah. So faßte ich den Inhalt zusammen und fragte dann, ob solche Sendungen nicht der wahre Grund für den Zulauf zu den Rechtsradikalen sein könnten.

»Aber auf jeden Fall! Mehr als alles andere, würde ich sogar sagen. Die Leute haben ja häufig gar keine Ausländer in ihrer Nachbarschaft. Die ganzen Ressentiments kommen von den Medien ...«

Er brach sofort eine wortreiche Lanze für die Aufklärung, für eine unaufgeregte, gesamtgesellschaftliche Debatte, für das Ansprechen der Ängste und Fragen in der Bevölkerung. Dies müsse man der Hetze der Medien entgegenhalten. Er ereiferte sich nun, daß die Medien die Rechtsradikalen erst großgemacht hätten. In jeder Talkshow sitze einer von der AfD und dürfe sein Gift ausspritzen. Ich fand eigentlich, daß das Gegenteil der Fall war. Jahrelang wurden diese Leute wie Parias behandelt und grundsätzlich von jeder Diskussion ferngehalten. Seit den legendären Märzwahlen durfte manchmal einer dabeisitzen; er hatte dann stets fünf Leute entschieden gegen sich und wurde zuverlässig lächerlich gemacht oder kakophonisch niedergeschrien. Ich wollte mich aber mit meinem alten Verlagsfreund und Gönner nicht streiten. Ich sagte also:

»Aber Nico, was ist denn, wenn diese Sendungen einfach nur die Wahrheit berichten? Es gibt doch diese Kriege, und keinen gäbe es, wenn der Islam eine normale Religion wäre und nicht der Faschismus des 21. Jahrhundert, oder?«

»Ach was. Das hat doch mit dem Islam nichts zu tun. Das sind klassische Stellvertreterkriege. Der Islam an sich ist eine Religion wie jede andere, im Zweifelsfall sogar weitaus friedlicher als das Christentum vor gerade einmal fünfhundert Jahren. Weißt du überhaupt, was ›Islam‹ auf Deutsch heißt? Es heißt ›Frieden‹!«

»Klar, Nico. Weiß ich doch. Dagegen will ich auch gar nichts sagen … Aber ist es nicht ein Unterschied, ob eine Partei den Staat erhalten will, oder ob sie Staat und Gesellschaft zerstören will, im Hinblick auf ein zukünftiges islamfaschistisches Weltreich?«

»Verstehe ich nicht. Den Staat erhalten? Wer will das, die US-Imperialisten? Die Zionisten in Israel? Wer hat denn Lybien bombardiert? Wer hat Saddam Hussein im ersten und zweiten Irak-Krieg angegriffen?!«

Ich ruderte zurück. Ich wolle vor allem über diese Kriegs- und Syriensendungen sprechen und ihren Einfluß auf das öffentliche Bewußtsein. Nico beruhigte sich:

»Na, du hast auf jeden Fall recht, diese Reportagen und Bilder schüren natürlich die Vorurteile in der Bevölkerung. Wie gesagt, die Menschen haben Ängste, und der Fehler, den die Politik macht, ist eben, daß sie nicht genügend akzeptiert, daß es sie gibt, diese Ängste, und darauf nicht eingeht. Die Politik sollte endlich mit den Leuten reden und für unsere Werte einstehen. Wir brauchen die Zuwanderung, das wissen wir, und wir müssen dazu, daß wir die Zuwanderung brauchen, auch endlich stehen. Es muß einen großen gesamtgesellschaftlichen Dialog über Ängste und Fragen und die Notwendigkeit der Zuwanderung geben!«

Nico saß wieder einmal an der großen Phrasen-Orgel, was mich innerlich zum Kochen brachte, leider. Ich hatte dieses Lied einfach zu oft gehört in den letzten Monaten. Trotzdem versuchte ich erstmal, ihn zu beruhigen.

»Genau! Du sagst es, Lektor. Und als erstes müssen wir der Islamfeindlichkeit entschieden entgegentreten! Ich meine doch nur, daß das mit der Zuwanderung nicht so ganz stimmt. Du sagst, wir brauchen sie. Alle Politiker sagen es. Aber es gibt sie doch gar nicht. Die wandern nicht zu uns, die wandern zu sich selbst. Zu ihren Parallelgesellschaften.«

»Du bist lustig. Sieben Millionen Arbeitskräfte fehlen uns in fünfzehn Jahren OHNE Zuwanderung.«

»Die werden wir aus Europa holen müssen, nicht vom Ende der Welt. Die Migranten können doch unendlich viel weniger als unsere eigenen Langzeit-Arbeitslosen. Wo sollten wir Leute beschäftigen, die derart unfähig sind? Selbst vor ihren infernalischen Kriegen haben sie nichts hingekriegt, nicht einmal eine Knopffabrik oder eine simple Kugelschreiber-Presse. Das einzige, was sie seit Beginn der industriellen Revolution herstellen konnten, waren Schwerter.«

»Na und? Es sind trotzdem Menschen.«

»Aber ganz andere Menschen als wir. Nicht von Geburt an, aber durch ihre Prägungen.«

»Wenn schon! Sind sie dadurch schlechter?«

Ich wollte laut »Jaaa!« in den Hörer brüllen und den Wert einer hochentwickelten Zivilisation blumig beschreiben, besann mich aber eines Besseren. Ich wollte, daß er seine gute Laune behielt. Es war noch früh am Tag, und er war offenbar gerade in einer euphorischen, redseligen Stimmung. Ich hatte ihn auch schon anders erlebt, damals in den Nullerjahren, als dort, wo sich jetzt die ungelesenen Manuskripte in den Regalen stapelten, die legendäre gelbweiße Holzkiste der Firma Dujardin Imperial stand. Nico war ein altmodischer Mensch. Ich mochte ihn eigentlich. Und so versuchte ich, mein Anliegen so zu formulieren, daß es ihn nicht verletzte:

»Alle Menschen sind gleich liebenswert, wer wüßte das besser als ich? Aber wir betreten hier Neuland, bei der Flüchtlingskrise, und wir machen vielleicht Fehler, auch wenn wir die beste Absicht haben. Zum Beispiel ist es im Prinzip immer gut, in die Geschichte zu gucken, aber hier ziehen wir die falschen Schlüsse. Etwa wenn wir die Gastarbeiter von früher, die wirklich arbeiten wollten und konnten und ganz gezielt ausgesucht wurden, mit denen gleichsetzen, die heute im Schlauchboot daherkommen. Wir sehen die Unterschiede nicht.«

Auch das war nicht das Richtige, das fühlte und hörte ich, denn er schnaufte nun wieder so asthmatisch wie in früheren Jahren.

»Das Thema bringt uns noch ganz auseinander«, röchelte er, »und wenn ich dich so reden höre, halte ich dich fast für … herzlos.«

»Vielleicht bin ich das wirklich, jedenfalls im Vergleich zu Leuten wie … meiner Frau Harriet. Na ja, Hauptsache, du hältst mich nicht für einen AfD-Wähler.«

»Nein … nein. Diese Leute wählen ja nur die AfD, weil sie Angst haben. Du hast ja keine Angst.«

»Die haben auch keine Angst. Eher so etwas wie … Abscheu.«

»Ach, die fürchten sich davor, sozial abzusteigen. Daß ihnen ihr Auto und ihr Häuschen weggenommen werden. Daß sie ihren Arbeitsplatz verlieren.«

»Falsch, Nico! Die finden einfach den Islam nicht gut. Basta. Also die vorsintflutliche Kultur.«

»Aber WARUM finden sie den Islam nicht gut? Weil sie in Wirklichkeit Angst haben! Angst, daß ihnen die Frau wegläuft oder daß sie sexuell nicht mehr mithalten können oder, noch schlimmer, daß sie eines Tages …«

»Quatsch! Sie finden den Islam nicht gut, weil er so ist, wie er ist!«

»Wie ist er denn …?« fragte Nico langsam, plötzlich kalt geworden und heimtückisch.

»Äh, weiß ich nicht, ich meine: so wie sie ihn in den Medien erfahren und bei persönlichen Begegnungen. Da gefällt er ihnen eben nicht.«

»Weil sie ihn nicht kennen und weil sie diffuse Ängste vor ihm haben.«

»Nein, weil sie Abscheu vor ihm haben!«

»Angst!« sagte Nico.

»Abscheu!« sagte ich.

»Abscheu aus Angst!« beharrte er.

»Nein, nur Abscheu! Ohne Angst!«

»Von mir aus! Ist mir doch egal!« knallte er nun pampig in den Hörer. Das gefiel mir aber auch nicht.

»Nico, verdammt nochmal, das ist doch mein Buch! Versteh doch, darüber schreibe ich gerade! Über den Zweiten Faschismus! Das ist überhaupt nicht egal!«

»Eben! Willst du bei uns das Buch machen, oder nicht?!« Er schrie fast.

Ich mußte radikal umsteuern. Auch thematisch. Er hatte tatsächlich geschrien. So hatte ich ihn in den vierunddreißig Jahren unserer Bekanntschaft noch nicht erlebt.

»Also, wenn ich sage, ich würde über den weltweiten, neuen, äh, islamisch grundierten, äh, Faschismus …«

»Wir sind ein moderner, aufgeklärter Verlag, da erscheinen solche Sachen nicht! Was glaubst du denn eigentlich! Bist du von Sinnen? Religiöse Hetzschriften bei uns?!«

»Aber ich schreibe doch nicht nur darüber …«

»Dann schreibe über die AfD, wenn es schon unbedingt der Faschismus sein soll!«

»Ja, klar, tu ich doch auch.«

»Aber der Titel gefällt mir trotzdem nicht. Vergiß den Titel!«

Es war gefährlich ernst geworden. Ich mußte mir etwas einfallen lassen. Zum Glück konnte ich jederzeit darauf zurückgreifen, daß wir uns schon so lange kannten.

»Schau mal, Nico, wir kennen uns nun schon so lange. Du kanntest meine Eltern und meinen Doktorvater. Sogar bei meiner Konfirmation warst du dabei, auch wenn ich mich daran nicht mehr erinnere. Ich wollte mit dir über ein Problem reden, das mich schon lange, lange Jahre plagt. Das Problem der Verlogenheit. Also ich glaube … ich glaube, wir lügen alle zuviel.«

Nico schwieg verblüfft. Ich machte weiter.

»Also ich zumindest. Ich belüge meine Frau, aber ich lüge auch politisch. Und nicht nur ich. Die normalen Leute, die nicht in den Medien arbeiten und nicht in der Öffentlichkeit stehen, können ganz ehrlich über die Zuwanderer reden. Wie die sind, wie wir sie finden, ob wir sie mögen, was wir mit ihnen erlebt haben, ob die zu uns passen … Und jeder hat natürlich etwas erlebt. Jeder hat die unglaublichsten Geschichten zu erzählen. Wir dagegen, du und ich, dürfen das nicht.«

Nico wollte etwas sagen, aber ich war mit meiner Rede nicht zufrieden und fügte weitere Gedanken dazu.

»Vielleicht haben Millionen andere dasselbe Gefühl wie ich. Das, was wir persönlich erleben, darf nicht wahr sein. Was wahr ist, wurde abstrakt von oben festgelegt. Demnach müssen die Zuwanderer genauso wie wir sein, und wer es anders erlebt, ist ein Nazi. Dabei sind doch selbst unsere Großeltern vollkommen anders als wir, oft unser komplettes Gegenteil, jedenfalls war es bei mir so …«

»Jetzt reicht es aber, was willst du eigentlich sagen? Daß die Migranten weniger wert sind als wir?!

Oh je, jetzt hatte ich ihn doch wieder böse werden lassen. Ich konnte ihn doch unmöglich in solch eine Debatte ziehen! Wie kam ich da bloß wieder heraus? Das ging nur über ein Männergespräch. Beim guten alten Männergespräch glätteten sich zuverlässig alle Fronten. So hatte ich einst sogar bei den alten Herren des Cäsar-Axel-Springer-Verlags Karriere gemacht, als ich noch beim Marxistischen Studentenbund Spartakus aktiv gewesen war. Ich änderte also die Tonlage und sagte:

»Nein, nein, ich hab mich blöd ausgedrückt. Weißt du, manchmal erinnere ich mich an meine politischen Wurzeln, ich war ja in einer DKP-Vereinigung, wie der Verleger ja auch.

Und kann man die Dinge nicht auch so sehen, daß es um ein Unten gegen ein Oben geht? Die da unten machen Erfahrungen, und die da oben sagen, ob sie wahr sind oder nicht? Und wir sitzen bei denen da oben und sind Teil davon. Marx nannte das den Überbau. So weit, so gut, so war es immer. Doch das Problem entsteht im Privaten. Ich lüge auch meine Frau an, und das höhlt mich langsam aus, glaube ich. Vielleicht irre ich mich auch. Aber manchmal frage ich mich ganz ernsthaft, wie lange ich noch durchkomme mit der Tour.«

»Was? Verstehe ich nicht. Du mußt schon konkreter werden. Was ist mit Harriet?«

»Ich … ich und Harriet, wir tun immer so, als wäre es die absolute Ekstase im Bett, immer noch, dabei, naja, wir sind jetzt seit über fünf Jahren zusammen. Und, ja, wir spielen uns etwas vor.«

Nico brach in Jubel aus. Ich mußte mir alle möglichen Dinge aus seinem Leben mit Frauen anhören. Mich interessierte so etwas noch nie, um ehrlich zu sein, noch bei keinem Menschen. Meiner Erfahrung nach verstand niemand, wirklich niemand, der mir je davon erzählte, von der Materie so viel wie ich selbst. Das lag daran, daß ich Schriftsteller war. Wenn Schriftsteller nichts über die Liebe wußten, wer dann? Wahrscheinlich die, die nicht darüber sprachen, also immer noch genügend, um die Menschheit nicht zu hassen. Aber ich war froh, von dem Flüchtlingsthema weggekommen zu sein. Mir war klar, daß Nico bis an sein Grab alle Einwände gegen die Willkommenskultur für grundsätzlich nicht politisch halten würde, sondern für psychisch oder ›psychosozial‹ bedingt. Politische Motive wurden grundsätzlich demjenigen nicht zugestanden, der das weltweite Vordringen des Islam bekämpfen oder wenigstens aussprechen wollte. So einer konnte nur irrational sein. Und wenn er auch noch so wählte, war er per ordre de mufti ein Nazi.

Ich überlegte kurz, ob mich vielleicht der Verleger selbst verstand. Er war immerhin in derselben Partei aufgewachsen wie ich! Er hatte gegen den Faschismus gekämpft. Er hatte auch gegen Pinochet demonstriert, gegen den faschistoiden Diktator, der gegen Allende geputscht hatte. Wenn ich den Verleger mit dem Gedanken vertraut machte, daß der heutige Faschismus tatsächlich existierte und daß er von der Linken genauso bekämpft werden müßte wie damals Pinochet, würde er dann mein Buch »Der Zweite Faschismus« sofort besser verstehen? Würde er es als großes Hardcover herausbringen und mit einem Millionen-Werbe-Etat auf den Markt werfen? Das war doch nicht uninteressant. Ich nahm mir vor, das zu prüfen.

Um Nico mit seinen Frauengeschichten nicht im Regen stehenzulassen, kramte ich noch zwei bewährte Anekdoten aus den 90er Jahren hervor. Die Reise mit Pixie nach Florenz und danach die Gruselstory »Ulf Lohmers erste Freundin«. In beiden Fällen ging es um sexistische Entgleisungen. Wir lachten viel, vor allem der liebenswerte belgische Lektor, und alles war wieder gut.

Erstmal.

In Wirklichkeit faßte Nico in genau diesem Moment den Entschluß, mein gerade entstehendes Opus magnum nicht zu veröffentlichen. Dazu mußte er noch den Verleger auf seine Seite bringen. Hinter den Kulissen entstand bald ein raffiniertes Tauziehen. Bestseller oder politische Korrektheit? Aber davon erfuhr ich erst Wochen später.

Ich machte unverzagt weiter und sammelte ergebnisoffen Material für den vermeintlichen Epochenklassiker. Das war nicht schwer, denn die politischen Ereignisse prasselten in diesen elf Monaten nach der Grenzöffnung von selbst auf alle nieder.

Der neue österreichische Bundeskanzler gefiel mir gut, der neue Bundespräsident weniger. Nach dem knappen Wahlsieg wurde er nicht mehr gesehen. Es dauerte nicht lange, und seine Wahl wurde angefochten. Gerüchte machten die Runde, wonach fünfhunderttausend Stimmen ungültig gewesen sein sollten. Die Rechten hatten dadurch weiter Oberwasser.

Wo hingegen der neue Bundeskanzler auftrat, brandete Jubel auf. Die Menschen begannen ihn zu lieben. In den Zeitungen las man, er suche den Kontakt mit der Bevölkerung. Und das stimmte – ich hatte ihn schon auf der einen oder anderen Party gesehen, war ihm vorgestellt worden und hatte mit ihm über Bücher und neue Filme diskutiert. Eines Tages sollte ich ihm nun auch als Kanzler begegnen, allerdings auf überraschende Weise.

Es war an einem tropisch warmen Tag im Juni, als in Wien drei Großveranstaltungen gleichzeitig stattfanden, nämlich der so genannte »Jesus Marsch« der Christen, die »Regenbogen-Parade« der Homosexuellen und schließlich ein Aufmarsch der »Identitären«. Bei den Christen war Außenminister Kurz der Hauptredner, bei den Schwulen der neue Kanzler und bei den Nazis der allseits beliebte H.C. Strache. Ich hielt das alles für ein Gerücht. So recht glauben mochte ich nicht, daß hohe Politiker sich für derart windige Angelegenheiten hergeben würden. Es stand auch nicht in den Zeitungen. Harriet hatte ihre Information von Christian Kern persönlich, mit dem sie gerade wieder ein langes Interview geführt hatte. Ich war inzwischen im Zentrum der Macht in Österreich angelangt, war mit dem Außenminister befreundet, meine Frau mit dem Kanzler. Sie kannte ihn seit fünfundzwanzig Jahren. Er soll sogar in sie verliebt gewesen sein oder war es noch. Das hieß nicht viel, denn das waren ja alle. Sie sah einfach zu gut aus für ihre Position.

Ich fuhr also mit meinem Elektrofahrrad den Ring entlang und sah mir den Jesus-Marsch an. Da das Wetter so sehr mitspielte, wirkte das Spektakel gar nicht so abstoßend auf mich.

Einige Zehntausend Karnevalisten sangen ihre schrägen Spaßlieder und hauten plump auf ihre mitgebrachten Pauken. Ein paar Amateur-Blaskapellen imitierten – sicher unabsichtlich – die frühen Anfänge des Jazz am Mississippi. Viele Afrikaner waren dabei, und die krächzten am lautesten ihr typisches »Hallelujah!« in den Wiener Himmel. Anders als bei den Teilnehmern von Kirchentagen lag das Durchschnittsalter eher bei dreißig als bei sechzig Jahren. Fast alle trugen weiße T-Shirts und leichte Bekleidung. Frauen überwogen. Was schmerzlich fehlte, war der Alkohol. So konnte die fröhliche, gottergebene Stimmung nie in echten, beseligenden Rausch umschlagen, was doch schade war.

Irgendwie ergab die ganze Sache letztlich keinen Sinn, und ich brach meinen Ausflug vorzeitig ab. Einmal trafen mich die großen, befremdeten Augen eines achtjährigen Mädchens, dessen Mutter sich mit ekstatischen Hippie-Bewegungen vor einer Pankokenkapelle produzierte. Ich erwiderte den Blick und zeigte der Kleinen einen Vogel, während ich auf die offensichtlich verrückt gewordene Mutter zeigte. Das Mädchen nickte.

Inzwischen war Harriet bei der Schwulen-Parade angelangt und rief mich von dort aus an. Das war vor der Votiv-Kirche, ebenfalls am Ring, nicht weit entfernt also, und ich fuhr hin.

»Hast du den Außenminister noch erlebt?« fragte sie, und ich verneinte. Sie sagte, seine Rede werde gleich im Radio übertragen. Ich war gespannt. Was würde dieser kluge Herr bei den Geistesgestörten von sich geben? Ich konnte es mir einfach nicht vorstellen. Ich schaltete das iPhone auf Radio und hörte ihn bereits sprechen.

»… oder im ehrenamtlichen Bereich. Vielen, vielen Dank für alles, was Sie jeden Tag leisten … Gerade die christlichen Gemeinden sind für viele, die zu uns kommen, der Anker, um sich in unserer Gesellschaft zu finden. Aber es gibt nicht nur Hunger und Armut auf der Welt, es gibt auch zahlreiche Krisenherde und Verfolgungen von Menschen aufgrund ihres Glaubens. Gerade die Christen sind die größte verfolgte Gruppe weltweit mit an die hundert Millionen Menschen, die aufgrund ihrer Religion verfolgt werden ...« – seine Stimme wurde schneidend – »Da dürfen wir als Österreicher und als Europa nicht wegsehen, sondern dagegen müssen wir klar ankämpfen!«

Seine Rede ging in minutenlangem Beifall unter. Ich sah inzwischen schon die Votivkirche und die Menschenmassen der Regenbogen-Parade. Laut Polizeibericht waren hier mehr als hundertdreißgtausend Homosexuelle auf den Beinen, also fast 8 Prozent der Wiener Bevölkerung. Ich tröstete mich damit, daß nach dieser Rechnung noch über 92 Prozent heterosexuell sein mußten.

Die Leute wirkten total triebgesteuert. Da es so heiß war, trugen viele erwachsene Männer nur noch obszöne lederne Sackbeutel. Auf der Bühne versuchte sich eine italienische Schwulenband. Harriet ging begeistert mit.

»Wie findest du die Musik?« fragte sie fröhlich.

»Super«, sagte ich hechelnd, dachte aber, das sei nun wirklich unterste Schublade. Die Sänger faßten sich in den Schritt und ließen gar nicht mehr los. Die Instrumente kamen vom Band, dazu sangen drei Typen grottenfalsch und ›tanzten‹, das heißt, sie machten dauernd diese ekelhaften Proletengesten wie drittklassige Fußballer nach einem Tor. Ich fragte mich schon, wo denn der selbstradikalisierte IS-Typ mit dem Sturmgewehr blieb. Der hätte dieses Gezappel einfach nicht mehr ausgehalten. Natürlich verurteilte ich trotzdem diesen Anschlag, der sich Tage zuvor bei einer Schwulen-Parade in Orlando, Amerika, zugetragen hatte. Ich mochte vielleicht manchmal kulturästhetische Bedenken gegen Schwule und Lesbierinnen gehabt haben, aber zu solch einer Gewalttat hätte ich mich niemals hinreißen lassen. Dazu war ich zu tolerant.

Wie gesagt, es war mehr schlechtes Ballett als gute Musik. Aber Harriet schunkelte glücklich mit. Hinter mir standen zwei Schwule in schwarzen Leibchen aus dem Turnunterricht, und ich glaubte, eine Berührung verspürt zu haben. Empört drehte ich mich um und sah in zwei liebe Gesichter. Einer der beiden hatte einen Stoffteddy um den Bauch gebunden, und dieses Spielzeug hatte wohl meinen Rücken touchiert, wahrscheinlich unabsichtlich. Ich vergab den beiden auf der Stelle. Sie unterschieden sich angenehm von den harten Boys, die dauernd ihre S/M-Zeichen zur Schau stellten, also Ledergürtel, Schnallen, Zacken, Handschellen, Hundehalsbänder und so weiter.

Inzwischen wurde auf der Bühne *Rockkonzert* gespielt, mit all den verbrauchten alten Ritualen und Zeichen eines Westernhagen-Auftritts Ende der 90er Jahre.

»Da ya feel ya allrighta??!!«

»Yeah!!«

»A can't heer ya!!«

»Yeah!!!«

Harriet kreischte am meisten. Aber auch ich hielt ein Feuerzeug hoch, in den dämmernden Abendhimmel. Dazu umfaßte ich sie von hinten. Innerlich bereitete ich mich darauf vor, sie noch auf die Schultern nehmen zu müssen, beim Haupt-Act. Das war dann wohl der Kanzler. Also, wenn vorher nicht die Identitären dazwischenkamen und den ganzen Laden aufmischten.

Überall standen nun Kapitäne und Matrosen um uns herum. Manchmal wurde die Musik von Ansprachen unterbrochen. Da war dann immer von der Liebe die Rede, die den Haß besiegen mußte. Das war wie die Erzählung vom Kasperle und dem Krokodil. Haß war böse, Liebe war gut, deswegen mußten alle gegen den Haß kämpfen. Die Vizebürgermeisterin sagte das, dann noch fünf andere gewählte Volksvertreter.

Alle gegen den Haß. Einen zweiten Punkt hatten sie nicht in ihrer Agenda. Dann gab es wieder Striptease und Nackigmachen. Eine fette Tänzerin trieb es so arg, daß mir ein bißchen schlecht wurde. Das war nicht wichtig; wirklich schmerzhaft war die Tatsache, daß nun meine lebenslange Lieblingsmusik, nämlich der pathetische italienische Schlager, auf verhunzte Weise zum besten gegeben wurde, als Travestie beziehungsweise triefende Liebeserklärung von Mann zu Mann. Ich meine das natürlich nur musikalisch. Die Typen sangen einfach so schlecht. Als Kinder hatten sie vielleicht zuviel Boney M. und Dschingis Khan gehört.

Auch im Publikum sah es nicht besser aus. Fünfzigjährige Nackttänzer waren anscheinend direkt vom FKK-Strand Rügen angereist. Ganze Busladungen von 2 Meter hohen Drag Queens strömten auf uns zu. Die waren wenigstens noch angezogen und verzichteten auf die überall im Übermaß präsentierten, meist tätowierten Muskelpakete. Andererseits konnte ich auch uneinholbar coole Lesbierinnen beobachten. Frauen, die so überirdisch schön waren, daß sie sicherlich schon im Kindesalter derart bedrängt wurden, daß ihnen die Männerwelt für immer verleidet war. Ein Prozeß, der ja auch auf viele zu schöne männliche Homosexuelle zutraf. Diese Göttinnen erregten nun zunehmend mein Interesse, und ich war kurz davor, eine davon anzusprechen.

Doch nun kam der Kanzler. Es hieß allenthalben, er sei inzwischen so etwas wie ein Superstar. Der erste Politiker, der empfangen werde wie einst Willy Brandt oder, in Österreich, Bruno Kreisky. Manche verglichen ihn in seiner magnetischen Aura sogar mit Jörg Haider, dem charismatischen Hitler-Wiedergänger vom vergangenen Jahrhundert. Nun stand er auf der Bühne und sagte nichts. Eine Ewigkeit lang schwieg er, bis die hundertdreißigtausend mucksmäuschenstill geworden waren. Dann sagte er trocken:

»Mein Name ist Christian Kern.«

Beifall kam auf, erst zaghaft, dann stürmisch.

»Ich bin der Bundeskanzler.«

Erneuter Beifall, sich steigernd bis auf Orkanstärke.

»Und ich bin auf der Schwulen-Parade!«

Tumultuöse Zustände. Die Drag Queens warfen ihre Hüte auf die Bühne. Harriet wollte auf meine Schultern. Leute, die ihr Leben in der Sauna verbracht hatten, interessierten sich plötzlich für Politik. Der Funke war übergesprungen, und der smarte Kanzler rockte nun in aller Ruhe sein neues Publikum. Er trug übrigens nur Jeans und Polohemd. Er konnte bestimmte Positionen seiner Regierung erklären, und er gebrauchte nicht ein einziges Mal das Idiotenwort vom »Haß, den es zu bekämpfen gilt«. Stattdessen zeigte er auf, wie die völlige Gleichstellung aller Homo- und Heterosexuellen in den nächsten Jahren politisch erreicht werden könnte. Als er abtrat, waren alle Zuhörer ein kleines bißchen klüger. Nicht zuletzt ich selbst. Ich strebte zum Bühnenausgang und hatte das Glück, daß der Redner gerade herauskam. Zu meiner Überraschung erkannte er mich sofort und ging fröhlich auf mich zu. Wir plauderten ein wenig, und ich gab ihm das neue Exemplar von Harriets Nachrichtenmagazin, das wir gerade aus der Druckerpresse gezogen hatten, mit der Titelgeschichte »Was will Kern?«. Er freute sich wie ein Kind, wollte mir aber mein Exemplar nicht wegnehmen. Da erkannte er Harriet, die sich schüchtern hinter anderen Menschen versteckt hatte. Ich sagte, wir hätten noch ein paar tausend davon. Er lachte und wurde von den Sicherheitsleuten in die Kanzlerlimousine geschoben.

»Auf bald einmal!« rief er noch.

Er war der Kanzler, und er war auf der Schwulen-Parade gewesen. Im direkten Vergleich mit dem Außenminister und dem Oppositionsführer schnitt er am besten ab, auf jeden Fall für mich. Ich nahm mir vor, mein Verhältnis zu den Linken, den Schwulen und den Minderheiten zu überdenken.

Aber was war eigentlich aus den Identitären geworden? Sie waren von zweitausend Polizisten eingekesselt und zur Aufgabe gezwungen worden. Ihre Veranstaltung hatte irgendwie nicht stattgefunden, dadurch. Nur ein paar hundert waren dann mitten in der Nacht wie Fledermäuse aus dem Nichts aufgetaucht und in den achten Bezirk eingefallen. Am Bennoplatz hatten sie ihre Lieder gesungen und ihre Fackeln angezündet. Die Polizei war überrascht worden. Gerade am Bennoplatz wohnte freilich meine Managerin Rebecca Winter, die entsetzt und im Negligé auf die Straße rannte, um sich alles anzuschauen. Endlich Nazis! Sie hatte solche Angst, zu spät zu kommen, daß sie nicht einmal ihr Handy mitnahm, was ihr zuvor noch nie passiert war. Sie konnte nicht einmal Photos machen! Ein Leben lang waren die ›Nazis‹ ein fester Teil ihres Bewußtseins gewesen, ohne daß sie je welche getroffen oder gar mit ihnen kommuniziert hatte. Und jetzt grölten sie vor ihrer eigenen Haustür! Der Wahnsinn!

Doch leider kam sie trotzdem zu spät. Unten standen bereits Polizisten, die die schutzlose Frau im Schlafmantel nach wenigen Metern in Gewahrsam nahmen. Da sie sich nicht ausweisen konnte, wurde sie zum Mannschaftswagen geleitet und dort festgehalten, bis der Spuk vorbei war. Immerhin fast eine Stunde lang. Danach fluchte sie noch tagelang auf Facebook über ihre mißglückte Begegnung mit den Identitären.

14.

JAHRESHAUPTURLAUB

Ende Juni brach der Sommer – mit elend langer Verspätung –
dann doch mit aller Macht aus. Plötzlich sprach man von »ge-
fühlten 40 Grad«, und das zu Recht. Britische Hooligans verwü-
steten französische Innenstädte, und Tage später trat die ganze
Nation aus der EU aus. Das war der berühmte »Brexit«, zu dem
der US-amerikanische Präsidentschaftskandidat Donald Trump
den Brexitwählern gratulierte. In Frankreich wurde jene mit ge-
mischten Gefühlen erwartete Fußball-Europameisterschaft abgehalten, unter den Vorzeichen eines Polizeistaates. Das paßte
alles gut zusammen, und ich bekam es hautnah mit, da nun
der große Jahresurlaub nicht länger zu verhindern oder aufzu-
schieben war. Harriet war kurz vor ihrem nächsten Kollaps, es
drängte sie in den Süden, und wir entschieden uns für die Côte
d'Azur. Genau dort tummelten sich die englischen Fans. Das
Viertelfinale ihrer Mannschaft sollte in Nizza stattfinden.

Nizza war unser erster großer Urlaub seit der furchtbaren
Griechenlandreise im Sommer davor. Die ganze Welt hatte
sich seitdem geändert. Und ich fand, daß man das sehr wohl
spüren konnte, wenn man wollte. Die Menschen waren insgesamt hysterischer geworden, die Motorräder lauter, die Saha-
rawinde unerbittlich heißer.

Um alle Fehler zu vermeiden, die im letzten Sommer in
Griechenland unsere Beziehung, unsere Existenz und unser

physisches Überleben in Gefahr gebracht hatten, hatte ich immer wieder umfangreiche Vorkehrungen getroffen. Zunächst einmal war es mir ja gelungen, volle elf Monate lang eine weitere große Reise zu verhindern! Ich wußte inzwischen, daß die große Urlaubsreise auch bei fast allen anderen Mitgliedern der Angestelltenkultur den Punkt der kumulierten Tragödie darstellte. Das ganze Jahr über hatten die Leute ihre Lebenszeit an eine Firma verkauft, und als Gegenleistung erwarteten sie das große Glück während der Jahresurlaubsreise. Und das kam aber nie, sondern die grenzenlose Enttäuschung, die so übermäßig groß war, daß es für sie nicht einmal Worte gab. Ohne Worte aber kamen keine Erfahrung, kein Lernprozeß zustande, was dazu führte, daß die große Jahresurlaubsreise im nächsten Jahr nahezu variationslos wiederholt wurde. Die Reisziele wechselten, die objektiv unabweisbare Sinnlosigkeit blieb.

Was also tun?

Mir war klar, daß es um Schadensbegrenzung ging, und auch, daß es nicht um mich, sondern allein um Harriet gehen sollte. Ich hatte das ganze Jahr über einen guten, gerechten, nicht allzu verlogenen Deal mit dem Leben, und ich brauchte keine Belohnung.

Aber Harriet! Wie konnte ich den nun nicht mehr weiter aufschiebbaren Jahreshaupturlaub so gestalten, daß wenigstens sie, Harriet, Spuren von Freude erleben konnte? Was konnte ich tun, damit wir nicht noch einmal, vollkommen allein gelassen, nur zu zweit, in einer gänzlich fremden, uns feindlichen Welt, buchstäblich um unser Leben kämpfen mußten? Dabei war Griechenland noch ein EU-Land gewesen. Harriet kannte sehr wohl noch weitere, fremdere, fürchterlichere Gegenden …

Dabei fiel mir ein, daß Harriet alte Leute mochte. Und von denen am liebsten politisch linke alte Leute, am besten einer oder mehreren Minderheiten angehörend. Mir war zudem aufgefallen, daß Harriets linke alte Freunde nie über Politik sprachen – also nur, wenn ich sie dazu provozierte – und somit auch für mich einen Vorteil boten: Ich war nämlich inzwischen ausgesprochen politikmüde geworden.

Ich konnte das ganze Getöse um Links und Rechts, Islam und »Wir schaffen das« nicht mehr hören und hatte auch keine Kraft mehr, das selbst von meinem Lektor unverstandene Buchprojekt »Der zweite Faschismus« voranzutreiben. Ich brauchte, zum ersten Mal seit Jahrzehnten, selbst einen Jahreshaupturlaub. Wenn wir den im Kreise altlinker Schlaffis verbrachten, war eine diskurslose Zeit vorprogrammiert. Vier Wochen nur Gelaber über Gurken und Salate, Gaspaccho, al dente, gefiltertes Wasser, Sonnenschutzfaktor – das würde mir guttun!

Es gab diverse Optionen, die ich nur fördern und sortieren mußte.

So hatte meine Cousine Petra eine Art Worpswede-Künstlergemeinschaft in Südfrankreich gegründet und mich eingeladen. Nun muß man die Voraussetzungen genauer kennen. Meine Cousine Petra war zwar meine Lieblingscousine, aber die mit Abstand älteste aller meiner Cousinen und Cousins. Sie war satte zehn Jahre älter als ich und hatte die 50er Jahre noch gesehen. Ein ganzes Leben lang war sie verheiratet gewesen, mit ihrer Teenager-Liebe, also fast ein halbes Jahrhundert lang, bis dieser Mann, quasi schon im Greisenalter, auf ihre beste Freundin umschwenkte. Eine tolle Geschichte eigentlich.

Jedenfalls entwickelte meine Cousine Petra daraufhin künstlerische Ambitionen, verließ Haus, Familie und Heimatstadt und zog in diese Künstlerkommune. Es sprach für meine Cousine Petra, daß sie sich dort bald so zu langweilen begann, daß sie mich beschwor, sie zu besuchen und dort meinen Jahresurlaub zu verbringen.

Ich erkundigte mich nach den Mitbewohnern. Es waren wohl zumeist recht betagte Männer, die aber vor Altersgeilheit kaum zu bändigen waren. Petra sprach recht forsch und offen darüber, und deswegen war sie ja auch meine Lieblingscousine. Sie konnte gut erzählen, darin war sie ein Naturtalent. Als Schriftsteller war ich natürlich immer froh gewesen, wenigstens einen Menschen in der Familie zu haben, der gut erzählen konnte.

Dazu gehört ja zwangsläufig immer auch ein gutes Gedächtnis. Petra erzählte ansatzlos bombastische Anekdoten, die sie meist als Kind gehört hatte und die fünfzig oder hundert Jahre zurücklagen. Sie war ›Buddenbrooks‹ aus Fleisch und Blut für mich. Kurz und gut, ich sagte zu.

Harriet beschrieb ich die Kommune als ewiges Worpswede, wo wir die Wiedergänger von Rilke, Anne Frank, Peter Handke und Arnold Klee treffen würden. Ich kannte mich nicht aus mit Worpswede und warf beliebige Namen in die Luft. Aber ich merkte sofort, daß Harriet die Sache gefiel.

Das war im Frühsommer gewesen.

Wir hatten uns von da an auf Südfrankreich festgelegt, wo sich das Anwesen befand. Harriets Urlaubstermin stand ja ohnehin fest, daraufhin buchten wir die Flüge nach Nizza und ein Hotel für die erste Nacht.

Leider gab es mit Cousine Petra einige Schwierigkeiten. Das durfte ich Harriet gar nicht sagen, wollte ich ihre Vorfreude nicht dämpfen. Es durfte keine Irritation geben! Harriet war ein Kontrollfreak, wie alle Ehefrauen, und bei der kleinsten Unsicherheit hätte sie alles abgebrochen und statt dessen die lange angedrohte Fernreise ins Innere Brasiliens durchgesetzt. Das war nämlich schon seit Jahren ihre Lieblingsdestination, um nicht zu sagen fixe Idee.

Wo lag nun das Problem mit Cousine Petra? Sie hatte sich mit einem der alten Herren ein bißchen auseinandergelebt, und dieser Mann war anscheinend der Besitzer der Enklave. Ich wußte es nicht genau, aber er deutete so etwas an. Ich stand nämlich mit ihm in Kontakt, da er offenbar meine E-Mails an Petra abfing und zu beantworten begann. Diese Künstlergruppe besaß nur eine Gemeinschaftsmailadresse.

Ich wußte übrigens nicht, ob es sich wirklich um Künstler handelte, ich meine, um Sonntagsmaler, oder ob es eher ältere Bürger aus Cousine Petras sozialer Schicht waren, dem Hamburger Großbürgertum. Oder ob es gänzlich andere Menschen waren, deren Prägung ich mir nicht einmal vorstellen konnte. Petras Insistieren auf die angeblich festgestellte pathologische Altersgeilheit der Bewohner ließ mich eher ratlos zurück. So meinte Petra, die Bewohner seien alle auf Frauensuche, worunter die wenigen weiblichen Bewohner sowie Frauen, die zu Besuch kämen, zu leiden hätten. Was konnte sie damit meinen?

Es wurde immer schwerer für mich, Petra zu erreichen. In einem Mail teilte mir der Oberkünstler mit, er sei der »Herr der Festung« und nicht »Frau Petra Lohmer«, das solle ich mir merken. Zwei Wochen vor unserem Abflug meldete sich endlich die Cousine bei mir, per SMS und aus Hamburg. Sie habe etwas Dringendes in Hamburg zu tun und sei während unserer ersten Jahreshaupturlaubstage nicht in Südfrankreich. Ich verbarg die SMS vor Harriet und tat so, als sei alles in Ordnung. Der Cousine schickte ich zerknirscht eine SMS, worin ich sie an ihre verzweifelte Einladung erinnerte und daran, daß wir bereits gebucht hätten und unsere Pläne nicht mehr korrigieren könnten.

Einige Tage vergingen, dann schrieb sie, der Festungsherr sei krank und deswegen unleidlich. Er sei der Besitzer, sie nur eine Untermieterin. Ich geriet in Wut. Hatte sie mir nicht monatelang vorgeschwärmt, dort herrsche ein Geist wie in Worpswede, ein Geist der Freiheit, ein lockeres Verhalten jenseits moralischer Spießigkeit? Jeder könne kommen und gehen, es gebe keine Abmachungen und kleinbürgerlichen Zwänge? Ich schrieb ihr entsprechend zurück. Sie habe uns dort hinbestellt, wir würden kommen.

Eine weitere Woche verging. Ich nutzte sie, um an einem Plan B zu arbeiten. War es vielleicht möglich, andere alte, linke, unpolitische, einer oder mehrerer Minderheiten angehörende Langweiler zu finden, die in Südfrankreich lebten und uns zu sich ließen? Ich hörte in Harriets Freundeskreis, der offiziell auch meiner war, herum. Und es war gar nicht so abwegig. Diese Alt-68er Generation saß inzwischen in Divisionsstärke in diesen einschlägigen Gegenden am Mittelmeer, vor allem auf Korsika, in der Toskana, aber auch in bestimmten Teilen Südfrankreichs. Ich stellte den Kontakt zu gleich zwei entsprechenden Freunden her. In den Zeiten des Internets war vieles möglich geworden.

Gleich der erste Freund war sofort per Facetime am iPhone. Es war ein echter Franzose, und da mein Französisch so gut ist wie mein Deutsch, kamen wir uns rasch näher, und er sagte zu. Die Tage zwei bis fünf unserer Reise waren geregelt. Harriet beruhigte ich mit beschwörenden Worten. Die Cousine müsse in Hamburg einer kranken älteren Freundin helfen, käme aber bald zurück. Der neue Freund und Gastgeber sei wunderbar, schon etwas älter und bedauere den Brexit und den Rechtsruck in Europa. Ich hatte etwas geschwindelt, denn ich kannte das Alter von Eric nicht. So hieß der Mann, und er war ein Freund von Lydias Mutter, die wiederum mit Harriets Mutter seit ihren Kindertagen, Bruno Kreiskys Tagen sozusagen, befreundet war. Ich schätzte ihn auf siebzig plus, aber er konnte auch jünger sein.

Nizza mußten wir rasch verlassen, da die englischen Hooligans systematisch die Innenstadt der sogenannten EM-Stadt zerstörten. ›EM‹ stand für Europameisterschaft. Wir waren am Sonntag spät in der Nacht gekommen, und am Montag um 21 Uhr sollte die englische Mannschaft in Nizza spielen. Ab Mittag waren alle Geschäfte geschlossen und alle Bus- und Bahnverbindungen stillgelegt, viele Straßen gesperrt. Man hatte praktisch das Kriegsrecht über die Stadt verhängt, in Erwartung des Schlimmsten. Brexit, Hooligans, dann noch eine mögliche englische Niederlage: da waren alle Voraussetzungen für Ausschreitungen und Pogrome erfüllt, ganz zu schweigen von der Gefahr islamistischer Anschläge, die ebenfalls dazu noch angekündigt waren.

Während wir durch die bedrohlich wirkenden Ausfallstraßen fuhren, sahen wir Hundertschaften von Polizisten, die die Papierkörbe an den Straßen durchsuchten, Papierchen für Papierchen. Mir taten die Beamten leid. Dann wieder sahen wir eine junge blonde Deutsche, hinter der sechs britische Fußballfans hertorkelten und auf kranke Weise das Wort »Süße« riefen, laut, jaulend und schräg, eben in Unkenntnis der deutschen Sprache. Die armen Polizisten an den Müllkübeln hatten kein Auge für das verängstigte Mädchen. Sie mußten sich um Wichtigeres kümmern, eben um die Verhinderung eines großen islamistischen Anschlags mitten in Europa.

Trotzdem ahnte ich etwas von der ehemaligen und nun verlorenen Pracht der französischen Mittelmeerstädte. Als wir durch Cannes kamen, hellte sich die Stimmung auf. Es waren wieder normale Menschen auf den Straßen. Ich setzte mich auf die Rückbank des Cabriolets und dann sogar auf die Rückenlehne, um besser sehen zu können. Wir kamen am Hotel Carlton vorbei, dem größten Grand Hotel aller Zeiten. Links war der Strand, auf dem gefühlte drei Millionen Filmsternchen und angehende Photomodelle herumsprangen. Es war erstaunlich. Ich sah, von meinem Cabrio aus, während einer Rotphase der Ampel, zwei etwa sechszehnjährige, unglaublich knackige Bikinischönheiten, die fortwährend lachten und kreischten und herumturnten, als wäre eine Castingkamera auf sie gerichtet. Sie bleckten die weißen Zahnreihen, stießen spitze Schreie aus und kriegten sich gar nicht mehr ein vor Spaß und gegenseitiger Neckerei. Das war also die französische Jugend. Wir befanden uns im einzigen westeuropäischen Land ohne Geburtenrückgang. Die französische Frau bekam nach wie vor zwei Kinder im Schnitt. Das ganze deutsche Geschrei »Wer bezahlt später unsere Rente?« kannten sie hier nicht. Man sah es deutlich auf den Straßen und öffentlichen Plätzen, die noch keineswegs von ›dunkelhäutigen Männern nordafrikanischen Aussehens‹, wie die politisch korrekte Sprachregelung lautete, dominiert waren.

Andererseits konnte man hier auch sehen, daß das gar nichts nutzte. Die Wirtschaft war trotz hoher Geburtenrate schlechter dran als die deutsche. Offenbar hatte die Geburtenrate gar nichts mit der Zahlbarkeit von Renten zu tun, dachte ich. Sondern einzig mit solider Haushaltspolitik. Wenn der Staat immer mehr Geld für soziale Wohltaten ausgab, dachte ich, und die Steuerquote immer weiter nach oben trieb und Menschen immer mehr arbeiten mußten, um denselben Lohn zu erzielen, dachte ich, wurde das ganze System solange stranguliert, bis es für die Rente nicht mehr reichte. Doch wehe, dachte ich, jemand forderte die Senkung der Sozialausgaben, etwa des Kindergeldes für strengreligiöse Zuwanderer-Familien; der war dann ein Nazi. Warum eigentlich?

Aber ich wollte ja nicht mehr *denken* und mich lieber vom Politischen erholen. Die französischen Frauen luden geradezu dazu ein. Viele waren blond und gut gebaut, was mich freute.

Ich schaltete mein iPhone auf größtmögliche Entfernung und machte von ihnen viele Photos, vom Dach des fahrenden Cabriolets aus. Die Kamera war ja phantastisch, besser als jede Leica. Harriet dachte, ich photographierte das extrem dunkelblaue Meer.

So ein Blau kannten wir beide noch nicht. In Grottammare, dem Urlaubsort meiner Eltern, war das Meer in Strandnähe grün und weiter weg hellblau gewesen. Ich war plötzlich voller Vorfreude auf unseren Urlaub.

Nach mehreren Stunden Serpentinenfahrt erreichten wir ein weniger schönes Gebiet, es kam Vegetation auf. Hügel, Wälder, viel Biomasse, Grün und Braun, Wanderwege, Stille, irgendwie eine Rentnerwelt. Aus einer letzten Strandbar säuselte südamerikanischer Schnarch-Tango. Mein Herz sackte nach unten. Ich wurde schlagartig schläfrig und etwas depressiv. Gleichzeitig wachte Harriet auf. Ihr gefiel es nun. Sie setzte sich ans Steuer umkurvte schwungvoll die häßlichen Bergrundungen.

Bald erreichten wir unsere neuen Ersatzfreunde beziehungsweise Ersatzgastgeber. Die sollten uns ein paar Tage aufnehmen, bis wir zur Lieblingscousine vorstießen. Die wollte ja nur eine Woche verhindert sein, wie sie jedenfalls behauptete, und darauf würde ich sie festnageln. Der neue Gastgeber hieß Eric, ich sagte es schon, und er hatte einen Freund namens Marco. Beim ersten Blickkontakt wirkte Eric unsicher, ja, er war es, was ich nicht verstand. Wovor hatte er Angst?

Man zeigte uns unsere Zimmer. Alles war großzügig und riesig und im Überfluß vorhanden. Wir bekamen nicht zwei Handtücher, sondern zwanzig, und jedes einzelne war so groß wie ein Badehandtuch. Wir bewohnten eine eigene Etage und hatten einen traumhaften Blick auf den Golf von Saint Tropez.

Beim Abendessen, das Eric und Marco für uns zubereitet hatten – überaus aufwendig übrigens, es gab gebrochene Baguettes, Sauce mit Kapern, Ente très dure, feine Gurken in steirischem Kernöl und ein Glas Calvados aus eigenem Anbau –, beugte sich Harriet zu mir und flüsterte freudig auf Deutsch:

»Du, weißt du was, die sind schwul – und das ist gut! Sehr gut!«

Sie freute sich wirklich über die Maßen. Ich sah richtig, wie eine Glückswelle durch ihren sonnengebräunten Körper schwappte. Und mir selbst war es auch recht. Ging es mir doch darum, daß Harriet sich wohlfühlte. Es war ihr offizieller und standesgemäßer Jahreshaupturlaub, nicht meiner. Vielleicht hatte einer von den beiden sogar eine Behinderung oder war arbeitslos oder hatte eine Nahrungsunverträglichkeit oder war ein ehemaliger Kommunist. Wir waren an der richtigen Stelle.

In meinen inneren Jubel mischte sich lediglich die bange Vorstellung, nun viel Zeit mit den beiden Gastgebern verbringen zu müssen. Es stellte sich heraus, daß sie dreimal täglich für uns kochen wollten, was Harriet zu dem Ausruf brachte:

»Sind sie nicht lieb? Wahnsinnig lieb?«

Ich konnte ihr nur recht geben. Marco war Flamencotänzer. Außerdem, überlegte ich, hatten sie vielleicht noch Freunde. Andere Schwule, die besser Englisch sprachen. Oder LesbierInnen! Die hatten ja manchmal das gewisse Etwas, also in Frankreich, dachte ich mir. Wenn die mit anderen LesbierInnen tanzten, hier im Privat-Paradies an der Côte d'Azur, oh la la …

Aber es kamen erst einmal keine Freunde. Eric und Marco waren ein zurückgezogenes, sozusagen spießiges Paar, das seit fünfundzwanzig Jahren zusammenlebte. Am zweiten Abend gab es undefinierbare Speisen. Ich ließ mir die Namen sagen, vergaß sie aber wieder. Eric erzählte lang und breit, wie er das Gericht gemacht hatte, und Harriet hörte mit offenem Mund zu. Speisenzubereitung war für Frauen das Höchste. Also das aufregendste Thema überhaupt. Im Hintergrund lief auf einem überdimensionierten Flachbildfernseher ein Spiel der Fußball-Europameisterschaft. Ich hatte die Gastgeber gezwungen, das einzuschalten. Aber sie interessierten sich natürlich nicht für Fußball, als Schwule, und auch Harriet gab mir deutlich zu verstehen, nicht allzu oft in Richtung Fernseher zu schauen. Der Ton war natürlich abgestellt. Einmal erkannte ich den Spieler Draxler, der ein Tor schoß.

Irgendwie fühlte ich mich bald ganz ähnlich wie bei den Abendessen, die wir mit Harriets Freunden in Wien hatten. Dort saßen auch immer mehrheitlich Homosexuelle am Tisch. Und dort war meine Rolle ganz ähnlich, nämlich die des Nichts. Was immer ich sagte, es fand einfach kein Gehör. Es stieß auf wohlwollendes Desinteresse. Man hielt mich in unserem Freundeskreis, der, wie gesagt, der Freundeskreis Harriets war, für ein armes, sicherlich liebenswertes Anhängsel, um das sich Harriet kümmern mußte wie um ein unglückliches Kind mit Down-Syndrom. Man war nett zu dem Kind, hörte aber gewiß niemals zu, wenn es mit seinem geistesschwachen Gebrabbel am Tischgespräch teilnehmen wollte. Um nicht vor Langeweile tot vom Stuhl zu fallen, war ich dort regelmäßig zur Selbstunterhaltung übergegangen. Alles, was ich sagte, sagte ich für mich, und so kam es, daß ich überaus skurrile und witzige Bemerkungen machte, über die ich selbst durchaus kichern mußte, während Harriets Freunde gnädig über mein Idiotengeschwätz hinwegsahen.

Genauso kam es auch jetzt wieder. Am Ende des zweiten Abends redeten Eric und Marco grundsätzlich nur noch mit Harriet. Sie sahen sie die ganze Zeit an und waren von ihr ein bißchen bezaubert. Sie war ja auch bezaubernd, wenn sie jemanden »ganz, ganz lieb« fand.

Jeden Morgen ging sie alleine schwimmen. Ich machte mir nichts aus Wasser, ja, ich fand es abstoßend. Aber ich wußte natürlich, daß ich meiner Frau entgegenkommen mußte und daß es ein gemeinsamer Urlaub war. So ging ich am ersten Tag mit den Füßen ins Wasser, nur ein paar Sekunden lang, aber immerhin. Am zweiten Tag hielt ich es schon eine Viertelstunde aus, und bis zur Brust. Ich glaube, daß ich es am Strand

von Cannes, Antibes oder Saint-Tropez noch weit länger ausgehalten hätte, denn dort hätte es ja die schon erwähnten Un-
terwäsche-Models gegeben. Doch wir waren nun im Rent-
nerland. Dort, wo wir badeten, war es entweder menschenleer,
was noch gut war, oder entsetzlich verhutzelte alte Männlein
und Weiblein schoben sich ins Blickfeld, weitgehend unbeklei-
det. Ich hoffte, damit irgendwie fertigzuwerden, mich daran zu
gewöhnen, aber das Gegenteil trat ein. Es ging bis zu Gefühlen,
die einer Magenverstimmung gleichkamen. Ich behielt immer
meine Sonnenbrille auf, um rechtzeitig die Augen schließen
zu können, wenn die nächsten Rentnermumien angezockelt
kamen. Sie waren immer zu zweit, so wie Harriet und ich zu
zweit waren. Sahen wir auch schon so aus? Das durfte einfach nicht wahr sein. Aus Protest gegen diese Zwangsvorstel-
lung zog ich mich nun immer perfekt an, mit schwarzer Hose,
weißem Oberhemd und Dinner Jacket. Harriet fand das affig
und gestattete es am dritten Tag nicht mehr. Nun sah ich mich
selbst kurzärmelig, mit gestreiften, halblangen Boxershorts
und roten Plastikschuhen den Rentnerstrand entlanglatschen.
Mein Mund war schmerzverzerrt, was sogar Harriet auffiel.

Beim dritten gemeinsamen Abendessen fiel mir auf, daß
ich zu grimassieren begonnen hatte. Das hatte ich zuletzt
als Kind gemacht. Damals sogar absichtlich, während es mir
jetzt aus Versehen passierte. Es lag wohl daran, daß die Essen so lange dauerten. Anders als in Deutschland setzte man
sich nicht zu Tisch, aß alles auf und ging wieder, nein, diesmal mußte man danach sitzenbleiben, auf irgendetwas warten, Löcher in die Luft starren und mühselige Gesprächsversu-
che starten, etwa: »Avez-vous une website?«. Und wenn man
Glück hatte, kam nach einer halben Stunde das nächste Essen,
also der zweite Gang. An diesem Abend war das Pizza Ladiere
mit Zwiebeln, Anchovis und Cougettes, was immer das heißen
mochte. Marco erklärte Harriet genauestens die Zubereitung.

Im ersten Gang hatte es Piperade mit Eiern, Gemüse, Tomaten und Auberginen gegeben, oder so ähnlich. Dazwischen wurde wohl eine echte Carpaccio geschoben. Das war eine Flüssigkeit von grünlicher Farbe, die in einem Schälchen serviert wurde, fein getunkt in Salbei und überzogen mit Chilipfeffer. Dazu reichte Eric einen Rose de la Provence.

Der dritte Gang sah dann einen Gurkensalat in Minze, französische Pommes de terre, eine namenlose Speise, die aus gerührtem Eigelb, Olivenöl, Salz, Rosmarin und Schlagobers bestand. Auf wiederholte, weil höchstinteressierte Nachfrage Harriets wurde Pâte de fois des Voilleuses als Name der Speise genannt. Ich tippte auf Gänseleberpastete oder eine Abart davon.

Irgendwann war man immer ziemlich betrunken, weil zu jedem Gang ein anderer hochprozentiger Alkohol gereicht wurde, zum Beispiel Portwein, Cognac, Calvados oder Campari. Harriet begann dann immer alle österreichischen Spezialitäten aufzuzählen, die sie kannte. Zum Glück waren es nicht so viele. Manchmal beteiligte ich mich an diesen Aufzählungen und beschrieb die Unterschiede der einzelnen Wiener Kaffeehäuser, auch die Unterschiede der einzelnen Kellner, aber da sofort alle meine Rede ignorierten und einfach weiter über Speisen und Küchen-Tips sprachen, plapperte ich so vor mich hin, fröhlich, nur für mich selbst.

Ich erzählte gutgelaunt die Geschichte von Tommy, dem kroatischen Wirt des »Anzengruber«, der beim Sieg der kroatischen Fußballmannschaft im EM-Achtelfinale den Kaugummiautomaten aus der Verankerung im Betonboden gerissen hatte. Seit gut hundert Jahren hatte er dort gestanden. Und während ich das erzählte und immer weiter ausschmückte, schnitt ich eben diese Grimassen und machte diverse Figuren in der Geschichte nach.

Doch auch das erregte nicht die Aufmerksamkeit der Runde.

Meiner Person wurde schon bald grundsätzlich kein Wert zugemessen, beziehungsweise der Wert null Komma null. Als die betrunkene Harriet, die ja trotz allem immer mächtig stolz auf mich war, davon sprach, daß ich ein berühmter Schriftsteller sei, rief das bei den Gastgebern Verachtung hervor. Ich kannte diese spezifische Reaktion bereits. Sie stellte sich immer dann ein, wenn ein ›Prominenter‹ nicht der Erwartung entsprach, die man ihm gegenüber hatte. Dann war man sofort viel weniger wert als ein normaler Zeitgenosse. Dann war man eigentlich ein Betrüger in ihren Augen. Ein falscher Hund, einer, dessen sogenannte künstlerische Leistung jeder Hanswurst bringen könnte. Als echter Prominenter hätte ich viel überheblicher und gönnerhafter auftreten müssen, und meine Geschichten hätten pointensicherer und langsamer erzählt werden müssen. Nun, ich war dazu zu gelangweilt, oder meine Nerven lagen blank, ich weiß es nicht mehr.

Aber nach dem dritten Abend war ich jedenfalls am Ende. Es mußte etwas geändert werden. Ich war so überanstrengt durch den Dauerentzug jedweder kultureller, intellektueller oder gar politischer Themen, daß ich nachts nicht mehr schlafen konnte.

Leider war Cousine Petra immer noch nicht in ihre Künstlerkommune zurückgekehrt. Auf sie mußten wir weiter warten. Immerhin gab es eine neue SMS von ihr.

Es war hinhaltend. Man solle den Festungskommandanten – er hieß Siggi Straubing – erst gesund werden lassen, und dann bekäme er auch wieder bessere Laune.

Ich schrieb pampig zurück, daß wir uns nicht aufhalten lassen würden. Wir würden jetzt dort hinfahren, den »Lagerkommandanten Straubing festsetzen und der Gerechtigkeit zuführen«. In der Kommune müsse sie, Cousine Petra, wieder die Herrschaft übernehmen, die ihr zustehe. Wir würden dafür sorgen. Wir seien fest dazu entschlossen!

Eine absurde Welt, so eine Kommune, völlig aus der Zeit gefallen. So wie ich selbst gerade. Tja, ich war eben wirklich überanstrengt und vereinsamt, und ich machte nur noch Scherze mit mir selber, jetzt schon auf Kosten meiner Cousine. Aber was heißt Kosten? War meine SMS nicht objektiv humorvoll? Hätte sie nicht darüber lachen müssen?

Sie tat es nicht. Innerhalb von Viertelstunden schlugen mehrere Antwortmails bei mir ein. Sie klangen wie amtliche Verlautbarungen aus dem Finanzministerium. Ich wurde definitiv aufgefordert, mich dem Gebäude der geriatrischen Pseudo-Picassos nicht weiter als 300 Meter zu nähern. Der Eigentümer – also El Comandante Straubing – sei fünfundachtzig Jahre alt, habe diverse schwere Operationen hinter sich sowie eine langwierige Reha. Er brauche unbedingte Ruhe. Jede weitere Belastung sei strikt zu vermeiden. Sie, Cousine Petra, halte sich unter keinen Umständen zwischen dem 3. und dem 10. Juli in dem Objekt auf. Dies sei zu respektieren. In der Gegenwart und in der Zukunft. Hochachtungsvoll, Petra Lohmer. Mit Durchschlag an Harriet, meinen Bruder Ekkehardt und an meine Eltern.

Ich las die Mail zweimal und konnte kein Zeichen von Ironie entdecken. Die Lieblingscousine meinte, was sie sagte. Das brachte mich Harriet gegenüber in eine mißliche Lage. Ich schnappte mir erst einmal ihren Laptop und löschte die Copy-Mail an sie.

Dann erst antwortete ich.

»Petra! Auch wenn der Widerstand, der uns entgegenschlägt, von Tag zu Tag größer wird, lassen wir uns bei unserem Vormarsch auf Lebuillon nicht aufhalten. Du hast uns eingeladen, und wir haben die Einladung angenommen. Seit Monaten haben wir uns gewissenhaft darauf vorbereitet. Es spricht sehr für Dich und ehrt Dich, daß Du den Lagerältesten Straubing schonen willst. Aber es darf niemals hingenommen werden, daß er sich so häßlich über Deine Person geäußert hat! Wir werden ihn dafür zur Verantwortung ziehen, und wir werden siegen! Es lebe die Freiheit der Kunst! Es lebe die Menschenwürde! Dein Johannes«

Moment mal – hatte er sich wirklich häßlich über sie geäußert? Ich wußte es gar nicht mehr. Ich glaubte, sein Schreiben war nur im Ton häßlich gewesen, eben dieser Alter-Knacker-Tonfall. Er hatte sinngemäß gesagt, Petra Lohmer hätte auf seinem Anwesen, das er, wie gesagt, »Festung« nannte, gar nichts zu suchen. Verblüffend war, wie sehr die lebenslang kunstsinnige Cousine nun in Panik geriet.

Sie war immer äußerst selbstbewußt und arrogant gewesen, genau gesagt, standesbewußt, dazu moralisch und politisch engagiert. Noch ein paar Millionen Migranten mehr fand sie in Ordnung, kein Problem, da mußte man eben zupacken und seinen Mann, äh, Frau stehen, Heime errichten, Sprachkurse organisieren, Moscheen bauen, Juden evakuieren, Frauen in Sicherheit bringen. Das war alles zu organisieren und zu kontrollieren. Wir schaffen das. Aber die Vorstellung eines unkontrollierten Klingelns ihres Cousins bei Freunden trieb sie in den Nervenzusammenbruch. Das war schon lustig. Lächelnd sah ich der Mail hinterher, als das Zeichen »gesendet« erschien.

Ganz sicher würde Petra als nächstes die südfranzösische Polizei kontaktieren. Es war daher ungünstig, tatsächlich zu den alten Zauseln zu fahren.

Ich ging zu Harriet und begann sie in diese Richtung zu beeinflussen, hatte aber ganz vergessen, daß man Harriet nicht beeinflussen konnte. Was sie wollte, war bei uns Gesetz, im Urlaub. Das war sozusagen die Definition desselben. Drei Wochen im Jahr, wo sie ganz allein bestimmen konnte.

Das führte leider zu haarsträubenden Verwerfungen. Wir hatten ja keine Kinder, und so entwickelte ich ein gewisses wohlwollendes Verständnis dafür, daß sie wenigstens im Jahreshaupturlaub ein bißchen Mutter spielen durfte, eben mit mir als Kind. Sie bemutterte mich von früh bis spät, vierundzwanzig Stunden am Tag. Sie packte für mich das Strandköfferchen zusammen, schmierte Brote, füllte die kleine Thermosflasche auf, knöpfte mein Hemd zu, band mir die Turnschuhe, cremte mein Gesicht ein, schickte mich in die Sonne, holte mich Minuten später zurück, gab mir eine Banane, zählte mir das Geld für ein Eis in die Hand, zog mir die Badehose erst an und dann wieder aus, rubbelte meinen Rücken trocken, stellte das richtige Lied im Transistorradio für mich ein, wählte das gute Buch aus, das ich lesen sollte, und so weiter. Es war übrigens Goethes »Die italienische Reise«, die ich schon kannte. Viel lieber hätte ich Samuel Pepys Tagebuch von 1660 gelesen. Aber Goethe war trotzdem immer gut.

Manchmal wollte ich bei dem ganzen Getue aus der Haut fahren, wobei ich dachte, daß das schließlich auch zu einem authentischen Kindverhalten gehört hätte. Aber ich war klug und erwachsen genug, es nicht zu tun.

Spätestens beim nächsten Fünf-Gänge-Essen mit Eric und Marco durfte ich wieder ein Mann sein. Bei Pastice, gebratener Dorade auf Rohrkatoffel, gebeizten Makrelen im Barbecue-Stil und einem abgegangenen Chateau Neuve du Pape von 1975, gefolgt von einem Chemin Blanc Rhône Südhang aus den 60er Jahren, wurde die allgemeine Stimmung wieder seriös bis Asbach uralt, also erwachsen bis zum Abwinken. Es war nun okay für mich. Mir gefiel auch Harriet gut, die in der Sonne und durch die speziellen Ferienaktivitäten, Stichwort Sex, noch attraktiver geworden war. Äußerlich gebräunt, leuchtete sie von innen wie ein Diamant. Wahrscheinlich bewirkten das ihre großen, smaragdgrünen Augen, die an der Côte d'Azur noch größer und in der Farbe noch intensiver wurden. Und solche Augen in einem perfekt geschnittenem Gesicht: So eine Frau darf natürlich alles.

Die Essen zogen sich dahin, vor allem am Abend. Natürlich versuchten wir immer wieder, ausgesprochen nett und mitfühlend über Schwule zu reden. Das Thema brachte vor allem Harriet immer wieder auf. Aber auch ich wurde nicht müde, mein publizistisches Engagement für den Cristopher Street Day zu loben, zum Beispiel. Man hörte nicht zu, aber ich bestand darauf. Harriet erzählte wortreich und voller Ausschmückungen die Geschichte, wie der neue Bundeskanzler bei der Regenbogenparade aufgetreten war. Ich unterstützte sie dabei mit artigem Kopfnicken. Dann versuchte ich mich wieder im Kleidungsthema, wußte ich doch, daß alle Homosexuellen stets gern über Klamotten redeten. Beim guten Bordeau, genau gesagt, einem 2011er Chateau Haute Boileau – Harriet blieb ihrem Vin blanc du Luberon treu – sowie gummiartigen Calamares rosé mediterrane zwischen den überforderten Zähnen, schwärmte ich am vierten Abend von einem himmelblauen Sakko, das ich mir demnächst kaufen wolle, bei Mientus.

Unsere beiden vermeintlichen Schwuchteln stocherten ohne erkennbare Reaktion auf ihren Tellern herum.

Eric schien sich für ausgefallene Outfits wenig zu interessieren. Er trug nun schon an drei von vier Abenden dasselbe verwaschene Rock'n'Roll-T-Shirt.

Harriet versuchte es bei Marco mit einem Lobgesang auf die Flamenco-Kultur. Ich konnte dabei kaum zuhören, da ich ›Kulturen‹ dieser Art so wenig mochte wie Blasmusik und Schuhplattler. Unhistorischer Scheiß, von der Tourismusindustrie erfunden. Wir erfuhren, daß Marco seine Prägung von seiner Großmutter hatte, die in Cadíz eine Flamencosängerin gewesen war. Marco war bei ihr aufgewachsen, der Arme.

Aber ob er deswegen bereits dem anderen Ufer angehörte, wie man früher sagte? Auch ich hatte meine Omi geliebt. Hätte sie Elton John gespielt, wäre ich deswegen nicht gleich ein Homo geworden, oder? Ich bekam Zweifel, ob Harriets anfängliche, euphorisch getätigte, womöglich voreilige sexuelle Zuordnung wirklich zutraf. Ich wollte aber ihre Illusionen nicht zerstören und sagte erst einmal nichts. Das war natürlich feige.

Es stieß mich wieder einmal auf mein altes Dilemma der Lüge. Um meine schöne Frau zu behalten, war ich anscheinend zum ewigen Lügen gezwungen. Vor allem in Bezug auf unsere oder ihre Freunde. Wenn ich dann später in meinen Romanen all die Lügen in einem Selbstreinigungs-Exzess wieder aufhob und die Wahrheit schrieb, bekam ich erst recht ein Problem. Mich rettete stets, daß Harriet meine Romane meistens nicht las. Nicht in der veröffentlichten Version. Ich schrieb nämlich alle heiklen Stellen für sie einfach um. Das klingt kompliziert, war es aber nicht. Mir hatte das Schreiben noch nie Mühe bereitet, und lieber klimperte ich noch ein halbes Stündchen zusätzlich auf dem Laptop, als daß ich wochenlang im Streit mit ihr lag.

Trotzdem. Eric und Marco würden, wenn sie jemals »Der zweite Faschismus« zu Gesicht bekamen, bei Harriet anrufen und Alarm auslösen. Ich mußte versuchen, so wenig wie möglich über die beiden zu schreiben und mir statt dessen wieder Cousine Petra vornehmen. Bei der war ich noch keinen Millimeter weiter gekommen. Im Gegenteil. In meinem SPAM-Ordner lag am nächsten Morgen ein Verwarnungsmail meines Bruders Ekkehardt. Ihm sei zugetragen worden, ich hätte mich unserer gemeinsamen Cousine Petra gegenüber unmöglich benommen. Er forderte mich nachdrücklich auf, sie nicht mehr zu belästigen. Nicht heute, nicht morgen und auch nicht in fernerer Zukunft.

Verdammt. Saßen wir jetzt endgültig fest? Der Deal mit Petra kam mir plötzlich so faul vor wie der von Merkel mit der Türkei. Ohne Petra gab es keine Lösung in der eigenen,

privaten Flüchtlingskrise. Es drohten drei weitere Wochen Es-
sensgespräche mit Flamenco-Begleitung plus Nudistenstun-
den in der Rentnerhölle. Trotzdem: so ein Aufwand, so ein Ärger – ob da nicht etwas dahintersteckte? Ich erinnerte mich
plötzlich an Petras flamboyante Erzählungen von den angeblichen Lustgreisen, die jüngeren weiblichen Mitgliedern des
Lagers das Leben zur Hölle machten. Ich stellte mir nun eine
Art Colonia Dignidad für Alte vor. Womöglich hatte Lager-
führer Straubing gute Gründe, weiter im Dunkeln zu agie-
ren? Aber dann war es erst recht sinnvoll, da einmal vorbeizu-
schauen. Ich ließ also Harriet nun wieder im Glauben, unsere
Reise gehe planmäßig weiter.

Und noch etwas weniger Wichtiges ging unaufhaltsam weiter, nämlich die Fußball-Europameisterschaft. Eines Tages
spielte sogar das gastgebende Frankreich, und im Dorf waren
alle im Wortsinne ›aus dem Häuschen‹. Nun wollte sogar Harriet das Spiel sehen, denn als alte Kommunistin mochte sie die
naive Begeisterung des französischen Volkes. Wir setzten uns
frühzeitig in ein Lokal in Saint-Tropez und hatten einen guten Platz. Der Gegner hieß Island. Das war eine dem europäischen Kontinent vorgelagerte Insel in der Nähe des Nordpols
mit etwa hunderttausend Einwohnern, die alle blond und blauäugig waren. Auch die elf Fußballspieler waren allesamt blond
und blauäugig, während die französischen Spieler mehrheitlich Afrikaner waren. Oh, das darf man ja nicht sagen, also:
Die Franzosen hatten meist schwarze Haut, was nicht heißen
soll, daß sie keine Franzosen waren, ganz im Gegenteil. Ehrlich
gesagt, sahen sie ziemlich unsympathisch aus und ignorierten
mit böse funkelnden Augen die Marseillaise, aber sie schossen
ein Tor nach dem anderen, und Harriet weinte vor Freude. Ja,
das steht hier ohne Ironie, es ist die Wahrheit: Meine liebe Frau
weinte vor lauter Mitgefühl und internationaler Gesinnung.

In dem Restaurant war die Stimmung kaum anders. Die Leute – sie hatten die Nationalhymne stellvertretend für die afrikanischen Spieler bewegend laut mitgesungen – gerieten in einen Taumel echter, unaggressiver Freude.

Harriet bekam leider mit, daß ich die Isländer trotzdem lieber mochte, und stellte mich später erbost zur Rede. Ich meinte, daß sie, die blonden Isländer, mich an meine hamburgische Heimat erinnerten. Es sei derselbe Menschenschlag. Die anständigen Hamburger, die nicht lügen konnten und grundehrlich seien, Stichwort »Der ehrliche Kaufmann«, »der redliche Reeder« und so weiter. Es war fast ein Hohn, daß ich das sagte, der lebenslange Lügner. Ich hätte noch hinzufügen können, daß Frankreichs afrikanische Spieler keinerlei Identifikationsvorlage für die französische Arbeiterklasse mehr böten, da sie, die überbezahlten internationalen Fußball-Söldner, kulturell nicht Frankreich, sondern dem US Gangsta Rap angehörten. Titten, Dollar, heiße Öfen. Aber danach hätte ich nur noch mit einem Menschen reden können: dem Armen- und Scheidungsanwalt Doktor von Mundt.

Ich schwieg also. Und kam damit durch. Frankreich gewann fünf zu null, und wir hatten eine herrliche, sternenklare Nacht, zu zweit, ohne die beiden ›Schwulen‹. Wir waren nämlich gleich in dem Restaurant geblieben, hatten erst mit den Leuten gefeiert und dann ein kleines Zimmer unter dem Dach genommen. Nur für eine Nacht, nur für ein paar Stunden. Für jedes einzelne Tor war ich ihnen dankbar, meinen neuen Freunden, den Afrikanern!

Wir waren uns ziemlich nahegekommen, auch menschlich, und so gestand ich Harriet meinen Verdacht, Eric und Marco seien womöglich gar kein Schwulenpärchen, sondern einfach nur gute alte Freunde von früher.

Harriet wurde nun sehr nachdenklich. Dann gab sie mir recht. Sie habe sich, wenn sie mit Eric allein war, nicht wohlgefühlt. Da sei irgendetwas Seltsames zwischen ihnen gewesen. Bei ›echten‹ Schwulen hätte sie sich noch nie unwohl gefühlt. Und besaß er nicht in gewisser Weise alle diese schlechten Zutaten eines bestimmten klassischen ›Latin Lovers‹, als da wären weißes Haus am Meer, Yacht, Autos, Alter um die Mitte vierzig, lange lockige Haare, alles Geld und alle Zeit der Welt?

Harriet schüttelte sich bei der Vorstellung, daß Eric womöglich unbedarfte Touristinnen am Strand ansprach, sie bedrängte, die jüngeren von ihnen womöglich verführte. Nun war klar, daß wir ausziehen *mußten*. Und so gab meine Frau am nächsten Morgen Order, unverzüglich zu Cousine Petra aufzubrechen.

Wir packten unsere Sachen. Während Harriet mit den Koffern beschäftigt war, schlich ich mich ins Erdgeschoß und rief in Hamburg an. Nicht bei Petra, sondern bei ihrer Schwester Gabi, sozusagen Cousine Gabi, mit der sie seit dreißig Jahren verfeindet war. Es war nur so eine Ahnung von mir, daß ich dabei weiterkommen würde. Petra sprach ja nicht mehr mit mir, und alle anderen aus der Familie hatte sie auch schon auf ihre Seite gebracht. Aber bestimmt nicht Cousine Gabi. Vielleicht konnte ich bei ihr meinem Verdacht über dunkle Machenschaften in der ›Künstlerkolonie‹ nachgehen.

Gabi redete sofort wie ein Wasserfall, um eine antiquierte Redewendung zu gebrauchen, die bei dem Sujet naheliegt. Ein hanseatischer Wasserfall, also mit starkem hamburgischen Akzent. Gabi wußte natürlich nichts von meinen Absichten. Sie hätte aber auch dann Schlechtes über ihre Schwester ausgepackt, wenn ich das gar nicht hätte hören wollen. Das gehörte dort zur Folklore. Rede schlecht von deinen Nächsten und mache dir Freunde. Es war nicht leicht, den Redefluß zu kanalisieren. Ich wollte nicht wissen, wie unmöglich sich Petra gegenüber ihren Nichten benahm, sondern was sie in ihrem französischen Worpswede trieb.

Ständig konnte Harriet mich aufstöbern und das Gespräch beenden.

Endlich hatte ich Gabi soweit. Sie lästerte über die unmöglichen sogenannten Maler, denen das Geld aus der Tasche gezogen wurde und die in Wirklichkeit alte Omas und Opas waren und bestimmt keine Albrecht Dürers. Ich nahm zum Schein eine gegenteilige Position ein, um Gabi weiter anzustacheln. So sagte ich, oftmals werde das ungeheure künstlerische Potential eines Menschen ein ganzes Leben lang nicht entdeckt, um dann in den letzten Jahren um so stärker hervorzubrechen.

»Jo, jo, dat sachta ihnen, der schöne Herr Straubing, der Super-Therapeut und Künstler-Guru! Und die Tattergreise globn ihm dat und überweisen hübsch die Pension und dat Ersparte aufs Kommune-Konto ...«

Therapeut? Handelte es sich sogar um eine medizinische oder pseudo-medizinische Einrichtung? Ich stellte diesbezügliche Fragen. Allmählich gab es ein durchaus schlüssiges Bild für meinen Verdacht. Bewiesen war natürlich noch nichts. Aber es war nicht mehr auszuschließen, daß es sich um eine Greisensekte handelte, bei der es in Wirklichkeit um finanzielle Ausbeutung ging. Ich wurde ganz aufgeregt.

Heutzutage wollte ja jeder ein Künstler sein oder werden. Allein in New York lebten fünfhunderttausend Menschen als hauptberufliche Künstler. Und je weiter jemand von echter Kunst entfernt war, desto leichter konnte man ihm ›Talent‹ einreden. Bei bridgespielenden Müßiggängern der Hamburger Elbvororte, bei denen Gevatter Tod oder sein Oheim Krebs schon im Dienstboteneingang warteten, war es sicher am leichtesten, dachte ich. Meine zwanghaft heißlaufende Phantasie malte es sich schon aus. Da tönte Oberkünstler Straubing vom kommenden Durchbruch des enormen kreativen Potentials: »Sie haben der Welt noch soviel zu geben, Sie haben noch so viel zu sagen ...« Und der alte Hagestolz, dem schon vor

Ewigkeiten die Frau weggelaufen ist, springt aus dem Bett, malte ich mir aus, eilt nach Südfrankreich, verschleudert das Familienvermögen, beteiligt sich an Straubings Immobilienspekulationen. Denn auch davon sprach Cousine Gabi. Es interessierte mich aber weniger. Irgendwie spekulierten sie doch immer, diese Bürgerlichen, das war nichts Besonderes.

Nein, aber wie stand es um die Gerüchte sexueller Übergriffe in dem Lager? War es nicht verrückt, dachte ich erregt, in einer Gesellschaft, die im zwei-Jahres-Rhythmus große Mißbrauchskandale in Internaten und Jugendeinrichtungen genüßlich hochkochte, nun von durchdrehenden Lustgreisen im Quasi-Altersheim zu hören? War das nicht eine schöne Gegenbewegung? Schlug das Pendel endlich zurück? Was geschah wirklich mit den 70-jährigen späten Mädchen aus Hochkamp und Klein-Flottbeck, was taten die noch älteren Herren den Jungfern an? Ich zitterte fast vor Vorfreude. Was glaubten sich die ehemaligen Kleinbürger nun, da sie eine große, unkonventionelle Künstlernatur in sich entdeckt hatten, herausnehmen zu dürfen? Für Genies gab es keine Regeln, hatte ihnen das Siggi Straubing nahegelegt?

Gabi gab mir die entsprechenden Antworten. Es war genau das, was ich brauchte, um Harriet doch noch von dem Wunsch abzubringen, dort hinzufahren. Ich mußte nur einen günstigen Zeitpunkt für »das gute Gespräch« finden. Entscheidend war, daß sie glaubte, es sei allein ihre Idee, so zu handeln, und nicht Folge einer Intervention meinerseits. Die Rede mußte also »zufällig« auf den Mißbrauch kommen.

Wir fuhren auf Marseille zu.

»Ich glaube nicht mehr, daß Eric und Marco schwul sind. Oder es je waren«, murmelte Harriet tonlos und fast ein wenig verbittert.

»Ja, bei Eric glaube ich es auch nicht mehr. Nicht wirklich. Hast du gemerkt, wie er immer demonstrativ von besten

Freundinnen gesprochen hat? So reden Heteros, die zeigen wollen, daß sie welche sind.«

»Oder die vielen Photos von seinen Kindern…«

Eric hatte zwei Söhne mit einer Frau, die in Belgien lebte. Wir hatten selbstverständlich geglaubt, diese Kinder seien vor seinem Coming Out entstanden. Die Frau wäre ihm, als sie seine fatale Neigung entdeckte, durchgebrannt und hatte die ahnungslosen Kinder mitgenommen. Inzwischen waren wir soweit, daß wir uns ganz andere Verläufe vorzustellen vermochten. Die Kinder sollten übrigens am folgenden Montag zu ihm ziehen, um die achtwöchigen Sommerferien dort zu verbringen. Ich fand es schade, daß wir sie nun nicht mehr kennenlernen konnten.

15.

EXIL

Auf dem Weg nach Marseille kamen wir durch einen kleinen Badeort mit dem Namen Sanary sur Mer. Im Reiseführer hatten wir gelesen, daß dort Klaus Mann gewohnt hatte, dazu auch noch alle anderen deutschen Exil-Schriftsteller der 30er Jahre. Harriet hatte das schon vorher gewußt. Als echte Kommunistin hatte sie von Kindesbeinen an alle Romane Heinrich und Klaus Manns, Feuchtwangers, Roths und so weiter mindestens zweimal gelesen. »Exil« von Feuchtwanger kannte sie fast auswendig. Es war in Sanary sur Mer geschrieben worden, im »Hôtel de la Tour«, das es noch immer gab. Dort mieteten wir uns ein.

Abgesehen vom Musikgeschmack, der ja bei allen Franzosen immer und überall und zu jeder Zeit abscheulich ist – er reicht von Marylin Monroes »Diamonds Are A Girl's Best Friend« bis »It's Raining Men« von Aretha Franklin oder wahlweise »Street Life« von Donna Summer –, brachte uns das reizende kleine Fischerdorf mit seiner verblüffend normalen Allerweltsbevölkerung zum ersten Mal Frieden. Abends gingen wir am Quai entlang oder setzten uns in ein Hafencafé und betrachteten die netten französischen Familien, die ebenfalls dort Urlaub machten; in aller Regel Eheleute in den mittleren Jahren mit jeweils zwei Kindern.

Aber noch zwangen mich Lüge und Paranoia zu weiteren Recherchen.

Als Harriet einmal allein schwimmen war, sah ich mir auf
»Google Earth« Petras Künstlerkolonie genauer an. Das war
ganz einfach. Ich hatte die Postadresse und gab sie ein. Dann
schaltete ich von »Karte« auf »Earth«. Es gab neun oder zehn
Vergrößerungsstufen. Bei der letzten sah man das Anwesen
deutlich unter sich. Es nahm den ganzen Bildschirm ein. Um die
Umgebung zu sehen, verkleinerte ich alles wieder. Ich sah eine
einsame, unbefestigte Straße ohne Mittelmarkierung, dann eine
Art Anwesen mit einer Handvoll hingewürfelter alter Häuser,
recht baufällig aussehend, die Dächer teils ungedeckt, wohl zumeist nur leerstehende Garagen, Scheunen oder Hundehütten.
Vielleicht sah ja die Welt von oben immer etwas weniger proper
aus, ich wußte es nicht. Aber die Straße führte ins Nichts.

Sie endete irgendwo vor dem Haus. Wenn ich auf Verklei-
nerung klickte, um die nächsten Orte zu sehen, kam lange Zeit
nichts. Hier war wohl der Hund begraben. Ich mußte fünf-
mal klicken und hatte immer noch völlig unbekannte Namen
von Städten, von denen noch nie jemand gehört hatte. Petras
Greisen-Atlantis war am Ende der Welt beziehungsweise in
einer Welt außerhalb der bekannten. Nicht einmal die Provinz
konnte ich ausfindig machen. Wie hieß die Gegend weit nörd-
lich einer imaginären Linie zwischen Toulon und Toulouse?
Was war überhaupt der Unterschied zwischen den beiden
Städten? Sie lagen in Südfrankreich, aber wo lag die Zivilisation, deren postalische Daten ich zwar besaß – ich hatte Cousine Petra einmal ein Buch dorthin geschickt –, die aber keine
bekannte Stadt im Umkreis von Hunderten von Kilometern
aufwies? Auf dem »Google Earth«-Bild konnte ich einen dün-
nen hölzernen Strommast erkennen, der wohl ein elektrisches
Kabel in das Hauptgebäude leitete. Sie hatten also Strom, die
Kommunarden. Bei meinem Sturm auf die umstrittene Einrichtung könnte ich das Kabel kappen und Verwirrung bei den
Verteidigern auslösen …

Harriet kam glücklich zurück.

Das Wasser war hell, kühl und kristallklarblau. So war es ihr am liebsten. Sie trug jetzt immer Sachen, die farblich zu ihren Augen paßten, also petrolfarbene oder changierend hellblaue, grünblaue oder lilafarbene grobmaschige Pullover oder übergeworfene Strandkleider, manchmal auch dunkelgelbe oder rote Hüte oder nur den rosafarbenen Bikini mit den großen weißen Punkten, den ich so gern mochte, daß ich täglich zwanzig Photos mit ihr davon machte.

Ich besaß neben der postalischen Adresse auch eine Telephonnummer des Lagers. Theoretisch war es sogar möglich, eine oder mehrere der entführten Jungfern – ich nenne sie einfach einmal so – an den Apparat zu bekommen. Man konnte sie aushorchen und sich das ganze Elend erzählen lassen, also vorausgesetzt, es gab ein solches. Frauen, denen man ein zweites Leben als erfolgreiche Malerin vorgegaukelt hatte, die ihre spießbürgerliche Existenz dafür aufgegeben hatten und die jetzt vor Ratlosigkeit und Scham nicht mehr zurück ins alte Leben fanden, konnte man aufspüren und ›retten‹. Harriet wäre wahrscheinlich begeistert, wenn ich, der ewige Egoist, plötzlich mein Herz für in Not geratene Mitmenschen entdeckte! So konnte ich die Liebe meiner attraktiven Frau erobern, mehr als durch jede verlogene Anpassung in politischen Diskussionen.

Ich dachte über den richtigen Weg nach, diesen neuen Masterplan umzusetzen.

Im Moment bescherte uns das liebliche Exilantendorf eine willkommene Verschnaufpause. Wir verliebten uns regelrecht in die wie auf einem Tablett präsentierte französische Bevölkerung. Tagsüber überwogen leider auch hier die alten Leute, und ich wußte manchmal nicht, was ich abstoßender finden sollte, die altgewordenen, klapprigen Paare, die in Zeitlupe geisterhaft an unserem Kaffeehaustisch vorbeischlichen, ausdruckslos, nur noch konzentriert auf den nächsten Zwergenschritt, oder die viel zu vielen Singles, deren Anblick mir manchmal das Herz brach. Wußte ich doch, daß keiner dieser überraschten, ängstlichen, plötzlich einsamen Fünfzig- oder Sechzigjährigen je wieder die Wärme und das Zutrauen alter Zeiten erfahren würden.

Da rührten mich sogar die Greisenpaare wieder, wenn sie etwa Hand in Hand ins Wasser gingen, natürlich noch langsamer, Millimeter für Millimeter sich dem Meer nähernd.

Aber abends war das Verhältnis der drei Generationen wieder absolut ausgeglichen. Es paßte alles zusammen, die Minderjährigen, ihre Eltern und deren Eltern. Es wirkte auf uns wie, ja, blödes Wort, wie Glück, und ich fragte mich, ob die französische Bevölkerung vielleicht sogar wußte, daß es ihr gutging? In Deutschland herrschte ja immer das falsche Bewußtsein grundsätzlichen Unglücks, und dieses Bewußtsein war um so stärker, je objektiv besser es den Menschen ging.

Dann kippte unser Urlaub. Zum Glück zum Guten. Und die Veränderung kam aus einer Ecke, die niemand, auch ich nicht, und am wenigsten der Leser, erwartet hätte.

Harriet und ich entdeckten nämlich unsere Vorfahren oder zumindest meine, nämlich die Exilanten, die in den 30er Jahren in dem kleinen Fischerdorf gewohnt hatten. In ihrem Hotel logierten wir ja schon. Eines Tages besuchten wir die Villa Thomas Manns. Dann die Turmwohnung Franz Werfels. Dann die etwa achtunddreißig anderen Gebäude und Plätze in Sanary sur Mer, die etwas mit den deutschen Schriftstellern zu tun gehabt hatten. Abends tranken wir unseren Wein im Café »La Marine«, in dem Bert Brecht seine Lieder gesungen hatte. Das gewöhnten wir uns richtig an. Ich mochte Alkohol eigentlich nicht, doch nun schon. Statt einmal im Monat trank ich nun täglich. Man kann sich vorstellen, wie schön das für mich war. Um ehrlich zu sein, hatte ich zunächst keine Erklärung für mein plötzliches Wohlbefinden.

Dabei hätte ich schnell darauf kommen können. Zum Beispiel beim Spaziergang von der Thomas-Mann-Villa zum Strand, den der deutsche Schriftsteller jeden Morgen gegangen war. Ich fühlte mich dabei vollkommen leicht, obwohl ich doch sonst jegliche Beschwerlichkeit, zum Beispiel Klettern oder Steintreppensteigen, haßte. Und am Strand selbst erging es mir ebenso. Ich genoß die Situation. Dabei waren mir doch sonst Sand, Schmutz, Salzwasser, spitze, gefährliche Gegenstände, nackte Menschen, die sich umständlich umzogen, und Marokkaner, die stundenlang vor einem stehenblieben, um Sonnenbrillen zu verkaufen, eigentlich eher unangenehm. Aber hier war es anders. Letztere gab es hier einfach nicht. und verklemmte Spießer, die sich unter einem Handtuch die Badehose auszogen, gab es am Thomas-Mann-Strand auch nicht. Statt dessen eine kleine hölzerne Hütte mit einer Restauration, in der mir eine junge Französin stets mehrere Cafés au lait brachte. Sie war so schön wie Kendall Jenner, so daß ich sie immerzu ansehen mußte, und weil sie das wußte, also daß sie so überirdisch gut aussah, machte ihr das auch nichts aus: Sie nahm es nicht persönlich.

Im Rathaus von Sanary sur Mer gab es ein Archiv und eine erstaunlich große Bibliothek, die Bücher und Dokumente der damaligen Schriftsteller enthielt. Das Rathaus war aufwendig restauriert, sauber, innen neu, klimatisiert, blitzblank und gepflegt.

Die Leute hier, schoß es mir durch den Kopf, hatten alles, und sie hatten es schon sehr lange. Gut möglich, daß es auch hier, wie in Deutschland, diese leerlaufende, ewige Denkgewohnheit gab, wonach das Elend groß sei und allerorten zunehme, daß die Reichen immer reicher und die Armen immer ärmer würden oder, immer wieder nachrichtentauglich, daß die oberen 5 Prozent mehr besäßen als die übrigen 95 Prozent und daß sich diese Einkommensschere immer weiter öffne. Auf dem Papier mochte das alles richtig sein, aber mit der Wirklichkeit hatte es nichts zu tun. Der Wohlstand platzte aus allen Nähten. Kein Wirtschaftswachstum, na und? Was brauchte man denn noch? Noch ein weiteres öffentliches Schwimmbad, man hatte doch schon drei! Die Polizisten fuhren die neuesten Motorräder, die teuren und leisen von BMW, nicht die Lärmterror-Exzesse der Billigjapaner. Kein Auto im Ort war älter als drei Jahre, keines hatte weniger als 90 PS. In den Supermärkten gab es jede Menge Gourmet-Ecken, mit tausend verschiedenen Feinschmecker-Spezialprodukten, wie bei uns. Die Sozialisten liefen immer noch mit der geballten Faust in der Hosentasche herum und baten um Wählerstimmen, damit endlich Löhne gezahlt würden, von denen man leben könne. Dabei lebten alle wie Gott in Frankreich. Diese Leute sahen irgendwie alle wie François Hollande aus. Keiner war jünger als sechzig.

Jedenfalls sahen wir uns in dieser Bibliothek um. Ich war im Wortsinne begeistert. Allein von Klaus Mann hunderte Romane, Aufsätze, Festschriften, Stellungnahmen, Briefe, und vor allem: Tagebücher. In Sanary sur Mer hatte er von 1933 bis 1940 ein »Journal« verfaßt, das sogleich nach dem Sieg über den Faschismus – gemeint ist der erste – in Frankreich veröffentlicht wurde. Da ich perfekt Französisch sprach, konnte ich es sofort lesen, noch im Archiv, bis es schloß. Ich ging nun jeden Tag hin und las weiter.

Harriet saß dabei neben mir. Sie las traditionell am liebsten Lion Feuchtwanger. Sie war schneller als ich, aber die tausend Seiten seines Sanary-Romanes schaffte sie nicht so leicht. Oft mußte ich ihr helfen, wenn sie einen französischen Jargon nicht kannte. Natürlich brachte uns die gemeinsame Lektüre näher.

Immer wieder fanden wir uns im Bert-Brecht-Lokal »La Marine« bei einem völlig streßfreien Gespräch wieder, ganz entspannt und unpolitisch. Das hatte es seit Jahren nicht mehr gegeben.

Harriet gefiel mir nun auch körperlich immer mehr. Sah sie auf einmal besser aus als früher? Das war durchaus möglich. Ich erinnerte mich wieder an ihre verblüffendste Eigenschaft, die ich schon ganz vergessen hatte, nämlich den minuten-schnellen Alterungswechsel. Sie konnte wie vierzig aussehen, eine Stunde später wie achtzig und dann wieder wie ein Londoner Pop-Mädchen aus den Sixties. Ich übertreibe jetzt. Aber fest steht, daß sie, seit wir in das »Hôtel de la Tour« eingezogen waren, durchgängig wie eine junge Frau aussah, oder eine in den zeitlos besten Jahren.

Das war großartig. Aber dabei mußte ich natürlich auch an die andere typische Harriet-Eigenschaft denken, an die Katastrophenaffinität, die ja mit der Alterungsfähigkeit korrelierte. Noch in Griechenland war Harriet so planmäßig wie vorhersehbar zusammengebrochen. Wie stand es nun damit? Ich kam nicht dahinter.

Wir fanden auch viele Bilddokumente im Rathausarchiv. Der Ort war durchaus ziemlich gut wiederzuerkennen. Alle historischen Plätze schienen unverändert. Das Hotel, die Kneipen »La Marine«, »Le Nautique« und »Restaurant du Lyon«, in denen die Schriftsteller gezecht, gestritten, sich verkracht und übereinander geschrieben hatten. Es fehlte keiner. Nicht nur Thomas Mann, sondern alle Manns waren da, so wie wir sie in Breloers Fernsehserie »Die Manns« kennen- und lieben gelernt hatten. Das waren natürlich unsere Lieblinge, vor allem Klaus und Erika, die ja sogar unser Zimmer im Hotel geteilt hatten. Aber auch meine und Harriets journalistischen Vorbilder hatten in Sanary sur Mer gelebt, nämlich Alfred Kerr und Egon Erwin Kisch (meine) und Joseph Roth und Alma Mahler-Werfel (ihre). Almas Beitrag zum Weltjournalismus fanden wir im noch unveröffentlichten Zustand vor. Eines Tages würde eine beherzte Nachwuchsfeministin diesen Schatz heben. Dann sahen Roth und Kisch alt aus, eben wie Männer, die sich an ihren talentierten Frauen vorbei in den Vordergrund geschoben hatten.

Seit wir die Exilanten entdeckt hatten, interessierte mich das Schicksal meiner Cousine oder sogar die Zuwanderung in meinem Heimatland nicht mehr. Die Story mit dem Greisenheim konnte ich kaum noch nachvollziehen. Ohne uns darüber verständigt zu haben, war es uns klar, fortan einfach in Sanary sur Mer zu bleiben, bis zum Ende von Harriets Urlaub. Sie überlegte sogar schon, ihn zu verlängern. Etwas befremdlich war es schon, wenn mein Bruder Ekkehardt nun noch einmal von sich aus auf das Thema zu sprechen kam. Dazu bemühte er die Hotel-Rezeption. Mein Handy hatte ich längst abgeschaltet. Ich wurde also nach unten in die Lobby bestellt, wo mir ein altmodischer Telephonhörer überreicht wurde, der an einer Telephonschnur angebracht war, die den Hörer wohl mit dem eigentlichen Gerät verband.

Was wollte der Mann? Er begann wie immer umständlich. Seine Stimme war kaum zu verstehen, wie im wirklichen Leben. Petra hätte wirklich Probleme, und er, Ekkehardt, wolle jetzt endlich wissen, ob ich seine E-Mail bekommen hätte und warum ich darauf nicht geantwortet hätte. Er machte mir ja immer ein schlechtes Gewissen.

»Habe ich bekommen, Ekkehardt! Sehr gut, danke! Ich fahre aber nicht hin, zu der ... zu dem ... Haus da.«

»Warum hast du mir das nicht gesagt?!«

»Tut mir leid. Es ... ich fahre bestimmt nicht hin!«

»Woher soll ich dir das glauben? Wir haben uns alle Sorgen gemacht. Petra hat mich angerufen. Du kannst da einfach nicht so verantwortungslos sein. Dieser Herr Straubing, also der Siggi Straubing, der hat viel für Petra als Künstlerin getan, also für sie als Künstlerin, wie gesagt, nicht der menschliche Aspekt, man kann nicht immer nur den menschlichen Aspekt sehen, weißt du, verstehst du mich?«

»Ja, ich höre dich. Es ist schwer, aber es geht!«

»Nein, ob du merkst, was ich dir sagen will! Es geht um die Kunst, nicht zuletzt, nicht nur um ...«

Er kam nicht weiter, und so sagte ich möglichst einfühlsam:

»Ja, doch, natürlich. Ist denn Herr Straubing auch der Galerist von Petra?«

»Ich habe das auch erst erfahren, Petra hat ja lange mit mir geredet, weißt du? Er hat die Gruppenausstellung in der Kreissparkasse Detmold für sie organisiert oder möglich gemacht, ich kenne mich da nicht so aus.«

»Ekkehardt, ich fahre da nicht hin, ich bin hier total glücklich und denke überhaupt nicht mehr an Petra.«

Harriet kam die Treppe herunter und blieb neben mir stehen, natürlich neugierig. Ich wollte Ekkehardt loswerden und sagte nur noch ja und nein. Einen umständlichen Menschen wie ihn konnte man schwer stoppen, da er keine Sensibilität für sein Gegenüber besaß. So kam er wieder auf Petras Probleme zu sprechen, irgendetwas mit Polizei und Todesfall glaubte ich zu hören, aber da Harriet immer näher an die Hörmuschel rückte, verstand ich nur noch die Hälfte. Ich setzte zum »Mach's gut« an, ohne auf das Gesagte weiter einzugehen. Ekkehardt sprach weiter:

»Petra hat doch ihr ganzes Leben lang diese fixe Idee gehabt, in Wahrheit eine Künstlerin zu sein. Weißt du noch, wie sie uns immer diese selbstgemalten Blumen zu Weihnachten schenkte?«

»Oh je!«

Grauenvolle Bilder schossen mir durch den Kopf. Harriet fragte, was er gesagt habe. Ich warf den Kopf hin und her.

»Ekkehardt, ich muß Schluß machen, hier warten noch andere auf das Telephon ... es ist eine Telephonkabine ... die sind schon wütend, die Franzosen hier. Mach's gut! Ich werde alles tun, was du gesagt hast! Tschüß!«

»Was hat er gesagt?« fragte Harriet gespannt.

»Ach, nichts.«

»Du warst plötzlich so entsetzt!«

»Och nee, das war nur, weil er ... so was von Polizei und, äh, von Todesfällen ... in der Künstlerkommune erzählt hat.«

Ich konnte ihr nicht sofort gestehen, daß mich die jähe Erinnerung an Petras Arbeiten zum Thema Gartenblumen so erschüttert hatten. Das hätte sie nicht verstanden und nicht geglaubt.

»Was?! Petra ist in einen Kriminalfall verstrickt? Das ist ja wie »Tatort«!«

»Wurscht!« erklärte ich brüsk.

»Was will Ekkehardt von dir? Sollst du ihm helfen, die Sache aufzuklären?«

»Im Gegenteil! Ich soll mich davon fernhalten.«

»Wie bitte?! Dann mußt du erst recht ermitteln! Wir können doch nicht zusehen, wie da quasi eine übergeordnete Stelle ...«

Wir gerieten in Streit. Im Gegensatz zu mir, der ich die Schlechte-Laune-Regenwetter-Fernsehserie »Tatort« aus tiefster Seele verachtete, hatte Harriet Hunderte Folgen gesehen. In jeder zweiten wurde dem Kommissar von seinen Vorgesetzten der Fall abgenommen, und er ermittelte dann auf eigene Faust weiter. Das erwartete sie nun auch von mir. Ich wollte ihr natürlich nicht widersprechen, um den Streit nicht eskalieren zu lassen. Ich senkte meine Stimme und flüsterte lächelnd:

»Liebes, wir sind doch gar keine Ermittler. Wir sind Medienberufler. Warum gehen wir nicht in die Rathausbibliothek und lesen wieder ein bißchen Heinrich Mann oder die geheimen Tagebücher von Stefan Zweig?«

Sie überlegte. Eigentlich hatte sie ja recht, aber Stefan Zweig war einfach um zwanzig Dimensionen aufregender als das befremdliche Colonia-Dignidad-Thema. Zumal darüber gerade ein Film mit Daniel Brühl und Emma Watson lief, der in dem kleinen Kino von Sarany sur Mer gezeigt wurde und den wir ansehen konnten. Also über die chilenische Colonia Dignidad von 1977. Das Fischerdorf hatte wirklich ein eigenes antiquiertes Lichtspielhaus. Wir hatten uns die Plakate schon angeguckt, und an jedem Wochentag spielten sie einen anderen Film. Am Samstag wollten wir eine typisch französische Komödie sehen, mit Gutmenschen, ganz viel Liebe, auch körperlicher, verrückten Familienangehörigen und jungen Menschen mit Migrationshintergrund, die ganz anders waren als die Vorurteile über dieselben.

Und da wir uns inzwischen viel besser verstanden als in unserer Polit-Phase in Wien, sagte sie schließlich ja. Ich hakte glücklich nach:

»Wir vergessen die Cousine?«

»Wir vergessen sie.«

Mit der Europameisterschaft war das schon schwerer. Also sie einfach zu vergessen. Es war Juli, und die Spiele zogen immer mehr Menschen an. Wenn wir nachmittags oder abends den Quai de Général de Gaulle entlanggingen, vorbei am malerischen Hafen und dem ruhenden Wasser der geschützten Mole, die feurige Sonne und den leichten Wind genießend, plärrte aus den Lautsprechern der Hafen-Bars die jeweilige Fußballübertragung Richtung Meer. Ich bekam mit, daß gerade Deutschland spielte oder wieder irgendein Zwergenland wie

Wales oder Albanien, aber Harriet verstand immer nur »Christiano Ronaldo«. Er schien bei allen Spielen dabei zu sein. Wir kauften nun auch jeden Tag die einzige deutsche Exilantenzeitung, die es in Sanary sur Mer noch gab, es war die »BILD-Zeitung«. Die berichtete pausenlos über diesen Fußballspieler. Es dauerte nicht lange, und ich identifizierte mich mit ihm. Er war eitel, sah gut aus und liebte sich selbst über alles. Auch stürzte er dauernd und weinte viel.

Wir bekamen einen Ausweis für die kommunale Bibliothek im Rathaus und konnten uns nun die Bücher von Schickele, Feuchtwanger, Stefan und Arnold Zweig mit ins »Hôtel de la Tour« nehmen. Harriet entdeckte Ernst Toller, ich Hermann Kesten und sogar Aldous Huxley, der, obwohl kein Deutscher, in Sananry sur Mer »Schöne neue Welt« geschrieben hatte. Er wohnte in einer der Villen an der Steilküste, entlang der Rue de la Colline, die wir uns nun anschauten, eine nach der anderen, mit viel Ruhe und Besinnung. In jeder hatte ein anderer deutscher Superexilant gewohnt. Schön waren auch die vielen Briefbände. Damals wurde so viel geschrieben wie noch nie. Das fing schon vor der Machtergreifung Hitlers an und explodierte danach förmlich, denn jeder mußte jedem alles darüber sagen. Also zumindest jeder Schriftsteller jedem Kollegen. Oder seinen Freunden, Liebsten, Brüdern und Schwestern im Geiste. Wahrscheinlich kamen sie durch dieses extreme Networking alle nach Sanary zur Mer.

Die größte Überraschung wurde für mich dann aber doch wieder Thomas Mann selbst.

Je mehr ich mich in die Zeugnisse seiner Leidensgenossen vertiefte, desto mehr entdeckte ich seine Überlegenheit und Modernität. Für ihn gab es überhaupt keine Zweifel, kein Nachdenken, kein Erarbeiten einer Haltung – er hatte sie einfach, wahrscheinlich von Geburt an. Das betraf auch alle Ideologien. Über die kam ihm kein Wort über die Lippen. Daß Ideologien schlicht das Gegenteil von Wahrheit waren, war ihm so selbstverständlich, daß es ihm keine Zeile wert war. Lebte er noch immer, so hätte er die strikt ideologisch geführten Diskurse für und gegen Zuwanderung majestätisch umschifft. Das hätte ich auch tun sollen. Leider bin ich im Vergleich zu ihm ein kleines Licht. Gern hätte ich mich mit ihm nun identifiziert, wie mit Christiano Ronaldo, aber es war ein zu hohes Ziel. Eher erreichte ich die Treffsicherheit des portugiesischen Selfie-Großmeisters als den Weitblick des Zauberers, wie seine Kinder ihn nannten.

Die Lektüre half trotzdem gegen die Zumutungen des Fußballturniers, des Zeitgeistes und der politischen Lage. Ohne das Versenken in das sehr sympathische Treiben der Mann-Familie mit ihren frechen Kindern hätte ich mir schon wieder Sorgen ums Vaterland gemacht, denn dazu bestand immer mehr Anlaß. Der Brexit, eine neue Bankenkrise, ein Aufstand der Schwarzen in Amerika, ein rechtsradikaler Bundespräsident in der Hofburg, Donald Trump vor dem Durchbruch.

Aber diese Manns waren eine eigentümliche Mischung aus Unverstelltheit, Ausgelassenheit, Kindlichkeit, Weltläufigkeit und Politisiertheit, die mich innerlich aufleben ließ. So etwas gab es danach nie wieder. Und sie waren eine eigene Welt, die die Apokalypsen der realen Welt relativierte, ja sogar ins Lächerliche schrumpfen ließ. Welche Bedeutung hatte schon der Schreihals in Berlin im Vergleich zum Zauberer? Und, viel wichtiger, jedenfalls für mich: Was waren schon die aktuellen Krisen im Vergleich zu denen der 30er Jahre? Doch gar nichts.

So beruhigten wir uns. Nur einmal kam es noch zu einem kleinen Streit, als sich Harriet über die weißen US-Polizisten empörte, die Schwarze erschossen. Sie fand, es sei wieder genau wie in den 50er Jahren, und die Schwarzen sollten erneut aufstehen und kämpfen. Es sei Zeit für neue Aufstände, und einige Schwarzenführer hätten auch schon zum Brandschatzen aufgerufen, was ja irgendwie verständlich sei, wenn auch abzulehnen. Ich meinte, die Schwarzen von damals seien Opfer, die von heute Täter, somit das genaue Gegenteil der Leute von damals. Harriet sah mich entsetzt und wütend an. Der erste Streit seit Wochen drohte.

»Was soll DAS denn heißen?!« fragte sie mit bösen kleinen Augen. Ich eierte zurück.

»D-das waren echt diskriminierte, arme Wesen, die Neger, wie sie da noch hießen, die, also, die wurden ja von oben herab behandelt wie unliebsame Gören, die man verscheuchen kann wie Fliegen, die wurden echt verachtet oder jedenfalls nicht ernst genommen, nicht wie Menschen. Ja, und mehrere Generationen später hast du aggressive, schimpfende, körperbetonte Sexprotze auf allen Kanälen, mit Millionen Handfeuerwaffen, die akustisch, motorisch und waffentechnisch auftrumpfen, anstatt sich zu ducken. Eine ganz andere Lage, finde ich, für die Polizisten.«

»Und deswegen dürfen sie sie TÖTEN?!« schrie meine Frau.

Ich verneinte mit Nachdruck. Um Gottes Willen. Jeder Tote sei einer zuviel. Man müsse miteinander reden. Deeskalation sei das Gebot der Stunde. Ich hätte wirklich nicht von Gangsta-Rappern, Drogendealern und Schußwaffen anfangen sollen. Sicher gebe es irgendwo auch weiße Kriminelle, wenn auch nicht so viele.

»Dann sollen sie doch mal AUF DIE schießen«, grummelte Harriet, und ich gab ihr recht.

Der Friede kehrte wieder ein, und ich dachte, daß ich wieder ein bißchen gelogen hatte. Natürlich waren auch weiße Delinquenten erschossen worden, aber wer würde so etwas ernsthaft noch sagen dürfen oder wollen? War nicht sowieso alles Lüge im öffentlichen Raum? Was durfte Thomas Mann alles nicht sagen? Wenn alle logen und alle es gern taten, sollte ich nicht mit einem schlechten Gewissen herumlaufen.

Der Friede dauerte noch ein paar Tage und wirkte keinesfalls trügerisch. Wir verstanden uns immer besser, nicht nur politisch, sondern auch menschlich, ja sogar *körperlich*. Ich freute mich, so eine erotische Frau mein eigen nennen zu dürfen, die sich unter dem Einfluß der südfranzösischen Küste, der Sonne, des Lichts, des wohltemperierten, sauberen Meeres noch weiter zu ihrem Vorteil veränderte. Für mich war Harriet nun nicht mehr ›nur‹ die ambitionierteste Journalistin ihres Landes, sondern mein ganz privates Sexsymbol, was ich ihr leider nicht sagen durfte. Ich machte ja eigentlich gern Komplimente.

Marseille hatte uns gut gefallen, und ich hatte sogar zu Harriet gesagt, ich würde gern in dieser Stadt wohnen. Das stimmte aber nur zum Teil. Zwar war die Altstadt unversehrt und endlos, und sie wurde geradezu geflutet von diesem sagenhaften Licht der Südküste, aber das nahe Sanary zur Mer bot noch weitere Vorteile.

Selbst die fast hundert Vertreter der deutschen Exil-Literatur, die das Dorf passiert, darin gewohnt und sich darüber geäußert hatten, sprachen immer wieder von der »Magie« des Ortes. Schon im Mittelalter galt dort der Sinnspruch, der am romanischen Turm angebracht war »Wer nach Sanary kommt, ist ein Weiser. Wer es wieder verläßt, ein Tor.« Und vor dreihundert Jahren hieß es: »Qui veult est guatri, s'en parte en Sanary« (Wer geheilt werden möchte, komme nach Sanary).

Den romanischen Turm aus dem Jahre 1320 gab es immer noch. Um ihn herum war fünfhundert Jahre später das »Hôtel de la Tour« gebaut worden, daher der Name. Dieses Hotel sah deshalb recht seltsam aus: ein einigermaßen stattliches Haus mit einem uralten, grob viereckigen Festungsturm, der aus der Mitte herausragte. Zur Hälfte wurde er vom Hotel verdeckt. Man wußte nicht, ob er auf dem Dach des Gebäudes stand oder wie er sonst dahin geraten war. Da das Hotel selbst so alt war und zudem so geschichtsträchtig, konnte man es nicht abreißen, um den Blick auf den Turm wieder freizulegen. Die Sanaryen, wie die Einwohner hießen, hielten die deutschen Exilanten offenbar in Ehren. Das Mädchen, das ich nach Klaus Mann fragte, griff sofort zum Schlüssel Nummer 17: »Klaus et Erika? Voilà.«

Ich fühlte mich wahnsinnig wohl. Das Eckzimmer im obersten Stock hatte Fenster zu beiden Seiten hin, zum Hafen und zur Promenade. Ständig wehte ein kühlender, durchaus heftiger Wind durch das Zimmer, was bei Mittagstemperaturen von fast 40 Grad ein geradezu sensationeller Vorteil war, den kein anderes Hotel bot. Man mußte gar nicht ans Fenster treten, um alles zu sehen, es genügte, die Augen zu öffnen. Dann gewahrte man das viel beschriebene hellweiße, hellblaue Licht, von dem die Exilanten schwärmten und noch mehr die großen Maler aus Paris, die diese Gegend – den Midi – ebenfalls entdeckten, von Van Gogh bis Cézanne. In Sanary schrieb Meier-Graefe: »Das unbegreifliche Neue, das die Nerven zu Strängen spannte, war dieses Licht. Das Licht verwischte nicht nur den undurchdringlichen Duft wie in der weicheren Pariser Luft, sondern gab jedem Detail scharf umrissene Formen.« An anderer Stelle heißt es: »Dieser Süden! Dieses Gelb! Dieses mit nichts vergleichbare Leuchten!«

In der Tat. Direkt unter uns sahen wir die helle Hafenpromenade mit den gelben Häusern und den drei Bars in Reihe, dem »La Marine«, »Le Nautique« und »Café du Lyon«, noch immer genauso aussehend wie auf den vielen Photos der 30er Jahre, die im Treppenhaus des Hotels hingen. Ich brauchte immer mehrere Minuten bis zum Zimmer, weil ich ständig die Photos ansah. In unseren ausgeliehenen Büchern waren noch mehr. Brecht mit Gitarre, Bruno Frank mit seiner jungen Frau, Roth in der Villa Valmer, Thomas Mann am Strand, Kurt Tucholsky an der Schreibmaschine.

Harriet, die für ihr Leben gern schwamm, schlüpfte immer schon um 6 Uhr bei Sonnenaufgang aus dem Bett und tauchte ein in das azurblaue, funkelnde Meer. Zwei Stunden später weckte sie mich mit frischen Baguettes, Käse und Café au Lait. Manchmal gingen wir nach unten in den im Freien befindlichen Speisesaal. Das war aber nur in den ersten Morgenstunden erträglich. Wenn wir miteinander geschlafen hatten und erst um 10 Uhr dort erschienen, war die Hitze nicht mehr auszuhalten. Es war ein herrliches Leben.

Wir hatten noch einen Koffer im Auto gelassen, trauten uns aber nicht mehr, den Kofferraum zu öffnen – zu lange hatte das Cabriolet in der prallen Sonne vor dem Hotel gestanden. Wir mußten es in der Nacht tun. Auch Thomas Mann hatte übrigens ein Cabriolet gekauft, hier im Nebenort Toulon, einen Peugeot. Harriet glaubte mir das nicht. Die deutschen Schriftsteller seien im Exil allesamt völlig verarmt gewesen, beharrte sie fast bitter. Ich hatte es aber gelesen, an mehreren Stellen, und selbst wenn ich es nicht gelesen hätte, war mir im Innersten klar: Thomas Mann fuhr selbstverständlich Auto. Als leutseliger Wandersmann war er nicht denkbar.

Harriet schien mir nun immer weniger deutsch und österreichisch zu sein, wobei das Österreichische bereits viel weicher gewesen wäre als das Deutsche, sondern französischer. Ich mußte an Anna Karina in »Der Fremde« denken, ein Film, der in Südfrankreich gedreht worden war.

Wir verstanden uns also gut und redeten nicht mehr viel, lasen in trauter Zweisamkeit Feuchtwanger, Roth, Werfel und die Briefe zahlloser Mann-Geschwister. Wir sahen sogar ein Spiel der deutschen Mannschaft zusammen, was daran lag, daß der Gegner Frankreich hieß und alle Einwohner des Dorfes verrückt danach waren. Harriet wollte Teil des Spektakels sein. Es ging also um das französische, republikanische Bewußtsein, und deshalb war es politisch korrekt, das Spiel zu sehen, trotz Schweinsteiger und Co.

Die Leute sprangen bei der Marseillaise wieder von den Stühlen und schmetterten das Lied mit unbegreiflicher Inbrunst. Harriet weinte vor Rührung, das kannte ich nun schon, während bei der deutschen Nationalhymne die Leute feindlich auf mich blickten. Sie hielten Harriet für eine Französin und mich hoffentlich für einen deutschen Schriftsteller im Exil, wahrscheinlich aber nur für einen blöden Touristen, der ihre Nationalhymne nicht mitsang. Dabei kannte ich das Lied gut, und mein Französisch war akzentfrei. Ich hätte noch inbrünstiger als alle anderen mitsingen können und auch wollen. Ich verstellte mich ja gern in sozialen Situationen. Aber Harriet, die seit Jahren ahnte, daß ich heimlich mit der deutschen Mannschaft sympathisierte – sie hatte in meiner alten Berliner Wohnung einmal ein unterschriebenes Schweinsteiger-Poster an der Wand entdeckt –, wäre dabei auf mein falsches Spiel gestoßen worden.

Die Deutschen zauberten, liefen phantastisch, boten sozusagen einen Fußball vom anderen Stern. Bei den Franzosen waren neun von zehn Feldspielern schwarz. Der zehnte hieß Griezmann, war deutschstämmig und unfaßbar weiß. Die Kamera war fast das ganze Spiel über auf ihn gerichtet. Marie Le Pen hatte schon gefragt, warum in ihrer Nationalmannschaft keine Franzosen mitspielten. Die Einwohner von Sanary und Harriet waren davon völlig unbeeindruckt. Für sie war der Gedanke, dort auf dem Rasen spiele eine Mannschaft aus dem Afrika-Cup, völlig unbegreiflich. Das waren doch lupenreine Franzosen! Das sah man doch bereits an den Trikots!

Das Spiel hatten die Deutschen völlig in der Hand. Ein Angriff nach dem anderen brandete gegen das französische Tor. Die Deutschen zauberten und machten, was sie wollten. Der

Sieg war ihnen sicher. Nach der ersten Halbzeit stand es noch null zu null, da die französischen Gastgeber nicht gedemütigt werden sollten.

Der Schiedsrichter ließ nachspielen. Ein Franzose stieß Schweinsteiger im Strafraum nieder, wobei der Ball gegen Schweinis Hand prallte. Mit sardonischem Lächeln zeigte der Pfeifenmann auf den Elfmeterpunkt. Griezmann verwandelte eiskalt. Frankreich gewann.

Und Sanary platzte vor Freude. Die ganze Nacht hindurch tanzte man auf den Straßen. Harriet und ich liebten uns wie am ersten Tag. Die Französische Revolution war ausgebrochen, auch wenn der 14. Juli erst eine Woche später auf dem Kalender stand. Fußball war doch immer wieder schön.

Einmal verließ ich schon in der Frühe das Hotel und ging auf den glattgeschliffenen Steinplatten nach unten. Die Manns, die Feuchtwangers, Franz Werfel und Alma Mahler-Werfel, Josef Roth und Brecht gingen hier spazieren, saßen auf den Bänken, schauten auf die kleinen, bunten, alten Boote und sehnten sich – so stand es in den Büchern – nach einem Ozeandampfer, der sie von dort wegbrachte, raus aus dem kranken Europa, ganz weit weg von den primitiven Nazis.

Über die Promenade lief ich zum nächsten Strand. An der Hafenmole hatten Fischer kleine Buden aufgestellt und in den Booten Netze zusammengerollt.

Dann sah ich die Marktbuden. Noch war kein Mensch unterwegs, nur ich und die Obst- und Gemüsehändler, und die Markthändler, die Käse anboten, als wären es Goldbarren. Kleinste Stückchen, die stark rochen oder dufteten, man mußte gar nicht nahe herantreten. Aufgeschnittene Melonen, prallrote Erdbeeren. Kisten wurden geschleppt und gekippt. Äpfel, Birnen und Pfirsiche rollten über Schrägen.

Ich kam an eine kleine Bucht, sah Felsen, die sie von einer

größeren Bucht trennten, und dort ging ich ins Wasser. Riesige Wellen, weißes Gekräusel, Tosen.

Es war wie gesagt Morgen am Strand von Sanary, also ruhig, und ich war allein, ohne Harriet. Ich kämpfe mich durch die Kälte und Nässe, tauchte unter und wie neugeboren wieder auf, wie man so sagt, frisch, naß und glänzend. Das Wasser war weich und angenehm auf der Haut. Ich spürte die Bewegung des Wassers und wußte auf einmal, daß ich mich später daran erinnern würde, wenn ich mit Harriet im Bett war, vielleicht. Nach einer halben Stunde kroch Kälte in die Arme und bewirkte ein leichtes Taubheitsgefühl – ich drehte um. Mit der Sonne an einer Wange schwamm ich glücklich zurück.

Als ich aus dem Wasser kam, war ich nicht mehr einsam. Der Strand war voll. Vor allem junge Leute, Kinder. Unruhegeister, die es morgens nicht lange im Bett hielt.

Unter der rostigen Dusche spritzte ich mir das Salzwasser vom Körper und ging zurück ins Hotel. Würde meine attraktive Frau noch bettwarm unter der Decke liegen oder schon im Frühstücksraum sitzen? Würde sie verliebt sein? Ich freute mich auf die knusprigen Baguettes.

Sie schlief noch, und ich genoß erst einmal die Aussicht unseres Turmzimmers. Ein Tag mit Dösen, Schlafen, Frühstücken, Lesen und wieder Schlafen begann. Später erkundeten wir erneut zwei Villen der deutschen Exil-Schriftsteller. Wie hatten sie gewohnt, welche Aussicht hatten sie – nicht auf ihre Zukunft, sondern erst einmal nur auf das blaue Meer?

Wo waren sie geschwommen? Wo hatten sie eingekauft? Sicher nicht in dem kleinen Supermarkt, in dem Harriet die geschälten Ananas entdeckt hatte, die wir nun jeden Tag aßen, ein, zwei, drei am Tag. Riesige Stücke, saftig.

Wir gingen wieder zu dem Strand, an dem Thomas Mann immer majestätisch entlang geschritten war, dem Wasser entgegen – die Bevölkerung habe erstaunt, ja belustigt reagiert, lasen wir im Tagebuch der Malerin Eva Herrmann. Nun war dort das ganze Ufer voll mit Jugendlichen – was dem Altmeister der subtilen Erotik gefallen hätte. Weiter draußen sahen wir blaues klares Wasser bis zum Grund, zwei kleine Jachten, die vor sich hin schaukelten, eine Villa, in deren mondän gestaltetes Wohnzimmer man vom Ufer aus hineinsah, und einen Schwarm kleiner Fische, die in Wellen über das Meer sprangen, glänzende kleine Silberpfeile. Nein, man fühlte sich nicht einsam in Sanary, nicht allein am Morgen und später auch nicht, also ich nicht; vielleicht, weil ich mir im Geiste immer Thomas Mann dazudachte.

Einmal las ich bei ihm einen Satz, den er aus Sanary sur Mer an Albert Einstein schrieb: »Offen beneide ich Hesse, der längst draußen weilt, dem Deutschland aber nicht verschlossen ist. Aber an meinem Abscheu vor den Zuständen dort und meinem Herzenswunsch, die Bande, die dort wirtschaftet, möchte recht bald in irgend einer Form der Teufel holen, hat sich nicht das geringste geändert.«

Das war eine Haltung, die mir gefiel. Kein Herumlamentieren mit dem Faschismus, dachte ich, kein Abwägen, kontroverses Diskutieren und irgendwie doch Respektieren. Wie hätte Thomas Mann wohl den heutigen Faschismus, den islamischen, gefunden? Hätte er sich überhaupt auf ein Gespräch über die mordende, ideologische ›Religion‹ eingelassen? Hätte er säuberlich zwischen den verschiedenen Spielarten und Abstufungen der Bewegung unterschieden? Bestimmt nicht. Genausowenig, wie er spitzfindig-törichte Trennungen zwischen italienischen, deutschen, spanischen oder sozialistischen Faschismen (»Strasser-Flügel«) vorgenommen hatte.

Und zum Glück mußte auch ich das nicht tun. Nicht mehr.

Mein Buch war abgelehnt worden, Nico Van der Huelsens Verlag mochte keine politisierenden Schriften mehr, also keine, in denen über »eine der schönsten Religionen überhaupt« negative Spekulationen angestellt wurden. »Dein »Zweiter Faschismus« kommt bei uns definitiv nicht ins Programm!« hatte der belgische Freund der Familie mir per Mail mitgeteilt und dabei die in diesem Fall absurde Behauptung hinzugefügt, man sei immerhin ein linker Verlag.

Gut so. Das machte unseren Urlaub noch entspannter. So wurde er fast das Gegenteil des letzten Jahreshaupturlaubes in Griechenland. Dachte ich.

Doch dann kam Nizza.

Wir hatten die Stadt besucht, die wir bereits von unserem ersten Urlaubstag her kannten und schätzten. Wir trafen Nana, unsere Gastgeberin der ersten Nacht, im Hotel Carlton, da Harriet meinte, wir sollten vor unserem Abflug noch einige Tage in Nizza verbringen. Das Hotel lag an der Promenade des Anglais. Nachdem wir Nana getroffen und alles geklärt hatten, trennten wir uns für ein paar Stunden. Ich blieb in dem komfortablen Hotel – also in einem lobbyartigen Seitenflügel des Hotel-Restaurants –, während Harriet und Nana am Strand baden gingen. Der Strand war direkt neben der Promenade. Drei Stunden später kam Harriet allein zurück, hatte mir Kirschen und eine »BILD-Zeitung« mitgebracht, was natürlich sehr lieb von ihr war, denn sie haßte ja die Zeitung.

Wir fuhren mit dem Auto wieder nach Sanary. Die Kirschen schmeckten herrlich, das hatten wir schon herausgekriegt in diesen Tagen. Unsere Ferien waren so angenehm geworden.

Zu früh gefreut. Am nächsten Tag erfolgte ein verheerender Anschlag auf der Promenade des Anglais. Ein Lastwagen fuhr in eine Menschenmenge von dreißigtausend Menschen, die am Nationalfeiertag ein Feuerwerk bestaunten. Hunderte starben oder wurden lebensgefährlich verletzt. Auch Nana war darunter, wie wir bald erfuhren. Sie befand sich im Krankenhaus, wobei nicht klar war, ob sie verletzt war oder ›nur‹ unter einem extremen Schock stand.

Harriet, die ungleich emotionaler veranlagt war als ich, brach förmlich zusammen. Aber auch ich fühlte eine neue Art von Zorn, der es mir erschwerte, Harriet gegenüber die Regeln der Political Correctness zu beachten und einzuhalten. Nana war eine Mulattin gewesen, mit milchkaffeebrauner Haut, zierlich, schwach, ein junges Mädchen noch, das studierte und ihr mageres Einkommen durch die Vermietung ihrer Dachstube bei ›airbnb‹ aufbesserte. So hatten wir sie kennengelernt. Die typische gute Französin, die Wurzeln in Afrika hatte, sich aber um so mehr mit dem Land identifizierte, das ihr Bildung, Freiheit und Aufstieg ermöglichte. Sie war natürlich am 14. Juli beim Feuerwerk.

»Diese Schweine«, fuhr es aus mir heraus, »das ist jetzt die neue Strategie, daß keine polizeibekannten Moscheegänger und Aktivisten mehr handeln sollen, sondern abseits stehende, völlig passive Muslime!«

»Aber das hat doch alles mit dem Islam nichts zu tun«, repetierte meine Liebste wie eine leiernde Telephonansage. Ich hätte ihr jetzt beipflichten müssen, schwieg aber bockig und bedrohlich.

Harriet begriff, daß nun etwas anders werden mußte, auch zwischen uns. Anstatt aggressiv zu eskalieren, meinte sie fast verständnisvoll, jetzt müßten eben alle zusammenrücken und eine neue Achtsamkeit an den Tag legen:

»In Israel ist es jetzt schon so. Da werden die Islamisten auch schon seit einem Jahr aufgefordert, mit dem Auto in Menschenmengen zu fahren. Die einzige Antwort darauf ist, daß ALLE aufpassen und sich gegenseitig warnen, sobald ein verdächtiger Islamist auftaucht.«

»Schon mal nicht schlecht«, sagte ich.

»Aber das geht nur, wenn auch wirklich ALLE dabei mitgenommen werden, also auch und vor allem die Muslime und die Vertreter der islamischen Verbände.«

Ich erinnerte mich, daß die Muslime in ganz Israel durch haushohe Mauern von der übrigen Bevölkerung getrennt waren. Was meinte Harriet also? Gern hätte ich ihr eine wütende Antwort hingeknallt. Ich sagte aber nur:

»Leider bin ich zu verlogen, um dir darauf eine Antwort zu geben.«

Harriet schien sofort zu verstehen, was ich meinte, und das überraschte mich doch ziemlich. Wußte sie etwa ganz genau und hatte es all die Jahre gewußt, daß ich ihr jegliche politische Korrektheit in der verlogensten Weise dauernd nur vorspielte? Das wäre ja schrecklich gewesen.

Aber irgendwie war die Büchse der Pandora nun ein kleines Stückchen geöffnet worden. Harriet sagte ruhig, man müsse vielleicht zu den Angehörigen von Nana gehen. Wir schalteten den Fernseher ein. Das Ding hatte bisher an der Zimmerdecke gehangen, ohne daß wir das Bedürfnis verspürt hatten, es einzuschalten.

Noch-Präsident Barack Obama war zu sehen. Er sprach natürlich wieder vom furchtbaren »Terror«, von dem niemand gedacht habe, daß er je eintreten könne, daß also »der Terror« wieder zugeschlagen habe und daß man sich im Krieg mit »dem Terrorismus« befinde. Folgte man seinen Bildern, so war »der Terror« in etwa das, was in George Orwells »1984« der böse Goldstein war, also eine eigenschaftslose, abstrakte, erfundene Figur, eine Phantasie, eben DAS FEINDBILD. Ganz kleine Kinder, die noch »Superman«- und »Spiderman«-Hefte lasen – falls es das noch gab – und das haarsträubende Zeug sogar glaubten, mochten sich unter »dem Terror« oder »den Terroristen« vielleicht Millionen kleine schwarze Männchen vorstellten, die sich wie Ameisen oder Termiten durch die Wände fraßen und nur durch Superman und sein Kryptonit gestoppt werden konnten.

»Wann sagt der blöde Obama endlich Islamismus statt Terrorismus?« fluchte ich. Harriet schwieg aber dazu.

Auch François Hollande, der als nächster eingeblendet wurde, übernahm die Sprachregelung von ›Herrn und Frau Terror‹, die alles gemacht hätten. Jetzt erst recht müsse man die Muslime vor einem Generalverdacht schützen. Er wolle noch am Abend demonstrativ eine Moschee aufsuchen und dort beten.

Das fand Harriet nun wieder ganz toll. Ich atmete schwer.

Dann Merkel, Steinmeier, May, die neue Regierungschefin von Großbritannien. Überall dieselben Floskeln vom Terror. Der einzige, der das Wort verwarf und darauf auch Wert legte, war Donald Trump. Genau deswegen würde er der nächste US-Präsident werden. Lieber wählten die Leute inzwischen einen extrem häßlichen, schwitzenden, unsympathischen Kerl mit idiotischer Frisur als Leute, die sie bis zum Jüngsten Tag anlogen.

»Man muß gerade jetzt dem Terrorismus die Stirn bieten, finde ich, also mehr denn je«, sagte Harriet, und: »Das ist vielleicht die positive Lehre aus dem Anschlag, und dann ist Nana auch nicht umsonst unter die Räder gekommen! Wir dürfen dem Terror nicht den Gefallen tun, uns gegen den Islam aufhetzen zu lassen. Denn wenn wir DAS tun, erledigen wir quasi den Job des Terrors.«

Was sollte ich darauf antworten? Was Harriet da sagte, war vermutlich das, was alle Ideologen des Westens nun mit verstärkter Lautstärke ausrufen würden. Denn Ideologien wurden, wenn sie gereizt wurden, nicht leise und nachdenklich, sondern radikal. Das galt sogar für die Gutmensch-Ideologie.

Ich überlegte ein bißchen, und dann fiel mir wieder Peter Schindel ein, der in Berlin – ein Jahr war das schon her – verrückte Thesen über das finale Ausmerzen des Islamfaschismus in die betrunkene Runde geworfen hatte. Die Weltgemeinschaft werde sich in fünf oder zehn Jahren, also nach weiteren hundert Anschlägen, zu einem militärischen Schlag gegen die islamischen Staaten entschließen, diese innerhalb von Wochen besiegen, besetzen, die führenden Kreise festsetzen, ihre Konten sperren und allen Vertretern des politischen Islam den Prozeß machen, wie damals den Nazis in Nürnberg.

»Weißt du, wie der ganze Terror-Spuk einmal enden wird?« fragte ich nun gedehnt. Harriet war gespannt. Ich referierte Schindels Thesen.

»Aber das würde doch KRIEG bedeuten!« rief sie in ärgerlichem Tonfall. Krieg war in ihren Augen das Letzte.

»Ja, natürlich.«

»Das endet dann im Dritten Weltkrieg!«

»Unsinn, es machen ja alle mit.«

»Rußland würde schon mal gar nicht dabei sein, nie im Leben macht Rußland da mit!«

»Alle machen da mit, und zwar supergern. Gerade die Russen, die haben von allen doch den ekligsten Konflikt mit dem Islam gehabt, in Tschetschenien.«

»Aber du kannst doch nicht gegen Saudi-Arabien ... die haben das Öl!«

Das Öl. Das alte Argument aus der Kindertagesstätte. Kein Blut für Öl. Ich holte Luft:

»Ein Grund mehr, da endlich einzumarschieren. Hätte man schon fünfzig Jahre früher machen sollen.«

»Saudi-Arabien ist stinkereich! Die sind wahnsinnig reich, unvorstellbar ... Da traut sich doch keiner, was gegen zu tun. Geld regiert die Welt! Alles andere ist Illusion!«

»Reich, die? Dann guck dir einmal wirklich reiche Länder an, etwa die USA. Da paßt schon in jeden Pensionsfonds Saudi-Arabien zehnmal rein.«

Ich verschwieg, daß gerade die amerikanische Rüstungsindustrie und noch mehr die amerikanische Security-Industrie, bei der die Gewinne nach jedem Anschlag explodierten, ein extremes Interesse am Weiterbestehen des ›Terrorismus‹ hatten. Immerhin gab es auch noch andere Industriezweige. Die machten ja auch Gewinne. Aber Harriet wechselte ohnehin das Thema, indem sie mit belegter, irgendwie tieferer Stimme als sonst, meinte:

»Komisch, daß du mir das die ganze Zeit niemals gesagt hast.«

»D-das war ja auch nicht von mir, sondern von Schindel. Der hat das einmal gesagt, also es ist seine Meinung, die ich …«

»Das ist doch auch deine Meinung, du mußt mich nicht länger anlügen!«

Damit war das große ›Gute Gespräch‹ eröffnet, der *Life Changing Talk*, wie man es auf Englisch hätte ausdrücken können. Das Schicksal Nanas stand dabei sicherlich Pate. Wir hätten sonst niemals so ungeschützt sprechen können. Später konnten wir uns damit herausreden, es sei eine extreme Ausnahmesituation gewesen.

Im Laufe der nun einsetzenden Debatte mußte ich irgendwann zugeben, ein psychopathologischer Lügner zu sein. In meinen Romanen hatte ich über meinen Bruder geschrieben und ihn dabei karikiert, also verraten. Schon im Alter von dreiundzwanzig Jahren hatte ich zum ersten Mal meine Mutter literarisch beerdigt. Dabei lebte sie immer noch.

»Wie kannst du deinem Bruder eigentlich jemals wieder unter die Augen treten?« fragte Harriet.

»Das weiß ich nicht, das ist eine Frage, die ich buchstäblich verdrängt habe.«

Das stimmte. Ich wurde nun ehrlich. Harriet vergalt es mir, indem sie nicht nachsetzte. Daraufhin gab ich fast so etwas wie ein Literaturbekenntnis ab. Die Motive bei jeglicher Kunstproduktion seien fragwürdig, könnten den Wert der Ergebnisse aber nicht schmälern.

»Das sagst du? Du hältst doch deine eigenen Texte für wertlos und reif für den Papierkorb. Du schwankst doch dauernd zwischen Größenwahn und Haß aufs eigene Schaffen haltlos hin und her.«

»Das ist richtig, aber auch wieder nicht. Mein Schreiben bekommt bei mir keinen Heiligenschein. Es ist mir so natürlich und keines Aufhebens wert wie Atmen oder Essen.«

»Über deinen Cousin hast du geschrieben, er sei ein Faulpelz und würde mit dreiunddreißig Jahren noch studieren.«

»Ja, unverzeihlich.«

»WARUM hast du das getan?«

»Ich weiß es nicht. Es war echt krank.«

»Er hat nie wieder mit dir gesprochen, nicht wahr?«

»Nein. Leider nicht. Aber der Spundi schon.«

Der war allerdings auch Psychiater und daher nicht so leicht zu kränken. Von ihm hatte Harriet wohl auch die blöde These von meinem Größenwahn, der eigentlich auf einem Minderwertigkeitskomplex beruhe. Das hatte mir Spundi auch einmal selbst gesagt. Ich dachte natürlich erst, er mache einen flauen Witz, seinen Berufsstand karikierend. So, wie ich manchmal im Partygespräch zu besonders deppernden Frauen mit Beziehungsproblemen bedeutungsvoll sagte, sie ließen wahrscheinlich zuviel Nähe zu und gleichzeitig zuviel Distanz. Ich ließ aber Spundi in dem Glauben, und Harriet auch, weil ein Dementi in Sachen Größenwahn immer als Bestätigung gilt. Auch Christiano Ronaldo hatte in Spundis Augen eine Persönlichkeitsstörung, worüber der begnadete Fußballer sicherlich nur lachen konnte.

»In der Kölner Kunstszene hat man dich vom Hof gejagt, weil du alle verraten hast, und in deiner Heimatstadt Hamburg hast du so häßlich über deine Freunde geschrieben, daß du da nie wieder hinkannst.«

»Hat Thomas Mann mit Lübeck auch gemacht.«

»Hast du denn gar keine GEFÜHLE? Sogar Thomas Mann hat unendlich darunter gelitten, daß die Lübecker ihn nicht mehr leiden konnten, was ich im übrigen verstehen kann!«

Das hätte sie nicht sagen sollen.

Ich fand nämlich, daß sie Thomas Mann nicht richtig sah. Fast hätte ich so einen furchtbaren Satz gesagt wie ›Was verstehst du schon von Thomas Mann!‹, beherrschte mich aber noch und schaltete in einer Übersprungshandlung den Fernseher an.

»Entschuldige, laß uns doch mal ganz kurz schauen, ob es was Neues zu Nizza gibt«, murmelte ich, scheinbar zerstreut.

»Ja, ich kann auch noch mal Nanas Nummer probieren«, pflichtete mir Harriet bei. Sie hatte bis dahin nackt im Bett gelegen (weil das jeder Unterhaltung stets förderlich war), und ihre dunkle Haut hatte in der Nacht auf dem weißen Laken noch dunkler und unwiderstehlicher gewirkt. Nun schlüpfte sie in das hellblaue, etwas zu enge Sommerkleid. Dummerweise betonte das in schon fast schamloser Weise ihre Brüste, die nun noch voller und verlockender wirkten, fast als wäre es Absicht.

Aber sie brachten nicht Nizza, sondern Ankara. Dort hatte ein Militärputsch stattgefunden. Der türkische Machthaber setzte sich gegen Generäle zur Wehr, die die Islamisierung des wichtigsten Staates des Nahen Ostens aufhalten wollten. Die nächsten Stunden hingen wir vor der altmodischen Glotze. Dann hatte Erdogan gesiegt.

»Das ist schlimmer als Brexit und AfD zusammen«, seufzte ich erschöpft. Diesmal waren wir einer Meinung. Das war natürlich Erdogans Reichstagsbrand. Nun gab es nach Saudi-Arabien und dem Iran einen dritten großen Staat, in dem der politische Islam herrschte. Damit war klar, wie die nächsten Jahre aussehen würden.

»Den Erdogan kriegt jetzt keiner mehr weg«, sagte Harriet.

»Aber was hat das denn mit dem Islam zu tun?« äffte ich sie mit ihrer liebsten Redewendung nach, plötzlich frech geworden. Sie lächelte gnädig.

Wir sprachen über den Unterschied zwischen der Diktatur eines blöden Diktators, etwa des Schah, und der einer Ideologie, etwa des Kommunismus, oder eben des Islamismus. Erdogan würde sterben, er war ja schon alt, aber der Islamismus würde das Land nun ewig in den Krallen halten.

»Eigentlich kann man nirgends mehr hin«, klagte Harriet auf einmal. Man sei mitten im Paradies, und trotzdem käme der ganze faschistoide Mist durch alle Ritzen. Zum ersten Mal übernahm sie damit das Wort ›faschistisch‹ für die kommenden Verwerfungen.

»Wir sind eben in Sanary sur Mer. Da war das immer schon so«, kommentierte ich lakonisch.

»Also wirklich, wo können wir noch leben, wenn alles losgeht? Oder auch schon jetzt? Ich will irgendwann meine Ruhe haben! Wenigstens im Urlaub!«

»Ja, das verstehe ich.«

»Ich will meinen Jahresurlaub haben!«

»Natürlich, Liebling. Den hast du verdient.«

»Ich will endlich meinen Jahreshaupturlaub wiederhaben!« Sie weinte.

Ich dachte plötzlich daran, daß meine Tochter Agnes in Reykjavik ein Praktikum als angehende Künstlerin machte. Angeblich, so erzählte die noch immer verheimlichte Tochter, sei es dort bombe. Aktive Vulkane, unberührte Natur, lächelnde blonde Frauen, die noch nichts Böses kannten. Agnes hatte mir das während unseres letzten Treffens erzählt, als wir uns in einer versteckten kleinen Konditorei neben der Oper getroffen hatten. Das gute Kind war zufällig in Wien gewesen, hatte spontan angerufen, und ich hatte Mühe gehabt, das vor meiner Frau zu verbergen. Jedenfalls – es gab in Island noch nicht einmal normales Fernsehen. Das Land mußte eine Mischung aus Tagtraum und Alptraum sein. Ich wagte einen Vorschlag:

»Wir könnten deinen nächsten Jahreshaupturlaub doch in Island verbringen!«

»Wo? In Island? Bei Björk?«

»Ja, da gibt es keine Muslime.«

»Jetzt hör doch auf! Als wenn es darum ginge!«

»Äh, natürlich nicht, ich meine die wilden Wasserfälle, die es dort gibt, die brodelnden Geysire ... eine Insel aus Feuer und Eis! Und ewiger Tag im Sommer, die ganze Nacht ist es taghell. Stell dir vor, wie wir uns lieben würden!«

»Liebst du mich denn noch?«

»Ja.«

»Aber du willst kein Kind mit mir.«

»Doch! Will ich.«

»Ach, du willst einfach ein Kind, und ob es von mir ist, ist für dich nachrangig.«

»Nein, ich will es nur mit DIR.«

Ich hatte das Kindsthema immer abgebogen, aber das lag auch daran, daß ich nicht über Kindererziehung reden wollte. Prompt ging es nun los.

»Würdest du unsere Kinder denn auch im Geist der Werte des europäischen Sozialismus erziehen wollen?«

Europäischer Sozialismus, was war das denn? Das Wort hatte ich in solch einem pädagogischen Zusammenhang noch nie gehört. War Harriet betrunken? Aber ich durfte gerade jetzt nicht flatterhaft rüberkommen. Ich mußte wie ein Fels wirken. Als hätte ich mir alles über die Kindererziehung schon immer zurechtgelegt. Ich wußte durchaus, daß es hier in puncto Liebe um die Frage aller Fragen ging. Und daß ich auf gar keinen Fall als Single in der grauslichen Stadt Berlin dem Islamismus entgegentreten wollte. Faschismus ohne Harriet – nein danke!